# Herzklopfen im Ländle

Sofia Mai lebt mit ihrem Mann in einem Dorf am Rande des Naturparks Schönbuch bei Tübingen und liebt das Leben auf dem Land. Nach einem Studium und verschiedenen beruflichen Stationen begann sie 2005 zu schreiben. Unter anderem Namen hat sie bereits zahlreiche Kriminalromane, Kurzkrimis und Ausflugsführer veröffentlicht.
www.sofia-mai.de

SOFIA MAI

# Herzklopfen im Ländle

ROMAN

emons:

**Bibliografische Information der Deutschen Nationalbibliothek**
Die Deutsche Nationalbibliothek verzeichnet diese Publikation
in der Deutschen Nationalbibliografie; detaillierte bibliografische
Daten sind im Internet über http://dnb.d-nb.de abrufbar.

© Emons Verlag GmbH
Alle Rechte vorbehalten
Umschlaggestaltung: Nina Schäfer unter Verwendung der
Motive von istockphoto.com/jimfeng, shutterstock.com/pukach,
shutterstock.com/Nella
Gestaltung Innenteil: DÜDE Satz und Grafik, Odenthal, nach
einem Layout von Nina Schäfer
Lektorat: Julia Lorenzer
Druck und Bindung: CPI – Clausen & Bosse, Leck
Printed in Germany 2023
ISBN 978-3-7408-1941-5
Roman
Originalausgabe

Unser Newsletter informiert Sie
regelmäßig über Neues von emons:
Kostenlos bestellen unter
www.emons-verlag.de

Für Frank

*Wir haben Fröhlichkeit nötig
und Glück, Hoffnung und Liebe.*

Vincent van Gogh

# 1

»Schau da nicht so hin!« Sabine nahm zwei Weingläser aus der cremefarben lasierten Holzvitrine. Ein aus den fünfziger Jahren restaurierter alter Küchenschrank, dessen verglaste Türen noch mit einem Schlüssel geöffnet werden mussten.

»Ich schau doch gar nicht.« Leonie strich sich mit Unschuldsmiene eine Strähne ihrer dunklen Haare hinters Ohr. Es war eine verräterische Geste. Säße sie im Gerichtssaal, wäre ihr sofort klar, dass die Person unsicher war, schwindelte oder sich ertappt fühlte.

»Du hast auf das Regal geschaut.« Ihre Schwester ging zum Kühlschrank, um den Roséwein herauszuholen. »Ich weiß, dass da Staub liegt.«

»Ja und?«

Sabine warf ihr stirnrunzelnd einen Blick über die Schulter zu. Eine blonde Locke fiel ihr ins Gesicht. »Hast du gerade ›ja und‹ gesagt? Mich wundert es, dass du noch nicht zum Staubtuch gegriffen hast.«

»Och, Binchen, so schlimm bin ich doch gar nicht.«

Doch, das war sie. Leonie wusste es selbst. Sie brauchte Ordnung, und der Anblick von Staub war ihr seit jeher ein Gräuel. In ihrer geräumigen, minimalistisch eingerichteten Drei-Zimmer-Wohnung in Ulm stand kaum Krimskrams herum, der beim Staubwischen störte. Da war schnell durchgeputzt.

Bei Sabine war das anders: Sie lebte auf dem Land. In Gütlingen. Ein für Leonies Empfinden viel zu kleines Dorf am Rande des Naturschutzparks Schönbuch. Idyllisch, aber sterbenslangweilig. Eine Meinung, die sie mit Sabines vierzehnjähriger Tochter Amelie teilte. Ein kleiner Trost war, dass Tübingen keine fünfzehn Autominuten entfernt lag, sofern man nicht gerade zur Hauptverkehrszeit in die Universitätsstadt fahren wollte. Da staute sich der Verkehr häufig, sodass man dann wesentlich mehr Zeit für die Strecke einplanen musste.

Sabine bewohnte mit ihrer Tochter, die in vierzehn Jahren das Wort »Ordnung« noch nicht gelernt hatte, ein kleines, mit eigenhändig restaurierten Möbeln und unzähligem Schnickschnack zugestelltes Bauernhaus. Dazu kamen ein verfressener Hund, ein riesiger Garten und »Bines Kaffeestüble«, ein kleines Café, das sie am Wochenende in der zum Hof gehörenden Scheune betrieb.

Wie sollte man dieses Haus auch nur ansatzweise staubfrei halten? Vor allem jetzt im Sommer, wo Türen und Fenster offen standen und der Schmutz ungebremst mit der warmen Luft hereinwehte. Die Fliegengitter vor den Türen boten wenig Schutz.

Racka, der braune Labrador ihrer Nichte, tapste durch die Terrassentür und wedelte freudig mit der Rute.

»Na, Junge, hast du uns vermisst?« Leonie strich ihm über den Kopf, was den Hund dazu veranlasste, sich mit seinem gesamten Gewicht gegen ihr Bein zu lehnen und weitere Streicheleinheiten einzufordern.

»Wir haben Sommer. Da verbringe ich die Tage doch nicht im Haus mit Staubwischen. Da bin ich draußen im Garten und –«

»Binchen, ich habe doch gar nichts gesagt.« Leonie legte ihrer Schwester beschwichtigend eine Hand auf die Schulter. Auch wenn sie zu Hause ihre Ordnung brauchte, konnte sie bei Sabine tolerant sein. Bine war eben Bine. »Alles ist gut. Ich fühle mich sehr wohl bei dir.« Sie gab ihr einen Kuss auf die Wange.

»Sorry.« Sabine wandte sich ihr zu, ihre braunen Augen hatten einen verdächtigen feuchten Schimmer.

Ihre kleine Schwester war schon immer nah am Wasser gebaut gewesen, und heute schien sie besonders unter Anspannung zu stehen, stellte Leonie fest.

»Ich freue mich einfach so, dass du hier bist«, fuhr Sabine fort. »Und ich möchte, dass alles perfekt ist.«

»Du tust ja so, als wäre ich ewig nicht mehr bei dir gewesen.«

»Zuletzt an Weihnachten.«

»Im Ernst? War ich nicht zwischendurch mal …?«

Sabine schüttelte den Kopf. »Du hast sogar Mellys Konfirmation verpasst.«

»Aber da war ich krank.« Es hatte Leonie leidgetan, dass sie Amelies großen Tag verpasst hatte.

»Ich mache dir ja auch keinen Vorwurf.«

Weihnachten. Jetzt war es Mitte Juli! Sie telefonierten jeden Sonntag, vielleicht hatten sie daher nicht bemerkt, wie die Zeit verflogen war. Leonie sah auf die Weinflasche, deren Glas langsam in der Wärme des Zimmers beschlug. »Da hätte ich wohl besser einen Schampus mitgebracht.«

Damit kehrte das Lächeln in Sabines Gesicht zurück. »Ein kühler Rosé ist genau das Richtige für einen lauen Sommerabend. Es ist so schön, dass du da bist!« Sie entkorkte die Flasche und füllte den Wein in die Gläser. »Käsehappen?«

»Für uns oder für Racka?«

»Wenn der Käse kriegt, pupst er uns den ganzen Abend die Bude voll.«

Leonie zog die Nase kraus. »Dann besser nur für uns. Soll ich dir was abnehmen?«

Sabine drückte ihr die Weingläser in die Hand. »Geh schon raus, ich komme gleich nach.«

Sie balancierte die großzügig gefüllten Gläser von der Wohnküche durch die Fliegenschutztür nach draußen. Auf einer gepflasterten Terrasse stand ein betagter massiver Holzgartentisch, drumherum sechs Stühle. Die gelb-rot gemusterten Auflagen waren von der Sonne ausgeblichen. Wäre morgen nicht Sonntag, könnte sie mit Sabine ins Gartencenter fahren und neue Auflagen kaufen, bedauerte Leonie. Sie hätte ihrer Schwester gern eine Freude gemacht.

Ein schmales Kräuterhochbeet grenzte direkt an die Terrasse, und in der warmen Abendluft stieg Leonie der Duft von Thymian und Rosmarin in die Nase. Ein paar eifrige Bienen schwirrten umher und sammelten fleißig Blütenpollen. Die Wäschespinne auf der Rasenfläche war zusammengeklappt. Auf der anderen Seite des Rasens spendete ein großer, knorriger Birnbaum zwei klapprigen Gartenstühlen etwas Schatten. Hinter dem Rasen erstreckte sich ein Gemüsegarten mit zahlreichen Beeten.

Nicht zum ersten Mal fragte sich Leonie, von wem Sabine ihren grünen Daumen hatte. In Leonies Wohnung überlebten mit Mühe zwei Orchideen, die mit etwas Glück alle paar Jahre blühten, und eine robuste Yucca-Palme, die allerdings schon fast bis an die Decke reichte.

Auch ihre Eltern hatten nie etwas für Gartenarbeit übriggehabt. Ihr Vater hatte bis vor wenigen Jahren als Richter am Landesarbeitsgericht in Stuttgart gearbeitet, ihre Mutter war Juristin in einem international aufgestellten Konzern gewesen. Seit der Pensionierung ihres Vaters genossen die beiden ihren Altersruhestand auf Gran Canaria.

Leonie hatte nicht erwartet, dass ihre Eltern, die ihr Leben lang jeden Tag streng durchgetaktet hatten, mit der plötzlich zur Verfügung stehenden freien Zeit zurechtkommen würden. Allerdings strukturierten sie ihren Ruhestand mit einem gut gefüllten Terminkalender. Die beiden spielten regelmäßig Golf, besuchten Vorträge und hatten einen großen Bekanntenkreis. Zudem war ihre Mutter noch immer eine gefragte Referentin für Gastvorträge an Universitäten und bei großen Wirtschaftsunternehmen in aller Welt.

Racka suchte sich ein schattiges Plätzchen an der Hauswand. Es war acht Uhr abends. Die untergehende Sonne tauchte die Welt in sanftes goldoranges Licht, das die Landschaft wie gemalt aussehen ließ. Die Steine strahlten die vom Tag aufgenommene Wärme ab. Vögel zwitscherten ein Abendlied in den Hecken, eine Elster keckerte auf dem Dach. Leonie sog die Luft tief in ihre Lungen. Es war so ruhig und friedlich hier auf dem Land.

In ihrer Ulmer Stadtwohnung würde sie jetzt durch die gekippten Fenster neben dem allgemeinen Verkehrslärm das muntere Plaudern der Jugendlichen hören, die auf dem Weg zu einer Feier, in einen Club oder zu einem Sit-in an der Donau wären. Irgendwo würde zwischendurch ein Motor röhren. Irgendwann eine Sirene von Polizei oder Ambulanz.

Ein Klingeln an der Haustür unterbrach ihre Gedanken, kurz darauf erklang Sabines fröhliche Stimme. Leonie verstand nicht, was gesprochen wurde, lauschte nur dem kurzen Geplänkel. Der Gast hatte eine angenehme Stimme und sagte anscheinend etwas Nettes, das Sabine zum Lachen brachte.

Wer das wohl war? Leonie überlegte, ins Haus zu gehen und durch den Flur zur Tür zu linsen, entschied sich aber dagegen. Stimmen entfachten in ihrem Kopf Bilder, die häufig nicht mit der Realität in Einklang zu bringen waren. Diese sonore, warme Stimme ließ in ihr das Bild eines großen, sportlichen Mannes erscheinen. Selbstbewusst, fürsorglich und freundlich. In Wahrheit war er vermutlich mittelgroß, untersetzt, mit lichtem Haarkranz und Doppelkinn, geschieden und darauf aus, ihrer Schwester zu gefallen. Ab vierzig sahen die wenigsten Männer wie Brad Pitt oder George Clooney aus.

Sie schüttelte den Kopf über ihre Oberflächlichkeit. Mit ihren zweiundvierzig Jahren war sie auch nicht mehr so knackig und faltenfrei wie vor zwanzig Jahren. Ihre Figur war noch einigermaßen sportlich schlank, aber an ihren Oberschenkeln gab es Anzeichen von Cellulitis. Und die eigentlich aschblonden Haare trug sie als konservativen mittellangen Pagenschnitt – seit zwanzig Jahren schokobraun gefärbt.

Sabine kam aus dem Haus, in einer Hand eine Platte mit Käsewürfeln, in deren Mitte ein Schälchen mit einem Kräuterdip stand, in der anderen eine Schüssel Cracker. Gesunde Ernährung sah anders aus. Egal. Es war Samstagabend, da durfte man es sich auch mal gut gehen lassen.

»Wer war das gerade an der Tür?«

»Das war Max. Er hat mir ein paar Zwetschgen von seiner Obstwiese gebracht.«

»Aha, der Max«, erwiderte Leonie mit hintergründigem Grinsen. »Warum habe ich den Namen noch nie gehört?«

»Weil du deiner kleinen Schwester anscheinend nicht richtig zuhörst«, erteilte Sabine ihr einen Tadel. »Ich kenne Max schon …«, sie überlegte kurz, »knapp zwei Jahre. Letztes Jahr habe ich ihm im Herbst bei der Apfelernte und beim Saftmachen geholfen. Davon habe ich dir sicher erzählt. Du hast den Saft doch schon bei mir getrunken.«

In Sabines Küche stand auf einem Holzgestell eine »Bag-in-Box«, ein Pappkarton, in dem sich ein mit Apfelsaft gefüllter Fünf-Liter-Schlauch befand. Mit Hilfe eines Minizapfhahns konnte man sich den Saft direkt aus dem Schlauch ins Glas füllen. Leonie überdeckte ihr schlechtes Gewissen mit einem lauernden Lächeln. »Ihr macht Apfelsaft zusammen, und er bringt dir an einem Samstagabend frisch gepflückte Zwetschgen?«

»Er bringt mir oft Obst, weil er weiß, dass ich damit leckere Sachen zubereite, von denen er immer einen Teil abbekommt.«

»Soso«, erwiderte Leonie süffisant.

»Wie du das sagst! Er kriegt ein paar Gläser Marmelade oder Mus oder Kuchen. Sonst nix.«

»Wie alt ist denn dein Max?«

»Fünfundvierzig. Jetzt setz dich endlich hin und grins nicht so blöd. Er ist nicht ›mein‹ Max, sondern lediglich ein Freund.«

Leonie ließ sich neben ihrer Schwester nieder, sodass sie beide die Aussicht auf den Garten genießen konnten. In einem Staudenbeet blühten üppig Dahlien, Sonnenhut, Gladiolen und Ringelblumen. Rosen säumten den Gartenzaun. In der Ferne zog sich der bewaldete Hang zum Schönbuch hinauf. Der Himmel hatte sich inzwischen in pastelligen Orange-, Rot- und Lilatönen verfärbt. Ein Abend wie aus dem Bilderbuch, ging es Leonie durch den Kopf. Wann hatte sie so einen Anblick zuletzt bewusst genossen? Sie seufzte zufrieden. »Schön hast du es hier.«

»Ich sage jetzt nicht: Das könnten wir viel öfter zusammen genießen.« Sabine prostete ihr zu.

»Ich weiß, dass ich zu selten bei dir bin. Aber die Arbeit …«

»Wenn ich das Café nicht hätte, könnte ich auch öfter mal zu dir kommen. Dann könnten wir unseren Wein gemütlich an der Donau trinken. Weißt du noch?«

»Das ist ewig her, oder? Wie alt war Melly damals?«

»Sechs, kurz vor der Einschulung.«

Jetzt steckte Amelie mitten in der Pubertät und trieb Sabine oft genug an den Rand der Verzweiflung, wie Leonie aus ihren Telefonaten wusste. An diesem Abend war sie bei ihrer Freundin und würde dort auch übernachten. »Wir haben sturmfreie Bude«, hatte Sabine fröhlich zur Begrüßung verkündet.

»Wie läuft es bei dir?«

Leonie nippte an ihrem Rosé. Der Wein hatte eine erfrischend fruchtige Note. »Drück mir die Daumen. Am Landgericht ist eine Stelle als Beisitzerin frei geworden. Ich habe meinen Hut noch mal in den Ring geworfen.«

Ihr Ex-Freund Jochen Gruber, mit dem sie nach der Trennung in kollegialer Freundschaft verbunden geblieben war, hatte ihr davon berichtet. Sie hatte Jochen während des Referendariats kennengelernt. Ihre Beziehung war ewig her und nur von kurzer Dauer gewesen. Jochen hatte vor zwölf Jahren geheiratet, um sich fünf Jahre später wieder scheiden zu lassen. Aber er hatte Karriere gemacht und war inzwischen Vorsitzender Richter am Ulmer Landgericht, während sie noch immer als Richterin am Amtsgericht tätig war.

Die Bewerbung beim Landgericht war nicht ihr erster Versuch. Doch bisher waren die Stellen immer mit anderen Kollegen oder Kolleginnen besetzt worden. Sie wusste nicht, woran es lag, und das frustrierte sie. An schwachen Tagen so sehr, dass sie sich selbst in Zweifel zog und sich fragte, ob sie sich für den richtigen Beruf entschieden hatte.

Was Unsinn war. Sie hatte das zweite Staatsexamen hervorragend abgeschlossen, hatte im Referendariat und auch in der Probezeit beste Beurteilungen bekommen. Aber seit sie die Stelle als Richterin beim Ulmer Amtsgericht angetreten hatte, stagnierte ihre Karriere. Und das waren nun immerhin schon acht Jahre. Dieses Mal hatte sie sich auf einen Posten als Beisitzerin beworben. Vielleicht gelang es ihr über diesen kleinen Umweg, der ersehnten Stelle als Vorsitzende Richterin am Landgericht näher zu kommen.

Sabine seufzte. »Wenn das klappt, hast du doch sicher noch mehr zu tun als bisher.«

»Nicht mehr, nur was anderes. Spannendere, größere Fälle.«

»Ich bewundere dich immer wieder, wie du das kannst. Jeden Tag nur Streit und Konflikte. Mir reicht schon der Zoff mit Melly.«

»Ich bin dazu da, diese Konflikte zu lösen, das ist doch eine schöne Aufgabe.«

»Ja, vielleicht, aber du greifst doch in das Leben der Menschen ein.«

»Das haben sie häufig genug selbst zu verantworten. Und manchmal gibt es ja auch einen Freispruch.« Leonie nahm einen Cracker, tunkte ihn in den Frischkäse-Dip und biss genüsslich ab. »Lecker. Selbst gemacht?«

»Mit Kräutern aus dem eigenen Garten. Die Cracker sind auch selbst gebacken.«

Leonie betrachtete das kleine Gebäckstück. »Das finde ich viel komplizierter, als ein Urteil zu sprechen.«

»Beim Backen gibt es zwar keine Gesetze, aber Rezepte.« Sabine zwinkerte ihr lächelnd zu. Sie freute sich über das Lob ihrer großen Schwester. »Was macht Jochen? Siehst du ihn noch?«

»Hin und wieder treffen wir uns auf dem Golfplatz oder zum Essen. Er hat mir den Tipp mit der Stelle beim Landgericht gegeben.«

»Würdet ihr dann zusammenarbeiten?«

»Nein, er macht Strafrecht. Die Stelle, auf die ich mich beworben habe, ist Zivilrecht.« Leonie griff nach einem zweiten Cracker. »Genug von meiner Arbeit. Erzähl mir den neuesten Dorftratsch aus Gütlingen.«

Sabine überlegte einen Moment. »Wir bekommen Glasfaser-Internet.«

»Wow! Anschluss an die große weite Welt.«

»Hey! Internet haben wir jetzt schon. Ich weiß gar nicht, wozu ich Glasfaser überhaupt brauche, aber Melly meinte, wenn ich da nicht mitmache, werden wir total abgehängt.« Sabine verzog skeptisch den Mund. »Ich habe ihr gesagt, dass das teuer ist und sie dann Zeitungen austragen muss, damit wir uns das finanziell leisten können.«

Leonie riss bestürzt die Augen auf. »Binchen, brauchst du Geld? Ich kann dir aushelfen. Ich –«

Sabine winkte ab. »Melly soll einfach lernen, dass das hier nicht das Schlaraffenland ist und ich keinen Dukatenesel im Stall stehen habe. Dinge kosten Geld – auch Glasfaser-Super-Turbo-Internet.«

»Ja, ich denke, das ist pädagogisch sehr wichtig.« Leonie nickte anerkennend.

Sabine prustete los. »Du sprichst, als wärst du meine zuständige Sozialarbeiterin.«

»Entschuldige, ich finde es aber wirklich gut, dass du sie da in die Pflicht nimmst.«

»Na ja, schauen wir mal, wer am Ende des Tages die Zeitungen austrägt. Zuverlässigkeit ist nämlich eines der Wörter, die meine liebe kleine Melly noch nicht gelernt hat.« Sabine hielt ihr Glas ins Abendlicht. »Der ist lecker, fruchtig, wie flüssige Erdbeeren. Ich stell mal noch die zweite Flasche in den Kühlschrank.«

»Was hast du denn heute noch vor?«

»Leni, wir haben sturmfrei! Kein Gör, dem wir ein gutes Vorbild sein müssen, und morgen ist Sonntag. Ausschlafen! Wir werden bis in den frühen Morgen hier sitzen, Wein trinken, Käsehappen essen und quatschen.« Wie zum Beweis, dass sie an diesem Abend noch einiges vorhatte, leerte Sabine ihr Glas.

»Dann brauche ich aber dringend ein Mückenspray. Mich haben schon mindestens drei Biester angefallen.«

»Bring ich dir mit.« Sabine verschwand im Haus.

Leonie ließ den Blick wieder in die Ferne schweifen. Sabine wohnte ein Stück außerhalb von Gütlingen auf einem ehemaligen Aussiedlerhof. Haus und Scheune gehörten ihr, die Felder, die sich direkt im Anschluss an den Garten erstreckten, hatte ein Landwirt übernommen. Die alte Scheune hatte Sabine vor einigen Jahren zu einem kleinen Café ausgebaut, in dem sie freitag- und samstagnachmittags ihren eigenen Kuchen verkaufte.

Der Mais stand hoch auf den Feldern, etwas weiter dahinter erhoben sich die bewaldeten Hänge des Naturparks Schönbuch, zwischendrin gab es Streifen, die als Weinberge bewirtschaftet wurden. In der Ferne erklang der Ruf eines Milans, der auf der Suche nach einem späten Abendessen seine Kreise zog.

Leonie zuckte zusammen, als Racka unerwartet aufsprang und an den Zaun stürmte. Eine Katze ergriff fauchend die Flucht. So gemütlich und friedfertig der Labrador auch war, mit Katzen kam er nicht klar. Der Hund tapste zurück und legte seine Schnauze auf Leonies Schoß, in der Hoffnung auf einen Cracker oder Käsehappen zur Belohnung, weil er den Eindringling erfolgreich vertrieben hatte.

»Vergiss es, mein Freund.«

Mit einem enttäuschten Schnaufen trottete er wieder zur Hauswand. Seine feuchten Lefzen hatten eine feine Schleimspur auf ihrem Rock hinterlassen. Leonie wischte sie mit der Serviette weg.

Sabine kehrte auf die Terrasse zurück und drückte ihr eine Sprühflasche in die Hand. »Auf rein natürlicher Basis. Ich hoffe, du magst den Duft von Limette.«

Während Leonie sich Beine, Arme und Nacken einsprühte, füllte Sabine die leeren Weingläser und zündete ein paar Kerzen an.

»Wir haben seit Anfang des Jahres einen neuen Pfarrer.«

Leonie überlegte, wann sie das letzte Mal in einer Kirche gewesen war. Vermutlich an Weihnachten. »Und?«

Sabine hob die Schultern. »Er ist ganz fähig.«

»Darunter kann ich mir nichts vorstellen. Ist er streng? Achtet er darauf, dass seine Schäfchen regelmäßig in den Gottesdienst kommen und am Ende brav ihren Zehnten spenden?«

»Du wieder!« Sabine schüttelte ihre kurzen blonden Locken. Als Jugendliche war Leonie auf die Locken ihrer Schwester neidisch gewesen. Sabine hingegen hatte ihre widerspenstige Haarpracht verflucht. »Ich brauche gar nicht zum Friseur zu gehen. Das ist einfach nur Sauerkraut auf meinem Kopf«, hatte sie immer gejammert.

»Was bedeutet denn ›fähig‹?«, fragte Leonie. »Hat er dir die Beichte abgenommen und dir gesagt, wie du ein besserer Mensch wirst?«

Sabine rollte die Augen. »Wir sind evangelisch.«

»Deswegen kann man trotzdem beichten.«

»John kümmert sich. Er ist viel unterwegs in der Gemeinde, hat immer ein offenes Ohr. Er ist sich nicht zu schade mit anzupacken, wenn es was zu schaffen gibt.«

»Hast du gerade ›John‹ gesagt? Pfarrer John?«

»Ja.«

»Wo kommt er her? Afrika? Amerika?«

Sabine zuckte die Achseln. »Ich glaube, aus Karlsruhe. John ist sein Spitzname. Eigentlich heißt er Johannes.«

»Ihr nennt euren Pfarrer beim Spitznamen?«, fragte Leonie verdutzt.

»Warum denn nicht?«

Ja, warum auch nicht? Im Dorf kannte man sich schließlich.

»Wir können ja morgen in die Kirche gehen«, schlug Sabine vor. »Dann lernst du ihn kennen.«

»Hast du nicht vor zehn Minuten behauptet, wir könnten morgen ausschlafen?«

Die Sonne schimmerte durch die Vorhänge. Leonie hatte die Rollläden nicht heruntergelassen, als sie um drei Uhr morgens unter die Bettdecke gekrochen war. Den Kirchenbesuch hatten sie einvernehmlich vom Wochenendprogramm gestrichen. Eine weise Entscheidung, dachte Leonie, als sie müde die Augen öffnete. Sie hatte zwar keine Kopfschmerzen, fühlte sich aber dennoch leicht verkatert. Nach den zwei Flaschen Rosé hatte Sabine zum Abschluss noch einen Pflaumenschnaps serviert.

»Vom dorfeigenen Brenner«, hatte sie stolz verkündet und großzügig ausgeschenkt.

Es war ein herrlicher Abend gewesen. Sie hatten erzählt und

gelacht und ihre Zweisamkeit genossen. Solch unbeschwerte, ausgelassene Momente hatte Leonie in Ulm selten. Natürlich hatte sie Freunde, traf sich mit ihnen zum Golfspielen oder abends zum Essen oder Theaterbesuch, aber sie kamen alle aus ihrem beruflichen Umfeld, sodass die Gespräche sich früher oder später doch wieder um die Arbeit drehten.

Bei Sabine konnte sie ihren beruflichen Alltag hinter sich lassen. Ihre Schwester hatte nicht, so wie sie selbst, diesen rationalen, sachlichen Blick auf die Welt. Sie erfreute sich am Duft der Rosen, am sprießenden Gemüse in ihrem Garten und an den neunmalklugen Sprüchen ihrer Erstklässler, die sie an der Grundschule unterrichtete.

Leonie lauschte in die Stille des Hauses. Durch das geöffnete Fenster hörte sie die Kirchturmglocke zweimal schlagen. Sie sah auf die Uhr: halb elf. So spät! Das musste die Landluft sein. Sie schlug die Bettdecke zurück und schlich ins Bad. Nach einer Dusche, die ihre Lebensgeister weckte, stieg sie im Jogginganzug die Treppe hinunter. Racka begrüßte sie im Flur. Er wackelte so kräftig mit Rute und Hinterteil, als hätte er sie erneut sieben Monate nicht gesehen.

»Du hoffst auf dein Frühstück, gib's zu«, murmelte sie schmunzelnd. Sie kraulte den Labrador im Nacken und ging in die Küche. Zu ihrer Überraschung stand ein Tablett mit Frühstücksgeschirr auf dem Küchentisch. Die Kaffeemaschine – Sabine schwor auf ihre alte Filtermaschine – war befüllt, ein Zettel lehnte an der Glaskanne: »Gottesdienst ist um elf zu Ende. Ich hole Melly vom Bahnhof ab und bringe Brötchen mit. Bussi, Bine.«

»Echt jetzt?« Leonie wandte sich stirnrunzelnd dem Hund zu, der erwartungsvoll zu ihr aufsah. »Gibt's in diesem Kaff sonntagmorgens frische Brötchen?«

Racka legte den Kopf schief, als würde er ernsthaft über ihre Frage nachdenken. Leonie sah sich suchend um. Wo bewahrte Sabine die Leckerlis für den Vierbeiner auf? Sie schaltete die Kaffeemaschine ein und machte sich auf die Suche. In der Abstellkammer wurde sie fündig. Sie beglückte Racka mit einer

Knabberstange, goss sich ein Glas Orangensaft ein und ging auf die Terrasse.

Die Sonne strahlte bereits wieder vom azurblauen Himmel. Sie spannte die Sonnenschirme auf, um die Sitzgruppe zu beschatten. Statt sich hinzusetzen, spazierte sie mit ihrem Glas durch den Garten zu den Gemüsebeeten und versuchte zu erraten, was Sabine dort angepflanzt hatte. Sie naschte ein paar Himbeeren vom Strauch und pflückte noch eine Handvoll fürs Frühstück. Mit ihrer Ausbeute kehrte sie in die Küche zurück und machte sich daran, den Tisch auf der Terrasse zu decken.

Sie hatte es sich gerade mit einer Tasse Kaffee gemütlich gemacht, als sie von der anderen Seite des Hauses erregte Stimmen hörte. Eine war die von Sabine, und die andere musste zu Amelie gehören. Leonie ging ins Haus.

Die Tür wurde aufgeschlossen, Sabines wütende Stimme schallte durch den Flur. »Ich hatte es dir verboten! Das mache ich doch nicht ohne Grund, verflucht noch mal!«

»Ey, du bist so scheißkonservativ!«

»Hast du dich mal im Spiegel angesehen? Da! Stell dich da hin. Schau dich an. Schau dich an, verflucht!«

Oha, was war denn da los? Auf dem Weg in den Flur kam ihr Racka mit eingezogener Rute entgegen. Leonie blieb am Türrahmen stehen und sah den Grund von Sabines Zorn.

»Amelie?«, fragte Leonie ungläubig.

Das Mädchen drehte sich zu ihr um. »Tante Leo! Sag meiner Mutter bitte mal, dass sie nicht so einen Aufstand machen soll. In der Stadt ist das doch ganz normal.«

Leonie sah zu ihrer Schwester. Sabines Wangen waren rot gefleckt, und in den Augen schwammen schon wieder Tränen, vermutlich dieses Mal vor Zorn.

Leonie räusperte sich. Sie kannte sich mit Teenagern nicht gut aus und war sich nicht sicher, was sie vom Aussehen ihrer Nichte halten sollte.

»Was genau ist denn der Streitpunkt?«, versuchte sie, das Terrain zu sondieren.

»Das ist doch wohl offensichtlich!«, ereiferte sich Sabine.

»Ihre gebleichten Haare. Mit der Bleiche ruiniert sie sich die Haare, die Kopfhaut, ihren ganzen Körper. Das ist blankes Gift! Und es sieht fürchterlich aus.«

»Wo hast du das denn machen lassen?«, wandte Leonie sich an Amelie. Sollte man den Friseur verklagen? Diese Frisur – wenn man denn überhaupt davon sprechen konnte – war eine einzige Katastrophe. Amelies Haare waren weder blond noch weiß, sondern eher grau mit einem leichten Blauschimmer. Und sie sahen so strohig aus, als hätte sie sie stundenlang über einen heißen Föhn gehalten und anschließend mit einem rostigen Kamm bearbeitet.

»Wie, machen lassen? Das hab ich selbst gemacht. Dafür gehe ich doch nicht zum Friseur.«

»Und du findest das wirklich schön?«, fragte Leonie irritiert.

»Hier geht's doch nicht darum, schön zu sein! Das ist ein Statement. Wir zerstören die Welt! Wir verdrecken alles, beuten alles aus. Alles geht kaputt!« Amelie zog an ihren Haaren, als wollte sie sich die Strähnen ausreißen. »Ich krieg graue Haare, wenn ich sehe, wie ihr alle mit der Welt umgeht. Mit unserer Welt!«

»Ach so.« Leonie musterte ihre Nichte vom Kopf bis zu den Füßen. Sie trug ein verschlissenes T-Shirt, dazu ausgefranste Jeans-Shorts und Flipflops, die Zehennägel waren schwarz lackiert. »Hast du dir schon mal Gedanken darüber gemacht, wie viel Aufwand es für die Kläranlagen bedeutet, die Bleiche, die du benutzt hast, aus dem Wasser zu filtern?«

Amelie starrte sie mit offenem Mund an. Dann schnaufte sie wütend. »Ihr kapiert gar nichts!«

Sie stampfte die Treppe hinauf.

»Amelie!«, versuchte Sabine, ihre Tochter zu bremsen.

Leonie hob beschwichtigend die Hand. »Ich glaube, das bringt jetzt nichts. Ihr solltet euch beide etwas beruhigen, um eine Basis für ein vernünftiges Gespräch zu finden.«

»Du bist hier nicht in deinem Gerichtssaal!«, zischte Sabine wütend.

Aber dort hatte Leonie gelernt, mit streitenden Parteien umzugehen und zu vermitteln. Und was im Gerichtssaal funktionierte, sollte doch hier bei diesem kleinen Familienzwist auch klappen. Ihre Stimme blieb ruhig und sachlich. »Trotzdem nützt es nichts, wenn ihr euch jetzt anschreit. Das ist keine Ebene für ein Gespräch.«

»Doch, mir nützt es was!« Sabine konnte ihre Tränen nicht länger zurückhalten. »Hast du sie nicht angesehen? Sie sieht aus wie eine Vogelscheuche.«

»Das war ja anscheinend der Sinn der Aktion.«

»Oh, Leo! Sie hatte so schöne blonde Haare. Die sind ruiniert.« Sabine wischte sich mit dem Handrücken über die Augen und schniefte trotzig. »Ein Statement! Mein Gott, dann soll sie ein Transparent malen und es meinetwegen in unseren Vorgarten stellen. Aber doch nicht so was!«

»Sie ist in der Pubertät.«

»Wenn du jetzt sagst, dass es pädagogisch sehr wichtig ist, wenn wir uns streiten, schrei ich.«

Leonie schmunzelte. »Du schreist schon die ganze Zeit. Vielleicht frühstücken wir erst einmal in Ruhe? Mit Kaffee und Marmeladenbrötchen sieht die Welt schon wieder besser aus.«

»Aber meine Tochter ist dann immer noch eine Vogelscheuche.«

»Sie hätte sich auch eine Glatze rasieren und ›No Future‹ auf die Kopfhaut tätowieren lassen können.«

»Oh Gott!« Sabine sah entsetzt zur Treppe, um sich zu vergewissern, dass Amelie nicht mehr dort stand. »Bring sie nicht auf Ideen.«

»Frühstück?«

Sabine atmete tief durch. »Ich muss erst diese schlechte Aura hier im Haus beseitigen.«

Sie ging in die Küche, öffnete einen Schrank und nahm ein Räucherbündel heraus. Wenig später verteilte sie mit einer Feder wedelnd den Duft von Weißem Salbei in den Zimmern und im Flur.

Trotz des wunderbar sonnigen Tages war die Stimmung beim Frühstück getrübt. Sabine litt unter dem Streit mit ihrer Tochter.

»Sie war immer so ein Sonnenschein. Aber seit ein paar Monaten ist sie wie ausgewechselt. Alles, was ich mache, ist total spießig, uncool oder einfach nur doof. Ich komm gar nicht mehr an sie ran. Ich versuche, nachhaltig zu leben. Ich mein, schau dich um: Ich baue Obst und Gemüse an, kaufe Eier von glücklichen Hühnern und Milchprodukte beim Biobauern, obwohl das alles verdammt teuer ist. Aber denkst du, das Fräulein hat es nötig, mir mal beim Gießen der Beete zu helfen? Vom Unkrautjäten rede ich gar nicht erst.«

»Siehst du das nicht alles gerade ein bisschen sehr negativ?«

Sabine schnaufte resigniert. »Ihre schönen Haare.«

Leonie musterte ihre Schwester nachdenklich. Normalerweise gab es für Sabine wenig, was nicht mit einem Lachen und ein paar Räucherstäbchen zu bewältigen war. Doch an diesem Wochenende wirkte sie ziemlich unausgeglichen.

»Ich rede mal mit Melly«, bot Leonie an.

Sabine grinste gequält. »Viel Glück.«

Während Sabine das Geschirr abräumte, stieg Leonie die Treppe ins Dachgeschoss hinauf und klopfte an die Zimmertür ihrer Nichte. Nachdem ein mürrisches »Ja« von der anderen Seite gekommen war, ging sie hinein.

Der Raum war klein und gemütlich. Das Bett stand unter der holzvertäfelten Dachschräge, ein Schreibtisch war vor einem kleinen Fenster platziert worden. Statt eines Kleiderschranks hatte Amelie eine mobile Kleiderstange an eine Wand gestellt und einen geflochtenen Paravent als Sichtschutz davor aufgebaut, Tücher und T-Shirts hingen darüber.

Amelie lag bäuchlings auf dem Bett, den Blick auf ihr Smartphone geheftet.

»Hallo«, versuchte Leonie die Aufmerksamkeit ihrer Nichte auf sich zu lenken.

Amelie sah über die Schulter zu ihr. »Hey.« Sie zog schnuppernd die Nase kraus. »Hat sie wieder geräuchert?«

»Ja.« Leonie überlegte kurz, ob sie sich zu ihrer Nichte auf die Bettkante setzen sollte, entschied sich dann aber für den Schreibtischstuhl. »Ich hatte gehofft, dass du noch zum Frühstück zu uns kommen würdest.«

»Um euch zuzusehen, wie ihr Kaffee aus Südamerika trinkt?«

»Der ist immerhin Fairtrade.«

»Ändert nix daran, dass die Bohnen erst einmal mit Öltankern um den halben Globus geschifft werden.«

Wo Amelie recht hatte, hatte sie recht. Leonie hob die Schultern. »Hier wachsen leider keine Kaffeebohnen.«

»Gibt Malzkaffee.«

»Der hat aber kein Koffein.« Und schmeckt auch nicht, ergänzte Leonie stumm.

»Wenn ihr alle so weitermacht, dann können wir bald in Deutschland Kaffeebohnen anbauen.«

»Das wage ich zu bezweifeln. Kaffee braucht ein ausgewogenes Klima, hier wird es im Sommer zu warm und im Winter zu kalt.«

Amelie richtete sich auf. »Echt? Du hast darüber schon nachgedacht?«

»Ich denke über vieles nach. Zum Beispiel darüber, warum du dir die Haare ausgerechnet grau gefärbt hast.«

»Weil ich, wenn hier nichts passiert, vermutlich nicht so alt werde, dass mir jemals graue Haare wachsen. Und weil du vorhin was von Klärwerk gesagt hast: Ich hab mit Nele gechattet, und wir haben das gegoogelt. Das Mittel, das wir verwendet haben, ist komplett biologisch abbaubar.«

»Das ist gut, aber gereinigt werden muss das Abwasser trotzdem.« Leonie sah auf das Smartphone, das Amelie während des Gesprächs nicht aus der Hand gelegt hatte. »Hast du dir schon mal Gedanken darüber gemacht, wie viel Energie deine Surferei und Chatterei kostet?«

Amelie verzog das Gesicht. Das Smartphone. Nabel zur Welt und der Schwachpunkt eines jeden Teenagers.

»Dafür trinke ich keinen Kaffee, esse kein Fleisch, wir haben kein Auto und überhaupt!«

»Du rettest die Welt nicht, indem du das eine gegen das andere aufwiegst. Weltretten fängt bei dir selbst an, egal, was die anderen machen.«

Mit einem Kratzen an der Zimmertür machte sich Racka bemerkbar. Leonie ging zur Tür und ließ den Hund herein. Amelie klopfte auf ihre Matratze. Eine Einladung, die sie dem Labrador nicht zweimal geben musste.

»Das finde ich nicht gut«, konnte Leonie sich einen Tadel nicht verkneifen.

»Racka ist mein Hund, und das ist mein Zimmer und mein Bett.«

Und deine Gesundheit, ergänzte Leonie still. Sie hoffte, dass sich Amelie keine Zecke einfing.

# 2

Wusch. Der Schlägerkopf landete mit Karacho im Rasen. Der Golfball kullerte unbeeindruckt vom Tee ins Gras.

»Zum Umgraben ist das nicht das richtige Werkzeug.«

Leonie warf Jochen einen grimmigen Blick zu. Die Sonne strahlte wie seit Wochen schon erbarmungslos von einem wolkenlosen Himmel auf den Platz. Es war Anfang August, und die Temperaturen stiegen täglich über die Dreißig-Grad-Marke. Der Schweiß rann ihr zwischen den Schulterblättern hinunter. Ihr Spielpartner hingegen wirkte frisch wie der junge Morgen und war gut gelaunt.

Jochen Gruber entsprach an diesem Freitagnachmittag einem Golfspieler par excellence: karierte Golfhose, beige mit dünnen grünen und roten Linien, dazu helle Golfschuhe und ein kurzärmeliges rotes Hemd. Die dunkelblonden Haare lugten unter seiner beigefarbenen Schirmmütze hervor. In seinen blauen Augen blitzte leichter Spott.

»Wenn du so viel Aggression in dir hast, solltest du lieber zum Boxen gehen, anstatt unseren schönen Platz zu malträtieren.« Er reichte ihr ein Tuch.

Sie hob den Driver, wischte mit dem Tuch Gras und Erde vom Schlägerkopf. »Das war der erste Schlag, der danebengegangen ist.«

»Wir sind aber auch erst bei Loch drei, und du hast schon bei Loch eins gespielt wie eine Anfängerin. So kenne ich dich gar nicht.«

Leonie schnaufte genervt. Vielleicht hatte Jochen recht. Statt zu versuchen, mit Yoga und Golf ihr mentales Gleichgewicht zu finden, sollte sie ihre Wut an einem Sandsack rauslassen. Ihre Laune war im Keller.

»Was ist los, Leo?«

»Ich hatte diese Woche nur fürchterliche Fälle auf dem Tisch.«

»Das haut dich doch sonst nicht aus den Socken.« Jochen platzierte ihren Ball zurück auf den Tee.

»Was machst du da?«

»Du wiederholst den Abschlag.«

»Aber –«

»Wir spielen kein Turnier. Das ist Freizeit. Also bitte.« Er winkte einladend Richtung Abschlag. »Aber dieses Mal mit Gefühl.«

Leonie nahm Maß, versuchte sich zu konzentrieren. Sie pendelte mit dem Schläger, visierte mit dem Blick ihr Ziel an. Wozu das Ganze, ging es ihr frustriert durch den Kopf. Verdammt, konzentriere dich auf das Spiel, ermahnte sie sich. Aber es wollte ihr nicht gelingen. Sie ließ den Schläger sinken und richtete sich wieder auf. »Ich will Kaffee und Käsekuchen.«

»Okay«, erwiderte Jochen perplex. »Ist eh verdammt heiß in der Sonne.«

Sie nahmen ihre Golfbags und spazierten zurück zum Clubhaus.

»Sie haben mich wieder nicht genommen«, brachte Leonie endlich über die Lippen, was sie schon den ganzen Tag beschäftigte. Am Morgen hatte sie erfahren, dass die ausgeschriebene Richterstelle am Landgericht anderweitig vergeben worden war.

»Das tut mir leid.« Jochen wusste sofort, wovon sie sprach.

Sie suchten sich einen schattigen Platz auf der Terrasse des Clubhauses und gaben ihre Bestellung auf.

»Ich verstehe das nicht!« Leonie strich sich ratlos die Haare aus der verschwitzten Stirn. »Ich bin zuverlässig. Ich bin integer. Ich habe großartige Referenzen. Ich bearbeite mehr Fälle als die meisten meiner Kollegen. Was mache ich falsch?«

»Ich bin, ehrlich gesagt, genauso ratlos wie du. Du hättest es wirklich verdient.« Jochen lächelte bedauernd und berührte sanft ihre Finger.

Sie entzog ihm ihre Hand. »Bitte kein Mitleid. Ich brauche einen Ratschlag. Was soll ich machen? Ich stagniere … Ich bin zweiundvierzig und will noch ein bisschen was erreichen in diesem Leben.«

»Das wirst du auch.«

»Ja, wenn ich mich bei einem Konzern bewerbe, der meine Fähigkeiten zu schätzen weiß.« Das war der Ratschlag ihrer Mutter gewesen, nachdem ihre zweite Bewerbung vor einem Jahr gescheitert war. »Vielleicht hätte ich gleich nach dem Studium diese Richtung einschlagen sollen.«

»Aber das bist doch nicht du. Was willst du in einem Konzern, in dem es nur um Macht und Geld geht?« Jochen sah sie stirnrunzelnd an. »Dir ging es immer darum, etwas für die Gesellschaft zu tun und dafür zu sorgen, dass es gerecht zugeht.«

»Ich möchte aber auch gerecht behandelt werden. Ich habe das Zeug zur Vorsitzenden Richterin. Und jetzt bekomme ich nicht einmal den Posten als Beisitzerin.«

Sie unterbrachen, als die Servicekraft Kaffee und Kuchen servierte. Leonie schob sich gierig eine Gabel in den Mund. Der Käsekuchen war lecker, wenn auch nicht so gut wie der von Sabine. Aber Sabine war eine Meisterbäckerin. Da kam ohnehin niemand ran.

»Vielleicht müsstest du deine Vita ein bisschen aufpeppen«, merkte Jochen nach einer Weile an. »Acht Jahre Amtsgericht Ulm, da denken einige vielleicht, du hast dich gut eingerichtet.« Er beugte sich ein Stück näher zu ihr. »Sieh es mal so: Du bist gut in dem, was du machst. Warum sollte man dich da wegbefördern?«

Leonie ließ die Gabel, die sie gerade zum Mund hatte führen wollen, wieder sinken. »Was ist denn das für eine verquere Logik?«

»Die ist gar nicht so verquer. Weißt du, warum es so viele unfähige Manager in den großen Unternehmen gibt? Weil sie die Karriereleiter schnurgerade hinaufklettern, bis sie auf einem Posten landen, auf dem sie scheitern. Und da sitzen sie dann und klammern sich daran fest.«

»Oder sie bekommen fürs Scheitern eine grandiose Abfindung«, erwiderte Leonie bitter. Als »Peter-Prinzip« war diese Theorie nach dem Autor Laurence J. Peter benannt. »Aber so ist es doch nicht bei mir. Ich bin gut in meinem Job! Ich habe das Zeug dazu, Richterin am Landgericht zu werden.«

»Natürlich hast du das Zeug dazu. Aber wissen das die richtigen Leute? Vermittelst du das? Du musst dich stärker profilieren, herausstechen aus der Menge.«

Leonie stöhnte auf. »Du verdirbst mir gerade den Käsekuchen.«

Jochen lächelte bedauernd. »Das war nicht meine Absicht. Aber du musst dir was überlegen. Zeigen, dass mehr in dir steckt.«

»Irgendwelche Vorschläge?« Ihr fehlte an diesem Tag die Phantasie, dazu war sie noch immer zu frustriert.

»Du könntest versuchen, einen Lehrauftrag an der Uni zu bekommen.«

Leonie zog eine Grimasse. »Ich weiß nicht, ob das mein Ding ist.«

»Denk wenigstens mal darüber nach. Du kannst gut erklären, und bei Diskussionen hattest du immer das letzte Wort. Weißt du noch, im Ref?«

Die Erinnerung rang ihr tatsächlich ein wehmütiges Lächeln ab. Wie oft hatten sie während des Referendariats nächtelang gemeinsam über Fälle diskutiert. Was ist Recht? Was ist Gerechtigkeit? War ein Urteil korrekt, oder hätte man anders entscheiden können? Es schien Ewigkeiten her. Sie hatte so viele Träume gehabt, wollte es, wie ihr Vater, bis ans Landgericht schaffen. Vielleicht sogar noch weiter.

Und jetzt saß sie mit zweiundvierzig Jahren mit ihrem Ex-Freund bei Kaffee und Kuchen und ließ sich von ihm Karrieretipps geben. Aber Jochen kannte sie seit mehr als zwanzig Jahren. Wenn nicht er, wer sonst sollte ihr Ratschläge geben können? Und er hatte recht. Sie sollte nicht auf ihrem Posten sitzen und warten, dass ihr die ersehnte Position zuflog, nur weil sie fleißig und zuverlässig war. Sie musste aktiv werden. Initiative zeigen.

»Ich überlege mir was.« Sie schob sich das letzte Stück Kuchen in den Mund und nickte zuversichtlich. Genug gejammert. Sie würde sich von so einer blöden Absage nicht ihre Träume nehmen lassen.

Leonie hatte die Fenster ihrer Wohnung weit geöffnet, um den Hitzestau in den Räumen zu bekämpfen. Aber es regte sich kein Windhauch, lediglich der Ventilator brachte ein bisschen Bewegung in die warme Luft. Von der Straße drangen Motorengeräusche und Stimmengemurmel zu ihr hinauf.

Nachdem sie vom Golfplatz zurückgekehrt war und geduscht hatte, hatte sie es sich auf ihrem Sofa gemütlich gemacht, die Beine ausgestreckt, den Laptop auf dem Schoß und ein feuchtes Tuch im Nacken, um die Hitze besser zu ertragen. Seit zwei Stunden surfte sie mittlerweile auf der Suche nach einem passenden Lehrauftrag an einer Universität durchs Internet.

Da es an der Universität Ulm keine juristische Fakultät gab, hatte sie die Seiten der Unis im Umkreis von gut einhundert Kilometern durchforstet, aber es schien zurzeit keinen Bedarf an neuen Lehrenden im Bereich Rechtswissenschaften zu geben. Vielleicht lief das eher über Beziehungen und persönliche Kontakte?

Sie könnte am Montag bei der Uni Tübingen anrufen und nachfragen. Ein Lehrauftrag in Tübingen wäre nett, dann könnte sie Sabine öfter sehen. Der Gedanke war verlockend. Aber wie sollte sie sich dort vorstellen? Sie hatte keinerlei Lehrerfahrung.

Entnervt stellte sie ihren Laptop auf den Couchtisch. In ihrem Kopf war ein Gedankenstau, der keine sinnvolle Idee durchließ. Sie richtete sich auf, das feuchte Tuch rutschte von ihrem Nacken herab. Sie nahm es schnell auf, damit es keinen Fleck auf dem Sofa hinterließ.

Ihr Blick wanderte ziellos durch die Wohnung. Alles war aufgeräumt und an seinem Platz. Lediglich ihr Laptop und der Block, den sie sich für Notizen bereitgelegt hatte, durchbrachen geringfügig die Ordnung. Sie dachte an Sabines Häuschen mit all ihrem Klimbim. Was ihre Schwester wohl gerade machte? Vermutlich saß sie auf der Terrasse und genoss den Blick in die Natur, dazu gab es Wein vom regionalen Winzer und selbst gebackene Knabberstangen.

Leonie stand auf und ging zum Sideboard. In einer Schublade lag die Schachtel mit den Duftölen, die Sabine ihr bei ihrem letzten Besuch mitgegeben hatte. Sie öffnete die Packung und las die Beschriftungen: »Entspannung«, »Ruhe und Gelassenheit«. Und was war das? »Lebensfreude und Selbstvertrauen« versprach das Etikett auf der kleinen braunen Flasche.

»Soso, Schwesterherz, denkst du, das habe ich nötig?« Sie lächelte liebevoll und hoffte, dass Sabine spürte, dass sie an sie dachte.

Auf dem Beistelltisch stand der Diffuser, den Sabine ihr zu Weihnachten geschenkt hatte. Sie füllte das Gerät mit Wasser und ein paar Tropfen »Lebensfreude und Selbstvertrauen«. Wenig später strömte ein frischer Duft nach Orange und Bergamotte aus dem Gerät. Sie sog das Aroma ein. Es roch nach Sommerurlaub und Winterpunsch zugleich.

Leonie trat ans Fenster, schaute hinauf zum abendlichen Himmel, lauschte dem geschäftigen Treiben. Es war ein herrlicher Spätsommerabend. Die Menschen hielt es nicht in ihren Wohnungen, sie waren draußen, genossen die Wärme und das Zusammensein.

Sie sollte öfter ausgehen, statt immer nur daran zu denken, dass sie unbedingt noch dieses oder jenes erledigen musste und am nächsten Morgen der Wecker um sechs Uhr klingeln würde. Aber es widerstrebte ihrem Pflichtbewusstsein. Als Richterin trug sie eine hohe Verantwortung. Sie entschied über das Wohl, das Leben und die Zukunft anderer Menschen. Da musste sie ausgeruht und belastbar sein. Und das ging nicht, wenn sie abends zu lange an der Donau saß und zu viel Wein trank.

Aber so kam sie nicht weiter. Irgendetwas musste sich ändern. Seufzend wandte sie sich um, ließ erneut den Blick durch das Zimmer gleiten. Zu ihrer Linken umrahmte ihr gemütliches Sofa mit den zwei Sesseln, alles in warmem, dunklem Rot, den niedrigen Couchtisch aus Akazienholz. Auch das Sideboard und der kleine Beistelltisch waren aus dem dunklen Holz. An der Wand hing ein großer Flachbildfernseher. Daneben hatte sie in Silberrahmen ein paar Familienfotos dekoriert.

Auf der anderen Seite des Raumes war die Küchenzeile – modern, mit glatten hellgrauen Flächen. Eine schmale Theke mit vier hohen Bistrostühlen trennte den Essbereich vom Wohnzimmer. Eine Schale mit frischem Obst bildete unter einem schützenden Insektennetz einen sommerlichen Farbklecks.

Sie hörte, wie ihr Laptop in den Ruhemodus schaltete. Pause. Wie konnte sie ihre Vita aufpeppen? Mit einem Lehrauftrag? Sie war noch immer nicht überzeugt von dem Gedanken. Wäre das tatsächlich etwas für sie? Oder schmeichelte es ihr lediglich, dass Jochen ihr so eine Tätigkeit zutraute?

Sie könnte mit ihrer Mutter sprechen. Die hielt nach ihrem Renteneintritt weiterhin regelmäßig Vorträge. Von ihr könnte sie sicherlich Tipps bekommen, wie man in einem Hörsaal referierte. Aber wenn sie ihre Mutter jetzt anrief, würde sie keine Ruhe geben, bis Leonie tatsächlich einen Lehrauftrag angenommen hatte. Und das würde sie noch mehr unter Druck setzen.

Sie schnaufte ratlos. Herumzustehen und zu grübeln half ihr nicht weiter. Es war Flachswickel-Zeit. Sie war bei Weitem keine so gute Bäckerin wie Sabine, aber eines konnte sie hervorragend: Flachswickel backen. Dieses kleine Hefegebäck hatte ihr schon so manches Mal geholfen, ihren Kopf wieder freizubekommen, wenn sich ihre Gedanken festgefahren hatten. Dass es in ihrer Wohnung sommerlich warm war und die Hitze des Backofens aus dem Zimmer eine Sauna machen würde, war ihr egal.

Entschlossen ging Leonie zur Küchenzeile. Das Rezept kannte sie auswendig. Sie nahm alle Zutaten, die sie brauchte, aus den Vorratsschubladen und dem Kühlschrank. Rührschüssel, Küchenwaage und Mixer kamen hinzu. Sie wog die Zutaten sorgfältig ab, wärmte die Milch leicht an, um die frische Hefe darin aufzulösen. Mit dem Kochthermometer überwachte sie die Temperatur der Milch. Sie durfte nicht zu warm werden, maximal dreißig Grad, besser achtundzwanzig, damit die Hefe gut aufging.

Sie füllte Butter in eine Schüssel, rührte sie mit dem Mixer cremig, schlug die Eier auf und mengte sie unter. Dann noch Mehl und eine Prise Salz. Zum Schluss fügte sie die Milch-Hefe-Mischung hinzu und verknetete alles mit den Händen zu einem glatten Teig. Während der Teig ruhte, räumte sie die Küche auf und bereitete das Backblech vor.

Leonie summte zufrieden vor sich hin. Es tat gut, den Kopf eine Weile auszuschalten und mit den Händen zu arbeiten. Sie wusste, dass in ihrem Unterbewusstsein die vielen Gehirn-zellen an der Lösung ihres Problems arbeiteten. Der Duft des Hefeteigs vermischte sich mit den Orangen- und Zitrusaromen aus dem Diffuser.

Lebensfreude und Selbstvertrauen. An Selbstvertrauen mangelte es ihr nicht. Sie wusste, was sie konnte, und sie wusste, dass sie gut war in dem, was sie tat. Ihr mangelte es an Kreativität. Ihr fehlte eine Inspiration für ihr berufliches Vorankommen.

Inspiration erhielt man, indem man gewohnte Pfade verließ. Sich auf Neues einließ. Aber vertraute Routinen zu durch-brechen kostete Kraft und barg das Risiko des Scheiterns in sich.

»Es ist besser, etwas zu versuchen, als später zu bereuen, dass man es nie versucht hat« war eine Weisheit ihrer Schwester, wenn sie wieder einmal eine unkonventionelle Idee hatte, wie beispielsweise durch einen One-Night-Stand zu einem Kind zu kommen und im nächsten Schritt als alleinerziehende Teilzeit-Grundschullehrerin ein altes Bauernhaus zu kaufen und zu bewirtschaften.

Aber so war Sabine immer gewesen. Sie hatte eine Idee, und die wurde ausprobiert. Meistens war sie gut damit gefahren, manches Mal gescheitert. Leonie war anders. Sie brauchte Ordnung, Gewissheit und Sicherheit. Sie wog ihre Entscheidungen sorgfältig ab, maß das Risiko, überdachte alle möglichen Varianten und Folgen, bevor sie einen Entschluss fasste.

Das Klingeln des Kurzzeitweckers erinnerte sie daran, dass der Teig lange genug gegangen war. Sie knetete ihn noch einmal durch, teilte ihn dann in kleine, gleich große Portionen – sie wog jedes Teigstück einzeln aufs Gramm genau ab –, formte sie zu länglichen Rollen und zwirbelte daraus kleine Wickel.

Während die Teiglinge erneut ruhten, ging sie zum Couchtisch, um ihren Laptop auszuschalten. Als sie ihn aus dem Ruhemodus holte, signalisierte ihr ein roter Punkt den Eingang einer E-Mail. Gewohnheitsgemäß öffnete sie ihr Postfach. Jochen hatte ihr einen Link geschickt: Austausch- und Hospitationsprogramme für Richterinnen und Richter aller Gerichtsbarkeiten im europäischen Ausland.

# 3

»Mama, ich bin weg!«, rief Amelie aus dem Flur.

Sabine kam aus der Küche. Ihre Tochter hatte die Hand schon auf die Türklinke gelegt. Sie trug Shorts und Top, die Tasche mit den Badesachen hatte sie über die Schulter gehängt.

»Nicht so schnell. Warst du schon mit Racka draußen?«

Amelie verzog das Gesicht. »Ich dachte ... ist doch so warm, kannst du nicht später ...«

Sabine schnaufte genervt. »Mama, wenn ich einen Hund habe, gehe ich jeden Tag mit ihm raus. Morgens vor der Schule und mittags und abends, du musst dich um nichts kümmern«, äffte sie die Stimme der damals Zehnjährigen nach.

»Och, Mama, bitte ...«

»Ich muss noch in den Garten und um zwei das Café aufmachen. Eigentlich wolltest du mir heute bei der Birnenernte helfen.«

»Können wir doch morgen machen.« Amelie trat ungeduldig von einem Fuß auf den anderen. »Und Racka geht sowieso viel lieber mit dir als mit mir.«

Ja, weil ich nicht die ganze Zeit auf mein Smartphone starre, dachte Sabine verärgert. »Morgen kümmerst du dich um ihn! Und sieh zu, dass es heute nicht so spät wird. Spätestens wenn das Freibad schließt, kommst du nach Hause.«

»Menno, es ist der letzte Ferientag. Ich hab die alle soooo lange nicht gesehen, und wir wollen noch 'n bisschen feiern.«

Sabine spürte, wie ihre Tochter sie wieder weichkochte. »Du übernimmst morgen früh die Gassirunde, und du hilfst mir nachmittags im Café.«

Amelie stieß genervt die Luft aus. »Ja, okay.«

»Versprochen?«

»Ja-a. Kann ich jetzt endlich los?«

»Zisch ab und pass auf dich auf.« Sabine wollte ihr einen Kuss zum Abschied geben, da war Amelie schon zur Tür hinaus. Kein Kuss zum Abschied, kein Dank dafür, dass sie ihr die Gassirunde abnahm. Stattdessen nur der genervte Blick eines verwöhnten Teenagers.

Sabine kehrte in die Küche zurück. Racka lag auf seiner Decke und blickte sie mit seinen dunklen Augen an.

»Du kannst ja nichts dafür, ich weiß.« Sie ging in die Hocke und kraulte den Labrador, der sogleich seinen Kopf auf ihre Knie legte. Racka war von Anfang an mehr ihr Hund als der von Amelie gewesen. Und das, obwohl Amelie ihn zu sich ins Bett holte, was Sabine zwar verboten hatte, aber tolerierte.

Sabine fütterte Racka regelmäßig, hatte jahrelang mit ihm die Hundeschule besucht, und inzwischen war sie es auch, die meistens mit ihm spazieren ging. Leonie hatte sie damals gewarnt, als sie ihr erzählt hatte, dass Amelie sich einen Hund zum Geburtstag wünschte und sie schon mit einem Züchter im Gespräch war. »Das geht maximal sechs Wochen gut, und dann bleibt die ganze Arbeit an dir hängen. Hast du nicht schon genug zu tun?«

Sabine hatte die Bedenken ihrer Schwester in den Wind geschlagen, um sechs Wochen nach Amelies Geburtstag festzustellen, wie recht Leonie gehabt hatte.

Es machte ihr nichts aus, sich um den Hund zu kümmern. Sie liebte Racka, der einen herzensguten Charakter hatte und sie immer wieder mit seiner Verspieltheit zum Lachen brachte. Und an den einsamen Abenden zu Hause tat ihr seine Gesellschaft gut. Aber dass Amelie so wenig Verantwortungsbewusstsein an den Tag legte, enttäuschte sie.

Sie sollte ihre Tochter stärker in die Pflicht nehmen, doch ihr Alltag war so voll mit allen möglichen Aufgaben, dass sie oft keine Kraft für noch mehr Auseinandersetzungen mit Amelie hatte, die ohnehin gerade ständig auf Streit gepolt war.

An manchen Tagen fragte sie sich, ob es daran lag, dass Amelie ohne Vater aufwuchs. Es fehlte die männliche Bezugsperson. Und ihr selbst fehlte jemand, der ihr den Rücken stärkte oder mal den Nacken massierte, wenn sie erschöpft war von all der Arbeit und den Wortgefechten mit ihrer Tochter.

Ihr Blick fiel auf den Korb, den sie auf dem Küchentisch abgestellt hatte, bevor Amelie sich verabschiedet hatte.

»Ich pflücke jetzt geschwind ein paar Birnen, danach drehen wir zwei eine kleine Runde, und dann verkaufe ich den ganzen Kuchen innerhalb von drei Stunden im Café, und wir machen uns einen gemütlichen Abend auf der Terrasse. Was meinst du?«

Racka legte den Kopf schräg und klopfte begeistert mit der Rute auf den Boden.

»Na, dann komm mit.«

Sie nahm den Korb und marschierte hinaus in den Garten. Wenn sie später mit Racka Gassi ging, konnte sie an ihrer Schule vorbeischauen, ob wichtige Informationen in ihrem Postfach lagen. Das meiste erhielt sie zwar digital, dennoch gab es gerade zum Schuljahresanfang immer noch einiges an Papierkram zu erledigen.

Sie holte die Gartenleiter aus dem Geräteschuppen und lehnte sie an den Baum. Birnen waren ein sensibles Obst. Wenn sie vom Baum fielen, bekamen sie Druckstellen und unansehnliche Flecken und konnten dann nicht mehr gelagert werden. Daher machte Sabine sich die Mühe, die Früchte regelmäßig frisch vom Baum zu pflücken, sobald sie erntereif waren.

Sie streifte sich den Korb über den Arm und stieg die Leiter hinauf. Max hatte bei seinem letzten Besuch gesagt, der Baum müsse unbedingt einmal geschnitten werden. Aber ihr ging es nicht um maximalen Ertrag, und sie liebte die ausladenden, dicht gewachsenen Äste, die in den heißen Sommern wunderbaren Schatten spendeten.

Während Racka sich hechelnd an die Hauswand legte, streckte sie sich von Zweig zu Zweig, um die Birnen zu ernten. Bienen und Wespen surrten umher, und sie achtete darauf, nicht versehentlich eine Birne zu greifen, auf der gerade eine Wespe Platz genommen hatte.

Vielleicht sollte sie sich mal Johns Räucherpfeife leihen,

überlegte sie, als eine Wespe ihr aufgebracht um den Kopf surrte. Pfarrer John war Hobby-Imker. Von ihm hatte sie in der kurzen Zeit, die sie ihn kannte, einiges über das Verhalten von Bienen und Wespen gelernt.

Sie drehte eine Birne vom Zweig und legte sie in den Korb. Die Wespe schwirrte noch immer lästig um ihren Kopf. Sabine versuchte, das Insekt mit der Hand zu verscheuchen, damit es sich nicht in ihren Locken verfing und ihr womöglich in Panik in den Kopf stach. Aber das erregte die Wespe nur noch mehr. Sabine wich zurück, wedelte erneut mit der Hand. Die Wespe verheddert sich in ihren Haaren. Sie schüttelte den Kopf, die Leiter ruckte. Sabine geriet aus dem Gleichgewicht und schnappte haltsuchend nach einem Ast.

Maximilian Häfner öffnete die Seitenscheiben seines Wagens. Er genoss den warmen Fahrtwind auf dem Weg von seiner Streuobstwiese zurück ins Dorf. Trotz des trockenen Sommers waren seine Bäume gut durchgekommen, und wenn nicht ein Hagelschauer in den nächsten Wochen alles zunichtemachte, konnte er mit seiner Ernte zufrieden sein.

Anfang Oktober wollte er Äpfel und Birnen pflücken und Saft machen. Er freute sich, dass Sabine wieder ihre Hilfe zugesagt hatte. Gemeinsam waren sie schneller, und es machte viel mehr Spaß. Er war auf dem Weg zu ihr. Er hatte die letzten Zwetschgen geerntet und wollte sie ihr vorbeibringen.

Es war ein Arrangement, das sie vor gut einem Jahr getroffen hatten. Er lieferte ihr frisches Obst von seiner Streuobstwiese, sie zauberte daraus Kuchen, Konfitüren und andere Leckereien, von denen er immer einen kleinen Teil abbekam. Er hatte die Obstwiese als Ausgleich zu seiner Arbeit als Zimmermann gekauft. Es war sein Hobby, er musste nicht von dem Ertrag leben und war froh, mit Sabine eine Abnehmerin gefunden zu haben, die die Früchte verwertete.

Die Felder, die den Landwirtschaftsweg säumten, waren zum Teil abgeerntet und neu bestellt. Zwischendrin standen Blühstreifen mit Bienenweide und Sonnenblumen. Ein Bussard zog seine Kreise. Max summte gut gelaunt die Lieder im Radio mit.

Obwohl sie beide schon lange in dem kleinen Dorf lebten, waren sie sich erst vor zwei Jahren begegnet. Sabine war mit ihrem Hund an seiner Wiese vorbeigekommen, als er Äpfel eingesammelt hatte, und hatte ihn in ein Gespräch verwickelt. Sie habe nur einen Birnbaum im Garten, dabei schmeckten ihr Äpfel viel besser. Er hatte ihr spontan eine Stiege Tafeläpfel geschenkt. Da sie mit Racka unterwegs gewesen war, hatte er angeboten, ihr die Äpfel auf dem Heimweg vorbeizubringen. Der Beginn einer Freundschaft.

Er mochte Sabines unbekümmerte, ehrliche Art, ihren positiven Blick auf die Welt. Und auch ihre sentimentale Ader, wenn sie um einen toten Vogel trauerte, den sie am Straßenrand liegen sah. Für sie schien das Leben keine Prüfung, sondern ein Geschenk zu sein.

Max bog von der Kreisstraße auf den schmalen Weg ein, der zu dem kleinen Aussiedlerhof führte, auf dem Sabine mit ihrer Tochter wohnte und wo sie an den Wochenenden ein kleines Café betrieb. Wie so oft kam ihm der Gedanke, dass das Haus wunderschön war, das Dach aber unbedingt renoviert werden sollte. Er wusste, dass Sabine das Geld dafür fehlte. Sie arbeitete in Teilzeit als Grundschullehrerin, und der Gewinn aus dem Kuchenverkauf in ihrem Café war eher Taschengeld als Rendite.

Ein seltsames Gefühl überfiel ihn, als er sich dem Grundstück näherte. Durch die geöffneten Fenster hörte er Racka schon von Weitem bellen. Das war kein spielerisches Bellen, es war ein Ruf. Er bremste hart und sprang aus dem Wagen. »Bine?«

Der Hund kam aus dem Garten gerast, bellte wie toll.

»Was ist los?« Er wollte das Tier streicheln, aber Racka lief nur aufgeregt vor und zurück.

»Wo ist Bine?«

Wieder ein Bellen. Der Hund rannte zum Garten. Max folgte ihm. Entsetzen erfasste ihn, als er die umgestürzte Leiter sah. Er tastete nach seinem Handy. Verflucht, es lag im Auto. Er raste zurück, nahm Handy und Verbandskasten. Er drückte auf die Notruftaste und stürmte wieder in den Garten.

✳✳✳

Der letzte Arbeitstag war anstrengend gewesen. Leonie hatte sich, wie so oft, viel zu viel vorgenommen. Aber sie wollte die laufenden Fälle in einem vorbildlichen Stand an ihre Kollegin übergeben. Sie wäre zwar nicht aus der Welt, im Notfall wäre sie jederzeit telefonisch erreichbar, aber sie hätte nicht ruhigen Gewissens gehen können, wenn sie nicht vorher alles geregelt hätte.

Sie war froh, dass der Zug sie pünktlich von Ulm zum Münchener Flughafen gebracht hatte. Den Check-in hatte sie online gemacht, so musste sie nur noch ihren Koffer aufgeben und durch die Sicherheitskontrolle gehen. Sie war aufgeregt wie schon lange nicht mehr. Voller Vorfreude und Spannung, was sie erwarten würde.

Zwei Wochen Hospitation bei einer Richterin in Finnland. Finnland! Das klang nach Rentieren und Schnee und ein klein wenig nach Samu Haber. Bei dem Gedanken musste sie lächeln. Es war noch nicht einmal Mitte September. Schnee würde sie vermutlich keinen sehen und mit Sicherheit auch nicht den sympathischen finnischen Sänger.

Stattdessen würde sie das Rechtssystem und die Arbeit der Kollegen im Ausland kennenlernen. Sie war von dem Angebot sofort begeistert gewesen. Jochen hatte ihr einen Bekannten vermittelt, der schon einmal an dem Programm teilgenommen und ihr beim Erstellen der Bewerbungsunterlagen geholfen hatte.

Und dann war alles so schnell gegangen: Ein Bewerber war kurzfristig abgesprungen, und man hatte ihr den frei gewordenen Platz angeboten. Normalerweise überdachte sie solche Entscheidungen gründlich und lange. Aber diesmal hatte sie nur eine Nacht Zeit gehabt.

Sie hatte mit Sabine telefoniert. »Wenn du das nicht machst, dann ist dir nicht zu helfen. Vierzehn Tage Finnland!« Bine war Feuer und Flamme gewesen und wäre am liebsten mitgeflogen. Die Begeisterung hatte Leonie angesteckt, und sie hatte direkt im Anschluss an das Telefonat zugesagt.

Ihr waren nur wenige Wochen geblieben, um ihre Vertretung bei Gericht zu regeln und sich auf die bevorstehende Reise vorzubereiten. Sie wusste nichts über das finnische Rechtssystem oder über die finnische Kultur.

Im Zug hatte sie einen Reiseführer gewälzt und versucht, ein paar Floskeln Finnisch zu lernen. »*Hyvää päivää*« hieß »Guten Tag«, »*kyllä*« bedeutete »ja«, »*ei*« hingegen »nein«. Nun eilte sie durch den Münchener Flughafen, mit einem Koffer voller Kleidung und das Herz voller aufgeregter Erwartung.

Sie gab ihr Gepäck auf und reihte sich in die Schlange vor dem Sicherheitscheck ein. Am Rollband legte sie ihre Handtasche in die Kiste und leerte ihre Jackentaschen. Sie nahm ihr Smartphone, zögerte einen Moment, dann schaltete sie es aus. Es war Freitagabend, bis zu ihrer Ankunft in Helsinki musste die Welt einmal ohne sie auskommen. Sie wollte sich voll und ganz auf diesen Augenblick konzentrieren, ihn bewusst genießen.

Sie passierte den Sicherheitscheck und spazierte an den Duty-free-Shops vorbei zu ihrem Gate. Sie hatte noch eine Stunde Zeit, ihr Flug ging erst um achtzehn Uhr fünfzig, aber es beruhigte sie zu wissen, wo ihr Wartebereich war.

In der Nähe gab es eine Getränkebar. Sie setzte sich auf einen der Hocker an der Theke und gönnte sich zur Feier des Tages einen Cappuccino und ein Glas Prosecco. Stimmengewirr in Deutsch, Englisch und vermutlich Finnisch umgab sie, zwischendurch knarzten Durchsagen aus den Lautsprechern.

Während sie ihren Cappuccino genoss, beobachtete sie die anderen Reisenden. Geschäftsleute, Familien, Outdoorfreaks in bunten Funktionsjacken. Sie selbst hatte nur eine leichte Sommerjacke mitgenommen. Die Temperaturen lagen in

Deutschland tagsüber noch über dreißig Grad. Wenn es in Helsinki kälter wäre, könnte sie sich dort eine wärmere Jacke kaufen und hätte gleich eine schöne Erinnerung an dieses Abenteuer.

Nachdem sie den Cappuccino getrunken hatte, widmete sie sich dem Prosecco. Sie prostete sich selbst zu, lobte sich, dass sie den Mut gehabt hatte, sich so spontan auf diese Reise einzulassen. Ihre Kolleginnen und Kollegen waren nicht weniger überrascht gewesen.

Zufrieden lächelnd probierte sie einen Schluck. Noch vierzig Minuten bis zum Boarding. Gegen Viertel nach zehn sollte sie in Helsinki landen. Bis sie ihren Koffer hätte, wäre es sicherlich halb elf, wenn nicht gar schon elf Uhr abends. Sie würde ein Taxi zu ihrem Hotel nehmen. Sie hatte extra den Flug am Freitagabend gebucht, um am Wochenende Zeit für Sightseeing zu haben, bevor am Montag das Hospitationsprogramm beginnen würde.

»Frau Leonie Reiter, bitte melden Sie sich dringend an der Information.«

Sie stutzte. Hatte sie gerade ihren Namen über die Lautsprecher gehört? Die Nachricht wurde wiederholt. Das war ihr Name. Ob es noch eine Leonie Reiter gab? Wohl kaum. Kurz kam ihr der Gedanke, den Aufruf zu ignorieren. Was sollte schon so wichtig sein? Stimmte irgendetwas mit ihren Papieren nicht? Hatte sie etwas im Koffer, das nicht nach Finnland eingeführt werden durfte? Unsinn. Sie kannte die Gepäckbestimmungen.

Sie wandte sich der Servicekraft hinter der Theke zu. »Wo finde ich bitte die Information?«

Der junge Mann erklärte ihr den Weg. Sie eilte im Slalom zwischen den Reisenden durch die Abflughalle. Wahrscheinlich war ihr Koffer beim Verladen heruntergefallen und beschädigt worden. Sie spürte leichten Ärger in sich aufsteigen, als sie den Informationsschalter erreichte.

»Mein Name ist Leonie Reiter«, erklärte sie forsch. »Ich soll mich hier melden.«

Der Blick der Frau auf der anderen Seite verursachte ihr ein unangenehmes Magenzwicken. »Darf ich bitte Ihren Ausweis sehen?«

Leonie nahm ihr Portemonnaie aus der Handtasche und zeigte der Flughafenmitarbeiterin ihren Personalausweis.

»Danke, einen Moment bitte.« Sie wandte sich kurz zu ihrer Kollegin um und verließ ihren Platz. »Kommen Sie bitte mit.«

»Würden Sie mir bitte erst einmal sagen, worum es geht?«, forderte Leonie.

»Nicht hier. Kommen Sie bitte mit mir mit.«

Das schlechte Gefühl verstärkte sich, während sie der Frau in einen Seitengang folgte. Mehrere Türen gingen von dem Gang ab. Die Flughafenmitarbeiterin öffnete eine davon und ließ Leonie vor sich in einen kleinen, schmucklosen Raum treten. Ein Tisch, vier Stühle, in der Ecke ein Philodendron, an der Wand Schwarz-Weiß-Fotografien von historischen Flugzeugen. Lamellen verdeckten die Sicht aus dem Fenster.

»Warten Sie bitte einen Moment. Es kommt gleich jemand zu Ihnen.«

Leonie blieb verdutzt in dem Raum zurück. Kurz darauf wurde die Tür erneut geöffnet, und eine junge Frau in der Uniform der Bundespolizei trat ein. Sie war in Begleitung eines Mannes in Zivilkleidung.

»Frau Reiter? Mein Name ist Hanke. Das ist Herr Schmitz. Setzen Sie sich bitte.« Die Polizistin deutete auf den Tisch und wartete darauf, dass Leonie Platz nahm.

Leonie musterte die Frau irritiert. Stand irgendetwas in ihren Papieren, dass man ihr die Einreise nach Finnland verwehren wollte? Das musste ein Irrtum sein.

»Sie sind die Schwester von Sabine Reiter, wohnhaft in Gütlingen?«

Leonies Herz machte einen Aussetzer. Sabine! Sie sah in die ernsten Mienen der beiden. Solche Szenen kannte sie aus dem Fernsehen. Das konnte nicht real sein. Das Entsetzen packte sie so unvermittelt, dass ihr schwindelig wurde.

»Was ist mit ihr?« Ihre Stimme klang ungewohnt unsicher.

»Ihre Schwester hatte einen Unfall. Sie wurden als Notfall-kontakt genannt.«

»Was ist passiert? Ist sie –« Sie konnte den Satz nicht zu Ende sprechen.

Die Polizistin schüttelte den Kopf. Sabine lag in der Unfall-klinik Tübingen. Mehr wussten die beiden nicht. Die Tübinger Polizei hatte sie informiert, in der Hoffnung, Leonie noch vor ihrem Abflug zu erreichen.

»Und Amelie?«

»Wer ist das?«, fragte Frau Hanke.

»Meine Nichte. Sabines Tochter.«

»Darüber ist uns nichts bekannt. Ich kann die Kollegen in Tübingen anrufen und nachfragen.«

»Ja, bitte.« Mit Mühe bekam Leonie ihre Stimme wieder unter Kontrolle. Vom Abenteuer Finnland hatte ihr Gehirn bereits in den Notfallmodus umgeschaltet, um die nächsten Schritte zu planen. Sie musste handeln, und zwar richtig und schnell. Sie schaltete ihr Smartphone ein. Mehrere verpasste Anrufe. Sie hörte die Mobilbox ab. »Frau Reiter, mein Name ist Johannes Weinheber, ich bin Pfarrer der Gemeinde in Güt-lingen. Ich muss Sie dringend sprechen. Rufen Sie mich bitte so schnell wie möglich zurück.«

Leonie verfluchte sich, weil sie ihr Handy nach dem Sicher-heitscheck nicht wieder eingeschaltet hatte.

Die Bundespolizistin beendete ihr kurzes Telefonat und wandte sich wieder Leonie zu. »Ihrer Nichte geht es so weit gut. Sie wurde fürs Erste bei der Familie einer Freundin unter-gebracht.«

Sie brauchte einen Mietwagen, und sie musste den Pfarrer anrufen. Und Amelie. Sie hatte nicht die Ruhe, ihr Gepäck zu-rückzuholen. Ihr Koffer würde ohne sie nach Helsinki fliegen.

Leonies Nacken war verspannt, als sie den Wagen in das Park-haus der Berufsgenossenschaftlichen Unfallklinik Tübingen lenkte. Für die Fahrt von München nach Tübingen hatte sie mehr als drei Stunden gebraucht. Die Bundespolizistin und

Herr Schmitz – ein Seelsorger, wie sich herausgestellt hatte – hatten ihr davon abgeraten, sich selbst hinters Steuer zu setzen. »Sie sind zu aufgewühlt. Es hilft Ihrer Schwester nicht, wenn Sie einen Unfall haben. Nehmen Sie die Bahn. Nach Stuttgart gibt es gute Verbindungen.«

Eine Bahnfahrt hätte viel zu lang gedauert. Sie hatte einen Wagen gemietet und sich auf den Weg gemacht. Um München herum hatte sich der Feierabend- und Wochenendverkehr gestaut, und am Aichelberg und am Stuttgarter Kreuz war es durch zahlreiche Baustellen nur zäh vorangegangen.

Sie hatte ihr Smartphone mit der Freisprechanlage gekoppelt und den Pfarrer angerufen. Sabine sei von einer Leiter gefallen, hatte er ihr berichtet. Sie sei in die Unfallklinik in Tübingen eingeliefert und operiert worden. Details zu ihrem Gesundheitszustand habe das Klinikpersonal ihm nicht mitgeteilt, weil er kein Angehöriger sei. Amelie habe er bei der Familie ihrer Freundin Nele untergebracht, der Hund sei bei ihm. Er hatte ihr die Nummer von Neles Eltern gegeben.

Sie hatte dort angerufen und mit Amelie gesprochen, um ihr zu sagen, dass sie unterwegs sei. Das Mädchen hatte geweint. Leonie hatte versprochen, sie abzuholen, egal, wie spät es werden würde.

Leonie eilte in das Klinikgebäude und wurde am Empfang gebremst. Die Besuchszeiten waren längst vorbei. Zu so später Stunde dürfe sie nicht mehr auf die Intensivstation. Die Patienten brauchten Ruhe.

»Ich gehe nicht, bevor ich weiß, was mit meiner Schwester ist!«, beharrte Leonie.

Sie musste sich gedulden, bis eine Ärztin zum Empfang kam, um mit ihr zu reden. Die Frau war jünger als Leonie und sah müde aus. Vermutlich hatte sie bereits eine lange Schicht hinter sich. Sie führte Leonie in ein leeres Behandlungszimmer und musterte sie einen Moment lang abschätzend, als wollte sie abwägen, wie sie ihrem Gegenüber die Situation erklären sollte.

»Es ist schon spät. Ich mache es kurz: Ihre Schwester ist

anscheinend bei der Obsternte von einer Leiter gestürzt und sehr unglücklich gelandet. Sie hat eine Wirbelsäulenfraktur.« Leonie schlug entsetzt die Hand vor den Mund.

Die Ärztin fuhr unbeirrt fort: »Hinzu kommen ein leichtes Schädel-Hirn-Trauma, zahlreiche Prellungen, eine Bänderzerrung am linken Fuß, und das linke Handgelenk ist gestaucht. Glücklicherweise hat sie keine inneren Verletzungen. Auch die Lungenflügel haben nichts abbekommen.«

»Wirbel…«, stammelte Leonie, ihre Stimme war ein hilfloses Fiepen. Sie räusperte sich. Sie brauchte genaue Informationen, und die bekam sie nicht, wenn sie wie ein verängstigtes Schulmädchen wisperte. »Was bedeutet das, Wirbelsäulenfraktur? Ist Sabine gelähmt?«

»Dazu kann ich im Moment nichts sagen. Es handelt sich um Kompressionsfrakturen des BWK 12 und LWK 1. Die Brüche waren instabil und verursachten neurologische Ausfälle.«

Leonie hob bremsend die Hand. »Moment. BWK 12, LWK 1, was heißt das?«

»Das sind der untere Brustwirbelkörper und der obere Lendenwirbelkörper. Wie gesagt, die Brüche waren instabil, wir mussten so schnell wie möglich operieren, da die Gefahr bestand, dass weitere neurologische Störungen auftreten, die zu langfristigen Schäden führen können.«

Das Herz in Leonies Brust schlug so heftig, dass es schmerzte. Sie bemühte sich, jedes Wort der Ärztin zu speichern. Doch in ihrem Kopf hallte nur dieses eine Wort: Wirbelsäulenfraktur. Würde ihre Schwester je wieder laufen können?

»… Fixateur interne.«

»Entschuldigen Sie, was sagten Sie gerade?«

»Wir haben die Wirbelsäule mit Fragmentknochen und einem Wirbelkörperersatz, einem Fixateur interne, stabilisiert. Das ist ein Stab-Schrauben-System aus Titan, quasi eine Art Käfig, der sich um den rekonstruierten Wirbelkörper schließt und so den Bruch überbrückt und die Belastung reduziert. Die Operation ist gut verlaufen, allerdings hat Ihre Schwester viel Blut verloren. Sie ist sehr geschwächt.«

»Ich kann Blut spenden.«

Die Ärztin lächelte mild. »Darum haben wir uns bereits gekümmert.«

»Was ist mit dem Schädel-Hirn-Trauma?«

»Wir gehen von einem leichten Trauma aus – also einer Gehirnerschütterung. Ein paar Tage Ruhe …« Die Ärztin hob mitfühlend die Augenbrauen. »Aber die Ruhe wird Ihre Schwester zwangsläufig in nächster Zeit haben.«

Wirbelsäulenfraktur. Wirbelsäulenfraktur. Das Wort echote unaufhörlich in Leonies Kopf. »Wird sie wieder laufen können?«

»Wir müssen erst einmal abwarten. Ihre Schwester schläft jetzt. Morgen werden wir weiterführende Untersuchungen machen, dann können wir vielleicht schon mehr sagen.«

Leonie versuchte, ihre Angst im Griff zu halten. Die Ärztin sprach ruhig und ernst, aber sie klang zuversichtlich. Und Sabine war immer sportlich gewesen. Natürlich würde sie wieder laufen können. »Kann ich zu ihr?«

»Ihre Schwester schläft. Sie braucht Ruhe und muss sich von dem Sturz und der OP erholen. Kommen Sie morgen wieder. Besuchszeiten sind nachmittags zwischen halb vier und sechs Uhr.«

»Nein.« Leonie schüttelte energisch den Kopf. »Ich will jetzt zu meiner Schwester. Ich muss sie sehen. Ich verspreche Ihnen, ich bin ganz leise, und ich werde sie nicht wecken. Aber sie soll spüren, dass ich da bin, dass sie sich keine Sorgen machen muss und ich mich um ihre Tochter kümmere.«

# 4

Die Nacht war kurz. Leonie stand in Sabines Küche und wartete darauf, dass der Kaffee durch den Filter lief. Sie hatte kaum ein Auge zugetan, die meiste Zeit hatte sie im Internet recherchiert und versucht herauszufinden, was die Verletzungen bedeuteten, die die Ärztin ihr aufgezählt hatte. Wie hoch war das Risiko einer Lähmung? Welche Behandlungsmethoden gab es? Wie langwierig war der Heilungsprozess? Er war lang. Und das bereitete Leonie Sorgen.

Dennoch hatte Sabine unfassbares Glück gehabt, dass weder ihre Lunge noch andere innere Organe verletzt worden waren. Gefäße im Bauchraum hätten reißen können. Sie hätte sich das Genick brechen können. Der Schock über diese Erkenntnis traf Leonie tief. Sie würde alles tun, damit Sabine die beste medizinische Versorgung bekam.

Sie goss den frisch gebrühten Kaffee in eine Tasse, öffnete die Terrassentür und trat hinaus. In der Nacht hatte sie in der Dunkelheit nichts sehen können. Nun lag der Garten vor ihr. Feiner Tau saß auf den Spitzen der Grashalme, die Luft war noch angenehm kühl, aber es würde wieder ein warmer Spätsommertag werden.

Ihr Blick glitt zu dem alten Birnbaum. Jemand hatte die Leiter und die zwei klapprigen Stühle, die immer darunter gestanden hatten, ins Gras neben die Hecke gelegt. Ebenso einen dicken, knorrigen Ast. Da, wo er einst mit dem Stamm verbunden gewesen war, klaffte eine Wunde am Baum. An der Hauswand entdeckte sie einen Sammelkorb. Ein paar Birnen lagen darin.

Ob der Pfarrer aufgeräumt hatte? Oder dieser Max? Er habe Sabine gefunden, hatte der Pfarrer ihr gesagt.

Amelie war im Schwimmbad gewesen, als der Unfall geschah. Die Eltern ihrer Freundin Nele waren hingefahren und hatten sie mit zu sich nach Hause genommen. Leonie hatte ihre

Nichte in der Nacht – unter zahllosen Entschuldigungen für die späte Störung und mit Dank für die Hilfe – dort abgeholt. Amelie hatte wissen wollen, was mit ihrer Mutter war. Das Mädchen war voller Sorge gewesen, und Leonie hatte versucht, ihr so sachlich wie möglich alles zu erklären. Sie wusste ja selbst nur so wenig. Es war zwei Uhr morgens gewesen, bis die Müdigkeit so übermächtig geworden war, dass Amelie endlich ins Bett gegangen war.

Leonie kehrte ins Haus zurück. Nicht nur Sabine fehlte, auch der Hund, sein freundlicher Blick, das leichte Tapsen seiner Pfoten auf dem Steinboden, das fröhliche Wedeln mit der Rute. Aber jetzt war keine Zeit für Sentimentalitäten. Es gab einiges zu tun, und sie brauchte einen Plan. Wenn sie die Informationen, die sie im Internet recherchiert hatte, richtig interpretierte, würde ihre Schwester eine ganze Weile ausfallen.

Sie ging in Sabines kleines Arbeitszimmer, das an die Wohnküche grenzte, suchte in dem Chaos auf dem Schreibtisch nach Stift und Block. Kurz fragte sie sich, wie ihrer Schwester bei diesem Durcheinander die Unterrichtsvorbereitung gelang.

Sie setzte sich an den Küchentisch. Einen Moment lang schloss sie die Augen, um sich zu konzentrieren. Was musste als Erstes erledigt werden? Sie begann, eine Liste zu erstellen:

1. *Krankenhaus – mit den Ärzten sprechen, Behandlungsverlauf klären*
2. *Finnland absagen*
3. *Hotel & Rückflug stornieren*
4. *Fluggesellschaft anrufen, Gepäckrücktransport organisieren*
5. *Eltern informieren*
6. *Racka beim Pfarrer abholen*

Punkt Nummer drei war schnell online erledigt. Nummer vier benötigte etwas mehr Zeit. Die Fluggesellschaft musste erst herausfinden, ob der Koffer am Abend zuvor bereits verladen gewesen war – das war er. Sie veranlasste, dass der Koffer, sobald er aus Helsinki zurückgekommen wäre, zum Haus ihrer Schwester nach Gütlingen geschickt würde. So wie Leonie die Situation einschätzte, würde sie die kommenden vierzehn Tage hier gebraucht werden.

Als Nächstes rief sie im Krankenhaus an. Die Ärzte waren bei der Visite oder im OP, sie solle es später noch einmal versuchen. Besuchszeiten auf der Intensivstation seien ab fünfzehn Uhr dreißig. Ihre Schwester habe die Nacht gut verbracht. Was immer das bedeuten mochte.

Wie sollte sie die Zeit bis zum Nachmittag herumkriegen? Leonie war dankbar, dass die Ärztin ihr am Abend zuvor zumindest einen kurzen Moment erlaubt hatte, zu Sabine zu gehen, obwohl der Anblick ihr das Herz zugeschnürt hatte. Da lag ihre kleine, sonst immer so quirlige Schwester, angeschlossen an Apparate, die ununterbrochen leuchteten und piepten, blass und hilflos, den linken Fuß und die linke Hand in einer Schiene.

Leonie schüttelte den Kopf, um die Bilder zu vertreiben. Sabine brauchte sie, Amelie brauchte sie. Sie durfte nicht zulassen, dass die Sorge sie lähmte. Sie nahm den Laptop aus ihrer Handgepäcktasche, verfasste kurze Mails an die finnische Richterin, bei der sie ab Montag hätte hospitieren sollen, und an die Organisation des Austauschprogramms, erklärte, dass sie aufgrund eines familiären Notfalls nicht nach Finnland reisen konnte.

Das Schreiben der Absage machte die Situation mit allen Konsequenzen real. Sie würde nicht nach Finnland fliegen. Keine Rentiere, kein sexy Finne, keine Hospitation, kein Booster für ihre Karriere.

Sie biss die Zähne zusammen. Sie würde die Hospitation sicherlich zu einem späteren Zeitpunkt nachholen können, jetzt wurde sie hier benötigt. Sabine würde so schnell nicht aus dem Krankenhaus entlassen werden, und selbst danach würde es dauern, bis sie wieder selbstständig ihren Alltag bewältigen konnte. Jemand musste sich um Amelie kümmern. Ihre Betreuung musste organisiert werden. Am Montag begann die Schule wieder.

Die Schule! Punkt sieben auf der Liste: Sabines Direktorin über den Unfall informieren, damit sie einen Vertretungsplan erstellen konnte. Was gab es noch alles, was sie bisher übersehen hatte? Ihr Magen knurrte. Sie sollte erst einmal frühstücken.

Leonie deckte den Tisch für zwei Personen. Dann stieg sie die Stufen in die obere Etage hinauf und öffnete leise die Tür zu Sabines Schlafzimmer. Amelie hatte im Bett ihrer Mutter übernachtet, weil sie sich ihr dort näher fühlte. Das Mädchen schlief tief und fest. Leise schloss Leonie die Tür wieder und kehrte in die Küche zurück. Durch das Fenster sah sie einen Mann den Weg entlangkommen, leger gekleidet in Jeans, T-Shirt und Turnschuhen. Er hatte Racka an der Leine. Das musste der Pfarrer sein.

Leonie ging eilig zur Tür, damit sein Klingeln Amelie nicht weckte. Sie hob den Finger an die Lippen und deutete zur oberen Etage. Der Mann nickte verstehend. Sein Blick wanderte kurz über ihr Gesicht und ihre Kleidung.

Sie sah an sich herunter. Sie trug die Anzughose und die helle Bluse, die sie am vorigen Tag angehabt hatte. »Ich war auf Dienstreise, als ich von dem Unfall erfuhr«, erklärte sie, obwohl sie dem Mann keine Rechenschaft schuldig war. »Ich bin Leonie, Sabines Schwester.«

»Das dachte ich mir schon«, flüsterte er lächelnd.

Ein wohliger Schauer glitt Leonie unvermittelt den Rücken hinunter. Was für eine warme, sonore Stimme. Die Bänke in der Kirche mussten sonntags gut gefüllt sein, ging es ihr durch den Kopf. Bei dem Telefonat am Abend zuvor hatte sie diesen Klang gar nicht so wahrgenommen. Aber da war sie auch voller Adrenalin und Sorge gewesen.

Sie versuchte, Racka daran zu hindern, an ihr hochzuspringen. »Ich habe gerade Frühstück gemacht. Möchten Sie vielleicht einen Kaffee?«

Er zögerte einen Moment, dann nickte er. »Danke, gern.«

Er folgte ihr in die Küche. Sie schloss die Tür, damit ihre Stimmen Amelie nicht störten.

emons: **Tel. 0221-56977-0 · info@emons-verlag.de**

Bitte senden Sie mir das aktuelle Verlagsprogramm zu

Ich möchte den Newsletter von emons: per E-Mail erhalten

Ich habe Interesse an Krimis aus folgender Region:

f Besuchen Sie uns auch auf www.facebook.com/EmonsVerlag

Name

Straße

PLZ/Ort

E-Mail

emons: **verlag**
**Cäcilienstraße 48**

**50667 Köln**

Ich bin damit einverstanden, dass meine hier angeführten Daten zu dem folgenden Zweck »Versand von Kundenprospekt« erhoben, verarbeitet und genutzt sowie unter Umständen an unseren Dienstleister zum Versand des angeforderten Kundenprospektes weitergegeben bzw. übermittelt und dort ebenfalls zu dem folgenden Zweck »Versand von Kundenprospekt« verarbeitet und genutzt werden. Hier werden die Daten unmittelbar nach dem Versand gelöscht. Im Fall des Widerrufs werden mit dem Zugang meiner Widerrufserklärung meine Daten gelöscht.

08/2023

DER·TOD·DES·ALBERT
UNGLÜCK·ODER·VERSCHWÖRUNG?
CAMUS
www.emons-verlag.de

»Bitte, setzen Sie sich.« Sie nahm ein weiteres Gedeck aus dem Küchenbüfett.

»Kaffee reicht, ich habe schon gefrühstückt«, wehrte er ab. »Der Hund übrigens auch.«

Er schickte der letzten Bemerkung wieder ein Lächeln hinterher, das ihr ein flaues Gefühl in der Magengegend bescherte. Himmel, reiß dich zusammen, mahnte sie sich innerlich. Das ist der Pfarrer! »Danke, dass Sie Racka hergebracht haben.«

»Ach, die paar Schritte taten uns beiden gut, und ich dachte mir, Melly kann sicher etwas Ablenkung gebrauchen.«

Sie füllte Kaffee in seine Tasse und setzte sich zu ihm. Erst jetzt fielen ihr seine muskulösen Arme auf, die von der Sonne gebräunt waren. Sie fragte sich flüchtig, ob ein Pfarrer ins Fitnessstudio ging. Aber warum nicht? Ein Pfarrer war auch nur ein Mensch. Und Sabine hatte gesagt, er sei ein Mann, der mit anpacke, wenn es etwas zu tun gab. Das konnte sie sich bei ihm gut vorstellen.

»Finnland?«, fragte er unvermittelt. Als sie ihn verwirrt ansah, deutete er auf den Notizblock. »Entschuldigen Sie, ich wollte nicht neugierig sein. Das Wort sprang mir einfach ins Auge.«

»Oh, das, ja … Ich war gestern auf dem Weg nach Finnland.«

»Da wollte ich auch schon immer mal hin.«

Flüchtig fragte sie sich, wie verbreitet das Christentum in dem nordischen Land war.

»Es wäre rein beruflich gewesen. Eine Fortbildung«, ergänzte sie. Es sollte unwichtig klingen. Was waren schon zwei Wochen Hospitation gegen die Gesundheit ihrer Schwester? Doch etwas von dem Bedauern über die verpasste Chance hatte sich trotzdem in ihre Stimme geschlichen.

»Das tut mir leid.« Er sah ihr mitfühlend in die Augen. »Wie geht es Bine?«

Sein Blick und seine aufrichtige Anteilnahme berührten sie. Für einen Moment befürchtete sie, ihre Fassung zu verlieren. Seitdem ihr Name am Flughafen ausgerufen worden war, war sie in einem andauernden Notfallmodus gewesen, hatte stark und zuversichtlich agieren müssen, damit die Ärzte sie nicht abwimmelten und Amelie sich nicht zu sehr sorgte. Es tat gut, für einen Moment ihre Ängste zu teilen. Sie sog die Luft ein, brauchte einen Augenblick, um sich zu sammeln. Er wartete geduldig auf ihre Antwort.

»Die Verletzungen sind gravierend. Sie hat eine Wirbelsäulenfraktur, dazu kommen eine Gehirnerschütterung, eine verstauchte Hand und eine Bänderzerrung am Fuß. Sie wird eine Weile in der Klinik bleiben müssen. Es ist noch nicht sicher, wie schwerwiegend die Wirbelsäulenverletzung ist, ob sie …« Sie hatte plötzlich einen Kloß im Hals, sodass sie nicht weitersprechen konnte. Sabines Verletzungen so nüchtern aufzuzählen machte die Situation verflucht beängstigend.

»Oh mein Gott.« Sein Entsetzen war nicht gespielt.

Sie strich sich die Haare aus der Stirn, atmete tief durch, um ihre Fassung wiederzugewinnen. »Die Ärztin klang zuversichtlich, aber was heißt das schon? So oder so wird es eine langwierige Geschichte. Ich muss schauen, wie ich das hier alles organisiert bekomme. Amelie und der Hund können ja nicht allein in dem Haus bleiben.«

»Sie wohnen nicht in Gütlingen, oder?«

Sie schüttelte den Kopf. »In Ulm.«

»Und Ihre Eltern?«

»Die muss ich noch anrufen. Sie leben auf den Kanaren. Aber ich will erst mit den Ärzten sprechen. Sonst stellt mir mein Vater nachher tausend Fragen, die ich nicht beantworten kann.« Sie lachte kurz freudlos auf, verwundert über sich selbst, dass sie so offenherzig mit diesem Fremden sprach. Aber es tat gut. Er schien ihr pragmatisch, aufrichtig und ernsthaft anteilnehmend. Und er war schließlich der Pfarrer. Er hatte sicher schon schlimmere Geschichten gehört.

»Sie können auf Hilfe aus dem Dorf zählen«, erklärte er.

»Ich kenne die Leute hier überhaupt nicht.« Wie wenig sie über das Leben ihrer Schwester wusste, ging es ihr durch den Kopf.

»Aber die Leute kennen Bine und Melly. Und wenn ich Ihnen irgendwie helfen kann … Jederzeit.« Er zog den Block mit ihren Notizen zu sich heran und nahm den Kuli. »Ich gebe Ihnen meine Nummer.«

»Ich habe Ihre Telefonnummer«, erwiderte sie verdutzt.

»Ach so?« Er hielt ebenso erstaunt inne.

»Sie haben mich doch gestern angerufen.«

»Ich habe …?« Kleine Falten bildeten sich auf seiner Stirn. »Ähm … nein.«

»Nein?«

»Nein.«

Leonies Herz setzte aus. »Aber Sie haben doch Racka …« Sie musterte den Mann unheilahnend. »Sie sind gar nicht Pfarrer John.«

»Ach du liebe Güte. Sie dachten …?« Erkenntnis zeichnete sich auf seinem Gesicht ab. »Oh Mann, das tut mir leid. Nein, ich bin Max, Maximilian Häfner. Ein Freund von Bine. Ich habe den Hund von John geholt, er hat heute Vormittag Termine, und ich wollte schauen, ob ich hier irgendwie helfen kann.«

Sie spürte, wie sie rot wurde. Eilig stand sie auf und trat ans Küchenfenster. Das konnte doch nicht wahr sein. Sie hatte einem wildfremden Kerl ihr Herz ausgeschüttet!

»Ich wollte Sie nicht mit meinen Sorgen belasten«, presste sie mühsam hervor.

»Das ist doch –«

»Ich wäre Ihnen dankbar, wenn Sie jetzt gehen würden. Ich …« Was sollte sie sagen? Es war so peinlich. Sie schaffte es nicht, sich zu ihm umzudrehen und ihm ins Gesicht zu sehen. Das Blut pulsierte heiß in ihren Wangen.

Sie hörte, wie er etwas auf den Block kritzelte und sich erhob. »Es tut mir leid, ich hätte mich … Es war nur –«

»Bitte, ich wäre jetzt wirklich gern allein«, unterbrach sie ihn abweisender, als sie es beabsichtigt hatte.

»Grüßen Sie Bine bitte von mir.«

Sie atmete auf, als er die Tür ins Schloss zog. Durch das

Fenster beobachtete sie, wie er den Weg zurück ins Dorf einschlug. Sie ertappte sich dabei, wie sie auf seinen Hintern starrte. Ärgerlich wandte sie sich ab. Er hätte sich ja auch einfach ordentlich vorstellen können!

***

Sabines Schädel pochte mörderisch, ihr war schwindelig, aber wenigstens hatte die Übelkeit etwas nachgelassen. Die Krankenschwester hatte irgendein Wundermittel in den Tropf gegeben. Sie dämmerte vor sich hin, begriff noch immer nicht, was geschehen war.

Da war dieses Knacken gewesen, und im nächsten Augenblick, als sie wieder zu sich gekommen war, hatte sie diese fürchterlichen Schmerzen gehabt. Sie hatte sich nicht bewegen können, hatte ihre Beine nicht gespürt. Dumpf erinnerte sie sich, dass Max aus dem Nichts aufgetaucht war. Wildfremde Menschen hatten auf sie eingeredet. Und die ganze Zeit hatte sie Angst gehabt.

Angst. Angst. Angst.

Auch jetzt. Noch immer konnte sie die Beine nicht bewegen. Aber die Arme funktionierten. Und der Kopf. Obwohl sie den lieber ruhig hielt. Jede noch so kleine Bewegung verstärkte das Hämmern hinter ihrer Stirn. Was war mit Amelie? Was mit Racka? Warum ließ sich niemand sehen und sprach mit ihr? Oder hatte jemand mit ihr gesprochen, aber sie konnte sich nicht daran erinnern? Sie bekam ihre Gedanken nur wie durch eine dichte Nebelwand zu fassen.

In der Nacht hatte sie geträumt, dass Leonie bei ihr war. Sie saß an ihrem Bett, strich ihr sanft über den Arm, so wie sie es in ihrer Kindheit immer getan hatte, um sie zu trösten.

Sie fiel wieder in einen komatösen Schlaf. Als sie das nächste Mal erwachte, stand eine Ärztin an ihrem Bett.

Um Punkt halb vier wartete Leonie mit Amelie vor der Tür zur Intensivstation der Tübinger Unfallklinik. Sie wollte keine kostbare Minute der Besuchszeit verpassen. Eine Krankenschwester gewährte ihnen Zutritt zu Sabines Zimmer.

»Mama!«, schrie Amelie entsetzt auf und stürmte auf das Bett zu.

Leonie packte geistesgegenwärtig den Arm ihrer Nichte und bremste sie. »Langsam, Melly, und nicht so laut.«

Sabine wandte den Kopf zu ihnen. Ein Veilchen zierte ihre linke Augenpartie. Das war Leonie am Abend zuvor im Dämmerlicht gar nicht aufgefallen. Aber vielleicht hatte es sich auch erst im Laufe der Nacht so dunkel verfärbt.

»Hey«, wisperte sie heiser. Leonie vermutete, dass die Heiserkeit vom Narkoseschlauch rührte. Die Blässe war sicher dem hohen Blutverlust bei der OP geschuldet. Sabine streckte ihrer Tochter die rechte Hand entgegen. Amelie ergriff zaghaft ihre Finger. Den Handrücken zierte der Zugang für den Tropf.

»Mama, du siehst schrecklich aus! Tut dir was weh? Kann ich was tun? Ich trau mich gar nicht, dich anzufassen.«

»Leise«, mahnte Leonie erneut. Sie hatte Sabines gepeinigtes Gesicht bemerkt. Vermutlich hatte sie durch die Gehirnerschütterung fürchterliche Kopfschmerzen.

»Neles Eltern haben mich abgeholt. Die haben uns im Bad ausrufen lassen, da hab ich voll den Schreck gekriegt«, plapperte Amelie weiter. »Ich hatte solche Angst um dich! Ich hab die ganze Nacht nicht geschlafen.«

Letzteres war etwas übertrieben. Leonie, die auf der anderen Seite des Bettes stand, sah, wie Sabine eine Träne aus dem Augenwinkel lief. Sie suchte in ihrer Tasche nach einem Tuch und tupfte ihr vorsichtig über die Schläfe. »Um zwei Uhr habe ich sie ins Bett gebracht«, erklärte sie beruhigend. »Was machst du nur für Sachen?«

Es tat Leonie in der Seele weh, ihre Schwester so leiden zu sehen. Wenn sie nur irgendetwas tun könnte. Auf jeden Fall durfte Sabine sich keine Sorgen machen. Um rein gar nichts. Sie sollte sich voll und ganz auf ihre Genesung konzentrieren. Das war das Einzige, was zählte.

»Was ... machst du hier?«, stammelte Sabine verwundert.

»Was denkst du wohl? Ich kümmere mich um dich, um Melly, um den Hund. Um alles.« Sie lächelte aufmunternd, obwohl ihr nicht danach zumute war.

»Aber Finnland ...«

»Finnland kann warten«, winkte sie ab. »Hast du schon mit den Ärzten gesprochen?«

»Heute Morgen, kurz ... Ich muss wohl ein paar Tage hierbleiben.«

Das war die Untertreibung schlechthin.

»Davon gehe ich aus.« Leonie suchte einen Platz, an dem sie die Sporttasche, die sie mitgebracht hatte, abstellen konnte.

»Darf ich mich auf die Bettkante setzen?«, fragte Amelie.

»Lieber nicht. Tut noch alles ziemlich weh.«

Leonie ging um das Bett herum und zog einen Stuhl, der sich an der gegenüberliegenden Wand befand, heran. Sie deutete Amelie an, darauf Platz zu nehmen. Ihr selbst fehlte die Ruhe. Sie brannte darauf, mit den Ärzten zu sprechen.

»Die OP ist gut verlaufen«, berichtete Sabine. »Hat zumindest die Ärztin gemeint. Die hat ja auch nicht meinen Brummschädel.«

»Das legt sich in ein paar Tagen«, erwiderte Leonie zuversichtlich.

»Tante Leo sagt, du hast einen Wirbelbruch. Bist du jetzt gelähmt?«, fragte Amelie.

Dafür erntete Leonie einen tadelnden Blick ihrer Schwester. Dann wandte Sabine sich mit zuversichtlicher Miene Amelie wieder zu. Gespielter Zuversicht, wie Leonie erkannte.

»Nein, mein Schatz. Die haben das alles repariert. Ich habe jetzt Titanschrauben im Rücken, die sind viel stabiler als die alten Knochen. Ich bin jetzt quasi ein Cyborg und muss mich nur vor großen Magneten in Acht nehmen.«

»Echt?«

»Nein«, stellte Leonie klar. »Titan ist nicht magnetisch. Solltest du in der Schule eigentlich schon gelernt haben.«

Amelie zog eine Grimasse.

»Und ich bekomme ein schickes Korsett, damit nichts mehr

verrutscht.« Sabine grinste schief. »Dann noch einen Reifrock und ein hübsches Kleid, und ich kann als Hofdame zu den Horber Ritterspielen.«

»Dass du noch Witze machen kannst.« Leonie war nicht zum Scherzen aufgelegt. Ein Blick von Sabine verriet ihr, dass sie mitmachen sollte, damit Amelie nicht in Panik geriet.

»Wie ist denn das eigentlich passiert?«, fragte Amelie.

»Tante Leo sagt, du bist vom Baum gefallen.«

»Ich glaube, das stimmt. Genau weiß ich es nicht. Ich wollte Birnen pflücken … Und im nächsten Augenblick war Max da. Und dann ein Haufen anderer Leute.«

Maximilian Häfner. Die Erinnerung an ihre morgendliche Begegnung brachte sogleich wieder eine leichte Röte auf Leonies Wangen. Der Pfarrer hatte ihr am Telefon gesagt, dass dieser Max Sabine gefunden hatte. Und sie hatte sich nicht einmal bei ihm bedankt.

»Ich soll dich von ihm grüßen. Er hat heute früh Racka zurückgebracht. Der Pfarrer hatte ihn über Nacht bei sich aufgenommen.« Leonie deutete auf die Sporttasche. »Ich habe dir Waschzeug und frische Kleidung mitgebracht: Nachthemd, Unterwäsche, Socken, einen Jogginganzug, Hausschuhe. Brauchst du sonst noch was?«

»Ich hoffe, es ist sexy Wäsche dabei. Die haben hier einen süßen Arzt in meiner Altersklasse.«

»Mama!« Amelie verzog angewidert das Gesicht.

»Ich befürchte, ich habe eher bequeme Kleidung eingepackt«, erklärte Leonie mit gespieltem Bedauern. »Wir haben am Café ein Schild rausgehängt, dass es vorübergehend geschlossen ist. Amelie hat es gemalt.«

»Danke«, erwiderte Sabine matt. Obwohl sie noch nicht lange da waren, ermüdete der Besuch sie bereits.

»Ich informiere die Direktorin deiner Schule. Aber ich wollte erst mit den Ärzten sprechen, damit ich ihr sagen kann, wie lange du voraussichtlich ausfällst.«

»Ein, zwei Wochen.«

»Du meinst wohl eher Monate.«

Leonie bemerkte, wie Sabines mühsam zur Schau gestellter Optimismus zusammenklappte. Ihre Unterlippe begann zu zittern. Ein, zwei Wochen? Es musste Sabine doch klar sein, dass ihre Verletzungen sie länger außer Gefecht setzen würden. Wenn sie den Aussagen in manchen Internetforen glauben wollte, konnte es leicht mehr als sechs Monate dauern, bis Sabine wieder so weit genesen war, dass sie ihr Leben einigermaßen selbstständig würde bewältigen können.

Vorausgesetzt, sie hatte tatsächlich keine Lähmung durch die Verletzung davongetragen, dachte Leonie mit Sorge. Was sollte dann nur werden? »Melly, lässt du mich bitte mal kurz mit deiner Mutter allein?«

»Warum?«

»Bitte, Melly.«

Amelie sah zu ihrer Mutter. Sabine rang sich ein Nicken ab. Ihre Augen glänzten feucht. Widerwillig verließ das Mädchen den Raum.

»So eine Scheiße.« Sabine konnte die Tränen nicht länger zurückhalten. Es war ein stummes, verzweifeltes Weinen. Jeder Schluchzer tat vermutlich fürchterlich weh. Leonie berührte sanft ihre kalten Finger.

»Du musst jetzt Geduld haben, Bine. So eine Wirbelsäulenfraktur braucht eine Weile, um wieder richtig zu verheilen.« Leonies Blick wanderte zum unteren Teil des Bettes, wo Sabines Beine unter einer Decke lagen. »Kannst du … also, was du vorhin gesagt hast … kommt das wieder in Ordnung?«

»Ich weiß es nicht«, schniefte Sabine. »Ich spüre nichts. Ich … ich hab solche Angst, Leni. Wenn ich … wenn …« Sie konnte den Satz nicht zu Ende bringen.

Leonie hatte einen Kloß im Hals. Sie räusperte sich, mühte sich darum, ihre Stimme zuversichtlich klingen zu lassen. »Was hat denn die Ärztin dazu gesagt?«

»Ich weiß nicht genau. Ich war so benommen. Ich … irgendwas von ›vorübergehend‹ und ›abwarten‹ und … Ach, ich weiß es nicht.«

»Es wird alles gut, Binchen. Ich schau mal, ob ich die Ärztin zu fassen krieg. Du bist hier in einer Unfallklinik, die sind ganz andere Sachen gewohnt. Du musst jetzt einfach brav sein und ein bisschen Geduld haben.«

»Aber das geht doch nicht, Melly –«

Leonie hob bremsend die Hand. »Darüber mach dir keine Gedanken. Du machst dir bitte um gar nichts Gedanken. Das einzig Wichtige ist, dass du wieder gesund wirst. Um alles andere kümmere ich mich. Ich bin da, Bine. Ich sorge für Melly, für Racka, ich kümmere mich um dein Haus.«

»Der Garten«, schluchzte Sabine. »Du hast den Garten vergessen.«

Leonie lächelte liebevoll. »Um den kümmere ich mich auch.«

*∗∗∗*

Maximilian Häfner saß im Garten seines Freundes Pfarrer Johannes Weinheber. Es dämmerte. Im September waren die Tage zu seinem Bedauern schon wieder spürbar kürzer. Dennoch lag der Sommer noch in der Luft. Mücken schwirrten umher, ein paar Bienen waren in der abendlichen Wärme unterwegs, eine Amsel trällerte munter vor sich hin. Der Garten war eine Oase für Insekten und ein Grauen in den Augen der Freunde von englischem Golfrasen. Klee und Giersch durften ungehindert blühen.

John füllte Wein in zwei Gläser, und sie stießen an. »Bines Schwester hat dich für mich gehalten?«

»Ja, ich hatte mich nicht vorgestellt. Es war alles irgendwie ... Ich weiß auch nicht. Sie hat die Tür geöffnet, noch bevor ich geklingelt hatte, Racka ist auf sie zugestürmt.« Max seufzte. Sie hatte ihn an der Haustür überrumpelt. Der Blick in ihre haselnussbraunen Augen, ihr Finger an ihren so schön geschwungenen Lippen. Die kleinen Sorgenfältchen im Gesicht. Ihr Anblick hatte ihm tatsächlich kurz den Atem geraubt, und noch jetzt bei der Erinnerung daran spürte er seine verlegene Sprachlosigkeit.

Sie hatte souverän agiert. Freundlich. Ja fast hatte er das Gefühl gehabt, sie würden sich längst kennen. Dazu hatte ihm ihre Offenheit gefallen. Aber das alles hatte ja nicht ihm gegolten. Sondern John, dem Gemeindepfarrer. Er bemerkte, dass sein Freund ihn aufmerksam musterte.

»Es war ihr ziemlich unangenehm, als sie ihren Irrtum bemerkt hat.« Er trank einen Schluck des kühlen Weißweins. Ein »Kerner«, ein fruchtiger Tropfen vom Winzer aus dem Nachbarort.

»Dann gehst du halt noch mal zu ihr hin und stellst dich ganz offiziell vor. Ich bin sicher, sie wird froh sein, wenn sie etwas Unterstützung bekommt.«

Damit mochte John richtigliegen. Sie hatte auf ihn nicht den Eindruck einer passionierten Gärtnerin gemacht, und Bines Gemüsegarten war groß. Sie war auf dem Weg zu einer Dienstreise nach Finnland gewesen. Von Sabine wusste er, dass sie Richterin war. Was für Dienstreisen machten Richter?

»Hat sie gesagt, ob sie Melly erst einmal mit zu sich nimmt?«, fragte John.

»Das kann ich mir nicht vorstellen. Sie lebt in Ulm, und Melly muss ab Montag wieder in die Schule.«

John nickte nachdenklich. »Vielleicht können wir eine Familie im Dorf finden, die Melly vorübergehend bei sich aufnimmt.«

»Und der Hund?«

»Der kann zur Not eine Weile bei mir unterkommen.«

Max lachte. »Dann wird er kugelrund.«

»Was willst du damit sagen?« John strich sich über seine Körpermitte. Er war nicht dick, aber ein kleines Wohlstandsbäuchlein hatte sich im Laufe der Zeit doch gebildet. Vielleicht lag es daran, dass er in den letzten fünfzehn Jahren ständig von einer Gemeinde zur nächsten versetzt worden war – ein bisschen Kummerspeck. Er hatte eine Schwäche für Kuchen und Schokolade.

Max wusste, dass John hoffte, in Gütlingen endlich länger bleiben zu dürfen. Ihm gefiel es in dem kleinen Dorf, und Max und er hatten sich vom ersten Tag an verstanden. Sie waren beide gern in der Natur unterwegs, hatten einen ähnlichen Musikgeschmack, genossen ein Glas Wein oder ein kühles Bier und diskutierten dabei über Gott und die Welt.

»Wie konnte das nur passieren?«, grübelte John. »Wie ich Bine kennengelernt habe, ist sie doch eigentlich nicht so unvorsichtig.«

»Da war Pech im Spiel. Der Ast, an den sie die Leiter gelehnt hatte, ist abgebrochen. Ich vermute, in dem Baum ist ein Pilz. Von außen ist das nicht unbedingt zu erkennen. Vielleicht hat sie sich beim Pflücken zu weit vorgebeugt, dadurch kam zu viel Druck auf den Ast, und er brach.« Max hatte das fürchterliche Bild, das sich ihm am Freitagmittag geboten hatte, umgehend wieder vor Augen. Wie erleichtert war er gewesen, als er bemerkt hatte, dass Sabine atmete. »Sie muss auf einen der Stühle gestürzt sein, die unter dem Baum standen. Er ist ziemlich ramponiert.«

»Wie gut, dass du zu ihr gefahren bist. Wer weiß, wie lange sie dort sonst unbemerkt gelegen hätte.«

»Spätestens um zwei wären die ersten Café-Gäste gekommen.«

Es wären dennoch zwei Stunden gewesen, in denen sich der Hund die Seele aus dem Leib gebellt hätte.

Leonies Entschluss stand fest: In den nächsten vierzehn Tagen erwartete sie niemand bei Gericht. Sie konnte in Gütlingen bleiben, um Sabine bei ihren Gesprächen mit den Ärzten beizustehen und dafür zu sorgen, dass die richtigen Schritte für ihre Genesung eingeleitet wurden.

Während sie Amelie bei ihrer Mutter gelassen hatte, hatte sie jemanden gesucht, der ihr genaue Auskunft über Sabines Gesundheitszustand geben konnte. Es war anscheinend normal, dass nach so einer Verletzung motorische Störungen und Gefühlsstörungen eintraten. Doch nach Ansicht der Ärztin sollte sich das relativ schnell legen. Man plante, bereits am nächsten Tag, wenn das Korsett angepasst war, erste Bewegungsversuche zu unternehmen, natürlich nur mit fachkundiger Unterstützung. Keine Spaziergänge, aber vielleicht wäre schon mal ein Sitzen auf der Bettkante möglich. Kleine Schritte. Es würde ein langwieriger Heilungsprozess werden, da hatte die Medizinerin keinen Hehl draus gemacht. Frührehabilitation, anschließende weiterführende Rehamaßnahmen. In den nächsten zwei Monaten bestand wenig Aussicht darauf, dass Sabine nach Hause kommen würde. Und im Anschluss würde sie noch eine Weile auf Hilfe angewiesen sein und Physiotherapie und Training benötigen.

Vierzehn Tage hatte sie Zeit – und dann? Leonie beschloss, ihre Eltern anzurufen und sie zu bitten, eine Zeit lang nach Deutschland zu kommen und sich um Amelie und Sabines Haus und Garten zu kümmern. Auf die Weise konnte Amelie in ihrem gewohnten Umfeld bleiben und zur Schule gehen. Zu wissen, dass für Amelie gesorgt war und es ihrer Tochter gut ging, war ein wichtiger Faktor für Sabines Genesung.

Zufrieden mit ihrer Entscheidung, gönnte Leonie sich einen Schluck Wein. Sie saß auf der Terrasse, Racka lag zu ihren Füßen, Amelie hatte sich in ihr Zimmer zurückgezogen. Nach all der Aufregung genoss sie einen Moment lang die Stille um sich herum und die Nähe des Hundes. Sein ruhiges Gemüt half ihr zu entspannen. Es war ein wunderbar milder Spätsommerabend. Wie schön wäre es, wenn sie ihn mit Sabine genießen könnte. Sie hoffte, dass ihre Schwester etwas Ruhe und Schlaf finden würde.

Leonie überlegte, was sie noch dringend zu erledigen hatte. Sie musste den Mietwagen zurück nach München bringen und ihr eigenes Auto aus Ulm holen. Und sie brauchte Kleidung zum Wechseln. Die Oberteile von Sabine konnte sie tragen – wenn sie auch nicht ihrem Stil entsprachen –, aber die Hosen und Röcke waren zu weit und zu kurz. Sabine war kleiner und hatte ein paar Kilo mehr auf den Rippen als Leonie.

Sie studierte die Zugfahrpläne auf ihrem Smartphone. Wenn sie am nächsten Morgen früh genug losfuhr, könnte sie in München den Zehn-Uhr-Zug nehmen, damit wäre sie mittags in Ulm, um ihren Wagen zu holen. Dann könnte sie pünktlich zur Besuchszeit mit Amelie wieder bei Sabine sein. Das bedeutete aber auch, dass sie am nächsten Tag sehr früh aufstehen musste.

Ein Brummen verkündete den Eingang einer Nachricht.

Jochen: »Bist du gut in Helsinki angekommen? Lass mal von dir hören.«

Sie zögerte mit einer Antwort. »Planänderung. Bin in Gütlingen. Bine hatte einen Unfall.«

Es dauerte keine Minute, bis ihr Telefon klingelte. Sie schilderte Jochen in wenigen Worten die Ereignisse des Vorabends.

»Hast du die Leute vom Hospitationsprogramm informiert?«

»Ja, ich werde am Montag auch noch einmal anrufen und alles erklären.«

»Dass das aber auch ausgerechnet jetzt passieren musste.«

»Es ist schlimm genug, dass es überhaupt passiert ist.«

»Ja natürlich, entschuldige.«

Leonie schnaufte verstimmt. Sie mochte Jochen. Sie waren zwar seit Ewigkeiten kein Paar mehr, aber sie schätzte seine Meinung, wenn es um juristische Belange ging, und sein Pragmatismus kam ihrer eigenen Lebensphilosophie entgegen. Aber dass er die Karriere immer an erste Stelle setzte, hatte sie schon früher gestört.

Ihre Eltern waren ähnlich wie Jochen, im Beruf musste es laufen, das hatte Priorität. Vielleicht hatte sie sich deshalb damals in ihn verliebt, ein vertrautes Muster. Und sie selbst hatte ihr Leben bisher ebenfalls nach ihrem Beruf ausgerichtet.

Aber Sabine und sie hatten sich versprochen, in der Not füreinander da zu sein. Und die aktuelle Situation war definitiv ein Notfall.

## 5

»Melly, du musst aufstehen!« Leonie hatte bereits zum dritten Mal an die Tür ihrer Nichte geklopft, doch drinnen regte sich nichts. Sie drückte die Klinke herunter und betrat das Zimmer. Amelie verkroch sich murrend unter ihrer Bettdecke.

»Frühstück ist fertig, und wenn du jetzt nicht aufstehst, verpasst du die Bahn.«

»Ich will nicht in die Schule«, kam es dumpf unter dem Kissen hervor. »Ich will zu Mama.«

»Wir besuchen Bine heute Nachmittag. Steh jetzt auf!« Leonie zog entschlossen die Vorhänge zur Seite und schlug Amelies Bettdecke zurück.

Amelie kauerte sich zusammen. »Manno.«

»Auf jetzt.«

»Ich will aber nicht!«

»Danach geht es nicht. Wenn du nicht gleich im Bad verschwunden bist, schick ich dich im Schlafanzug in die Schule.« Jeden Morgen würde sie dieses Theater nicht mitmachen, das stand für Leonie schon jetzt fest.

Unter Protestschnaufen schlurfte Amelie ins Bad. Vom Treppenabsatz hörte sie Racka im Flur winseln. Der Hund musste sicherlich raus. Sie eilte die Stufen hinunter und öffnete die Terrassentür. »Aber nicht abhauen, verstanden?« Leonie hoffte, dass Racka nicht die Gemüsebeete als Toilette missbrauchte. Sie würde am nächsten Morgen eine halbe Stunde früher aufstehen, damit sie mit dem Hund vor dem Frühstück Gassi gehen konnte.

Amelie schien eine Ewigkeit im Bad zu brauchen. Als sie endlich herunterkam, blieb ihr nur noch eine Viertelstunde, um zum Bahnhof im Nachbarort zu kommen. Leonie hatte ihr ein paar Scheiben Brot geschmiert, eine Thermoskanne mit Apfelschorle gefüllt und drückte dem verdutzten Mädchen beides in die Hand. Amelie war viel zu stark geschminkt, und der Anblick der grauen Haare mit dem dunkelblonden Ansatz war eine Katastrophe.

»Boah, mach doch nicht so 'nen Stress.«

»Den hast du selbst verursacht. Du kannst unterwegs essen.«

»Aber ... ich krieg die Bahn sowieso nicht mehr.«

»Doch, das wirst du. Ich bring dich zum Bahnhof. Los, Schuhe an!«

»Mit dem Auto zur Bahn geht gar nicht.«

»Das hättest du dir überlegen sollen, bevor du mein Rufen dreimal ignoriert hast. Komm, auf! Und, Herrgott, du hast viel zu viel Rouge auf den Wangen. Das ist grotesk!« Leonie öffnete die Tür und rief den Hund, der glücklicherweise sofort angetrabt kam. »Bin gleich zurück. Sei artig.«

Sie schob Amelie vor sich aus dem Haus und zog die Tür hinter sich zu. Ihre Nichte musterte sie einen Moment lang, der Blick schwankte zwischen grimmig und irritiert.

»Was ist?«

Amelie blies die Backen auf. »Nix.«

»Dann steh nicht rum, ins Auto, hopp!«

Leonie entriegelte per Knopfdruck den Wagen. Amelie setzte sich auf den Beifahrersitz, klappte die Sonnenblende herunter und betrachtete sich im Spiegel. Sie tupfte hier, wischte da, ohne dass das Ergebnis in Leonies Augen dadurch gewonnen hätte. Aber da musste das Mädchen jetzt durch. Vielleicht war diese extreme Schminkerei ja auch wieder ein »Statement«.

Kurz bevor sie den Bahnhof erreichten, schrie Amelie auf: »Stopp!«

Vor Schreck bremste Leonie hart. »Was ist?«

»Ich lauf den Rest.« Sie schnappte sich ihre Tasche, stürzte aus dem Wagen und rannte los.

»Und ich dachte, uns springt gleich ein Reh vors Auto«, murmelte Leonie kopfschüttelnd. Sie wendete und fuhr zurück zum Haus. Dort angekommen, wusste sie Amelies Blick nachträglich zu deuten. Sie hatte den Hausschlüssel drinnen liegen lassen.

»Du kleines Biest!« Amelie hatte einen eigenen Hausschlüssel. Sie hätte ihr noch mal kurz aufsperren können. Jetzt war es zu spät. Ihre Nichte saß – hoffentlich – im Zug nach Tübingen, und sie stand vor der verschlossenen Tür. Im Jogginganzug, ungeschminkt, die Haare nur flüchtig durchgebürstet.

Ruhe bewahren. Sie hob den Blick zum blassblauen Himmel und atmete tief durch. Dieser Morgen war nicht so gelaufen, wie sie es geplant hatte. Kein Grund, in Panik oder Wut zu verfallen. Mit einer entspannten Haltung fand sich viel leichter die Lösung des Problems.

Hatte sie die Terrassentür richtig zugezogen? Leonie umrundete das Haus, aber sowohl die Terrassentür als auch sämtliche Fenster in der unteren Etage waren verriegelt. Lediglich das Fenster zum Gästezimmer im Dachgeschoss, in dem sie geschlafen hatte, stand offen. Sie musterte die Fassade. Nein, selbst wenn die Leiter im Garten nicht bei Sabines Sturz kaputtgegangen wäre, hätte sie nicht bis zum Fenstersims gereicht. Und Leonie wäre auf keinen Fall das letzte Stück an der Dachschräge entlanggeklettert. Da hätte sie sich gleich zu ihrer Schwester ins Krankenhaus legen können.

Der Hund war im Haus. Das war doch eine Chance. Racka war groß und nicht dumm. Wenn er auf die Klinke spränge, würde sich die Tür öffnen. Leonie hatte sie ja nur zugezogen. Aber wie sollte sie das dem Tier erklären?

»Racka! Komm mal her, Racka«, säuselte sie durch die Tür. Sie hörte ein Tapsen auf der anderen Seite und ein kurzes Bellen.

»Guter Hund. Und jetzt spring auf die Klinke.« Sie klopfte von ihrer Seite an die Stelle.

Racka kratzte an der Tür. Leonie verzog das Gesicht. Hoffentlich hinterließ das keine Schrammen. »Du musst springen, Racka. Auf die Klinke. Hopp!«

Der Hund bellte noch einmal, dann entfernten sich die Schritte wieder.

»Racka! Komm, mein Kleiner. Komm, sei brav. Komm zur Tür.«

»Brauchen Sie Hilfe?«, erklang eine Stimme hinter ihr.

Sie fuhr herum. Ein Mann stand auf dem Landwirtschaftsweg. Knielange Radlerhose und ein Funktionsshirt, das am Bauch etwas spannte, ein E-Bike zwischen den Beinen.

»Nein, alles in Ordnung.«

Der Mann stieg dennoch vom Rad und schob es in ihre Richtung. »Guten Morgen, ich bin Johannes Weinheber, Pfarrer dieser Gemeinde. Sie müssen Bines Schwester sein.«

»Ja, Leonie Reiter. Sind Sie wirklich der Pfarrer?«, fragte sie misstrauisch.

»Wären Sie gestern in den Gottesdienst gekommen, wüssten Sie es. Pfarrer John.« Er reichte ihr die Hand zur Begrüßung.

»Haben Sie sich ausgesperrt?«

»Ja«, gab sie zerknirscht zu. »Es war ein wenig hektisch heute Morgen.«

»Ihre Schwester hat einen Notfallschlüssel versteckt.«

»Ach ja?«

»In einer Dose unter dem Komposthaufen.«

»Das ist nicht Ihr Ernst?«

»Doch, sie sagt, da sucht niemand.«

Womit Sabine sicherlich recht hatte. Es wunderte Leonie dennoch, dass sie das Versteck dem Pfarrer anvertraut hatte. Wie lange kannte sie ihn? Seit Anfang des Jahres? »Danke.«

»Im Gewächshaus sind Gartenhandschuhe, und da ist sicher auch eine Schaufel, dann müssen Sie die Dose nicht mit bloßen Fingern herausfischen.«

Leonie lächelte erleichtert. »Das ist ein sehr guter Tipp.«

»Ich habe gestern kurz mit Ihrer Schwester telefoniert. Sie sagte mir, Sie würden sich fürs Erste um Melly und den Hof kümmern?«

»Ich versuche es zumindest.« Sie deutete auf die verschlossene Haustür. »Verraten Sie ihr das bitte nicht.«

»Das bleibt unter uns.«

Sie tauschten einen konspirativen Blick miteinander.

»Dann gehe ich mal auf Schatzsuche.«

»Soll ich Ihnen behilflich sein?«, bot der Pfarrer an.

»Das ist sehr freundlich, aber ich denke, das kriege ich allein hin.« So riesig konnte der Komposthaufen ja nicht sein.

»Wenn Sie Hilfe brauchen, melden Sie sich gern bei mir. Wir sind hier eine gute Gemeinschaft.«

»Danke.«

Er nickte grüßend, schwang sich wieder auf sein Rad und fuhr davon.

Leonie sah ihm gedankenverloren hinterher. Er wirkte modern und aufgeschlossen und irgendwie gar nicht so, wie sie sich einen Pfarrer vorstellte. Vielleicht lag das aber auch daran, dass er körperbetonte bunte Radbekleidung getragen hatte statt eines weiten schwarzen Talars.

Und anscheinend war Sabine recht beliebt im Dorf. Jeder Mensch, dem sie begegnete, fragte nach ihr und bot sofort seine Hilfe an. Das war ermutigend. Sie würde eine Lösung für die nächsten Monate finden. Aber als Erstes musste sie sich wieder Zugang zum Haus verschaffen. Sie ging um das Gebäude herum zu Sabines Gewächshaus am Rand des Gemüsebeets.

Mit Handschuhen und einer Schaufel ausgestattet, entdeckte sie nach einigem Stochern im Kompost – der größer war, als sie gedacht hatte – tatsächlich auch die Dose mit dem Ersatzschlüssel. Wenige Minuten später stand sie in Sabines Wohnküche. Der Blick auf den Tisch war wenig erfreulich: Käse, Butter und Brot waren verschwunden, eine Kaffeetasse lag umgekippt auf dem Untersetzer, ein Teller war am Boden zersplittert. Racka saß auf seiner Decke und leckte sich über die Nase.

Na toll, auf ganzer Linie gescheitert, dachte Leonie frustriert. Sie war froh, dass sie die Marmeladen- und Honiggläser zugeschraubt auf den Tisch gestellt hatte. Nicht auszudenken, was das für eine Sauerei geworden wäre.

»Was hast du zu deiner Verteidigung zu sagen?«, fragte sie den Hund streng.

Der legte sich nieder und sah mit Unschuldsmiene zu ihr auf.

»Ich nehme dein Schweigen als Schuldeingeständnis, wobei

ich Zweifel daran habe, dass du deine Tat aufrichtig bereust.«
Ihr Blick schweifte über die am Boden verteilten Scherben.
Sie sollte die Splitter beseitigen, bevor sich der Hund noch
verletzte. »Du bleibst da liegen.«

Racka machte keine Anstalten, sich zu rühren, während
sie erst die groben Scherben zusammenfegte und dann mit
dem Staubsauger jede Ritze des Fußbodens aussaugte. Zur
Sicherheit inspizierte sie Rackas Pfoten, ob sich nicht doch
ein Splitter dorthin verirrt hatte.

»Okay, mein Freund, dieses Mal bekommst du mildernde
Umstände, weil ich meiner Aufsichtspflicht nicht sorgfältig
genug nachgekommen bin und du befürchtet hast, für immer
und ewig allein in diesem Haus bleiben zu müssen. Aber das
nächste Mal, das merke dir gut«, sie hob mahnend den Finger,
»steck ich dich in den Zwinger, und wenn ich extra einen dafür
bauen muss!«

Sie schüttelte den Kopf über sich selbst, während sie den
Tisch abräumte. Drei Tage im Haus ihrer Schwester, und sie
wurde wunderlich. Dieser Morgen war ein Desaster, so durfte
es auf keinen Fall weitergehen. Sie brauchte eine bessere Struktur für den Tag. Sie nahm Zettel und Stift zur Hand und er-
stellte einen Zeitplan für den nächsten Morgen.

Den Rest des Vormittags hatte Leonie damit verbracht, die
Küche auf Hochglanz zu polieren. Eine Herausforderung,
denn in manchen Regalen hatte der Staub des vergangenen
Sommers und vermutlich auch der des Frühlings gelegen. Aber
die Arbeit hatte sie abgelenkt, und das Ergebnis gab ihr ein
gutes Gefühl.

Racka hatte sie in den Garten verbannt. Von dem gestoh-
lenen Gouda hatte er fürchterlich stinkende Blähungen bekommen. Geschah ihm nur recht. Zur Sicherheit hatte sie
jedoch das Internet befragt, ob eine Menge von vierhundert
Gramm mittelaltem Gouda und ein halbes Pfund Butter für
einen Labrador zu ernsthaften gesundheitlichen Problemen
führen konnten. Blähungen, Durchfall, manchmal Erbrechen

waren möglich, aber meistens war das Thema innerhalb eines Tages erledigt, hatte sie erfahren.

Kurz hatte sie mit dem boshaften Gedanken gespielt, den Hund zur Strafe eine Weile in Amelies Zimmer zu sperren. Aber sachlich betrachtet war das Geschehen ja ihrer eigenen Schusseligkeit am Morgen geschuldet gewesen.

Sie füllte ein Glas mit Apfelschorle, schnappte ihr Smartphone und setzte sich auf die Terrasse. Die Sonne stand hoch am Himmel. Für die Jahreszeit war es viel zu warm. Ein paar fleißige Bienen summten herum, ansonsten umgab sie Stille. Die Vögel hielten Siesta.

Wie das Wetter in Helsinki heute wohl war? Sicher kühler, und vermutlich hätte sie nicht viel davon mitbekommen, da sie den ganzen Tag mit der finnischen Richterin im Büro oder im Gerichtssaal gesessen hätte. Zur Mittagspause wären sie vielleicht in ein kleines Lokal am Hafen gegangen, nicht in eine Touristenfalle, um das echte Helsinki kennenzulernen.

Die Richterin war ein paar Jahre älter als Leonie, hatte sie aus der Vita der Frau erfahren. Sie hatte eine Antwort auf ihre Mail geschickt, mit den besten Genesungswünschen an ihre Schwester und dem Hinweis, dass sie sich freuen würde, wenn sie zu einem späteren Zeitpunkt die Hospitation nachholen könnte. Die Mail war kurz, aber sehr herzlich gewesen.

Ein wehmütiges Seufzen entglitt Leonie. Es war müßig, der abgesagten Hospitation nachzutrauern. Sie hatte ihre Entscheidung getroffen, und es war die einzig richtige gewesen. Nach Helsinki konnte sie immer noch.

Es war Zeit, die Eltern zu informieren. Eigentlich hatte sie das am Sonntag schon machen wollen, aber die Aktion Autotausch hatte länger gedauert, als sie kalkuliert hatte. Nach ihrer Rückkehr nach Gütlingen war sie direkt mit Amelie ins Krankenhaus gefahren, abends hatte sie Vorbereitungen für Amelies ersten Schultag nach den Ferien treffen müssen, und schließlich war sie nur noch todmüde ins Bett gefallen.

Racka war aus seinem Verdauungsschlaf erwacht und kam schwanzwedelnd zu ihr.

»Na, du Stinker.« Sie kraulte ihm kurz den Kopf. »Leg dich bitte woandershin.«

Mit einer Handbewegung scheuchte sie ihn fort, und der Hund suchte sich ein schattiges Plätzchen unter dem Birnbaum.

Leonies Blick wanderte über den alten, knorrigen Baum. Er passte gut dorthin, war groß und spendete so viel Schatten, dass man gemütlich unter ihm sitzen konnte. Idyllisch und ein wenig seiner Zeit entwachsen.

Und er würde sie fortan an Sabines Sturz erinnern. Sie wandte den Blick ab und rief ihre Eltern an.

»Leonie, das ist eine schöne Überraschung«, erklang wenig später die Stimme ihrer Mutter, so nah, als wäre sie nicht Hunderte Kilometer entfernt auf einer Kanareninsel. »Bist du gut in Helsinki angekommen?«

»Ich bin nicht in Helsinki.«

»Aber … hast du nicht gesagt, dass deine Hospitation heute anfängt?«

»Doch, aber es ist etwas dazwischengekommen.« Herrje, sie hätte sich die Worte vorher zurechtlegen sollen. Wie sollte sie ihre Botschaft überbringen, ohne die Eltern zu sehr zu erschrecken? Mit über siebzig waren die beiden nicht mehr die Jüngsten.

»Hermann, es ist Leonie. Sie ist gar nicht in Helsinki«, hörte sie ihre Mutter ihrem Vater zurufen. »Du hast doch nicht etwa deinen Flug verpasst?«

»Nein, Mama. Hör mir bitte kurz zu.« Sie war zweiundvierzig und fühlte sich gerade wie ein Teenager, der den Eltern beichten musste, dass die kleine Schwester in der Schule beim Kiffen erwischt worden war.

Damals hatte es ein ordentliches Donnerwetter gegeben. Die Tochter eines angesehenen Richters nahm Drogen! Ihr Vater war außer sich gewesen. Nicht dass er herumgeschrien hätte. So war Hermann Reiter nicht. Er hatte Sabine dazu verpflichtet, ihre gesamten Sommerferien ehrenamtlich in einer Entzugsklinik zu arbeiten. Essen austeilen, Zimmer reinigen,

Toiletten putzen. Der gemeinsame Familienurlaub war für sie gestrichen gewesen.

Leonie hatte damals vor ihrem Abschlussjahr am Gymnasium gestanden und die Eltern allein in den Urlaub fahren lassen, mit der Erklärung, dass sie sich auf das Abitur vorbereiten wollte, was sie auch getan hatte. Und jeden Abend hatte sie Sabines abenteuerlichen Geschichten aus dem Klinikalltag gelauscht.

Kurz hatte sie tatsächlich mit dem Gedanken gespielt, statt Jura Psychologie zu studieren, die Idee aber schnell wieder verworfen. Sie verehrte ihren Vater, war immer darauf erpicht gewesen, ihm zielstrebig und mit Fleiß nachzueifern, um in seine Fußstapfen zu treten.

Sabine war von Kindesbeinen an eine Rebellin gewesen. Sie hatte nicht viel ausgelassen. Die Krönung war vor vierzehn Jahren ein uneheliches Kind gewesen, dessen Vater bis heute ein Geheimnis war. Ein One-Night-Stand im Urlaub. Zu viel Alkohol, ein falscher Name, weder Adresse noch Telefonnummer. Ihr Vater hatte einen Privatdetektiv engagieren wollen, aber Sabine hatte nichts davon hören wollen. Sie werde ihr Kind allein großziehen, dazu brauche sie keinen Kerl, der ihr einen falschen Namen nannte.

»Nun drucks doch nicht so herum. Was ist los?«, fragte ihre Mutter in ihre Erinnerung hinein.

»Sabine hatte einen Unfall, sie liegt im Krankenhaus, Wirbelsäulenfraktur, Gehirnerschütterung«, ratterte sie in einem Atemzug runter. »Ich brauche eure Hilfe.«

»Was?«

Nachdem sie es einmal ausgesprochen hatte, wurde es leichter. Es war interessant, welche Verhaltensmuster sich in der Kindheit bildeten und später schlecht ablegen ließen, stellte Leonie still für sich fest. Sie hatte sich immer für ihre kleine Schwester verantwortlich gefühlt, und wenn die Eltern, aus welchem Grund auch immer, verärgert über Sabine gewesen waren, hatte sie es auf ihr eigenes Unvermögen zurückgeführt.

Leonie wiederholte ihre Botschaft noch einmal langsam. »Die nächsten vierzehn Tage kann ich mich um Melly kümmern«, endete sie, »aber danach benötige ich eure Hilfe. Bine wird bis dahin noch nicht wieder mobil sein.«

»Ein Unfall?«, erklang die Stimme ihres Vaters im Hintergrund. Anscheinend hatte ihre Mutter die Freisprechanlage eingeschaltet, sodass er mithören konnte. »Ich hoffe, sie trägt keine Schuld, dann kann sie den Unfallgegner auf Schmerzensgeld und eine Haushaltshilfe verklagen.«

So war Hermann Reiter, immer erst einmal die rechtliche Lage abklopfen. Sabine fand das fürchterlich, Leonie vermutete, dass es seine Art war, zu zeigen, dass er sich Gedanken um seine Töchter machte. Und wenn Leonie ehrlich zu sich war, kam sie sehr stark nach ihm. Auch sie prüfte zunächst die rechtliche Lage. Gefühle konnte man zulassen, wenn kein anderer den schwachen Moment mitbekam.

Unwillkürlich stieg die Erinnerung an das kurze Gespräch mit Maximilian Häfner in ihr auf und trieb ihr gleich wieder die Röte in die Wangen. Er hatte sie in einem schwachen Moment erwischt. Sie war voller Sorge und Unsicherheit gewesen. Aber das war kein Grund, einem wildfremden Mann so persönliche Gedanken zu offenbaren.

Sie konzentrierte sich wieder auf das Telefonat mit ihren Eltern. »Papa, schuld ist ein Birnbaum. Bei dem ist nichts zu holen.«

»Wem gehört der Baum? Was ist mit dem Baum passiert? Ist er auf ihr Auto gefallen?«

»Der Baum gehört Bine. Er steht in ihrem Garten. Sie ist beim Birnenpflücken von der Leiter gestürzt.«

»Das musste ja früher oder später passieren!«

»Papa, diese Aussage ist wenig zielführend«, bremste Leonie einen aufkeimenden Vortrag darüber, was Hermann Reiter von den Gärtnerinnen-Ambitionen seiner Jüngsten hielt.

»Wirbelsäulenfraktur … Wie schlimm ist es?«, schien er endlich den Ernst der Lage zu realisieren.

Sie berichtete ihren Eltern von ihren Gesprächen mit der

Ärztin. »Sie klang zuversichtlich, dass die Gefühls- und Funktionsstörungen mit der Zeit wieder verschwinden. Aber es wird mehrere Monate –«

»Mit Zuversicht ist uns nicht gedient«, unterbrach ihr Vater sie. »Können die keine eindeutige Diagnose stellen?«

»Dafür ist es im Moment anscheinend noch zu früh«, erwiderte Leonie. »Nach der Heilbehandlung und Frühreha folgt noch eine Rehamaßnahme. Ich schätze, wir müssen mindestens zwei oder drei Monate überbrücken, bis Bine wieder einigermaßen selbstständig klarkommt. Für die Zeit müssen wir eine Versorgung organisieren.«

»Es wäre schön, wenn Sabine einen Vater für Amelie vorzuweisen hätte. Dann könnte der mal einspringen.«

»Papa!«

»Ja, was denn? Jetzt hängt alles an dir.«

»Es hängt an uns«, erwiderte sie entschieden. »Bine braucht *unsere* Hilfe.«

»Was genau stellst du dir denn vor?«, mischte sich ihre Mutter wieder in das Gespräch.

»Die nächsten zwei Wochen kann ich übernehmen, aber dann müsst ihr für eine Weile herkommen und Melly, Racka und den Hof versorgen.«

Diese konkrete Ansage ließ eine kurze Stille in der Leitung entstehen.

»Leonie, so einfach ist das nicht«, fand ihre Mutter ihre Sprache wieder. »Wir können nicht mal eben alles stehen und liegen lassen und für ein paar Wochen Bauern spielen. Wir haben Termine. Ich halte im Oktober drei Vorträge in den Staaten. Und selbst wenn wir nach Gütlingen kommen würden: Dein Vater hat eine Tierhaarallergie. Wie soll das mit dem Hund funktionieren?«

Bauern spielen. Die Worte trafen Leonie härter, als sie sich eingestehen wollte. Sie schluckte trocken. Sahen sie denn den Ernst der Lage nicht? »Ich wollte euch nur informieren. Ich muss jetzt das Essen vorbereiten. Melly kommt gleich aus der Schule.«

»Leonie, jetzt sei nicht böse mit uns. Wir müssen das erst einmal verarbeiten. Diese Neuigkeit ist für uns ein Schock.«

Der dazu führen sollte, dass ihr den nächsten Flieger bucht und euch um eure Tochter und euer Enkelkind kümmert, dachte Leonie bitter. Erinnerungen an ihre Kindheit stiegen auf. Es hatte ihnen nie an materiellen Gütern gefehlt. Aber das, was man »Nestwärme« nannte, hatten sie von der Großmutter und nicht von Mama oder Papa bekommen.

»Wir denken über alles nach und werden eine Lösung finden. Drück Sabine von uns.«

»Mach ich.«

Grübelnd starrte Leonie auf ihr Telefon. An die Tierhaarallergie ihres Vaters hatte sie nicht gedacht. Würde es helfen, den Hund für eine Weile woanders unterzubringen? Als ahnte Racka, dass sie über sein Schicksal nachsinnte, erhob er sich aus dem Schatten des Baumes und trabte zu ihr. Er legte seine warme Schnauze auf Leonies Schoß und sah mit seinen braunen Augen treuherzig zu ihr auf. Sie strich ihm über den Kopf. »Du stellst dich ab jetzt besser gut mit mir.«

***

Er war nervös, als wäre er auf dem Weg zu einem Date, stellte Max verwundert fest, als er abends mit dem Fahrrad über den Landwirtschaftsweg zu Sabines Hof fuhr. Seine Handflächen waren klamm, und sein Herz schlug etwas schneller, aber Letzteres konnte natürlich dem Radfahren geschuldet sein, redete er sich ein.

Er wollte Johns Ratschlag befolgen und sich Leonie Reiter korrekt vorstellen. Zurück auf »Los«, wie beim Monopoly. Er stellte sein Trekkingbike ab und klingelte an der Haustür. Racka bellte kurz. Als Leonie ihm öffnete, wollte der Hund ihm freudig entgegenspringen, aber sie hielt ihn am Halsband fest.

»Lassen Sie ihn ruhig.«

»Nein, er muss lernen, dass das nicht geht.« Sie senkte den

Blick und forderte streng: »Sitz!« Sie hob den Finger der freien Hand. »Sitz!«

Es war ein aussichtsloses Unterfangen. Der Hund liebte ihn. Schließlich schaute sie resigniert wieder auf. »Was kann ich für Sie tun?«

»Ich … ähm …« Er räusperte sich. »Guten Abend, mein Name ist Maximilian Häfner, ich bin ein Freund von Sabine.«

Sie zog irritiert die Stirn in Falten. »Das weiß ich doch inzwischen.«

»Ja, ich dachte nur … wegen … also …« Himmel! Ging es noch schlimmer? Er verstummte.

Sie sah ihn abwartend an. Er musste irgendetwas sagen, aber in seinem Kopf fand sich kein einziges Wort. John, das war eine wirklich bescheuerte Idee, fluchte er innerlich, während er nach einer Ausrede suchte, die seinen abendlichen Besuch erklären würde.

»Haben Sie die Beete gegossen?«, hörte er sich fragen.

»Die Beete?«

»Ja, es hat in den letzten Tagen nicht geregnet. Die Pflanzen brauchen Wasser.«

Sie nickte. »Nein.«

Er brauchte einen Moment, bis er die widersprüchliche Antwort eingeordnet hatte. Zustimmung zu seiner Aussage, das Nein galt seiner Frage.

»Ich dachte, ich kann vielleicht helfen.« So langsam beruhigte sich sein verwirrter Geist. Mit Pflanzen kannte er sich aus, das war sicheres Terrain. »Es sind viele Beete.«

Sie starrte ihn an, und er fragte sich, worüber sie nachdachte. Eine penetrant stinkende Duftnote kroch ihm in die Nase. Leonie Reiter stöhnte angewidert auf.

Ihm wurde heiß. Hoffentlich dachte sie nicht, der Gestank komme von ihm. »Der Hund.« Sicherheitshalber deutete er auf Racka, der sich nun doch seinem Schicksal ergeben und sich gesetzt hatte.

Sie nickte naserümpfend. »Käse.«

»Hund und Käse, keine gute Kombination.«

»Wohl wahr.« Sie rieb sich über den Nacken.

Er hatte den Eindruck, dass sie müde war.

»Ich kann außen herum in den Garten gehen. Ich weiß, wo alles ist.«

Als sie ihn fragend ansah, erinnerte er sie: »Die Beete.«

»Ach ja … Das müssen Sie nicht machen. Ich werde die Pflanzen gleich gießen.«

»Zu zweit geht es schneller.«

»Ja, aber –«

»Es ist okay. Bine würde dasselbe für mich tun.« Allerdings besaß er weder Garten noch Gemüsebeete. Aber ein paar Zimmerpflanzen.

Wenig später stand er mit Leonie in Sabines Gemüsegarten. Es wurde höchste Zeit. Die Pflanzen lechzten nach Wasser. Er schaltete die Pumpe ein und setzte die Sprühdüse auf den Gartenschlauch.

»Der erste Schwung Wasser stinkt immer ein bisschen, das ist normal, weil das Wasser im Schlauch gelegen hat«, erklärte er. »Das Wasser aus der Zisterne kann relativ kühl sein im Verhältnis zu den Tagestemperaturen, die wir haben. Damit die Pflanzen keinen Schock bekommen, sollten Sie vorsichtig von unten gießen. Hier vorne in den Beeten sind etwas robustere Pflanzen, da können Sie mit dem Gartenschlauch entlanggehen. Ich nehme die Gießkannen und kümmere mich um die Tomaten.«

Eine Weile gossen sie schweigend die Pflanzen.

»Die Tomaten müssen geerntet werden, die sind reif«, rief er ihr zwischendurch zu.

Sie sah zu ihm. »Alle?«

»Nur die roten.«

»Schon klar.«

»Aber es sind viele. Die Tomatensaison ist bald vorbei.« Er ging zu ihr. »Soll ich hier weitermachen? Dann können Sie in der Zwischenzeit schon ernten.«

Zögernd übergab sie ihm den Gartenschlauch. »Muss ich beim Pflücken etwas beachten?«

Er zuckte die Achseln. »Nein.«

»Ich hole dann mal eine Schüssel.« Sie ging durch den Garten zum Haus.

Er sah ihr nach. Auf dem Terrassentisch entdeckte er einen Laptop und ein zur Hälfte gefülltes Weinglas. Wobei hatte er sie wohl gestört?

Sie kehrte mit einer kleinen Holzschüssel zurück. Er schmunzelte. Damit würde sie nicht weit kommen. Während sie begann, jede einzelne Cocktailtomate zu pflücken, legte er den Schlauch zur Seite, suchte im Gewächshaus einen Eimer und eine Schere und brachte ihr beides.

»Sie können die Tomaten rispenweise abschneiden. Wenn eine dazwischen ist, die noch etwas grün ist, legen Sie die auf die Fensterbank. Die reift nach.«

»Was soll ich nur mit diesen ganzen Tomaten machen?« Sie blickte ratlos auf die vielen Pflanzen. »So viele können Melly und ich doch gar nicht essen.«

»Bine macht Tomatensoße daraus. Die füllt sie in Gläser und friert sie ein, soweit ich weiß.«

»Okay.« Leonie pflückte tapfer weiter. »Möchten Sie ein paar Tomaten mitnehmen?«

»Danke, gern. Ich gieß drüben geschwind fertig, und dann helfe ich Ihnen hier.«

Es war dunkel, bis sie die Pflanzen versorgt, alles aufgeräumt und drei Eimer Tomaten zum Haus getragen hatten.

»Ich glaube, da bleibt gar nicht so viel übrig, wenn man sie einkocht«, versuchte Max, Leonies Sorgen zu mildern.

Sie grinste skeptisch. »Danke für Ihre Hilfe.«

»Gern geschehen.« Dieses schiefe Grinsen gefiel ihm verdammt gut. Wie ihr Lächeln wohl aussah, wenn sie keine Sorgen hatte? »Ich kann übermorgen noch mal abends vorbeikommen und beim Gießen helfen. Dann sollten wir uns um die Bohnen kümmern.«

»Bohnen?«

»Ja, die sind auch erntereif. Sie sollten die Eimer bis dahin geleert haben.«

»Drei Eimer Bohnen? Oh Gott!« Sie warf stöhnend den Kopf in den Nacken.

Er lachte auf. »Kriegen wir alles hin.«

Dass auch die Salatköpfe und die Zucchini wucherten und verarbeitet werden sollten und dass das Erdbeerfeld von zu vielen Ausläufern und welken Blättern befreit werden musste, würde er ihr ein anderes Mal erklären.

Sie blickte zu ihm. »Möchten Sie ein Glas Wein zum Abschluss?«

»Ein anderes Mal gern, aber ich sollte mich langsam auf den Heimweg machen. Ich muss morgen früh um sechs auf der Baustelle stehen«, bedauerte er. Er hätte gern noch eine Weile mit ihr zusammengesessen. Sie schien ihren Gram von ihrer ersten Begegnung vergessen zu haben. Er deutete auf den Tisch, auf dem der Laptop schon lange in den Ruhemodus geschaltet hatte. »Tut mir leid, dass ich Sie von der Arbeit abgehalten habe.«

»Sie haben mir Zeit gespart. Hätte ich das alles allein machen müssen, wäre ich wahrscheinlich noch bis Mitternacht beschäftigt gewesen. Wie oft muss ich gießen? Täglich?«

»Nur die Tomaten, aber die haben wir ja jetzt größtenteils abgeerntet. Den Rest nach Bedarf, vielleicht alle zwei Tage, falls es nicht regnet. Abends ist ein guter Zeitpunkt, wenn die Sonne nicht mehr scheint, sonst verdunstet das Wasser gleich wieder.«

»Okay, ich baue es in meinen Zeitplan mit ein.« Sie deutete mit dem Finger auf ihren Laptop.

Er erinnerte sich an die Liste, die er in der Küche gesehen hatte. Entweder war sie wahnsinnig vergesslich oder sehr strukturiert. Insgeheim reizte ihn der Gedanke, ihre klare Struktur ein klein wenig aufzubrechen.

# 6

Sabine Reiter litt. Zwar war sie inzwischen von der Intensivauf die normale Station verlegt worden, bewegen konnte sie sich dennoch nicht.

Sie war es nicht gewohnt, stundenlang still zu liegen. Normalerweise wuselte sie von morgens bis abends herum. Vormittags versuchte sie, der Rasselbande in der Schule Schreiben, Lesen und im Kunstunterricht das Basteln und Malen beizubringen, nachmittags hatte sie mit dem Garten zu tun, backte Kuchen für ihr Café, kümmerte sich um Racka und kämpfte mit Amelie, damit das Mädchen wenigstens ein Minimum für die Schule tat.

Jetzt lag sie schon so viele Tage in diesem Krankenbett und hatte Angst, dass jede unbedachte Bewegung den Bruch verschlimmern würde. Noch immer hatte sie Probleme, die Beine zu bewegen und die Füße zu heben. Aber mit viel Hilfe konnte sie schon kurz aufstehen. Wenigstens das. Ärztinnen und Krankenschwestern bemühten sich, Optimismus und Zuversicht auszustrahlen.

Sie schwitzte, und sie hatte das Gefühl, dass sie stank. Diese Katzenwäsche im Krankenbett ersetzte einfach keine Dusche. Und dieser über allem schwebende Geruch nach Desinfektionsmittel machte sie krank. Sie wollte nach Hause. Zu Melly, zu Racka und in ihren Garten.

Eine Träne bahnte sich ihren Weg ins Freie. Sie wollte nicht schon wieder heulen. Das half auch nicht. Im Gegenteil, es verursachte nur Kopfschmerzen. Obwohl es ein Wunder war, dass sie überhaupt Schmerzen spürte, bei den Hammerdrogen, die ihr verabreicht wurden. Vermutlich würde sie Entzugserscheinungen bekommen, wenn sie die Schmerzmittel irgendwann wieder absetzen konnte.

Sie musste positiv denken und aufhören, sich selbst zu bedauern. Sie würde Leonie bitten, ihr ein paar Duftsprays ins

Krankenhaus zu bringen, dann würde das Leben gleich etwas besser aussehen. Zumindest würde es besser riechen.

»Das Wichtigste ist, dass du wieder gesund wirst«, hatte Leonie gesagt. Sie war so dankbar, dass ihre Schwester gekommen war und sich um alles kümmerte. Aber gleichzeitig plagte sie das schlechte Gewissen.

Leonie hatte sich auf Helsinki gefreut. Und sie selbst war so stolz gewesen, dass Leonie sich von ihr hatte überzeugen lassen, über ihren Schatten zu springen und innerhalb kürzester Zeit die Entscheidung für die Reise zu treffen.

Sabine erinnerte sich lebhaft an den aufgeregten Anruf. Es gehe alles viel zu schnell, sie müsse erst einmal in Ruhe alles überdenken – das waren Leonies Standardfloskeln. Es müsse so viel vorbereitet werden, und es sei noch einiges unklar.

»Tu es!«, hatte Sabine ihre Schwester beschworen. »Vierzehn Tage Helsinki im Spätsommer, das wird grandios!«

»Tausend Mücken –«

»Und mindestens ein sexy Finne!«

»Ich bin zum Arbeiten dort.«

»Ha, das heißt, du nimmst an!«

»Was? Wie –«

»Du hast gerade gesagt, du bist zum Arbeiten dort«, hatte Sabine ihre Schwester überrumpelt. »Ich freu mich so für dich! Wenn hier nicht gerade Schulanfang wäre, würde ich mitkommen.«

Mit ihrem Sturz hatte sie Leonie dieses Abenteuer gründlich verdorben. Warum war sie nur von dieser blöden Leiter gefallen? Sie konnte sich kaum an das Geschehen erinnern. Sie war nicht achtsam gewesen, rügte sie sich selbst. Geschwind ein paar Birnen pflücken, dann schnell mit dem Hund gehen, dann ins Café. Mit dem Kopf immer schon fünf Schritte voraus, anstatt die Aufmerksamkeit auf das zu lenken, was sie gerade tat.

Jetzt hatte sie den Salat. Die Ärztin hatte ihr keine Hoffnung gemacht, dass sie noch vor den Weihnachtsferien wieder vor ihrer Schulklasse stehen würde. Und für Amelie und

Racka würde sie in den nächsten Monaten auch nicht sorgen können.

Wie sollte sie sich um ihren Garten und das Café kümmern? Wie sollte sie mit zwei Krücken Kuchen backen, Kaffee servieren und alles sauber halten? Sie hatte es bisher ja ohne Krücken kaum geschafft! Außerdem hatte sie Max versprochen, bei der Apfelernte und beim Saftmachen zu helfen.

Und dann war da noch ein ganz anderer Schlamassel, an den sie gar nicht denken mochte. Sie schloss die Augen, aber die Gedanken kreisten weiter, und der Berg an unlösbaren Problemen wuchs schier ins Unermessliche. Sie hatte das Gefühl, dass mit dem Sturz von der Leiter ihr gesamter Optimismus auf den Boden gekracht und zersplittert war. Wenn sie die Zeit doch nur um ein paar Tage zurückdrehen könnte. Oder besser: um ein paar Monate.

Das Schlafzimmer war gesaugt, Staub gewischt, das Bett frisch bezogen, die Schmutzwäsche weggeräumt. Auch das Gästezimmer und Amelies Räuberhöhle hatte Leonie geputzt und aufgeräumt. Der Zeitplan, den sie nach dem Montagmorgen-Desaster aufgestellt hatte, funktionierte hervorragend. Lediglich Amelie war nicht besonders glücklich über Leonies rigorose Methode, morgens in ihr Zimmer zu poltern, die Vorhänge aufzureißen und den Deckenstrahler einzuschalten.

Racka hingegen genoss es, in der morgendlichen Frische eine Runde mit ihr zu drehen. Die Käse-Blähungen hatten nach zwei Tagen Magerkost nachgelassen. Die drei Eimer Tomaten hatte Leonie zu Soße verarbeitet. Drei Gläser hatte sie für Max bereitgestellt, drei weitere wollte sie Pfarrer John vorbeibringen, als Dank dafür, dass er sich in der ersten Nacht um den Hund gekümmert hatte.

Die Einmachgläser hatte sie im Nachbarort im Raiffeisenmarkt gekauft. Die Verkäuferin hatte etwas überrascht geschaut, als Leonie gleich fünfzig Stück mitgenommen hatte.

Nachdem die gefüllten Gläser etwas abgekühlt waren, trug sie sie über den Hof in Sabines Café. Dort stand in der Küche ein mannshoher, doppeltüriger Eisschrank, in den sie die Tomatensoße stellen konnte. Dabei entdeckte sie zwei Regale voll mit leeren Einmachgläsern. Nun ja, auf die paar mehr kam es wohl nicht an.

Auch wenn ihr mittlerweile der Rücken und die Schultern von der ungewohnten Arbeit schmerzten, war Leonie froh um die körperliche Betätigung. Ansonsten hätte sie den ganzen Tag vor dem Laptop gesessen und jede noch so kleine Information zum Thema »Wirbelsäulenfraktur« im Internet recherchiert.

Zwischendurch hatte sie in ihre dienstlichen E-Mails geschaut, aber da hatte es nichts gegeben, was dringend von ihr bearbeitet werden musste. Wie auch – alle dachten, sie sei in Helsinki. Sie hatte den kleinen Anflug von Wehmut eilig verdrängt.

Amelie wollte direkt nach der Schule ins Krankenhaus, um ihre Mutter zu besuchen, und von dort zum Training mit ihrer Tanzgruppe. Das Mädchen machte Hip-Hop. Daher sparte sich Leonie das Kochen. Sie hatte ein Stück eingefrorenen Blechkuchen aus dem Gefrierschrank im Café genommen, den sie aufbackte und mit Sprühsahne und Kaffee auf der Terrasse genoss.

Der September war zwar zu warm für die Jahreszeit, aber nicht mehr so unerträglich heiß wie der Juli und der August. Leonie hatte Shorts und ein Top angezogen, in der Hoffnung, noch ein klein wenig Sommerbräune zu erhalten. Natürlich setzte sie sich nicht in die pralle Sonne, sie wollte keinen Hautkrebs riskieren.

Der Zwetschgenkuchen mit Mandelsplitter-Topping schmeckte hervorragend. Genießerisch schleckte sie die Gabel ab. Trotz der Sorge um Sabine fühlte sie sich in diesem Moment relativ entspannt, stellte sie verwundert fest. Das kam vermutlich von der körperlichen Arbeit. Zu Hause ging sie auf den Golfplatz oder ins Fitnessstudio, um Stress abzubauen. Hier hatte sie frische Luft inklusive »Garten-Work-out«.

Sie hätte zwei Stücke Kuchen auftauen sollen. Dann hätte sie Sabine eines ins Krankenhaus mitbringen können. Nun reichte die Zeit nicht mehr. Aber vielleicht war das auch besser so. Sabine musste sich die nächsten Monate mit Krücken durchs Leben bewegen, da war jedes Gramm zu viel unnötiger Ballast.

Die Melodie ihres Smartphones störte Leonies kleine Auszeit. Es war ihre Mutter.

»Hallo, Mama«, grüßte sie.

»Hast du etwas Neues von Sabine gehört?«

Leonie zog verstimmt die Augenbrauen zusammen. »Warum rufst du sie nicht selbst an und fragst sie, wie es ihr geht?«

»Das habe ich versucht, aber sie geht nicht ans Telefon.«

»Vielleicht hat sie gerade Behandlungen«, erwiderte Leonie etwas milder gestimmt. »Es geht ihr nicht gut. Gegen die Schmerzen bekommt sie Mittel, aber sie kann sich kaum bewegen, und das Herumliegen bekommt ihr nicht.«

»Das war noch nie ihre Stärke. Sie konnte ja nicht mal die fünf Minuten beim Mittagessen still sitzen. Zum Glück warst du ein ruhigeres Kind.«

Mamas und Papas Liebling, immer die brave, vernünftige und verlässliche Leonie. »Das ausgleichende Moment«, hatte ihr Vater gesagt, weil sie immer versucht hatte, zwischen Sabine und den Eltern zu vermitteln.

»Sabine ist doch sicher privat versichert, als Lehrerin«, fuhr ihre Mutter fort. »Kannst du bitte mal ihre Versicherungspolicen durchschauen, ob ihr eine Haushaltshilfe zusteht? Oder vielleicht hat sie sogar Anspruch auf die Bezahlung eines Platzes in der Kurzzeitpflege?«

»Kurzzeitpflege?«

»Na ja, so wie wir es verstanden haben, wird sie eine Weile auf Hilfe angewiesen sein. Wer soll die leisten?«

»Und was ist mit Melly und dem Hund?«

»Der Hund kann sicher eine Weile ins Tierheim. Das kann ja nicht so teuer sein.«

Während Leonie diese Antwort noch verarbeitete, redete ihre Mutter bereits weiter: »Das Problem ist, dass Amelie schon älter als zwölf Jahre ist, sonst hätte Sabine eventuell noch Anspruch auf Betreuung für sie. Aber so müssen wir schauen, ob sie vielleicht in der Nähe eine Bereitschaftspflege für Amelie über das Jugendamt bekommen kann.«

»Ihr wollt Melly in eine Wohngruppe stecken?«, rief Leonie entsetzt aus. Racka, der friedlich zu ihren Füßen geschlummert hatte, sprang erschrocken auf. Sie strich ihm beruhigend über den Rücken.

»Vielleicht findet sich auch eine Pflegefamilie für die Zeit.«

Leonie wusste, dass die Chance dafür verschwindend gering war. »Wir sind Mellys Familie!«

»Leonie, wir müssen realistisch sein. Amelie ist in der Pubertät. Ich weiß noch, wie Sabine damals war.«

Eine Mischung aus Chaotin, Trotzkopf, Weltretterin und vor allem Rebellin. Ein guter Teil davon steckte sicher auch in Amelie.

»Amelie braucht in den nächsten Monaten eine verlässliche, stabile Betreuung. Wie soll das funktionieren? Du hast einen anspruchsvollen und verantwortungsvollen Beruf und wohnst nicht gerade um die Ecke. Papa und ich sind hier eingespannt, ich habe Termine, die ich nicht absagen kann.«

Leonie hörte gar nicht mehr richtig zu, sondern suchte nach einer diplomatischen Formulierung, um ihrer Mutter zu erklären, was sie von diesem Vorschlag hielt.

»Schau doch mal, ob du ihre Versicherungsunterlagen findest, da müsste geregelt sein, was Sabine in ihrem Fall zusteht. Vielleicht telefonierst du mal mit der Versicherung? Und ich rufe beim Jugendamt an und schildere denen die Situation.«

»Das wirst du nicht!«, fuhr Leonie auf. Sie spürte einen ungewohnten Anflug von Zorn in sich aufsteigen.

»Bitte?«, fragte ihre Mutter konsterniert. So einen Ton war sie von ihr nicht gewohnt.

»Ihr werdet nicht beim Jugendamt anrufen. Ich bin hier vor Ort. Ich kümmere mich um alles.«

»Aber du hast doch gesagt, du brauchst unsere Hilfe.«

Aber doch nicht so!

»Mama, ihr steckt Amelie nicht in eine Wohngruppe oder eine fremde Familie! Und der Hund kommt nicht ins Tierheim!«

»Aber –«

»Kein Aber! Wenn ihr beim Jugendamt anruft, dann ...« Sie wusste nicht weiter. Sie wollte ihrer Mutter nicht drohen. Womit auch? Doch sie war so unsäglich wütend und spürte gleichzeitig eine tiefe, bittere Enttäuschung. »Ich muss jetzt los. In einer halben Stunde ist Besuchszeit im Krankenhaus«, beendete sie das Gespräch.

Die Großeltern von heute waren nicht mehr das, was sie früher mal gewesen waren. Die heutigen Großeltern hatten ein Recht auf ein eigenes Leben und einen Kalender voller Termine. Termine, die wichtiger waren als die eigenen Kinder und Enkelkinder.

Racka legte den Kopf auf ihren Schoß. Gedankenverloren streichelte Leonie ihn. Sie erinnerte sich, wie ihre Großmutter immer für sie da gewesen war, wenn sie oder Sabine mal krank gewesen waren. Die Eltern mussten schließlich arbeiten. Sie hatten wichtige Jobs, es ging um das Gemeinwohl, um die Gesellschaft. Ansteckende Erkältungskrankheiten waren ihnen ein Gräuel. Sie konnten es sich nicht leisten, wegen eines Schnupfens einen Termin abzusagen. Als Kind hatte Leonie das akzeptiert. Aber jetzt war es einfach nur deprimierend.

War Verantwortung für die Gesellschaft nicht auch Verantwortung für die eigene Familie? War ein Vortrag in den Staaten so viel wichtiger als das eigene Enkelkind? Rechtfertigte der Dienst für die Gesellschaft es, eine Vierzehnjährige einfach mal für eine Weile aus ihrem gewohnten Umfeld zu reißen und in eine betreute Wohngruppe zu stecken? Leonie wusste, dass sie es sich nie verzeihen würde, wenn sie das zuließe. Und Sabine würde durchdrehen.

»Hast du eine Idee?«, fragte sie den Hund, der mit geschlossenen Augen die Streicheleinheiten genossen hatte und nun zu ihr aufblickte.

»Du darfst das nicht falsch verstehen«, erklärte sie dem Tier und ein Stück weit sich selbst. »Mama und Papa sind ganz liebe Menschen. Sie helfen gern, sie suchen nach Lösungen. Sie sind nur leider keine Familienmenschen.«

Sie sah von der Terrasse zum Haus. Es war zwar ebenerdig, dennoch gab es eine Bodenleiste, über die man beim Hinein- und Hinausgehen steigen musste. Wie sollte Sabine hier allein klarkommen? Überall waren Stufen, lauerten Unebenheiten und andere Stolperfallen. Ganz zu schweigen davon, dass der Weg in ihr Schlafzimmer über eine schmale Holztreppe ins Dachgeschoss führte. Es war viel zu anstrengend, täglich mit Krücken hinauf- und hinunterzusteigen.

Zudem lag das Haus knapp einen Kilometer vom Dorf entfernt, der nächste Supermarkt war im Nachbarort. An Autofahren war vermutlich vorerst gar nicht zu denken. Wie sollte sie zu Nachuntersuchungen oder zur Physiotherapie kommen?

Ihre Eltern hatten sicherlich recht damit, dass Sabine nicht allein in diesem Haus leben konnte, bis sie wieder vollständig genesen war. Aber die kleine Familie auseinanderreißen? Vielleicht gäbe es die Möglichkeit, Amelie bei den Eltern ihrer Freundin unterzubringen. Das könnte allerdings eine ordentliche Belastungsprobe für die Freundschaft der Mädchen sein. Wären Neles Eltern überhaupt bereit, die Verantwortung für Amelie zu übernehmen?

Was sollte mit Racka geschehen? Sabine würde es das Herz zerreißen, wenn er vorübergehend in ein Tierheim käme. Wer würde sich um das Haus und den Garten kümmern? Wenn niemand in den Beeten Hand anlegte, würde innerhalb kürzester Zeit ein Gemüse-Dschungel dort wuchern, so viel war Leonie trotz mangelnder Gärtnerinnen-Kenntnisse bewusst.

Und dann sollte sie Sabine, ihr kleines Binchen, in eine Kurzzeitpflege geben? Nein, das ging gar nicht. Sie musste eine andere Lösung finden.

Wie zwei Abende zuvor überließ Max Leonie den Gartenschlauch zum Bewässern, während er die Gießkannen schleppte. Sie arbeiteten stumm vor sich hin. Das Schweigen beim letzten Mal war nicht unangenehm gewesen. Doch an diesem Abend hatte er den Eindruck, dass sich hinter Leonies gekräuselter Stirn finstere Gedanken verbargen.

Nachdem ein Großteil der Beete mit Wasser versorgt war, begann er, die grünen Bohnen zu ernten. Der Eimer war halb voll, als sich Leonie zu ihm gesellte.

»Einfach mit den Fingern abknipsen?«, fragte sie.

»Ja.«

Sie nahm sich die Nachbarpflanze vor.

»Bohnen müssen schnell verarbeitet werden«, erklärte er. »Sie können sie putzen und dann portionsweise einfrieren.«

»Uff«, atmete Leonie auf. »Ich hatte schon befürchtet, ich muss die ganze Nacht Bohneneintopf kochen.«

»Das wäre auch eine Möglichkeit. Sie wissen, dass rohe Bohnen giftig sind?«

»Ja, Bine hat es mal erwähnt.«

»Wie geht es ihr?«

»So lala. Ihr fällt die Decke auf den Kopf.«

»Das glaube ich gern. Wochenlanges Stillliegen wäre für mich der Tod.« Er zog eine Grimasse, als er bemerkte, wie Leonie die Augenbrauen hob. Das war eine völlig unpassende Bemerkung. »Es wird eine ganze Weile dauern, bis sie wieder okay ist.«

»Ja.«

»Haben Sie mit Bine besprochen, wie es weitergehen soll?«

Er musste sich gedulden, bis sie sich zu einer Antwort durchrang: »Ich arbeite an einem Plan.«

Er erinnerte sich an die To-do-Liste auf dem Küchentisch und ihre Bemerkung zu einem Zeitplan, in den sie die Gießzeiten für den Garten einbauen wollte. Leonie hatte anscheinend eine Vorliebe für Pläne, ging es ihm durch den Kopf.

»Das Angebot steht: Wenn ich irgendetwas tun kann, helfe ich gern. Und ich bin sicher, es gibt etliche im Dorf, die auch helfen würden.«

»Danke.« Leonie pflückte ununterbrochen weiter, als arbeitete sie im Akkord.

Max war nicht unbedingt ein Meister darin, Schwingungen wahrzunehmen. Seine Ex-Frau wurde nie müde, ihm unter die Nase zu reiben, wie unsensibel er sei. Doch hier in diesem Gemüsegarten meinte er deutlich zu spüren, dass Leonie Reiter unter Druck stand. Hatte sie Probleme, ihre Arbeit mit der unerwarteten Situation in Einklang zu bringen? War es die Sorge um ihre Schwester? Oder die ungewohnte Gartenarbeit?

»Haben Sie zu Hause auch einen Garten?«

Sie sah überrascht auf. »Nein.«

»Aber Sie haben Bine schon öfter geholfen?«

»Nein.« Sie zog eine Grimasse. »Ist nicht mein Ding.«

»Sie machen das aber ganz routiniert.«

»Machen Sie sich nicht über mich lustig. Ich hab die Dinger da hinten für Gurken gehalten.« Sie deutete Richtung Komposthaufen, um den herum die Zucchini wucherten.

»Okay.« Er grinste. »Nur die grünen oder auch die gelben?«

Sie warf ihm einen empörten Blick zu, was ihn nur noch breiter grinsen ließ.

»Ich kann Ihnen eine Führung durch den Garten geben, dann können Sie sich einen Plan machen, wo was wächst.«

Sie hielt erneut inne, sah sich um, als würde sie ernsthaft seinen Vorschlag überdenken. »Kennen Sie sich so gut mit den Pflanzen aus?«

»Meine Eltern hatten einen Gemüsegarten, da habe ich einiges gelernt. Ob ich wollte oder nicht.«

»Wollten Sie?«

Die erste persönliche Frage, die sie an ihn richtete, stellte er erfreut fest. »Nicht immer. Aber es war ein großartiges Gefühl, etwas zu ernten, was ich selbst angebaut hatte.«

»Meine Eltern hatten dafür nichts übrig. Bine ist da etwas aus der Art geschlagen. Wir alle fragen uns, woher sie den grünen Daumen hat.«

Sie habe sich das Gärtnern selbst beigebracht, hatte Sabine Max erzählt. Sie hatte probiert, experimentiert und keine Scheu gehabt, die Leute im Dorf um Hilfe zu bitten. Nach knapp fünfzehn Jahren mit einigen Rückschlägen und vielen kleinen

Erfolgserlebnissen war sie zu einer routinierten Gärtnerin geworden.

Leonie schien ihm sehr auf ihre Unabhängigkeit bedacht. Und darauf, keine Schwäche zu zeigen. Das hatte ihm ihre Reaktion bei ihrem ersten Zusammentreffen verraten, als sie Max fälschlicherweise für Pfarrer John gehalten und ihm ihre Sorgen offenbart hatte. Aber vielleicht täuschte er sich, immerhin hatte sie seine Unterstützung beim Gießen der Beete angenommen.

»Bine sagt, Sie haben eine Obstwiese?«

»Ja, zweiundvierzig Obstbäume und einen riesigen Walnussbaum.«

»Das klingt nach viel Arbeit.«

»Es ist mein Hobby.«

Leonies Blick schweifte zum Haus und blieb beim Birnbaum hängen. »Können Sie auch Bäume fällen?«

Ihre Frage überraschte ihn. »Zur Not krieg ich auch das hin. Warum fragen Sie?«

»Der Birnbaum muss weg.«

»Das würde Bine nicht gefallen.«

»Er hätte sie fast umgebracht.«

»Ich dachte, die Todesstrafe ist abgeschafft?« Er fragte es ohne Humor in der Stimme.

Ihre Blicke trafen sich im Dämmerlicht, lieferten sich ein stummes Duell. Schließlich schüttelte er den Kopf. »Ich werde den Baum nicht fällen. Und Sie sollten auch niemand anderen suchen, der das übernimmt. Wenn, dann ist das Bines Entscheidung. Aber ich schaue mir den Baum bei Gelegenheit an. Er ist alt, einige Äste sind vermutlich morsch, vielleicht steckt ein Pilz drin. Den kann ich rausschneiden. Und ich kann Bine das Versprechen abnehmen, dass sie nie wieder achtlos eine Leiter an einen alten Ast lehnt und ungesichert in den Baum klettert. Wäre das ein Kompromiss?«

Sie sah ihn grübelnd an, und er fragte sich, was hinter ihrer leicht gekräuselten Stirn vor sich ging. Bei Gericht hätte man seinen Vorschlag wohl so was wie einen Vergleich genannt.

Sollte er entschlossen gucken oder entgegenkommend lächeln?

»Na gut«, willigte sie schließlich ein und wandte sich wieder den Bohnen zu.

Er grinste zufrieden. Er hatte einen Deal mit einer Richterin ausgehandelt.

»Was machen Sie am Wochenende?« Seine Frage überraschte nicht nur sie, er hatte sich selbst überrumpelt.

»So weit habe ich noch gar nicht gedacht.« Sie seufzte erschöpft und drückte die Hände in den unteren Rücken. »Was muss denn als Nächstes geerntet und verarbeitet werden?«

»Die Zucchini sollten Sie unbedingt abnehmen, sonst werden die riesig, aber das ist schnell erledigt. Die halten sich eine Weile. Die gelben bleiben übrigens so, die werden nicht grün.« Er hatte zum Kompost gedeutet, wandte sich nun aber wieder ihr zu. »Am Wochenende ist Besenwirtschaft bei einem Winzer auf dem Pfaffenberg.«

»Aha.«

»Das ist ein saisonaler Weinausschank direkt beim Winzer.«

»Ich weiß, was eine Besenwirtschaft ist.«

Natürlich wusste sie das. Sie kam zwar nicht aus Gütlingen, aber Sabine hatte ihm erzählt, dass sie in Stuttgart aufgewachsen waren. In den nahen Weinbergen der Stadt gab es zahlreiche Besenwirtschaften.

»Haben Sie Lust, mit mir dorthinzugehen? Von hier aus ist es eine schöne Wanderung oben am Schönbuchrand entlang, und zum Wein bekommt man eine phantastische Aussicht.«

»Das klingt nett.« Sie überlegte wieder einen Moment. Spontane Entscheidungen schienen nicht ihr Ding zu sein. Dann schüttelte sie zu seiner Enttäuschung den Kopf. »Es tut mir leid, das wird nichts. Ich muss mich um Bine kümmern. Es muss noch sehr viel organisiert werden.«

»Schade.« Ihre Absage enttäuschte ihn mehr, als er erwartet hatte. Dabei war es doch nur ein spontaner Gedanke gewesen. »Wenn Sie es sich anders überlegen, rufen Sie mich an. Meine Nummer haben Sie ja.«

»8. Max anrufen« hatte er bei ihrer ersten Begegnung dreist ans Ende ihrer To-do-Liste geschrieben und seine Nummer notiert. Er hatte es als lockere Aufforderung gemeint, um ihr zu zeigen, dass sie keine Scheu haben musste, sich bei ihm zu melden, wenn sie Hilfe brauchte. Aber er war sich nicht sicher, ob sie seine Botschaft so verstanden hatte. Vielleicht hatte sie den Zettel stattdessen wütend zerknüllt und weggeworfen.

✳✳✳

Leonie putzte die Bohnen und wog sie zu exakt gleich großen Portionen ab, um sie einzufrieren. Diese konzentrierte, etwas stupide Arbeit war fast so entspannend, wie Flachswickel backen. Auch das Gießen der Beete hatte etwas Meditatives. Obwohl sie der Anruf ihrer Mutter an diesem Abend nicht losließ.

Sie war froh gewesen, dass Max ihr wie versprochen im Garten zur Hand gegangen war. Seine Gegenwart hatte etwas Tröstliches gehabt und ihr gezeigt, dass sie nicht ganz allein vor den Problemen stand. Es gab Menschen im Dorf, auf die sie zählen konnte.

Sie mochte seine Stimme, seine unaufgeregte, anpackende Art und sein Lächeln.

Dieses schelmische Grinsen, als er sie gefragt hatte, ob sie die gelben Zucchini auch für Salatgurken gehalten habe, hatte ihr viel zu gut gefallen. Es hatte ein nervöses Kribbeln in ihrer Magengegend entfacht. Nur mit Mühe hatte sie ihre finstere Miene aufrechterhalten können. Sie wollte nicht, dass aus der Neckerei ein Flirt wurde.

Er war Sabines Freund. Und ihm lag viel an ihrer Schwester, sonst würde er nicht so oft zum Hof kommen und nach ihr fragen. Leonie wusste, dass Sabine täglich mit ihm chattete. Und seine Sorge um den Gemüsegarten und die Vehemenz, mit der er sich für ihren Birnbaum eingesetzt hatte, waren ebenfalls Indizien dafür, dass es ihm um das Wohlergehen ihrer Schwester ging.

Seine Frage, ob sie Lust hätte, mit ihm zu dieser Besenwirtschaft zu gehen, war allerdings unerwartet gewesen. Vermutlich hatte sie das Sabine zu verdanken. Wahrscheinlich befürchtete sie, dass Leonie auf dem Hof völlig vereinsamte, da sie keine sozialen Kontakte in Gütlingen hatte.

Aber Leonie mochte die ruhigen Momente auf dem Hof, wenn der Abend in die Nacht überging. Zu Hause in ihrer Ulmer Wohnung saß sie gern abends allein vor dem geöffneten Fenster, lauschte den vertrauten Klängen, die von der Straße zu ihr heraufschallten, und ließ den Tag ausklingen. Froh darüber, dass sie niemandem konzentriert zuhören musste, es keine Fragen gab, die beantwortet oder wohlüberlegt gestellt werden mussten. Wenn sie die Gedanken einfach laufen lassen konnte, ohne dass jemand irgendetwas von ihr wollte.

Sie hörte Schritte auf der Holztreppe, kurz darauf stand Amelie in der Küche.

»Ist Max schon weg?«

»Ja.«

»Machst 'n da?«

»Bohnen einfrieren.«

Amelie zog eine Grimasse. »Die kannste im Dorf verschenken. Ich ess die nicht.«

»Aber Bine und ich mögen Bohnen.«

Die Miene ihrer Nichte wechselte von angewidert zu traurig. »Wann kommt Mama nach Hause?«

»Das weiß ich nicht. Vorerst wird sie noch im Krankenhaus bleiben müssen.«

»Ich hab gegoogelt. Das kann Jahre dauern. Vielleicht kann sie nie wieder laufen!«

Leonie legte die Bohnen zur Seite und trocknete sich die Hände an einem Geschirrtuch ab, um sich voll und ganz auf das Gespräch mit ihrer Nichte zu konzentrieren. »Im Internet steht ein Haufen Mist.«

»Aber in den Foren, das sind Betroffene. Die wissen doch, wovon sie reden!«

»Das sind subjektive Stimmungsbilder aus dem Moment heraus. Jeder dieser Vorfälle ist ein Einzelfall. Und meistens geht eine Wirbelsäulenfraktur mit einem Polytrauma einher, das heißt, dass es noch andere schwerwiegende Verletzungen gibt. Dementsprechend verläuft auch der Heilungsprozess unterschiedlich.«

»Mama hat ganz viele Verletzungen!«

»Ja, aber keine lebensgefährlichen. Die anderen Verletzungen sind in ein paar Wochen ausgeheilt.«

»Du nimmst das gar nicht ernst. Du denkst, ich bin ein Kind und raff das nicht. Mama hat sich die Wirbelsäule gebrochen. Das ist lebensgefährlich!«

»Die Ärzte –«

»Scheiß auf die Ärzte! Die lügen einen doch eh nur an.«

»Das stimmt nicht, Melly.«

»Was ist, wenn Mama nie wieder laufen kann? Wie soll sie dann hier leben? Dann müssen wir in irgend so eine bescheuerte Sozialwohnung, weil sie dann ja auch nicht mehr arbeiten kann. Und Mama braucht doch ihren Garten. Und was wird mit Racka? Wir kriegen doch keine Mietwohnung, in der wir einen Hund halten dürfen! Und ich muss in eine blöde neue Schule, wo ich kein Schwein kenne. Und du tust so, als wäre alles in Ordnung!«

»Melly, jetzt mal langsam!«, unterbrach Leonie das aufgebrachte Mädchen energisch. Amelie steigerte sich in völlig irrationale Ängste hinein.

»Dir kann das doch egal sein. Du bist nächste Woche eh wieder weg!«

»Bin ich nicht!«

»Bist du wohl!«

Oje, wie beruhigt man einen Teenager? Sie musste erst mal selbst Ruhe bewahren. Wer laut wurde, büßte Vertrauen ein. »Ich hau doch nicht einfach ab und lass dich hier allein«, erklärte sie ruhig, aber mit aller Bestimmtheit.

»Oma sagt, du musst wieder arbeiten.«

Leonie sog die Luft ein. »Wann hast du mit Oma gesprochen?«

»Die hat vorhin angerufen.«

Sie musste sich zusammenreißen. Um nicht völlig die Fassung zu verlieren, versuchte sie sich vorzustellen, sie wäre tatsächlich bei Gericht und würde eine Zeugenbefragung durchführen. Sie brauchte Fakten, um Klarheit zu schaffen. Leonie bemühte sich, jegliche Emotionen aus ihrer Stimme zu filtern. »Und was hat Oma noch gesagt, außer dass ich in einer Woche wieder arbeiten muss?«

»Dass das mit Mama noch dauert ... und dass ... und dass sich das Jugendamt in so einem Fall automatisch einschaltet.«

Ja natürlich. Automatisch. In Leonie brodelte es.

»Melly, hör mir bitte gut zu.« Sie trat näher zu ihrer Nichte, legte ihr die Hände auf die Schultern und sah ihr fest in die Augen. »Du musst dir keine Sorgen machen. Deine Mutter wird wieder gesund werden. Sie hat sich zwei Wirbel gebrochen, aber die Verletzung wurde sehr gut versorgt, und alles wird wieder gut verheilen, wenn wir ihr die nötige Zeit und Ruhe geben. Das wird ein paar Monate dauern, aber sicher nicht Jahre.« Sie hoffte, dass sie sich nicht irrte. »Und ich bleibe so lange bei dir, bis es Bine wieder gut genug geht, dass sie für dich sorgen kann.«

Amelie starrte sie ungläubig an. »Echt jetzt?«

»Ja«, erwiderte sie fest. »Echt jetzt.«

Sie zog ihre Nichte an sich und hoffte, dass Amelie den Schrecken über ihre eigenen Worte nicht in ihren Augen bemerkt hatte. Nachdenken und dann reden! Sie hatte sich von ihrem Zorn über ihre Mutter zu einem voreiligen Versprechen hinreißen lassen.

Aber wenn sie jetzt einen Rückzieher machte, war das genau das, was sie ihren Eltern immer wieder stumm vorwarf: dass sie alles andere über den Zusammenhalt in der Familie stellten. Amelie brauchte sie. Sabine brauchte sie. Selbst der Hund, der gerade an Amelie hochsprang und ihre Arme abschleckte, um seinen Beitrag zur Umarmung zu leisten, brauchte sie.

Sie drückte Amelie noch einmal fest an sich, dann schob sie das Mädchen ein Stück auf Abstand. »Du hörst jetzt auf, dir Sorgen zu machen, und gehst schlafen. Morgen früh um sechs ist wieder Appell.«

Amelie hob salutierend die Hand zur Schläfe und drückte ihr ein Bussi auf die Wange. »Danke, Tante Leo. Ich bin so froh, dass du da bist.«

Bei diesen Worten wurde es Leonie warm ums Herz. »Wasch dir die Schlabber von den Armen, bevor du ins Bett gehst.«

Sie sah ihrer Nichte grübelnd hinterher. Da hatte sie sich mächtig weit aus dem Fenster gelehnt. Wie sollte das funktionieren? Sie konnte nicht gleichzeitig in Ulm im Gerichtssaal sitzen und mittags dafür sorgen, dass Amelie ihr Essen auf den Tisch bekam und ihre Hausaufgaben machte. Sie konnte auch den Hund nicht stundenlang allein im Haus lassen.

Es juckte ihr in den Fingern, ihre Mutter anzurufen und sie zur Rede zu stellen. Aber zum einen war sie viel zu wütend, was eine sachliche Auseinandersetzung schwer machen würde, zum anderen wollte sie nicht, dass Amelie Zeugin des Gesprächs wurde. Ein Blick auf die Küchenanrichte erinnerte Leonie daran, dass sie noch einige Bohnen einfrieren musste.

»Okay, erst die Bohnen, dann schlafen, und dann finden wir eine Lösung. Was meinst du?«

Racka, der sich wieder auf seine Decke zurückgezogen hatte, sah zu ihr auf und antwortete tatsächlich mit einem dunklen »Wuff«.

# 7

Der Morgen war kühl. Die aufgehende Sonne tauchte den leicht bewölkten Himmel in helle Rot- und Lilatöne. Eine Amsel sang ihr frühes Lied, ein paar Elstern keckerten. Leonie zog leise die Haustür zu, um Amelie noch zwanzig Minuten Schlaf zu gönnen, während sie mit Racka ihre morgendliche Runde drehte.

Es war erstaunlich, wie schnell sich eine Routine eingestellt hatte. Vor genau einer Woche war sie morgens mit dem Taxi in ihr Büro gefahren und hatte letzte Vorbereitungen für ihre Abwesenheit getroffen. Den gepackten Koffer hatte sie dabeigehabt, um von der Arbeit aus direkt ihre Reise nach Helsinki anzutreten. Sieben Tage. Es schien ewig lange her zu sein.

Die morgendlichen Spaziergänge mit dem Hund machten ihr Freude. Sie genoss es, die Landwirtschaftswege entlangzulaufen, die frische Luft tief in ihre Lungen zu ziehen und gemeinsam mit dem Tag zu erwachen.

In wenigen Wochen würde es um diese Zeit vermutlich stockdunkel sein. Sie sollte sich eine Taschenlampe und Reflektoren für ihre Kleidung zulegen. Zu dieser frühen Stunde war auf den Wegen zwar noch nicht viel los, aber der eine oder andere Radfahrer sauste doch schon eilig an ihr vorbei.

Racka lief entspannt an ihrer Seite. Leonie war überrascht, wie gut Sabine den Hund erzogen hatte. Abgesehen davon, dass er keine Tischmanieren hatte und Max jedes Mal so stürmisch begrüßte, als wäre er ein lang vermisstes Mitglied seines Rudels, benahm er sich vorbildlich. Überhaupt staunte sie, was ihre Schwester so alles in ihrem Leben bewerkstelligte. Und Sabine klagte nie, dass ihr etwas zu viel war.

Dafür war allerdings nicht alles picobello sauber. So staubfrei wie in dieser Woche war das Haus sicher noch nie gewesen. Aber neben Kind, Hund und Garten betrieb Sabine auch noch das Wochenend-Café und arbeitete sechzig Prozent Teilzeit als Grundschullehrerin.

Dennoch war es meist Leonie, die vereinbarte Treffen absagte: Sie musste sich in einen neuen Fall einarbeiten oder über ein Urteil sinnieren, eine Gesetzesänderung lesen, kurzfristig für einen Kollegen einspringen oder unbedingt mal wieder zum Friseur oder zur Maniküre. Sie betrachtete ihre Fingernägel. Maniküre war allerdings ein Thema, dem sie sich bei Gelegenheit widmen sollte. Gartenarbeit war entspannend, aber der Ruin für ihre »French Nails«.

Noch wichtiger als ihre desaströsen Fingernägel war jedoch, dass sie für Bines kleine Familie eine Lösung für die nächsten Monate fand. Bei der Erinnerung an das Telefonat mit ihrer Mutter stieg unweigerlich die Wut wieder in ihr auf.

Am Donnerstagmorgen, nachdem sie sicher gewesen war, dass Amelie auf dem Weg zur Schule im Zug nach Tübingen saß, hatte sie ihre Mutter angerufen und zur Rede gestellt. Die hatte tatsächlich überrascht reagiert.

»Amelie ist vierzehn«, hatte ihre Mutter erwidert. »Sie sollte wissen, was mit ihrer Mutter ist und was auf sie zukommen kann. Sie war sehr verständig.«

Verständig! Verstört traf es wohl eher. Selbst wenn Amelie vorübergehend in einer Wohngruppe oder einer Pflegefamilie untergebracht werden müsste, besprach man so etwas nicht am Telefon, sondern persönlich. Aber das Thema war durch das eigenmächtige Vorpreschen ihrer Mutter endgültig vom Tisch. Leonie hatte Amelie versprochen, dass sie für sie sorgen würde. Und sie würde ihr Wort nicht brechen.

Racka verrichtete sein Geschäft und beäugte im Anschluss interessiert, wie Leonie seine Landmarke in einem roten Tütchen verknotete. Die Leine in der einen Hand, den Kotbeutel mit spitzen Fingern in der anderen, setzte sie ihre Runde fort.

»Man müsste einen Apparat erfinden, mit dem man Hundekot sofort kompostieren könnte«, überlegte sie laut. Warum war da noch niemand draufgekommen? Das wäre doch eine wunderbar saubere Sache: Mit einer »Kompostierpistole«

auf den Hundehaufen zielen, abdrücken, und der Wunder-Schnellkomposter würde aus dem Kot fruchtbare Erde zaubern. Keine »Tretminen«, keine Tausende von Tütchen, die täglich benötigt wurden, um Feld, Flur und Straßen sauber zu halten.

An einer Wiese entdeckte sie die leicht gebeugte Gestalt von Tilda. Tilda hieß eigentlich Mathilde Müller. Die rüstige Rentnerin war vierundsiebzig Jahre alt, und zu ihr gehörte ein mittelgroßer gefleckter Mischling namens Jack. Leonie hatte die Frau vor zwei Tagen bei ihrer Morgenrunde kennengelernt. Sie löste die Leine von Rackas Halsband. Kurz darauf tollten die beiden Hunde über die Wiese.

»Guten Morgen, Tilda.«

»Guten Morgen, Leonie.« Die alte Frau war ein Stück kleiner als Leonie und sah aufmerksam zu ihr auf. »Wie geht es Ihnen?«

Obwohl sie sich mit Vornamen ansprachen, wahrte Tilda das förmliche Sie. Ihre Frage kam für Leonie allerdings fast ein wenig überraschend. Alle anderen Menschen, denen sie bisher in Gütlingen begegnet war, erkundigten sich nach Sabines Befinden und nach Amelie. Was verständlich war, Leonie war schließlich eine Unbekannte im Ort, obwohl sich schnell herumgesprochen hatte, dass sie Sabines Schwester war und zurzeit auf dem Aussiedlerhof wohnte.

»Danke, gut. Und Ihnen?«

»Altersentsprechend gut. Das Wetter wird schlechter. Das spüre ich in den Knochen.«

Spürte man das wirklich, wenn man älter wurde, überlegte Leonie. Wurde man feinfühliger? Oder hatte man im Alter einfach mehr Zeit, auf körperliche Befindlichkeiten zu achten, die sonst auch da waren, aber im Alltag nicht wahrgenommen wurden?

»Meine Wetterstation ist der gleichen Ansicht«, ergänzte Tilda lächelnd.

»Ich hätte nichts dagegen, wenn es noch eine Weile so schön bliebe.«

»Die Natur sieht das vermutlich anders. Aber genießen wir den Tag.«

»Ja.«

»Ich leite den örtlichen Lesezirkel«, wechselte Tilda unvermittelt das Thema. »Wir sind zwischen sechs und neun Frauen und treffen uns alle vierzehn Tage montagabends.«

»Das ist eine schöne Sache«, erwiderte Leonie, weil sie das Gefühl hatte, die Information kommentieren zu müssen.

»Ja, das ist es. Allerdings haben wir uns bisher immer in Bines Café getroffen.«

»Ah ... ja ...«

»Halten Sie es für möglich, dass wir uns weiterhin dort treffen können? Es ist nicht so einfach, auf die Schnelle einen anderen Ort zu finden. Wir machen Ihnen keine Arbeit. Wir bringen alles mit, was wir brauchen, und räumen auf, bevor wir gehen.«

»Ich ... ähm ... ich denke, das ist in Ordnung. Aber ich möchte vorher kurz mit Bine sprechen, dann sage ich Ihnen Bescheid. Wann ist denn das nächste Treffen geplant?«

»Kommenden Montag. Sie sind natürlich herzlich eingeladen, sich zu uns zu gesellen.«

»Danke, aber ich lese meistens nur Fachliteratur.«

»Darauf kommt es nicht an. Es ist ein geselliger, fröhlicher Abend.«

»Ich denke darüber nach. Ich muss jetzt wieder zurück, sonst verschläft Melly.« Sie rief Racka zu sich und nahm den Hund an die Leine. »Wie kann ich Sie erreichen, um Ihnen für Montag Bescheid zu geben?«

»Ich bin morgen früh wieder hier.«

»Okay, dann sehen wir uns morgen früh.« Das Ausschlafen würde sie auf den Sonntag verschieben.

✳✳✳

Johannes Weinheber saß in seinem kleinen Büro im Pfarrhaus und studierte seinen Terminkalender. Das Wochenende war prall gefüllt. Neben Bergen an Papierkram musste er die Predigt für den Sonntag vorbereiten und zwei Taufgespräche führen. Aber heute, an diesem Freitagnachmittag, hätte er Zeit, nach Tübingen zu fahren und Sabine Reiter zu besuchen.

Ob es sie störte, wenn er dazukam, falls gerade ihre Schwester oder ihre Tochter zu Besuch war? Er wollte sich nicht aufdrängen, und sie sollte sich nicht überanstrengen. Sie brauchte Ruhe, um zu genesen. Von Max wusste er, dass sie bisher alle Besuchsanfragen von Freundinnen und auch von Max abgeblockt hatte.

Aber er wollte Sabine sehen, nur so konnte er sich davon überzeugen, wie gut – oder vermutlich eher schlecht – es ihr ging, und ihr hoffentlich etwas Trost und Beistand spenden. Seit sie im Krankenhaus lag, hatten sie nur einmal kurz miteinander telefoniert und ein paar Chat-Nachrichten ausgetauscht.

Vielleicht sollte er ihre Schwester anrufen und fragen, wann sie zu Sabine fahren wollte. Dabei könnte er sie auch fragen, ob es für Sabine zu viel wäre, wenn er ebenfalls vorbeikäme.

Er hielt das Telefon in der Hand und haderte mit sich. Was sollte er Leonie Reiter sagen, warum er Sabine besuchen wollte? Seelsorge, das war sein Auftrag, und Sabine gehörte zu seiner Gemeinde. Würde sie das verstehen? Sie schien ihm so … Er suchte nach dem richtigen Wort. Rational?

War sie gläubig? Er war sich nicht sicher. Er hatte mit Sabine nie über ihre Schwester gesprochen. So gut kannten sie sich nicht. Sie liebte ihre Schwester von Herzen, da war er sich sicher. Aber das Thema Familie hatte sie bisher nach Möglichkeit vermieden. Er ahnte, dass die Beziehung zu ihren Eltern kompliziert war. Die Eltern hätten gern gesehen, dass sie zumindest Gymnasiallehrerin geworden wäre. Dazu das Unverständnis darüber, dass es keinen Vater zum Kind gab. Und dennoch war Sabine ein herzlicher, optimistischer Mensch. Jemand, bei dem man sich sofort willkommen fühlte.

Noch immer hielt er das Telefon in der Hand. Statt Leonie rief er Sabine an. Sie konnte für sich selbst sprechen.

Leonie hatte es sich mit ihrem Laptop am Gartentisch auf der Terrasse gemütlich gemacht, als Amelie zu ihr kam.

»Ich hau ab.«

Leonie sah von ihrer Liste auf. Amelie trug Hotpants und ein tief ausgeschnittenes T-Shirt. »Hast du eine Jacke dabei?«

»Im Rucksack.«

»Zahnbürste? Handy? Schlafanzug?«

Amelie verdrehte die Augen. »Tante Leo, ich penn nicht zum ersten Mal bei Nele.«

Leonie lächelte entschuldigend. Sie musste wohl erst noch in diese Ersatz-Mutterrolle hineinwachsen. »Ich wünsche dir viel Spaß und mach keine Dummheiten.«

»*Never.*« Weg war sie.

Mach keine Dummheiten. Als ob diese Mahnung jemals einen Teenager davon abgehalten hätte, irgendeinen Unsinn anzustellen. Amelie wollte zu ihrer Mutter ins Krankenhaus, und danach war sie mit ihren Freundinnen in Tübingen verabredet. Leonie hoffte, dass das Mädchen eine sorgenfreie Zeit mit ihrer Clique verbrachte. Sie hatte in dieser Woche genug Kummer gehabt.

Sabine hatte mittags angerufen und sie gebeten, heute nicht zu kommen, da Pfarrer John sie besuchen wollte. Sie war nicht sicher, wie lange er bleiben würde, und zu viel Besuch strengte sie zu sehr an. So sah Leonie sich unerwartet einem freien Nachmittag und einem einsamen Abend gegenüber.

Wie konnte sie die freie Zeit sinnvoll nutzen? Kurz tauchte die Erinnerung an das Gespräch mit Maximilian Häfner auf und seine Frage, ob sie Lust hätte, mit ihm zu einer Besenwirtschaft zu gehen. Aber sie kannte den Mann kaum, und es gab genug andere Dinge zu erledigen.

Ihr Koffer hatte endlich den Weg von Helsinki nach Gütlingen geschafft, am Morgen war er von einem Kurier gebracht worden. Die Kleidungsstücke, die sie eingepackt hatte, konnte sie auf dem Hof nicht gebrauchen: Business-Kostüm, Anzughose, Blazer. Das war etwas für die Stadt, hier benötigte sie eher Jeans und T-Shirts. Demnächst vielleicht Pullis, wenn das

Wetter, wie von Tilda prognostiziert, tatsächlich umschlagen sollte.

Sie könnte nach Ulm fahren, in ihrer Wohnung nach dem Rechten schauen, den Koffer auspacken und anschließend eine Runde Golf spielen. Aber sie konnte den Hund nicht so lange allein lassen, und ihn mitzunehmen war keine Option, wenn sie auf den Golfplatz wollte. Zum Pfarrer konnte sie ihn nicht bringen, der würde in Kürze zu Sabine in die Klinik nach Tübingen fahren.

Außer ihm kannte sie lediglich Maximilian Häfner und Mathilda Müller. Der alten Frau mochte sie nicht zumuten, sich neben ihrem eigenen Hund auch noch um Racka zu kümmern. Aber Maximilian hatte seine Hilfe angeboten.

Sie ging ins Haus und suchte die Liste, unter die er seine Nummer geschrieben hatte. Sie schmunzelte, als sie die Notiz las: »8. Max anrufen«. Als ob er ein alter Freund wäre. Sie wählte seine Nummer und stellte mit leichtem Verdruss fest, dass sich ihr Puls erhöhte, während sie dem Freizeichen lauschte.

»Häfner.«

Der Klang seiner Stimme bescherte ihr ein nervöses Zwicken im Magen. Sie räusperte sich. »Leonie Reiter. Spreche ich mit Maximilian Häfner?«, vergewisserte sie sich.

»Mit Max, ja.«

Sie meinte, ein Lächeln aus seinen Worten zu hören.

»Hätten Sie Zeit, heute Abend mit Racka eine Runde Gassi zu gehen? Ich wollte nach Ulm, und ich weiß nicht, wie schnell ich wieder zurück bin.«

»Nach Ulm? Haben Sie keinen Verkehrsfunk gehört? Das Stuttgarter Kreuz ist zu.«

»Zu?«

»Stau. Es gab einen Unfall. Da stehen Sie mindestens eine Stunde, die Umgehungsstraßen sind ebenfalls dicht.«

»Oh …« Daran hatte sie nicht gedacht. Am Stuttgarter Kreuz herrschte immer dichter Verkehr, und freitagmittags war es besonders schlimm. Sie könnte über die Bundesstraße fahren, überlegte sie.

»Ist es denn dringend?«

»Warum? Haben Sie einen Helikopter?«

»Nein, aber eine bessere Idee, sofern Sie nicht zwingend heute nach Ulm müssen.«

»Nicht unbedingt«, erwiderte sie zögernd.

»Dann ziehen Sie sich bequeme Kleidung und Wanderschuhe an. In einer halben Stunde bin ich bei Ihnen.«

Er hatte aufgelegt. Sie starrte verdutzt auf den Apparat. Racka tapste herein und streckte sich gähnend. Sie sah grübelnd zu dem Hund. »Er denkt ja wohl nicht, dass ich nach Ulm wandern will.«

Bequeme Kleidung. Was kam da von ihrer Garderobe in Frage? Nach kurzem Überlegen entschied sie sich für ein Outfit aus hellgrüner Leinenhose und Kurzarmbluse. Während sie noch dabei war, ihre Haare zu einem Zopf zusammenzubinden, klingelte es bereits.

Sie eilte die Treppe hinunter und öffnete die Tür. Max trug eine knielange schlammfarbene Outdoorhose, dazu ein hellblaues T-Shirt. Waden und Arme waren gebräunt, das Kinn zierte ein Dreitagebart. Sein Anblick ließ unvermittelt ein paar Schmetterlinge in ihrem Unterleib aufflattern.

»Ich habe keine Wanderschuhe«, plapperte sie drauflos, statt ihn erst einmal zu begrüßen. »Tun es auch Turnschuhe?«

Max sah an sich herunter. »Jetzt komme ich mir etwas underdressed vor.«

»Was? Wieso?«

Er hob den Blick wieder zu ihr. »Sie sehen toll aus.«

»Ähm … danke.« Wann hatte ihr zuletzt jemand so unerwartet ein Kompliment gemacht? Das Flattern verstärkte sich. Sie spürte, wie ihre Ohren heiß wurden. Vermutlich schimmerten sie signalrot. Hätte sie die Haare doch nur nicht zusammengebunden.

»Turnschuhe sind okay?«, fragte sie, um von ihrer Verlegenheit abzulenken.

»Klar, Sie sollten nur gut darin laufen können.«

»Wohin laufen wir denn?«

»Zum Besen.«

»Zum … Aber ich wollte doch nach Ulm.«

»Das ist zu weit zum Laufen.«

»Schon klar«, erwiderte sie unwirsch. Der Kerl brachte sie völlig aus dem Konzept, und das gefiel ihr überhaupt nicht.

»Das Wetter ist heute perfekt. Ab morgen wird es schlechter, da können Sie dann immer noch nach Ulm fahren.«

»Aber –«

Er hob bremsend die Hand. »Wo waren Sie bisher? Auf Bines Hof und im Raiffeisenmarkt im Nachbarort.«

Ihr Einmachgläser-Großeinkauf hatte offensichtlich die Runde gemacht, und der Tratsch hatte es bis nach Gütlingen geschafft.

»Ich finde, Sie sollten mehr von der Gegend kennenlernen, in der Ihre Schwester lebt.« Er lächelte aufmunternd.

Wie kam er darauf, dass sie noch nichts anderes von der Gegend gesehen hatte? Immerhin drehte sie täglich mehrere Runden mit dem Hund. Außerdem konnte sie ihren gerade gefassten Plan nicht einfach mal eben über den Haufen werfen. Sie wollte Golf spielen, und der Koffer musste zurück in ihre Wohnung.

Während sie mit sich haderte, fuhr er bereits fort: »Sie wollen jetzt nicht allen Ernstes bei diesem herrlichen Wetter auf der Autobahn im Stau stehen? Leonie, kommen Sie! Der Wein ist gut und die Aussicht phantastisch.«

Warum lag ihm so viel daran, dass sie ihn begleitete? Hatte Sabine ihn gebeten, sich um sie zu kümmern, weil sie ihr heute den Besuch verwehrt hatte?

»Und der Hund?«, brachte sie noch einmal ihre Bedenken ein.

»Den nehmen wir mit.«

Als hätte Racka nur darauf gewartet, drängte er an Leonie vorbei zur Tür hinaus und blieb wenige Meter entfernt wartend stehen.

Leonie gab sich geschlagen. »Ich hole meine Tasche.«

Nachdem sie losgelaufen waren, kam ein beklommenes Schweigen zwischen ihnen auf. Gerade noch hatte er sie überredet, mit ihm den Nachmittag zu verbringen, und nun spazierte er stumm wie ein Fisch neben ihr und dem Hund über den Landwirtschaftsweg. Worüber sollte er mit ihr sprechen? Über das Wetter? Das war zu banal. In Max' Kopf wollte sich kein klarer Satz formen.

Sie war Richterin. Welche Themen interessierten Richterinnen? Gesetzestexte? Politik? Da konnte er mit seinem rudimentären Nachrichtenwissen mit Sicherheit nicht mithalten.

Von Sabine wusste er, dass sie Golf spielte. Das war kein Sport, in dem er sich auskannte. Handball, Volleyball, Basketball, zur Not auch noch Eishockey oder Fußball. Aber Golf? Und die Gartenarbeit? Nicht ihr Ding, hatte sie am Mittwochabend gesagt. Sie kümmerte sich nur um den Garten, um ihrer Schwester zu helfen.

Sie war so anders als Sabine. Sabine plauderte immer unbekümmert drauflos. Da machte er sich nie Gedanken, ob das, was er sagte, intelligent, gebildet oder nach niveauvollem Humor klang.

Auch Sabines Haltung war viel lässiger. Leonie war etwas größer und schlanker als ihre Schwester. Ihre Körperhaltung wirkte auf ihn immer sehr beherrscht. Ihre Kleidungsstücke waren perfekt aufeinander abgestimmt, sofern er sich ein Urteil erlauben konnte. Er kannte sich mit Mode nicht aus und war sich etwas schäbig vorgekommen, als er mit seiner alten Zip-Wanderhose vor ihrer Tür gestanden hatte.

So langsam musste er das Gespräch in Gang bringen, sonst würde das ein verflucht anstrengender Nachmittag werden. Er warf ihr einen kurzen Blick zu.

»Sie sind älter als Sabine, oder?«

»Ja«, erwiderte sie stirnrunzelnd. »Danke, sehr charmant.«

»Oh nein, so war das nicht …« Klasse, die Eröffnung war ihm ja hervorragend gelungen. Verdammt, was war denn mit seinem Hirn los? So würde nie ein lockeres Gespräch zustande kommen. »Ich habe die Erfahrung gemacht, dass bei

Geschwistern meistens das jüngere größer ist als das ältere«, versuchte er, seine plumpe Frage zu erklären. »Bei Ihnen ist es umgekehrt.«

»Gut beobachtet, Sherlock.«

Max stöhnte innerlich auf. Sie war sauer. Natürlich. Erst bedrängte er sie, ihre Pläne zu verwerfen und ihn zu begleiten, dann schwieg er – und jetzt dieser bescheuerte Kommunikationsversuch. Frauen fragte man auch im 21. Jahrhundert nicht nach ihrem Alter, und man sagte ihnen gewiss nicht, dass sie älter als eine andere Frau waren, auch nicht, wenn es sich dabei um die eigene Schwester handelte.

Dieser Nachmittag würde ein einziges Fiasko werden. Was hatte er sich nur dabei gedacht? Er würde sich jetzt für seine Aufdringlichkeit bei ihr entschuldigen, sie zurück zu Sabines Hof begleiten und den Tag mit einer Flasche Wein auf seiner Obstwiese beenden.

»Entschuldigen Sie, ich wollte nicht unhöflich sein«, kam Leonie ihm zuvor. »Ich bin nicht gut in Small Talk.«

»Da sind wir schon zwei.«

Tatsächlich entlockte er ihr damit den Hauch eines Lächelns.

»Warum wollten Sie heute nach Ulm fahren?«

»Mein Koffer ist aus Helsinki gekommen. Die Kleidung kann ich hier nicht gebrauchen. Ich wollte sie nach Hause bringen und in meiner Wohnung nach dem Rechten sehen.«

Max erinnerte sich an die Liste, die auf Sabines Küchentisch gelegen hatte. Die Stornierung ihrer Reise. »Was war das für eine Fortbildung, die Sie in Finnland machen wollten?«

»Ich war auf dem Weg zu einer Hospitation im Rahmen eines internationalen Austauschprogramms für Juristen, um das Rechtssystem in anderen Ländern kennenzulernen.«

»Wow«, entfuhr es ihm ehrfürchtig. »Sie sprechen Finnisch?«

»*Kyllä.*«

»Heißt das ja oder nein?«

»*Kyllä* heißt ja, aber es ist das einzige Wort, das ich mir gemerkt habe. Ich hatte die Hoffnung, dass ich mit Englisch durchkomme.« Ihr Tonfall klang inzwischen etwas entspannter. »Was machen Sie beruflich?«

»Ich bin Zimmermeister.«

Sie musterte ihn kurz von der Seite. »Dann ist das vermutlich keine Urlaubsbräune?«

»Nein, das bringt die Arbeit auf dem Bau mit sich. Aber ich bin auch sonst gern draußen in der Natur.«

»Was macht ein Zimmermeister?«

»Dachstühle bauen, Innenausbauten, Treppen, Fertighäuser, so was …«

»Sind Sie selbstständig?«

»Nein.« Er deutete mit der Hand nach links. »Hier müssen wir ab.«

Sie folgte seinem Fingerzeig. »Wie kommt es, dass Sie an einem Freitagmittag bei bestem Bau-Wetter nicht arbeiten müssen?«

»Ich arbeite nur vier Tage, montags bis donnerstags.«

»Teilzeit?«

»Ja. Eine Gehaltserhöhung lohnt sich wegen der Steuerprogression nicht. Da habe ich lieber etwas mehr Freizeit.« Eigentlich lag es daran, dass sein Chef ihm keinen höheren Lohn zahlen konnte, ihn aber als Vorarbeiter halten wollte. Da es Max in der Zimmerei gut gefiel und er seinem Chef einiges zu verdanken hatte, hatten sie die Teilzeit-Lösung gefunden.

»Kein schlechter Deal«, kommentierte Leonie.

Die Straße schlängelte sich leicht ansteigend zwischen den Streuobstwiesen entlang und mündete in einen geschotterten Waldweg, der fortlaufend bergan führte. Die hohen Eichen und Fichten spendeten angenehmen Schatten.

»Wie ist das bei Richterinnen? Haben Sie feste Arbeitszeiten, oder werden Sie nach Fällen bezahlt?«

»Ich bekomme bei jedem Fall zehn Prozent des Streitwerts, bei den dicken Fischen fünfzehn, weil da in der Regel mehr Verhandlungstage angesetzt werden müssen.«

Er sah sie ungläubig an.

Sie grinste. »Das war ein Scherz.«

So einen trockenen Humor hatte er ihr nicht zugetraut. Schmunzelnd schüttelte er den Kopf.

Sie passierten den »Mädlesstein«. Kurz darauf dirigierte er sie vom Hauptweg rechts auf den schmaleren Wanderweg. Der dunkle Boden war trocken, bot aber mit Spurrillen und zahlreichen Baumwurzeln viele Stolperfallen. Auf dem Rückweg am Abend würden sie den unteren Weg nehmen, sodass sie über die Landwirtschaftswege zurückgehen konnten, beschloss Max. Er wollte nicht, dass sie im Zwielicht nach dem Genuss von zwei oder drei Viertele Wein stürzte und sich womöglich verletzte.

Das letzte Stück des Weges führte durch den steilen Weinberg auf unebenen, schmalen Stufen hinunter zu einer kleinen Hütte, die von Rebstöcken umrahmt wurde. Die kräftigen Trauben, die zwischen den sattgrünen Weinblättern hingen, waren kurz vor der Ernte.

Leonie war unterwegs ins Schwitzen gekommen, und beim Anstieg war ihr ein wenig die Puste ausgegangen. Auf dem Golfplatz legte sie zwar auch einige Kilometer zurück, aber die Höhenmeter waren dort überschaubar.

Unter einem schattigen Holzdach neben der Hütte standen Tische und Bänke, die größtenteils besetzt waren. Einige der Gäste grüßten Max, als sie ihn bemerkten. Ein junges Paar, das mit seinen zwei Kindern eine Rast eingelegt hatte, stand auf, um den Heimweg anzutreten. Leonie ließ sich Max gegenüber auf der frei gewordenen Bank nieder. Racka richtete sich unter dem Tisch zwischen ihren Füßen ein.

»Was möchten Sie trinken?«, fragte Max. »Bei der Wärme würde ich Weiß oder Rosé empfehlen.«

»Wählen Sie aus. Sie kennen die Weine hier besser als ich.«

Ein schlanker Mann mit kinnlangen dunklen Haaren trat zu ihnen an den Tisch. Leonie schätzte ihn in einem ähnlichen Alter, wie sie selbst war. Aus dem Gespräch zwischen Max und ihm hörte sie heraus, dass er der Winzer war und die Männer sich nicht zum ersten Mal sahen.

»Das ist Leonie Reiter, Bines Schwester«, stellte Max sie vor.

»Wie geht es Bine?«, kam prompt die Nachfrage.

»Den Umständen entsprechend«, erwiderte Leonie vage. Sie wusste nicht, wie gut Sabine mit dem Winzer bekannt war, und wollte nicht mit persönlichen Details über ihren Gesundheitszustand hausieren gehen.

»Ich gebe euch nachher eine Flasche von meinem Rosé mit, den mag Bine gern.«

»Das ist sehr freundlich, aber ich denke, Alkohol sollte sie in nächster Zeit besser nicht trinken«, lehnte Leonie ab.

Aus den Augenwinkeln registrierte sie, wie Max dem Winzer andeutete, dass er sich von seinem Geschenk nicht abhalten lassen solle.

»Was darf ich euch beiden bringen?«

»Zwei Viertele von deinem Kerner, eine Flasche Wasser und Käsewürfel mit Brot«, orderte Max.

Währenddessen ließ Leonie den Blick über die Umgebung schweifen. Er hatte nicht zu viel versprochen. Die Aussicht über das Ammertal war grandios. Zu ihren Füßen verteilten sich die Dörfer, die zur Ortsgemeinschaft gehörten. In der Ferne erhob sich unter strahlend blauem Himmel die Hügellandschaft der Schwäbischen Alb.

»Dahinten, das ist die Wurmlinger Kapelle«, erklärte Max, nachdem der Winzer gegangen war. Er wies mit dem Arm in Richtung Süden. »Und da am Albtrauf, ganz in der Ferne, sehen Sie die Silhouette der Burg Hohenzollern.«

Sie beschattete die Augen mit der Hand und suchte entlang der Hügelkette nach den Umrissen einer Burg. Tatsächlich, da zeichneten sich die Konturen der Burg wie ein Scherenschnitt gegen den Horizont ab.

»Waren Sie schon einmal dort?«

»Ich weiß nicht«, überlegte Leonie. »Vielleicht als Kind.«

»Dann sollten Sie mal wieder hinfahren. Die Anlage ist sehr gut erhalten. Man kann viele Innenräume besichtigen, und es gibt Theateraufführungen, Konzerte und im Dezember den ›Königlichen Winterzauber‹.«

»Königlicher Winterzauber«. Das klang nach Märchenwelt und Weihnachtskitsch. »Schlittschuhbahn und Kling-Glöckchen?«, fragte sie mit leichtem Spott.

»Besser.« Er schaute ihr intensiv in die Augen.

Sie richtete ihre Aufmerksamkeit eilig wieder in die Ferne. »Ich dachte, die Burg ist in Privatbesitz?«

»Ist sie auch. Im Besitz des Hauses Hohenzollern. Aber ein Teil kann besichtigt werden. Zur Weihnachtszeit ist es dort wirklich sehr romantisch. Besonders wenn es geschneit hat.«

Sie hob stirnrunzelnd die Augenbrauen. »Ich hab's nicht so mit Romantik.«

»Oh …«

Der Winzer brachte ihre Bestellung an den Tisch und erlöste sie aus dem kurzen Moment verlegenen Schweigens. Die Viertelesgläser waren bis an den Rand gefüllt. »Lasst es euch schmecken.«

»Danke.« Max hob sein Glas. »Zum Wohl.«

Sie bemühte sich, nichts zu verschütten, als sie ihm zuprostete, und trank einen großen Schluck. Zum einen, weil sie nach dem langen Marsch wirklich durstig war, zum anderen in der Hoffnung, dass der Alkohol ihre innere Anspannung lösen würde. Zeitweise fühlte sie sich befangen wie ein Teenager beim ersten Date. Was Unsinn war, denn dies war kein Date. Es war ein Ausflug mit einem Freund ihrer Schwester, den diese vermutlich höchstpersönlich eingefädelt hatte.

»Anscheinend schmeckt Ihnen der Wein«, stellte Max fest.

Sie sah beschämt auf ihr halb leeres Glas. »Ähm … ja. Er ist erfrischend.« Noch so ein gieriger Schluck, und sie wäre im Nullkommanichts betrunken.

Max öffnete die Wasserflasche, füllte die Gläser und schob eines in ihre Richtung. »Käse und Brot habe ich für uns beide bestellt, greifen Sie zu.«

Es gefiel ihr, wie dezent er sie darauf hinwies, dass sie aufpassen sollte, nicht zu schnell zu viel Wein auf nüchternen Magen zu trinken. Seine Fürsorge ließ ihr Herz höher schlagen.

»Siezen Sie Bine eigentlich auch?«

»Was?« Er sah sie verdutzt an. »Nein.«

Sie streckte ihm ihre rechte Hand entgegen. »Leonie.«

Er ergriff sie zögernd und erwiderte irritiert: »Max.« Dann grinste er erkennend. »Ach so.«

»Genau.« Sie lächelte. Sein Händedruck fühlte sich gut an, warm und fest, und sie mochte die kleinen Fältchen, die sich beim Lächeln um seine Augen legten.

Die Melodie seines Smartphones unterbrach den vertrauten Moment. Er zog seine Hand zurück und holte den Apparat aus der Tasche. »Entschuldigung, da muss ich kurz ran.« Er nahm das Gespräch an. »Hallo, Tim.«

Sie bemühte sich, nicht zu lauschen, was schwer war, weil er ihr direkt gegenübersaß und seine Stimme ihr verdammt gut gefiel. Sie versuchte, sich mit Wein und Käsewürfeln abzulenken. Er sprach ruhig, und sie meinte, eine leichte Zärtlichkeit im Unterton herauszuhören. Schließlich beendete er das Gespräch mit dem Satz: »Mach keine Dummheiten.«

Bei den Worten musste sie schmunzeln.

»Das war Tim, mein Sohn.« Er verstaute das Smartphone wieder in der Hosentasche.

Sie nickte. Sein Sohn. Natürlich hatte er Kinder, er war fünfundvierzig. Was seine Frau davon hielt, dass er mit ihr den Nachmittag verbrachte? Warum hatte er sie nicht mitgebracht? Vielleicht war sie bei der Arbeit, fand Leonie eine plausible Erklärung.

»Er ist gerade in Toronto«, fuhr Max fort. »Er ist vor sechs Wochen rübergeflogen. Work and Travel. Bis jetzt allerdings nur Travel, soweit ich das mitbekommen habe.« Er zuckte die Achseln. »Irgendwann wird ihm das Geld ausgehen, und dann muss er sich wohl oder übel einen Job suchen.«

»Wie alt ist er denn?«

»Einundzwanzig.«

Das überraschte Leonie. »Dann bist du recht jung Vater geworden.«

»Jep.«

Ihr Blick fiel unweigerlich auf seine Hände. Er trug keinen Ring am Finger. Aber das musste nichts bedeuten. Er war Handwerker, da bot ein Ring vermutlich ein zu hohes Verletzungsrisiko.

»Geschieden.« Er hatte ihren Blick bemerkt.

»Ich wollte nicht –«

»Ich geb dir die Kurzfassung: Stürmisches Verliebtsein mit dreiundzwanzig und dem Resultat Schwangerschaft. Schnelle Heirat. Kind. Scheidung im verflixten siebten Jahr.« Er sah sie fragend an. »Und du?«

Sie schwankte zwischen »Single aus Überzeugung« und »Den Richtigen noch nicht gefunden«. Schließlich seufzte sie ratlos. »Keine Zeit für die Liebe.«

»Hm«, stutzte er. »Ich glaube, den Zeitpunkt kann man sich nicht aussuchen. Das passiert einfach.«

»Das gaukelt Hollywood uns vor.« Die allgegenwärtige Hoffnung auf die Liebe auf den ersten Blick und immerwährende Schmetterlinge im Bauch. Leonie kannte die Scheidungsstatistiken. Die wenigsten Ehen hielten den hohen Erwartungen stand.

Er leerte sein Glas. »Probieren wir den Rosé?«

»Ja, aber die Runde geht auf mich. Ich hätte auch gern noch etwas von dem Käse und dem Brot.«

Er schien kurz zu überlegen, ob er gegen ihr Angebot protestieren sollte, nickte dann aber. »Vielleicht bekomme ich dieses Mal auch ein paar Käsewürfel ab.«

Sie grinste verlegen.


Die Sonne stand tief, als sie sich auf den Heimweg machten. Sie hatten nach dem Rosé auch noch den Gewürztraminer probiert. Drei Viertele waren eine Flasche Wein, und die merkte Max ordentlich in den Beinen. Auch Leonie, die den steilen Weinberg vorsichtig vor ihm hinunterstieg, schien ihm nicht mehr ganz trittsicher zu sein. Aber sobald sie unten auf dem Wanderweg wären, würde es besser werden.

»Vorsicht, es kann rut…« Er hatte den Satz noch nicht beendet, da sah er schon, wie ihr ein Fuß auf dem steilen Grund wegrutschte. Geistesgegenwärtig griff er ihr unter die Arme, um einen Sturz zu verhindern. »Hoppla.«

Argh! Hatte er jetzt wirklich »Hoppla« gesagt? Er verzog das Gesicht und half ihr wieder in die Aufrechte.

»Huch!«, entfuhr es ihr mit Verspätung.

Er hielt sie fest, um sicherzugehen, dass sie wieder ins Gleichgewicht fand. Nach einem kurzen Moment drehte sie sich halb zu ihm um, sodass er eine Hand lösen musste und sie mit dem anderen Arm nun fast umarmte.

»Das nenne ich mal eine verdammt gute Reaktion«, stellte sie fest. »Danke.«

»Hast du dir was getan?«

»Nein, ich glaube nicht.« Sie senkte den Blick auf ihre Beine. Er spürte, wie sie sich dabei haltsuchend gegen seinen Arm lehnte, der noch an ihrem Rücken lag. Es fühlte sich gut an. Viel zu gut.

Er roch einen Hauch ihres Parfums. Eine milde, blumige Note. Eher Frühlingsduft als Sommer, assoziierte er.

Sie bewegte erst den linken, dann den rechten Fuß. »Alles in Ordnung. Hui, ich glaube, ich bin etwas beschwipst.«

Er grinste. »Bei dem steilen Hang kann man auch ohne Alkohol ins Straucheln kommen.«

»Das ist nett, dass du das sagst.« Sie sah den Hang entlang. »Wie komme ich denn hier heil runter?«

»Ich kann dich tragen«, flachste er.

»Ja klar«, erwiderte sie spöttisch. »Und dann kullern wir beide den Hang hinab und legen uns zu Bine ins Krankenzimmer.«

»Ich glaube nicht, dass die Unisex-Zimmer im Krankenhaus haben.«

»Vermutlich nicht.«

War da etwa Bedauern in ihrer Stimme zu hören gewesen?

Sie löste sich aus seiner Umarmung. »Dann gehen wir mal vorsichtig weiter, bevor es dunkel wird.«

Er spürte der Berührung einen Moment nach, bevor er ihr

folgte. Sie setzte im Gänsemarsch einen Fuß vor den anderen. Ihr langsames Herabsteigen gab ihm Zeit, sie zu betrachten, zumindest ihre Rückseite, ihr Gesicht hatte er oben beim Weintrinken schon studieren können. Jetzt blickte er auf ihre schmalen Schultern, ihren aufrechten Rücken, ihren runden Po, der sich unter der Leinenhose appetitlich abhob. Der Anblick weckte in ihm eine Lust, die er schnell beiseiteschob.

Racka erwartete sie am Fuß des Weinbergs, wo sie durch eine offene Pforte zurück auf den Wanderweg gelangten.

»Der gefährlichste Teil wäre geschafft«, erklärte er in einem Ton, als hätten sie gerade den Gefahren einer Dschungelsafari getrotzt.

»Sofern sich uns auf dem Weg durch den Wald keine Rotte Wildschweine in den Weg stellt«, erwiderte Leonie ernst. »Soweit ich weiß, sind die Tiere nachtaktiv.«

»Das stimmt. Ich hoffe, du schaffst einen Klimmzug?«

»Wozu?«

»Damit du dich zur Not auf einen Baum retten kannst. Schweine können nicht klettern.«

Einen Moment schien sie ernsthaft über die bedrohliche Situation nachzudenken. Schließlich hob sie bedauernd die Schultern. Anscheinend konnte sie keinen Klimmzug.

»Im Ernstfall hoffe ich darauf, dass du mir rettend eine Hand reichst.«

»Jederzeit«, erwiderte er so aufrichtig, wie er es meinte.

Er mochte Leonie. Er mochte sie sogar mehr, als gut für ihn war. Sie war Richterin in Ulm. Sobald es ihrer Schwester wieder besser ging, wäre sie fort. Vermutlich schon vorher.

# 8

Das Wetter war Tildas Prophezeiung gefolgt. Seit drei Tagen war der Himmel bedeckt. Morgens hingen die Wolken so tief, dass die Hänge des nahen Schönbuchs darin verschwanden. Tagsüber gab es immer mal wieder kleine Schauer. Die Temperaturen waren spürbar gesunken. Zumindest ersparte der Regen Leonie das abendliche Gießen der Beete.

Allerdings schleppte Racka mit seinem feuchten Fell einiges an Dreck ins Haus, wenn sie von ihrer Gassirunde zurückkehrten. So war Leonie mehrmals täglich mit dem Wischmopp unterwegs und hatte Racka verboten, in die obere Etage zu gehen, was zu Protesten seitens ihrer Nichte geführt hatte. Aber Leonie hatte sich nicht erweichen lassen. So gern sie den Hund hatte, seine Dreckpfoten wollte sie nicht oben auf dem Teppich haben.

Das Wasser auf dem Herd kochte, und Leonie gab die Nudeln hinein. Amelie würde bald aus der Schule kommen. Sie sah zum Fenster. Kaum zu glauben, dass sie erst vergangenen Freitag mit Max bei herrlichstem Sonnenschein die Wanderung unternommen hatte.

Ein Lächeln schlich sich bei der Erinnerung auf ihre Lippen. Obwohl sie anfänglich skeptisch und etwas verstimmt gewesen war, weil sie sich von ihm so hatte überrumpeln lassen, war es ein sehr schöner Nachmittag gewesen. Sie hatte die Zeit mit Max genossen. Nachdem sie beide ihre anfängliche Verkrampfung abgelegt hatten, hatten sie sich gut unterhalten. Er schien bodenständig und sehr warmherzig zu sein.

Sie erinnerte sich, wie sie im Weinberg ausgerutscht war und er ihren Sturz verhindert hatte. Ein wohliges Gefühl breitete sich in ihr aus. Es war nicht nur die unerwartet intensive Berührung gewesen, seine zupackende Hand auf ihrer Haut. Es war dieses Aufgefangenwerden, die Sicherheit, dass er im richtigen Augenblick da gewesen war und sie gehalten hatte.

»Vertrauensbildende Maßnahmen« nannte man solche Übungen bei Teambuilding-Veranstaltungen, bei denen man sich mit geschlossenen Augen nach hinten fallen lassen sollte, in der Hoffnung, von den anderen Teammitgliedern aufgefangen zu werden. Aber dieser unvorbereitete, spontane Moment war wesentlich effektiver gewesen als jeder künstlich erzeugte Fall.

In der Abenddämmerung waren sie zurück zum Hof spaziert. Sie hatte mit dem Gedanken gespielt, ihn auf ein letztes Glas Wein auf die Terrasse einzuladen, hatte es dann aber doch nicht getan. Sie war beschwipst gewesen und wollte nicht, dass der übermäßige Alkoholgenuss sie zu etwas verleitete, was sie hinterher bereuen würde. Schließlich war ihr Aufenthalt in Gütlingen zeitlich begrenzt, und sie hatte anderes zu tun, als sich auf eine Romanze einzulassen.

Außerdem, das hielt sie sich immer wieder mahnend vor Augen, war Max ein Freund von Sabine, und sie hatte das Gefühl, dass er mehr für ihre Schwester empfand als eine lose Freundschaft. Er hatte viel über sie gesprochen, mit Begeisterung und Zuneigung in der Stimme. Und sie wollte auf keinen Fall Sabines Glück im Weg stehen.

Hinter ihrem Rücken zischte das Wasser, als es über den Topfrand auf die Herdplatte tropfte. Eilig wandte sie sich um. Sie hatte vergessen, die Temperatur herunterzuregulieren, und das Wasser war übergekocht. Sie wischte mit einem feuchten Tuch über das Ceranfeld.

»Wonach riecht es hier?«, rief Amelie wenig später, als sie zur Tür hereinkam.

»Angebranntes Nudelwasser und Fisch.«

Amelie erschien mit angewidertem Blick in der Küche. »Ich bin Vegetarierin, ich esse keinen Fisch.«

»Du bist im Wachstum. Dein Körper braucht Eiweiß.«

»Dafür gibt es Eier, Quark und Tofu.«

Leonie sah grübelnd auf den Herd. Es musste noch Pesto im Kühlschrank sein, vielleicht auch Reste vom Parmesan. Den Fisch würde sie dann eben allein essen.

»Warum bist du eigentlich Vegetarierin?«, erkundigte sich Leonie, als sie wenig später am Küchentisch vor ihren gefüllten Tellern saßen.

»Na, wegen der Tiere. Ich will nicht, dass die wegen mir getötet werden.« Amelie deutete auf Leonies Teller mit dem Fischfilet. »Und Lachs aus Aquakulturen ist richtig übel.«

»Das ist Wildlachs.« Leonie schnitt das Filet in kleine Stücke und vermischte sie mit ihren Nudeln. »Aber Milchprodukte und Eier isst du?«

»Ja, das nennt man Ovo-Lacto-Vegetarier«, erwiderte Amelie neunmalklug.

»Man könnte es aber auch inkonsequent nennen.«

»Wieso das denn? Du hast doch selbst gesagt, dass ich Eiweiß brauche.«

»Ja, aber du hast gesagt, du willst nicht, dass Tiere für dich getötet werden. Hast du dir schon mal überlegt, woraus Milchprodukte gemacht werden?«

Amelie zog eine verständnislose Grimasse. »Aus Milch.«

»Und warum geben Kühe und Schafe Milch?«

»Ist das jetzt 'ne Fangfrage?«

»Weil sie Kälber und Lämmer bekommen haben«, beantwortete Leonie ihre Frage selbst.

»Wir kaufen aber nur Bioprodukte von Produzenten, von denen wir wissen, dass sie die Lämmer und Kälber bei ihren Müttern lassen.«

»Und was passiert, wenn sie älter werden?«

»Dann werden die auch Milchkühe.«

»Und die Bullen?«

»Weiß ich doch nicht«, erwiderte Amelie trotzig.

Leonie hob die Augenbrauen. »Ich denke, du weißt das sehr gut. Die Bullen werden geschlachtet. Und nicht jede Kuh wird zur Milchkuh. Das Gleiche gilt für die Lämmer. Wer Milchprodukte isst, tötet zwangsläufig Tiere.«

»Was ist denn das für 'ne Scheißtheorie?«

»Das ist der Kreislauf der Dinge.«

»Fuck, ey! Weißt du was?« Das Mädchen schob den halb

vollen Nudelteller, über den es sich großzügig Parmesan gestreut hatte, von sich. »Dann bin ich ab sofort Veganerin.«

Leonie fluchte innerlich. Das war nicht das Ziel ihres Gesprächs gewesen. Sabine würde sie lynchen. »Dann kannst du dir dein Essen aber auch ab sofort selbst kochen.«

Amelie hatte sich nach dem Essen schmollend in ihr Zimmer verzogen und es Leonie überlassen, die Küche aufzuräumen. Sie sollte ihre Nichte bei der Hausarbeit mehr in die Pflicht nehmen, überlegte sie. In der vergangenen Woche hatte sie das Mädchen geschont, aber so langsam musste wieder mehr Disziplin in den Alltag einkehren.

Dringender war allerdings, dass sie eine Lösung fand, wie es in den nächsten Wochen überhaupt weitergehen sollte. Ihr blieben nur noch wenige Tage, um alles Erforderliche – was auch immer das sein mochte – in die Wege zu leiten.

Das Klingeln ihres Smartphones riss sie aus den Gedanken. »Bine« zeigte das Display. Leonie trocknete ihre Hände am Geschirrtuch ab und nahm das Gespräch an.

»Schwesterherz«, grüßte sie fröhlich.

»Was ist denn bei euch los?«, schallte es ihr aufgebracht entgegen.

»Was soll los sein?«

»Melly hat mir gerade eine Nachricht geschickt, dass du nicht mehr für sie kochen willst.«

»Melly hat –« Leonie schnaufte fassungslos. Wie hinterhältig war das denn? »Hat sie dir auch gesagt, warum?«

»Es stimmt also?«, rief Sabine entsetzt.

Das war nicht gut. Sabine sollte sich nicht aufregen. Leonie nahm sich vor, ein ernstes Wort mit ihrer Nichte zu reden. Wenn es ein Problem gab, sollte sie das gefälligst direkt mit ihr besprechen. Sabine brauchte Ruhe und sollte sich keine Gedanken machen, ob bei ihr zu Hause alles gut lief.

»Binchen, reg dich bitte nicht auf. Ich habe alles im Griff, und natürlich werde ich weiterhin für Melly sorgen.«

»Aber wie kommt sie denn darauf?«

»Ich erkläre es dir.« Leonie setzte sich an den Küchentisch und berichtete ihrer Schwester von dem mittäglichen Gespräch.

»Och, Mensch, Leo! Hast du mal wieder gedacht, dass sei ›pädagogisch sehr wichtig‹?« Sabine seufzte frustriert. »Ich war so froh, dass Melly zumindest noch Milchprodukte gegessen hat. Ich bin extra mit ihr zum Schafzüchter und zu einem Biomilchbauern gefahren, damit sie sieht, dass die Tiere mit ihren Jungen zusammenleben.«

»Aber du musst ihr doch gesagt –«

»Natürlich nicht!«

»Bine, Melly ist vierzehn. Früher oder später wäre sie selbst draufgekommen. Einmal richtig im Internet gesucht, und sie hätte es gesehen.«

»Aber man muss es ihr ja nicht unter die Nase reiben!«

»Tut mir leid. Ich hatte gehofft, das Gespräch würde sie in eine andere Richtung lenken.«

»Sie ist ein pubertierender Teenager. Sie wird dir immer Kontra geben und genau das machen, was du nicht willst.«

Bisher hatte Leonie gedacht, diese Antihaltung sei eher ein Mutter-Tochter-Problem und dass sie mit Amelie ein unkompliziertes und positives Verhältnis habe. »Ich muss in meine neue Rolle noch ein bisschen reinwachsen. Mach dir bitte keine Sorgen. Melly wird nicht unter meiner Obhut verhungern. Versprochen.«

»Das will ich hoffen.« Sabine klang ein wenig besänftigt. »Am Küchenbüfett, in der Schublade links, ist der Weiße Salbei. Du musst die Zimmer räuchern, und am besten gehst du auch ein- oder zweimal um das Haus herum, damit alles wieder ins Gleichgewicht kommt.«

Leonie stöhnte innerlich auf. »Bine, das mit dem Räuchern ist nicht mein –«

»Leo, bitte! Ich spüre die schlechte Aura bis hierher.«

»Weißer Salbei, ja?«

»Genau, linke Schublade, ein kleiner weißer Karton.«

»Okay, durch die Räume und ums Haus.« Leonie sah zu dem alten Küchenschrank. Ganz sicher würde sie nicht mit

Räucherschale und wedelnder Adlerfeder ums Haus herumlaufen. Aber vielleicht half es ja schon, das Schälchen auf den Küchentisch zu stellen und etwas herumzufächeln. Zumindest würde es den Geruch von gebratenem Fisch überdecken.

✳✳✳

Max klopfte zaghaft an die Krankenzimmertür. Sabine hatte jedes Mal abgeblockt, wenn er gefragt hatte, ob er sie besuchen dürfe. Aber sie lag jetzt schon neun Tage hier, und er wollte sie unbedingt sehen. Daher war er kurz entschlossen nach der Arbeit nach Tübingen gefahren.

Er war nicht sicher, ob er von drinnen ein »Herein« gehört hatte. Er klopfte ein zweites Mal und öffnete die Tür einen Spaltbreit. Es war ein Zweibettzimmer. Er entdeckte Sabine im hinteren Bett am Fenster. Er freute sich für sie, auch wenn die Aussicht von ihrer Perspektive aus nicht viel mehr als den grauen Himmel bot. Aber er wusste, dass Sabine ein Naturmensch wie er war, und die Nähe zum Fenster versprach ein bisschen mehr Freiheit, mehr Luft zum Atmen.

Sie hatte den Kopf zur Tür gewandt. Ein schwaches Lächeln erschien auf ihrem Gesicht, als sie ihn erkannte. Er grüßte ihre Zimmergenossin und trat an Sabines Bett.

»Hey, Binchen.« Er beugte sich zu ihr und gab ihr einen Kuss auf die Wange. Der Duft von Minze und Orange stieg ihm in die Nase.

Sie strich sich durch die blonden Locken. »Ich hab doch gesagt, du sollst nicht kommen. Ich seh schrecklich aus.«

»Du fühlst dich vermutlich schrecklich. Aber du siehst wie immer umwerfend aus.« Er zwinkerte ihr aufmunternd zu.

»Lüg ruhig weiter.« Sie konnte nicht verbergen, dass sie sich trotz ihrer Bitte, sie nicht zu besuchen, über sein Kommen freute.

»Ich hab dir was mitgebracht.« Er hielt den Blumenstrauß hoch, den er in der einen Hand hielt, und reichte ihr mit der anderen eine Geschenktüte. »Ich hol mal eine Vase.«

»Halt, lass mich erst schnuppern.«

Er senkte den Strauß aus verschiedenfarbigen Gerbera und Rosen vor ihre Nase.

Sabine atmete tief ein. »So schön bunt, und die Rosen duften sogar! Du bist ein Schatz, danke!«

»Habe ich den Geschmack Eurer Hoheit getroffen?«, flachste er.

Es war fürchterlich, Sabine so hilflos in dem Krankenbett zu sehen. Die sonst so robuste Frau wirkte klein und verletzlich. Nun, sie war verletzt, ziemlich heftig sogar. Er ging in den Flur, um eine Vase zu besorgen. Als er zurückkam, hatte sie den Inhalt der Tüte ausgepackt. Ein Sudokuheft samt Bleistift, Anspitzer und Radiergummi lagen vor ihr auf dem Bett.

Sie schaute suchend in die Tüte. »Wo sind die Pralinen?«

»Kriegst du erst, wenn du wieder laufen kannst.«

»Ich wusste, dass ich dir zu dick bin.«

Er zog sich kopfschüttelnd einen Stuhl ans Bett. »Du hast mir einen ganz schönen Schrecken eingejagt.«

»Weißt doch: Unkraut vergeht nicht.« Ihre Stimme hatte kurz ihre Lockerheit eingebüßt, aber sie setzte sofort wieder ihr Bine-Lächeln auf. »Apropos: Wie sieht mein Garten aus?«

»Leonie pflegt ihn vorbildlich, und ich helfe ihr, wo ich kann.«

»Das ist so lieb von dir.«

»Purer Eigennutz. Jetzt, wo du hier bist, kann ich dein ganzes Gemüse ernten.«

»Und ich krieg aufgewärmtes Krankenhausessen.«

»Nächstes Mal bringe ich dir statt Blumen einen frischen Salat mit.«

»Oh ja! Bitte mit Gurken und Tomaten.« Sabine seufzte sehnsüchtig. »Du warst mit Leo im Besen, habe ich gehört.«

Anscheinend hatte Leonie ihr von dem gemeinsamen Ausflug erzählt. Hatte ihr der Nachmittag gefallen? Oder hatte sie sich bei Sabine beschwert, wie wenig unterhaltsam er war?

»Ja«, erwiderte Max bemüht neutral.

»Und?«

»Sie ist nett.«

»Aha.«

Dieser lauernde Blick gefiel ihm gar nicht. Er schaute sich betont unauffällig um, beugte sich dann zu Sabines Ohr und wisperte: »Sag's nicht weiter, aber sie ist nicht so cool wie du. Sie bleibt an der roten Fußgängerampel stehen, selbst wenn weit und breit kein Auto zu sehen ist.«

Sabine kicherte. »Das klingt ganz nach Leo.«

Er setzte sich wieder aufrecht hin. »Warum hast du deine Schwester immer vor uns versteckt?«

»Das habe ich nicht. Sie arbeitet viel, und wenn sie mal bei mir ist, will ich sie mit niemandem teilen. Sonst käme ich gar nicht mehr dazu, mit ihr die vielen wichtigen Schwesterngespräche zu führen.«

»Wie egoistisch du bist.«

Sie streckte ihm die Zunge raus.

»Ganz schön frech«, kommentierte er amüsiert. Mit Sabine war dieses Herumgeplänkel so leicht. Wenn er doch nur so unbefangen mit ihrer Schwester umgehen könnte. Er mochte Leonie, auch wenn sie ruhiger, nachdenklicher und wesentlich vernünftiger war als Sabine. Vielleicht war es diese selbstbewusste, souveräne Ausstrahlung, die ihn in ihrer Gegenwart so verunsicherte. Aber sie besaß einen subtilen Sinn für Humor, der war am Freitagnachmittag mehrmals durchgeschimmert und hatte ihm gefallen.

»Was ist?«, fragte Sabine in seine Grübelei hinein.

»Hm?«

»Du guckst so ernst.«

»Sorry, ich war in Gedanken.«

»Was du nicht sagst. Und an wen hast du gedacht?«

Sosehr er Sabine mochte, das würde er ihr nicht verraten.

\*\*\*

Leonie hatte die Teigstücke abgewogen und drehte die kleinen Kugeln auf der Arbeitsplatte zu langen Rollen. Sie war am

Nachmittag allein zu Sabine ins Krankenhaus gefahren, weil Amelie weiter geschmollt hatte und nicht mit ihr mitfahren wollte. Auch nach ihrer Rückkehr war ihre Nichte in ihrem Zimmer geblieben. Leonie ließ sie in Ruhe. Irgendwann würde der Hunger das Mädchen schon in die Küche treiben.

Sabine war zum Glück nicht nachtragend, allerdings war sie traurig gewesen, dass Amelie nicht mitgekommen war, das hatte Leonie deutlich gespürt. Und es nagte an ihr, weil sie sich schuldig fühlte. So etwas durfte nicht noch einmal passieren.

Kurz hatte sie mit dem Gedanken gespielt, die Flachswickel Amelie zuliebe mit Margarine statt mit Butter zuzubereiten. Aber Margarine verhielt sich beim Backen anders als Butter, und sie brauchte ihre Routine, um die Gedanken in ihrem Kopf zu sortieren. Noch vier Tage bis zum Wochenende. Bis dahin musste sie eine Lösung für Sabine, Amelie und Racka gefunden haben.

Könnte sie kurzfristig jemanden organisieren, der sich tags-über um den Hof kümmerte, während sie in Ulm arbeitete? Der dafür sorgte, dass Amelie mittags veganes Essen bekam und ihre Hausaufgaben machte, und der zwischendurch mit dem Hund rausging?

Einen Teil ihrer Arbeit könnte sie sicher von hier aus bewäl-tigen, online am PC. Sabine hatte ein kleines Arbeitszimmer, in dem könnte sie sich vorübergehend ihr Büro einrichten. Sie könnte versuchen, die Gerichtstermine auf zwei oder drei Verhandlungstage zu bündeln, dann müsste sie nicht so oft hin- und herfahren.

Allerdings würde sie die Besuche im Krankenhaus redu-zieren müssen. Das gefiel ihr nicht. Sie zwirbelte die Teig-stangen mit geübtem Schwung zu kleinen Wickeln, bestrich sie mit Eigelb, streute Hagelzucker darüber und legte sie auf das Backblech.

Wenn alles nach Plan lief, würde Sabine in sechs bis acht Wochen wieder einigermaßen mobil sein, hatte die Ärztin gesagt. Aber selbst wenn ein bisschen Mobilität wiederher-gestellt wäre, wäre sie längst noch nicht wieder voll belastbar.

Wie sollte ihre Schwester allein zu Hause klarkommen? Was, wenn sie stürzte und niemand wäre da? Die steile Treppe zu den Schlafzimmern bereitete Leonie die größten Sorgen.

Eine Viertelstunde vor der vereinbarten Zeit stand Tilda mit Jack vor der Tür. Nachdem Leonie geöffnet hatte, wurde der Mischlingshund schwanzwedelnd mit einem Nasenstupser von Racka begrüßt.

»Entschuldigen Sie bitte. Ich bin etwas früher gekommen, damit ich alles vorbereiten kann.«

»Kein Problem. Kennen Sie sich im Café aus? Dann gebe ich Ihnen die Schlüssel. Ich habe gerade noch was im Ofen.«

Die Frau schnupperte in den Flur. »Das riecht aber gut.«

»Ich habe Flachswickel gebacken.«

»Oh.« Tildas Augen leuchteten auf.

»Sie müssen noch etwas abkühlen, aber wenn Sie möchten, bringe ich nachher ein paar rüber.« Leonie nahm den Schlüsselbund aus der Schale, die auf der Anrichte im Flur stand, und reichte ihn Tilda.

»Das wäre wundervoll.«

Als Leonie etwas später das Café betrat, saßen die Frauen des Lesekreises bereits in gemütlicher Runde um zwei Bistrotische, die sie zusammengeschoben hatten. Gläser waren mit Wein, Saftschorle oder Wasser gefüllt. In kleinen Schälchen lag Salzgebäck. Ein paar der Frauen hatten einen Roman vor sich auf dem Tisch liegen, dessen Titel Leonie nichts sagte.

»Setzen Sie sich zu uns, Leonie.« Tilda deutete auf den freien Stuhl neben sich. »Das ist Leonie Reiter, Bines Schwester.«

Sie wurde mit allgemeinem Hallo begrüßt. Leonie platzierte das Tablett mit den Flachswickeln auf einen der Tische und setzte sich. »Bitte, bedienen Sie sich.«

Tilda stellte ihr die Frauen reihum namentlich vor und nahm sich ein Teigstück. »Oh, die sind köstlich!«

Das Kompliment freute Leonie, machte sie aber gleichzeitig verlegen.

»Was lesen Sie gerade?«, fragte sie unbestimmt in den Raum, um von sich abzulenken. Die meisten der gerade erfahrenen

Namen hatte sie schon wieder vergessen. Die zuletzt Vorgestellte, die links von ihr saß, hieß Sarah und gehörte zu den jüngeren Damen dieser Runde. Anfang, höchstens Mitte dreißig, schätzte Leonie. Langes, glattes rotblondes Haar, Sommersprossen im Gesicht, beige Rüschenbluse mit Blumenmuster – wo bekam man so etwas heute noch? –, dazu eine dunkelblaue Marlene-Hose und Ballerinas. Sarah nahm ein Taschenbuch aus ihrem Rucksack und reichte es ihr.

Leonie studierte den Klappentext. Ein Familienepos, ausgehend von einer jungen Koreanerin, die sich mit ihrer Familie Anfang des 20. Jahrhunderts in Japan durchschlug.

»Bine hat uns das Buch empfohlen«, erklärte Sarah. »Es ist schade, dass sie heute nicht dabei sein kann.«

»Ja«, stimmte Leonie zu.

»Es ist sehr nett, dass wir uns trotzdem hier treffen dürfen«, mischte Tilda sich ein.

»Hat Bine schon überlegt, wie es mit dem Café weitergehen soll?«, fragte eine der Frauen, die am anderen Ende saß. Sie trug eine leger sitzende, dunkel bedruckte Bluse zu schwarzen Leggins. Die langen schwarzen Haare hatte sie lose im Nacken zusammengebunden. Ihre Nase zierte ein Piercing.

»Ich denke, es bleibt erst einmal geschlossen, bis meine Schwester wieder arbeiten kann.«

Die Frau bekam große Augen. »Aber das geht doch nicht! Wie lange wird das dauern?«

»Gülay.« Tilda schüttelte missbilligend den Kopf.

»Es ist ja nur …« Die Frau nahm ein zweites Gebäckstück aus der Schale. »Ich dachte nur … Also, Ihre Flachswickel sind wirklich gut.«

Leonie lächelte schwach. »Das ist das Einzige, was ich backen kann.«

»Wenn es daran liegt. Wir könnten Sie mit Kuchen unterstützen. Das wäre das geringste Problem.« Zustimmung suchend sah Gülay in die Runde. Einige Frauen nickten.

»Ich könnte samstags im Service helfen«, bot Sarah an.

»Ich hätte freitags Zeit«, meldete sich eine andere.

»Ach, da wäre ich auch dabei«, kam eine Dritte hinzu.

»Ja genau! Wir führen das Café, solange Bine nicht kann«, griff Gülay die Idee begeistert auf. Es entspann sich eine Diskussion, wie ein Schichtplan aufgestellt werden könnte und wer welche Kuchen liefern wollte.

Leonie lauschte perplex den aufgeregten Gesprächen. Sie hob bremsend die Hände. »Einen Moment bitte. Wenn ich vielleicht …«

»Meine Damen!«, rief Tilda resolut aus. Die Frauen verstummten.

Tilda nickte ihr zu.

»Ihre Ideen sind sehr nett gemeint«, versuchte Leonie einen positiven Einstieg. »Aber ich muss erst einmal mit Sabine sprechen.«

Zustimmendes Nicken.

»Bine wird froh sein, wenn das Café nicht so lange geschlossen ist«, war Gülay sich sicher. »Die Kosten laufen doch weiter.«

»Ich möchte trotzdem erst mit ihr sprechen. Und ich muss die rechtliche Lage klären. Ich denke, wenn Sie Kuchen und Getränke verkaufen, benötigen Sie vermutlich ein Gesundheitszeugnis, und es müssen Arbeitsverträge gemacht werden, damit Sie versichert sind, wenn Sie hier arbeiten.«

»Aber das machen wir doch umsonst. Ehrenamtlich.«

Erneut wurde rundherum zustimmend genickt.

Ehrenamtlich? So einfach ging das sicherlich nicht. Das Café war schließlich kein Verein, sondern ein – wenn auch sehr kleines – Wirtschaftsunternehmen.

»Ich weiß Ihre Hilfsbereitschaft sehr zu schätzen, und Bine sicherlich auch. Ich möchte mich dennoch erst genau informieren. Es wäre schade, wenn eine gute Idee am Ende des Tages Probleme mit der Gewerbeaufsicht bringen würde.«

»Da hat Leonie recht«, sprang Tilda ihr bei. »Informieren Sie sich, Leonie. Und wenn es möglich sein sollte, dass wir während Bines Abwesenheit das Café ehrenamtlich führen können, dann geben Sie uns Bescheid.«

Leonie nickte mit gemischten Gefühlen. Was kam da wieder auf sie zu?

»Wunderbar. Dann wenden wir uns nun unserem Roman zu.« Tilda nahm ihr Buch zur Hand, in das sie an verschiedenen Seiten Zettel mit handschriftlichen Notizen eingelegt hatte.

Im nächsten Augenblick entspann sich erneut eine lebhafte Diskussion, dieses Mal drehte es sich um den Rassismus, dem die Koreaner in Japan ausgesetzt waren. Obwohl Leonie das Buch nicht gelesen hatte, konnte sie hin und wieder an dem Gespräch teilnehmen, da immer wieder Parallelen zur deutschen Gesellschaft und Geschichte gezogen wurden.

Wann hatte sie das letzte Mal einen Roman gelesen? Einfach nur zur Unterhaltung? Ihre Lektüre waren die Süddeutsche, juristische Fachartikel und Gesetzestexte. Zuletzt der Reiseführer für Helsinki. Vielleicht sollte sie mal einen Blick in Sabines Bücherregal werfen?

Nach anderthalb Stunden räumten die Frauen gemeinschaftlich auf und verabschiedeten sich. Tilda bildete den Abschluss.

»Bitte entschuldigen Sie, dass wir Sie mit unserer spontanen Idee vorhin so überfallen haben. Wir möchten gern helfen. Aber wichtig ist, dass Sie auf sich hören und schauen, was das Beste für Sie und Bine ist.« Die Frau nahm Leonies Hand und tätschelte sie mütterlich. »Es war schön, dass Sie heute Abend bei uns waren.«

Es klang so aufrichtig, dass Leonie warm ums Herz wurde. »Danke. Es hat mir auch Spaß gemacht.«

Sie sah den Frauen hinterher, die fröhlich schwatzend über den Landwirtschaftsweg zurück ins Dorf gingen. Was für eine gute Gemeinschaft. Sie war froh, zu wissen, dass ihre Schwester so nette und hilfsbereite Menschen um sich hatte.

Leonie war nach dem Besuch der Lesekreisfrauen zu aufgewühlt, um schlafen zu gehen. Sie schaute in Amelies Zimmer. Das Mädchen saß auf dem Bett, in einem Ohr einen Stöpsel, der sie mit dem Smartphone verband, auf dessen Display sie starrte.

»Alles klar bei dir?«

»Mhm.« Ihre Nichte machte sich nicht die Mühe, den Blick zu heben.

»Du solltest langsam schlafen.«

Amelie nickte, noch immer auf das Smartphone fixiert.

Diese Unhöflichkeit nervte Leonie, und sie war kurz versucht, ihr das Gerät aus der Hand zu nehmen. Aber sie wollte keinen weiteren Streit mit dem Mädchen. Und auf keinen Fall wollte sie riskieren, dass Melly erneut eine Beschwerde an Sabine schrieb.

»Ich koche morgen Mittag was Veganes«, erklärte sie stattdessen in einem versöhnlichen Ton.

Jetzt sah Amelie doch flüchtig zu ihr. »Okay.«

Mehr war an Aufmerksamkeit nicht von ihr zu bekommen.

»Dann schlaf mal gut.«

Die Reaktion war ein gemurmeltes »Mhm«.

Leonie zog die Tür hinter sich zu. Sie stieg die Treppe hinunter. Racka sah kurz von seiner Decke auf, vergrub dann seine Schnauze wieder zufrieden schnaufend zwischen den Pfoten.

Sie ging in das kleine Arbeitszimmer auf der anderen Seite des Flurs und studierte die Beschriftungen der Ordnerrücken. Die meisten Ordner beinhalteten Schulunterlagen mit Unterrichtsmaterial. Schließlich fand sie, was sie gesucht hatte: Sabines Steuer- und Versicherungsunterlagen.

Leonie zog die zwei Ordner heraus und setzte sich an den Schreibtisch. Wenn sie mit ihrer Schwester über den Vorschlag der Frauen sprechen wollte, musste sie vorbereitet sein. Sie wusste nur zu gut, dass Sabine sich schnell für eine Idee begeistern konnte, daher wollte sie schon im Vorfeld möglichst alle Risiken kennen.

Wenig später offenbarten ihr die Aktenordner eine böse Überraschung.

# 9

»Bine, warum hast du mir denn nichts gesagt?« Leonie bemühte sich, ihre Stimme nicht vorwurfsvoll klingen zu lassen.
Sie war am Vormittag ins Krankenhaus gefahren, um allein
mit ihrer Schwester zu sprechen. Amelie sollte hiervon nichts
mitbekommen.

Die halbe Nacht hatte sie Sabines Bankunterlagen durchgesehen. Sie war froh, dass Sabines Zimmergenossin zu Untersuchungen im Haus unterwegs war, sodass sie unter sich waren
und offen reden konnten.

»Wer gibt dir das Recht, in meinen privaten Unterlagen zu
schnüffeln?«, trotzte Sabine.

»Ich habe nicht geschnüffelt. Deine Freundinnen wollen
dir mit dem Café helfen, und da brauchte ich Informationen
über die rechtliche Lage.«

»Und die findest du in meinen Bankunterlagen?«

»Die lagen nun mal mit in dem Ordner.« Natürlich hätte sie
nicht ungefragt in Sabines Unterlagen schauen dürfen. Aber
es war ihre Natur, Dinge gründlich zu recherchieren.

»Du hättest mich auch einfach fragen können!«

Leonie musterte ihre Schwester streng. »Und dann hättest
du mir alles gesagt?«

Sabine drehte den Kopf zur Seite.

Die finanzielle Lage von Leonies Schwester war katastro-
phal. Sie hatte den teuren Dispokredit ihrer Bank ausgereizt
und bei einem Online-Geldverleiher einen Kleinkredit mit
horrenden Zinsen abgeschlossen. Hinzu kamen monatliche
Ratenzahlungen für Investitionen, die sie für die Ausstattung
ihres Cafés vor einigen Jahren getätigt hatte und die noch lange
nicht abbezahlt waren.

Leonie hatte sich an Sabines Worte erinnert, als sie bei ihrem
Besuch im Juli davon gesprochen hatte, dass Amelie Zeitungen austragen sollte, wenn sie einen Glasfaseranschluss wollte.

Sie ärgerte sich, dass sie bei dem Gespräch nicht hartnäckiger nachgefragt hatte.

»Ach, Bine.« Sie strich ihr über den Arm. »Ich will dir keine Vorwürfe machen, aber wir müssen eine Lösung finden. Komm, schau mich bitte wieder an.«

Sabine wandte sich ihr zu, Tränen schwammen in ihren Augen. »Ich hab gedacht, ich schaff das. Aber jetzt mit diesem blöden Unfall …«

Auch schon vor ihrem Krankenhausaufenthalt hatte sie finanziell in der Bredouille gesteckt. Ihr Grundschullehrerinnengehalt und die Einnahmen aus dem Café deckten die monatlichen Ausgaben nicht, und es gab keine Rücklagen, soweit Leonie das überblickte.

»Wir sind doch eine Familie. Du hättest mit mir reden können.«

»Wehe du sagst Mama oder Papa nur ein Wort!«

»Bine –«

»Nein! Für die bin ich doch sowieso die totale Enttäuschung. Das wäre das gefundene Fressen für die beiden. Ich höre schon ihren Zynismus: Wir haben es doch gleich gesagt! Erst lässt sie sich schwängern, dann kauft sie diesen alten Aussiedlerhof. Wie konnte sie nur so naiv sein! Drei Juristen in der Familie, aber sie hat es ja nicht nötig –«

»Bine, stopp!«, bremste Leonie sie energisch, obwohl Letzteres ihr tatsächlich am Abend zuvor durch den Kopf gegangen war. »Unsere Eltern werden nichts von mir erfahren.«

»Versprochen?«

»Versprochen. Wir kriegen das ohne sie hin.« Sie nahm ein Taschentuch aus der Box von Sabines Nachttisch und reichte es ihr. »Jetzt putz dir erst mal die Nase.«

Während Sabine sich über die feuchten Wangen tupfte und die Nase schnäuzte, zog Leonie sich einen Stuhl ans Bett und setzte sich.

»Den Dispokredit habe ich heute Morgen getilgt«, erklärte sie.

Sabine riss die Augen auf, sodass Leonie beschwichtigend

die Hand hob. »Du brauchst dich gar nicht aufzuregen. Ich bin alleinstehend, muss nicht für ein Kind sorgen, meine Wohnung in Ulm ist fast abgezahlt, ich habe einen Job auf Lebenszeit, und ich habe Rücklagen. Ich habe das Geld, und ich gebe es dir gern. Ein Dispokredit ist viel zu teuer.«

»Ich zahle es dir zurück«, erwiderte Sabine beschämt.

»Nein, ich will das Geld nicht zurückhaben. Es ist okay.« Sie hatte die zweitausend Euro von ihrem Tagesgeldkonto genommen und noch immer ausreichend Ersparnisse.

»Aber –«

»Du hast genug andere Verpflichtungen, die du bedienen musst. Es ist viel wichtiger, dass du von diesen Schulden runterkommst.«

»Aber ich will nicht, dass du mir so viel Geld schenkst.«

»Wenn es dir damit besser geht: Versprich mir, dass ich im Gegenzug von dir hausgemachte Marmelade auf Lebenszeit bekomme.«

Sabine lächelte traurig. »Ach, Leo, immer musst du mich aus der Scheiße ziehen.«

»Na, na, na, Frau Lehrerin, was sind denn das für Kraftausdrücke«, tadelte Leonie ihre Schwester mit gespielter Empörung.

»Ist doch wahr.«

Sie beugte sich zu Sabine und strich ihr liebevoll über die Wange. »Wie bist du denn in diese Situation reingerutscht?«

»Das ist irgendwie passiert …«

Die Antwort ließ Leonie nicht gelten. »So etwas passiert nicht einfach. Du bist doch nicht dumm, Bine! Raus mit der Sprache: Was ist schiefgelaufen?«

»Das fing mit dieser blöden Pandemie an. Ich hatte nicht viele Einnahmen mit dem Café, aber es hat gereicht, um die Kredite für das Inventar zu bedienen, manchmal blieben sogar noch ein paar Euro übrig. Und plötzlich ist das alles weggefallen, und ich musste die Raten trotzdem weiterzahlen. Weil ich das alles im Nebenerwerb mache, habe ich keine Unterstützung bekommen.«

»Und hast keinen Piep gesagt.«

»Ich wusste doch, dass Mama und Papa die Idee unmöglich fanden.«

»Aber mir hättest du etwas sagen können.«

»Ich … ich hab gedacht, ich krieg das allein hin.« Sie seufzte betrübt. »Dann ist der Gefrierschrank kaputtgegangen. Melly brauchte neue Kleidung und Schulzeug, ihr Smartphone ist ihr runtergefallen und funktionierte danach nicht mehr richtig …« Sabine verstummte.

Leonie wartete schweigend auf die Fortsetzung. Sie kannte ihre kleine Schwester zu gut, um zu wissen, dass die Aufzählung noch nicht beendet war.

»Melly wollte so gern mit ihren Freundinnen in den Sommerferien diesen Sprachkurs in Spanien machen. Und dann habe ich mal abends beim Zappen durch die Fernsehprogramme die Werbung von dieser Bank gesehen … Es klang so einfach und unkompliziert.«

Nur mit Mühe konnte Leonie ein grimmiges Kopfschütteln unterdrücken. Manchmal war Sabine aber auch fürchterlich naiv.

»Mellys Freundinnen fahren mit ihren Eltern immer in irgendwelche tollen Urlaube«, ging Sabine sogleich in den Verteidigungsmodus. »Im Winter zum Skifahren, im Sommer nach Italien, Frankreich oder Spanien. Und wir fahren nie in den Urlaub, aber sie soll doch auch schöne Ferien haben.«

»Ich verstehe deine Beweggründe, Bine. Aber denkst du nicht, du hättest Melly erklären können, dass ihr euch so einen Sprachurlaub nicht leisten könnt?«

»Das habe ich versucht, aber sie ist wochenlang todtraurig durchs Haus geschlichen. Ich bin immer nur die Mama, die nichts erlaubt, die ihr sagt, was sie zu tun hat, und die ihr im Gegenzug nichts bieten kann. Aber als ich ihr gesagt habe, dass sie doch mitfahren kann, war sie so glücklich und ich war die beste Mama der Welt. Wenigstens für den Moment.«

Natürlich hatte Sabine manchmal anklingen lassen, wie schwierig die Beziehung zwischen ihr und Amelie geworden war. Aber Leonie hatte nicht geahnt, dass die Situation ihre Schwester derart unter Zugzwang setzen würde. Sie schalt sich innerlich für ihre Ignoranz. Wäre sie nur öfter zu Sabine gefahren, hätte sie bei ihren Gesprächen doch genauer zugehört!

»Ich bin doch Mellys Patentante«, brachte sie an. »Ich hätte die Kosten übernehmen können.«

»Na toll. Ich bin die böse Mama, und du bist die coole Tante mit den teuren Geschenken.«

»Wir hätten das auch anders regeln können, ohne das Melly davon erfährt.«

»Du verstehst das nicht. Sie ist meine Tochter. *Ich* möchte sie glücklich machen.«

Aber zu welchem Preis, dachte Leonie bestürzt.

Sabines Smartphone verkündete den Eingang einer Nachricht. Sie nahm das Gerät und spielte die Nachricht ab. Leonie hörte Kinderstimmen und sah, wie ihre Schwester erneut in Tränen ausbrach.

»Was ist los?«

Sabine drehte das Display zu ihr. »Hat Sarah mir geschickt. Sie vertritt mich bei meinen Zweitklässlern.«

»Das ist aber nicht die Sarah, die auch in diesem Lesekreis ist, oder?«

»Doch«, schniefte Sabine.

Es war ein kurzes Video. Eine ganze Kinderschar stand brav nebeneinander aufgereiht. Jedes Kind hielt einen A3-Block vor sich. Die Kamera fuhr näher heran, und die Kinder blätterten die Seiten ihrer Blöcke um, sodass auf jedem Blatt nun ein hübsch gemalter Buchstabe stand. Die Kamera wanderte über die Buchstabenreihe:

»WIRVERMISSENSIE!« Gefolgt von zwei Herzen.

Die Seiten wurden erneut umgeschlagen. Wieder glitt die Kamera über die Buchstaben.

»WERDENSIEGANZBALD« – Herzchen.

Ein weiteres Mal wurden die Blätter umgedreht.

»WIEDERGESUND!« – Fünf Herzen.

Dann ließen die Kinder die Blätter fallen, formten mit ihren kleinen Händen Herzen und riefen: »Wir wünschen Ihnen gute Besserung, liebe Frau Reiter!«

Es war rührend.

»In dem Alter sind sie echt noch süß«, stellte Leonie fest. Sie hoffte, dass die Lehrerin sich die Aufnahme der Kinder und das Versenden des Videos an Sabine von den Eltern hatte genehmigen lassen.

»Und mit einem Lolli zufriedenzustellen«, seufzte Sabine unter Tränen. »Ach, verdammt, ich mag hier nicht mehr liegen.«

»Ein bisschen musst du noch durchhalten, meine Liebe.« Leonie nahm die Hand ihrer Schwester zwischen ihre Hände. »Bine, du konzentrierst dich voll und ganz darauf, dass du wieder gesund wirst, und ich kümmere mich um alles andere.«

»Aber du musst doch nächste Woche wieder arbeiten.«

»Mach dir darüber keine Gedanken. Dafür finde ich eine Lösung.« Leonies Blick fiel auf die Vase auf dem Nachttisch, in der ein Strauß gelber, oranger und roter Rosen und Gerbera fröhlich leuchtete. »Wer hat dir denn die schönen Blumen mitgebracht?« Sie grinste ihre Schwester hintergründig an.

»Die sind von Max. Lieb, oder?«

Leonie spürte einen unerwarteten Stich. Sie lächelte verkrampft weiter, damit Sabine es nicht bemerkte. »Ja. Soll ich dir heute Nachmittag noch ein besonderes Duftöl mitbringen?«

»Lavendel wäre gut. Ich schlafe so schlecht.«

Pfarrer John ging die Dorfstraße entlang, die den bedeutsamen Namen »Hauptstraße« trug. Sie war die einzige größere Straße im Ort, von der die schmaleren Seitenstraßen abgingen. Gütlingen war mit seinen kaum eintausend Einwohnern ein überschaubarer Ort. Außer einem Selbstbedienungs-Hofladen und einer Bäckerei gab es keine Geschäfte.

Die kleine, unabhängige Bäckerei hielt sich, auch wenn die Backwaren ein paar Cent teurer waren als bei den Bäckerfilialen in den Nachbarorten. Der Bäckermeister verstand sein Handwerk. Allerdings war er über sechzig, und es war fraglich, ob jemand nachfolgen würde, wenn er aus dem Berufsleben ausschied.

Pfarrer John war nicht nur für Gütlingen, sondern auch für die größere Nachbargemeinde zuständig. Die Zeiten, in denen ein Pfarrer zu hundert Prozent für eine einzige Gemeinde verantwortlich war, waren lange vorbei. Die Anzahl der Kirchenmitglieder sank stetig. John bedauerte das sehr, und er war dankbar, dass er in Gütlingen und auch im Nachbarort gute, engagierte Gemeinden vorgefunden hatte.

Der Hof von Sabine lag zwischen den beiden Gemeinden, die er betreute. Er hatte das kleine Café entdeckt, als er auf dem Weg von Gütlingen zum Nachbarort gewesen war. Es war nicht nur Sabines köstlicher Kuchen gewesen, der ihn begeistert hatte. Er bewunderte die Frau, die ganz allein so viel leistete. Mit ihrem aufgeschlossenen, fröhlichen Wesen war sie ihm sofort ans Herz gewachsen.

Ans Herz gewachsen. Er sinnierte über diesen seltsamen Ausdruck. War sie Bestandteil seines eigenen Herzens geworden? So wie die Gemeinde ihm sehr schnell ans Herz gewachsen war?

Sie hatte sich über seinen Besuch im Krankenhaus gefreut. Er hoffte, dass das gemeinsame Gebet ihr Kraft gegeben hatte, denn trotz aller Fröhlichkeit, die sie zu verbreiten versucht hatte, hatte er ihre Verzweiflung gespürt. Es war eine beängstigende Situation. Eine Wirbelsäulenfraktur. Sie hätte gelähmt sein können. An noch Schlimmeres mochte er gar nicht denken.

Er hatte das Pfarrhaus erreicht. Statt hineinzugehen und sich um ein spätes Mittagessen zu kümmern, setzte er sich auf die Stufen vor der Eingangstür, nahm sein Smartphone und schickte ihr eine Nachricht. »Wie geht es dir heute?«

Er sah zum Himmel, an dem sich die Regenwolken der letzten Tage verzogen hatten. Es war wieder wärmer geworden, und er genoss die Sonnenstrahlen auf seiner Haut. Es waren diese kurzen, stillen Momente, in denen er sich eins mit sich, der Natur und Gott fühlte. Ein winziger Augenblick der

Zufriedenheit. Vielleicht auch des Glücks. Aber das war ein großes Wort.

Ein Piepen verkündete den Eingang einer Nachricht. Ein trauriges Emoji erschien auf dem Display. Ihm blieb noch eine Viertelstunde bis zu seinem nächsten Termin. Eigentlich sollte er vorher noch etwas essen, bis zum Abend würde er sonst keine Zeit mehr dafür finden, aber diese Nachricht duldete keinen Aufschub. Er wählte Sabines Nummer.

»Was ist los, Bine?«

»Ich weiß auch nicht. Ich hab Schmerzen«, wisperte sie deprimiert.

Er hätte jetzt sagen können, dass sie Geduld haben musste oder dass sie die Schwestern nach einem Schmerzmittel fragen sollte. Aber er hörte aus ihrer Stimme heraus, dass dieser Schmerz nicht nur ein körperlicher war.

»Was ist passiert?«, fragte er stattdessen.

Er lauschte ihrem stockenden Bericht, während ihm die Zeit davonlief. Er würde zu spät zu seinem nächsten Termin kommen.

»Ich bin neununddreißig und krieg mein Leben einfach nicht auf die Reihe.«

»Bine, das stimmt nicht.« Was konnte er ihr sagen, um ihr Kraft zu geben? Sabine hatte ihm eine Seite von sich offenbart, die er an ihr nicht gekannt hatte, die er nicht erwartet hatte.

»Du bist gut so, wie du bist. Gott liebt dich genau so. Und ich bin sicher, dass deine Schwester dich ebenso liebt.«

Ihr Seufzen zeigte ihm, dass seine Worte nur ein schwacher Trost für sie waren, wenn überhaupt. Welchen Rat würde er sich selbst in so einer Situation geben? Er wusste es nicht, denn er war noch nie in so einer Situation gewesen. Nicht annähernd. Das machte ihn unerwartet hilflos.

Auf dem Küchentisch stand eine Vase mit einem sommerlichen Blumenstrauß. Leonie hatte sich mittags auf dem Heimweg vom Krankenhaus selbst damit beschenkt. Es war albern, aber sie wollte auch so einen schönen bunten Strauß haben, wie ihre Schwester ihn bekommen hatte.

Dass sie sich die Blumen selbst gekauft hatte, war unwichtig. Sie brauchte keinen Rosenkavalier. Und doch fühlte sie bei dem Gedanken wieder diesen kleinen eifersüchtigen Stich in ihrem Herzen. Das gefiel ihr überhaupt nicht. Sie freute sich für ihre Schwester. Max war ein sehr netter Mann, hilfsbereit, anpackend, romantisch. Er passte wunderbar in Sabines Welt. Da spielte es keine Rolle, dass Leonie einen schönen Nachmittag mit ihm verbracht hatte.

Wahrscheinlich hatte Sabine Max gebeten, hin und wieder auf dem Hof vorbeizuschauen, damit Leonie die Möglichkeit hatte, ihn kennenzulernen. Irgendwann würde Sabine sie fragen, was sie von Max hielt. Er ist nett, würde sie sagen. Er scheint mir ganz anständig zu sein. Und zuverlässig. Schon spürte sie seine Hände wieder, die sie auffingen. Er war da gewesen, im richtigen Augenblick.

Sie schüttelte ärgerlich den Kopf. War sie kurz vor dem Eisprung, dass sie auf solche Holzfällertypen mit Dreitagebart abfuhr? Er hatte gute Reflexe, mehr nicht! Und sie hatte wirklich Wichtigeres zu tun, als sich in romantischen Tagträumen zu verlieren.

Sie zog ihren Block aus der Tasche. Die Liste, die sie vor neun Tagen erstellt hatte, war vollständig abgearbeitet, inklusive Nummer acht. Und schon wieder stieg Sehnsucht in ihr auf.

Sie setzte hinter jeden Aufzählungspunkt ein Häkchen. Es war ein befriedigendes Gefühl. Nun musste sie eine Liste der Aufgaben erstellen, die als Nächstes zu erledigen waren:

1. *Check Kreditvertrag – Laufzeit, Sondertilgungen, vorzeitige Ablösung möglich?*
2. *Mit Tilda und Gülay über die Weiterführung des Cafés sprechen.*
3. *Betreuung Amelie und Racka für die nächsten Wochen regeln.*

*4. Versorgung Garten und Gemüsebeete.*
*5. Wenn Bine wieder nach Hause kommt:*
*5.1 Schlafzimmer nach unten verlegen?*
*5.2 Unterstützung im Haushalt?*
*5.3 Fahrdienst organisieren für Physio und Arzttermine.*
*5.4 Racka – Gassirunde: Amelie!*

Sie lehnte sich zurück und las die Stichpunkte noch einmal durch. Es waren eine Menge Dinge, für die sie eine Lösung finden musste, und das möglichst schnell. Punkt eins und zwei konnte sie in den nächsten Tagen hoffentlich bewältigen. Die anderen Aufgaben bereiteten ihr mehr Kopfzerbrechen, und die Zeit rann ihr durch die Finger.

Die Hausarbeit, das Kind und den Hund versorgen, dann noch der Gemüsegarten, dazu die Besuche im Krankenhaus und die Sorge um ihre Schwester, all das kostete so viel Zeit und Energie, dass sie kaum zur Ruhe kam, um über irgendetwas nachzudenken.

Vielleicht würde es etwas Druck herausnehmen, wenn sie ihre Abwesenheit bei Gericht um zwei Wochen verlängerte. Es war ein familiärer Notfall, das würden die Kollegen hoffentlich verstehen. Und sie hatte Amelie versprochen, dass sie bei ihr bleiben würde, bis es Sabine besser ging.

Sie griff zum Smartphone und suchte die Nummer von Winfried Völkle, dem Direktor des Ulmer Amtsgerichts, heraus, erreichte aber nur seinen Anrufbeantworter. Sie hinterließ eine Nachricht, dass sie dringend mit ihm sprechen müsse, und bat um Rückruf.

Ihr Blick fiel wieder auf die Liste. Den letzten Punkt sollte sie sofort in Angriff nehmen. In der Zeit, in der Leonie inzwischen in Gütlingen war, hatte Amelie nicht ein einziges Mal eine Gassirunde mit Racka gedreht, geschweige denn den Hund gefüttert.

Sie stand auf und ging in den Flur. »Melly?«
In der oberen Etage regte sich nichts.
»Melly!«

Wieder wartete Leonie vergebens.

»Amelie!«

Endlich erklangen Schritte, eine Tür wurde geöffnet.

»Was 'n los?«

»Komm mal bitte runter.«

»Warum?«

»Komm bitte runter zu mir. Es dauert nicht lange.«

Leonie deutete das Murren, das von oben zu hören war, als »Okay« und kehrte in die Küche zurück. Anscheinend durchlief sie gerade die Metamorphose von cooler Lieblingstante zu Super-Nervtante. Egal, Amelie war vierzehn. Alt genug, um ein wenig Verantwortung zu übernehmen.

»Was gibt's denn?« Ihre Nichte ließ sich auf den nächstbesten Stuhl fallen, als hätte sie den ganzen Nachmittag den Garten umgegraben.

»Ich möchte, dass du ab heute mindestens einmal täglich mit Racka rausgehst.«

»Boah, nee«, stöhnte Amelie auf. »Das kommt von Mama, oder?«

»Nein, das kommt von mir. Nach der Schule gehst du ab sofort jeden Tag mit Racka eine Stunde Gassi.«

»Eine Stunde?« Sie klang so entsetzt, als hätte Leonie von ihr verlangt, einen Marathon zu laufen. »Wie soll das denn gehen?«

Leonie hob fragend die Augenbrauen.

»Ey, ich hab Schule, ich hab Hausi, dann soll ich Mama im Krankenhaus besuchen, mittwochs hab ich Tanzen, und irgendwann muss ich ja auch mal chillen. Bin doch keine Maschine.«

»Ein Spaziergang an der frischen Luft ist wesentlich effektiver als dein Chillen am Smartphone. Racka ist dein Hund. Also kümmere dich um ihn!«

»Tu ich doch! Du hast doch verboten, dass er nach oben geht.«

»Kümmern heißt nicht, dass du den Hund zu dir ins Bett holst, während du mit deinen Freundinnen chattest oder Tik-

Tok-Videos oder was weiß ich anschaust. Kümmern heißt Gassi gehen und füttern. Wenn es dir nach der Schule zu stressig ist, kannst du die Tour gern morgens vor der Schule übernehmen. Dann wecke ich dich ab morgen eine halbe Stunde früher.«

Amelie schob bockig das Kinn vor.

»Da brauchst du jetzt gar nicht zu schmollen. Nimm dir die Leine, und auf geht's. Je eher du losläufst, desto eher bist du zurück und kannst wieder chillen.« Leonie lächelte aufmunternd. »Und vergiss die roten Tütchen nicht.«

Mit missmutigem Schnaufen stand das Mädchen auf und ging in den Flur, um sich die Schuhe anzuziehen. »Racka, Gassi«, rief sie unmotiviert.

Der Hund sprang dennoch freudig schwanzwedelnd auf und eilte zu ihr. Leonie folgte ihm in den Flur und sah Amelie streng in die Augen. »Und lass deine schlechte Laune nicht an Racka aus.«

\*\*\*

Max kam mit dem Handtuch um die Hüften aus dem Bad. Das dunkle Haar glänzte feucht. Es war ein anstrengender Tag auf dem Bau gewesen. Zwei Kollegen waren kurzfristig ausgefallen, und er hatte versucht, mit seinem Team die Lücke zu kompensieren.

Er hatte ein gutes Team, alle hatten mitgezogen, und sie hatten ihr geplantes Pensum geschafft. Zum Feierabend hatte er ein Bier und Leberkäsweckle spendiert, nur Paula, die Azubine, hatte eine Apfelschorle bekommen – sie mochte kein Bier.

Am Anfang war er skeptisch gewesen, als der Chef mit dem jungen Mädchen angekommen war. Aber Paula war zäh, und wenn es ihr an Kraft fehlte, bewies sie Köpfchen. In den zwei Jahren, die sie inzwischen in der Firma ihre Ausbildung absolvierte, hatte sie sich ihren Platz im Team erarbeitet. Sie würde ihren Weg gehen, da war Max sich sicher.

Er zog Boxershorts an und warf einen Blick in den Kühlschrank. Im Türfach standen neben Milch und Ketchup zwei Flaschen Weizenbier. Er fragte sich, ob Leonie Bier trank. Er konnte es sich nicht vorstellen. Ein schickes Restaurant, ein teures Glas Wein, das passte zu ihr. Aber was wusste er schon von ihr, außer dass sie eine starke Frau war und ihr Lächeln in seinem Bauch Schmetterlinge fliegen ließ?

Er erinnerte sich an den Ausflug in den Weinberg, als sie ausgerutscht und leicht beschwipst in seinen Armen gelandet war. Es hatte ihm gefallen, sie zu halten, ihren schmalen Körper zu berühren, ihren Duft zu riechen.

»Und stopp«, sagte er laut zu sich selbst. Er wollte nicht an sie denken, denn dann würde er sich gleich aufs Fahrrad setzen und zum Hof fahren, unter dem Vorwand, ihr im Garten helfen zu wollen. Allerdings hatte er ihr versprochen, sich um den Birnbaum zu kümmern, fand er sogleich einen Grund, warum er doch zum Hof fahren sollte.

Nein, den Baum konnte er am Wochenende schneiden. Das wäre früh genug. Sabine würde vorerst weder auf eine Leiter noch auf einen Baum klettern, und Leonie ganz gewiss auch nicht.

Sein Smartphone verkündete den Eingang einer Nachricht. John hatte ein Foto geschickt. Er hatte den Grill angeworfen. Max sah an sich herunter und zog den Bauchnabel ein. Für ein Steak war noch Platz.

Eine halbe Stunde später saß er in Johns Garten. Der Regen der letzten Tage hatte sich verzogen. Die Temperaturen waren nicht mehr so hoch wie in der vorangegangenen Woche, aber mit einem Pulli ließ es sich in der Dämmerung gut aushalten.

»Hast du was von Tim gehört?« John hatte eine Schürze umgebunden und stand mit Bierflasche und Grillzange ausgestattet vor dem kleinen Holzkohlegrill.

»Ihm geht's gut. Er hat gesagt, dass ich ihn mal besuchen kommen soll.« Am Abend zuvor hatte Tim ihm Bilder geschickt, und sie hatten kurz telefoniert. Max hatte das Gefühl, dass der Kontakt enger geworden war, seit sein Sohn nach

Kanada aufgebrochen war, was sich irgendwie paradox anfühlte.

»In Toronto?« John wendete das Fleisch.

»Nein, da ist er nicht mehr. Er ist am Wochenende zum Glacier-Nationalpark aufgebrochen und will von dort weiter nach Whitehorse. Er sagt, die Wälder seien ›endgeil‹ und ein Paradies für einen Holzfäller wie mich.«

Der Pfarrer lachte auf. »Das klingt doch gut.«

»Ja.«

»Und? Wann fliegst du?«

»Ich kann jetzt keinen Urlaub nehmen. Wir haben zu viel zu tun.«

»Das heißt, du musst ihn im Winter besuchen. Das könnte da oben ziemlich kalt werden.«

»Wer weiß, wo er bis dahin steckt. Außerdem …« Max verzog bedauernd das Gesicht. »Für ein paar Tage Urlaub so weit zu fliegen ist nicht gerade ökologisch.«

»Es wäre nicht nur Urlaub. Es wäre Zeit, die du mit deinem Sohn verbringst. Wertvolle Zeit.«

Max nickte grübelnd. Auch wenn John und er sich noch nicht so lange kannten, wusste der Pfarrer von seiner unschönen Scheidung, von Nicoles haltlosen Verdächtigungen und Vorwürfen, dem Streit ums Geld und ums Sorgerecht. Eine Zeit, in der Tim ihn gehasst hatte, weil Nicole ihn als chauvinistischen Schürzenjäger hingestellt hatte. Unablässig hatte er darum gekämpft, das Vertrauen seines Sohnes wiederzuerlangen.

Könnte die gemeinsame Zeit in Kanada die Lücke schließen, die durch die Jahre seiner Abwesenheit zwischen ihnen entstanden war?

# 10

Winfried Völkle hatte sich noch am Abend ihres Anrufes bei Leonie gemeldet und ihr einen Termin für den Donnerstagnachmittag angeboten. Der Vormittag wäre ihr lieber gewesen, da Amelie dann in der Schule war. Aber ihre Nichte hatte abgewunken. Sie sei kein Kind mehr und komme klar. Sabine sei nach der Schule auch nicht immer da. Leonie hatte vorgekocht, sodass Amelie ihr Essen nur aufwärmen musste, wenn sie nach Hause kam. Auf den Küchentisch hatte sie einen Zettel gelegt mit der Erinnerung, dass Amelie mit Racka rausgehen und ihn abends füttern solle, wenn sie bis dahin nicht zurück wäre. Sie wusste nicht, wie lange das Gespräch mit dem Direktor des Amtsgerichts dauern würde, und es war zu vermuten, dass sie auf der Rückfahrt in den Feierabendverkehr kommen würde.

Nachdem sie fast zwei Wochen in ihrem »Dorf-Look«, wie sie ihn für sich nannte, herumgelaufen war, fühlte es sich wie eine Verwandlung an, als sie den knielangen Stiftrock und die hellblaue Bluse anzog. Die Haare waren ordentlich frisiert, die Ballerinas geputzt. Sie trug selten Absatzschuhe, da sie mit ihren eins achtundsiebzig ohnehin eine große Frau war und es manchen Männern nicht gefiel, wenn sie zu einer Frau aufschauen mussten.

Leonie war niemand, der um den heißen Brei herumredete, und Völkle hörte sich ihr Anliegen an, ohne sie zu unterbrechen. Die jahrelange Erfahrung hatte den Zweiundsechzigjährigen Geduld gelehrt. Vielleicht war er aber schon immer ein guter Zuhörer gewesen. Eine Eigenschaft, die als Richter nicht von Nachteil war.

Er blieb eine Weile still, nachdem sie geendet hatte, saß auf seinem Stuhl, die Handflächen wie beim Namaste im Yoga vor dem Herzen aneinandergelegt, und starrte stumm vor sich hin. Dieses Schweigen machte Leonie nervös.

Mit einem Blinzeln brachte er sich zurück an seinen Schreibtisch. »Wann wird Ihre Schwester so weit sein, dass sie wieder allein zurechtkommt?«

Leonie hob die Schultern. »Das ist schwer zu sagen. Vielleicht Mitte, Ende November.«

»Da reichen zwei Wochen nicht aus.«

»Ich hoffe, dass ich bis dahin eine andere Lösung für Amelie gefunden habe.«

Völkle atmete grübelnd aus und verfiel erneut in Schweigen.

»Sind zwei Wochen ein Problem?«, fragte Leonie irritiert.

Er schüttelte den Kopf und beugte sich ein Stück zu ihr vor. »Frau Reiter, manchmal gibt es Situationen im Leben, die viel von uns fordern. Und manchmal machen wir uns bei der Bewältigung so einer Situation das Leben selbst schwerer, als es nötig wäre. Warum wollen Sie sich das Leben so schwer machen?«

»Ich verstehe nicht … Wie meinen Sie das?«

Er holte Luft, lehnte sich wieder zurück und atmete tief aus. »Meine Frau ist vor zehn Jahren an Brustkrebs erkrankt.«

»Das tut mir leid.« Worauf wollte er denn jetzt hinaus?

»Sie ist genesen, aber damals brauchte sie mich. Ich habe mir gedacht: Okay, ich schaufle mir die Tage frei, an denen sie zur Chemo muss, das wird schon irgendwie gehen.« Er atmete erneut hörbar aus. »Es ging nicht. Ich war nicht hier, ich war nicht bei ihr. Ich war irgendwie nie da, wo ich gebraucht wurde, und habe mich selbst aufgerieben. Ich war mit mir selbst unzufrieden. Meiner Frau ging es schlecht. Sie brauchte mich nicht als Chauffeur, sie brauchte mich, wenn sie keine Kraft mehr hatte.«

Leonie schluckte trocken. Die Offenheit, mit der Völkle über diese sehr persönliche Phase seines Lebens sprach, berührte sie.

»Und da habe ich einen Entschluss gefasst. Wir wussten nicht, ob sie es schaffen würde. Auch wenn die Ärzte zuversichtlich waren, blieb doch immer die Angst, dass sie sich irrten. Also habe ich mich beurlauben lassen, damit ich ihr beistehen konnte. Und ich bin sehr froh, dass ich das getan habe.«

»Aber meine Situation ist eine andere. Es steht außer Frage, dass Sabine wieder gesund wird.«

»Es geht aber auch darum, dass es Ihnen in dieser Zeit gut geht. Sie helfen Ihrer Schwester nicht, wenn Sie sich zwischen Arbeit und Fürsorge zerreißen. Ich kenne Ihre finanzielle Situation natürlich nicht, aber so, wie ich Sie einschätze, denke ich, könnten Sie sich eine zweimonatige Auszeit leisten.«

Der Vorschlag des Amtsgerichtsdirektors überraschte sie. Zwei Monate! Finanziell wäre das kein Problem. Aber wie würde sich das auf ihre Vita auswirken? Könnte sie damit ihre Ambitionen, jemals Vorsitzende Richterin an einem Landgericht zu werden, nicht vollständig begraben?

»Es sind die Menschen, die wir lieben, die unser Leben lebenswert machen.« Er lächelte wissend. »Schlafen Sie eine Nacht drüber, und dann teilen Sie mir morgen Ihre Entscheidung mit.«

Leonie war nach dem Gespräch mit Völkle in ihre Wohnung gefahren. Sie hatte ihren Helsinki-Koffer aus- und ein paar herbstliche Kleidungsstücke eingepackt, die Post durchgesehen, die ausschließlich aus Werbung bestanden hatte, und die Orchideen und die Zimmerpalme versorgt.

Ihre Gedanken kreisten um Völkles Vorschlag. »Es sind die Menschen, die wir lieben, die unser Leben lebenswert machen.« Aber Zufriedenheit im Job war auch nicht zu unterschätzen. Sie hatte doch Ambitionen!

Zwei Monate Auszeit, das war lang. Konnte sie sich das beruflich wirklich leisten? Sie musste mit jemandem sprechen. Kurz entschlossen rief sie Jochen an. Sie hatte Glück, er hatte Zeit, und sie verabredeten sich auf einen Kaffee im »Ulmer Münz« im Fischerviertel.

Er war bereits da, als sie wenig später das Café betrat. Das alte Gemäuer aus dem 16. Jahrhundert war einst die Münzstätte der ehemaligen Reichsstadt gewesen. Leonie gefiel das urige Ambiente. Das dunkle Mobiliar strahlte Behaglichkeit aus. Die Bilder an der Wand schafften den Schwenk zur Moderne.

Jochen saß an dem Zweiertisch gleich neben der Tür. Leise Jazzpiano-Musik klang aus den Boxen im Hintergrund. Er stand auf, als sie hereinkam, und küsste sie zur Begrüßung auf die Wangen. Der sommerliche Anzug in hellem Beige stand ihm gut, das weiße Hemd betonte seinen gebräunten Teint. Die Krawatte hatte er abgelegt. Er lächelte sie an, und sie freute sich, ihn zu sehen. Ein vertrautes Gesicht, ein Weggefährte.

»Danke, dass du so kurzfristig Zeit für mich hast.«

»Für dich immer.« Er schob ihren Stuhl zurück und setzte sich selbst auf die Bank auf der anderen Seite des Tisches, nachdem sie Platz genommen hatte. »Wir sollten mal wieder zusammen Golf spielen.«

»Das wird nicht so einfach in nächster Zeit.« Ihr Blick schweifte zum Fenster. Bei schönem Wetter konnte man draußen auf dem gepflasterten Platz an der Großen Blau sitzen, mit Blick auf das »Schiefe Haus«.

»Hast du schon wieder so viele Akten auf dem Schreibtisch liegen?«, fragte Jochen anteilnehmend.

Die Bedienung kam an ihren Tisch, und sie gaben ihre Bestellung auf. Zwischen Cappuccino und Apfelkuchen berichtete Leonie ihm vom Gesundheitszustand ihrer Schwester und Völkles Vorschlag.

»Ich weiß nicht«, erwiderte Jochen wenig begeistert, nachdem sie geendet hatte. »Du kannst doch nicht so lange Urlaub machen, bis es deiner Schwester wieder besser geht.«

»Ich mache keinen Urlaub.«

»Aber beruflich bringt diese Auszeit dich nicht weiter.«

Damit hatte Jochen natürlich recht. Unschlüssig schob sie mit der Gabel die Kuchenkrümel auf ihrem Teller zusammen. »Ich kann Sabine nicht im Stich lassen.«

»Das verlangt ja niemand, aber es muss doch eine andere Lösung geben.«

»Ich zermartere mir seit Tagen das Hirn, das kannst du mir glauben.«

»Wie alt ist deine Nichte jetzt? Vierzehn, oder?«

»Ja.«

»Da ist sie doch alt genug, dass sie tagsüber allein klarkommt. Reicht es nicht, wenn du abends da bist?«

»Ich kann nicht jeden Tag von Gütlingen nach Ulm pendeln.«

»Dann arbeite reduziert. Einen Teil kannst du im Homeoffice machen. Aber du solltest wenigstens ab und zu dein Gesicht bei Gericht zeigen.«

Sie seufzte unentschlossen. Sie hatte gewusst, dass er ihr diesen Rat geben würde, und insgeheim gehofft, dass er noch eine andere Lösung aus dem Ärmel zaubern würde, die sie bisher übersehen hatte. Vielleicht sollte sie doch noch mal einen Vorstoß bei ihren Eltern wagen und sie um Unterstützung bitten.

Jochen legte eine Hand auf ihre. »In drei Wochen bin ich mit Meyerring zum Golfen verabredet. Ich hab mir gedacht, ich hol dich dazu. Ein bisschen netzwerken kann nicht schaden, wenn du dich noch mal auf einen Posten beim Landgericht bewerben möchtest. Aber es kommt nicht gut an, wenn du ihm erzählst, dass du gerade eine mehrmonatige Auszeit nimmst.«

Meyerring war Vizepräsident der Zivilkammer beim Ulmer Landgericht. Sie kannte ihn bisher nur flüchtig. Ein gutes Netzwerk war wichtig, wenn man bestrebt war, die Karriereleiter hinaufzuklettern.

»Überleg es dir gut, ja?«

»Ja, natürlich überlege ich es mir gut.«

Ihr blieben zwölf, maximal achtzehn Stunden, sich zu entscheiden.

Die Rückfahrt von Ulm zog sich in die Länge. Der Feierabendverkehr verstopfte die Straßen. Bereits auf dem Zubringer von Ulm zur Autobahn verursachte ein Verkehrsunfall den ersten Stau. Sie rief Amelie an und wurde auf den Anrufbeantworter umgeleitet. Sie hinterließ eine Nachricht, dass sie frühestens um acht in Gütlingen sein würde.

Die lange Autofahrt gab ihr Zeit zum Nachdenken. Sie war hin- und hergerissen. Erst die Absage ihrer Hospitation, jetzt zwei Monate Auszeit, um den Haushalt ihrer Schwester zu schmeißen. War das die richtige Entscheidung? Wenn es nach Jochen ging, war es definitiv die falsche.

Winfried Völkle hatte vielleicht nicht so große Karriere-Ambitionen gehabt, da war es ein Leichtes, so eine Entscheidung zu treffen. Aber sie war ehrgeizig und hatte noch über zwanzig Berufsjahre vor sich. Vielleicht sollte sie mit ihrem Vater sprechen. Doch wozu? Er würde ihr denselben Rat geben wie Jochen.

Aber vielleicht bot ihr die Auszeit auch die Chance, in Ruhe ihr eigenes Leben zu überdenken. War sie glücklich damit, so wie es war? Oder meinte sie nur, die Arbeit als Richterin sei ihre vollkommene Erfüllung, weil sie nichts anderes kannte?

Wieso tauchte diese Frage mit einem Mal auf? Sie hatte ihr Leben bisher nie in Frage gestellt. Gut, die letzten zwei Wochen waren ungewohnt gewesen – insbesondere die Verantwortung für Amelie war eine völlig neue Erfahrung und überforderte sie zuweilen. Aber es gefiel ihr, mit Menschen zu tun zu haben, die nicht aus ihrem gewohnten Umfeld kamen. Sie mochte Tilda und die anderen Frauen aus dem Lesekreis, die bereit waren, ihre Freizeit für Sabines Café zu opfern, um ihr zu helfen.

Die Gartenarbeit war anstrengend, aber es war nicht so, dass sie ihr überhaupt keinen Spaß machte. Was allerdings vielleicht auch an der Gesellschaft lag, die sie hin und wieder dabei gehabt hatte.

Sie mochte Max. Sein Lächeln war sexy. Sie seufzte wehmütig bei dem Gedanken. Nicht nur sein Lächeln war sexy. Aber das würde sie für sich behalten. Sie wollte die Beziehung zwischen Sabine und Max nicht dadurch gefährden, dass sie sich auf einen Flirt mit ihm einließ.

Sie parkte das Auto neben dem Haus und ging hinein. Kein

Hund sprang ihr entgegen. Vielleicht hatte Amelie freiwillig schon die abendliche Gassirunde übernommen, um sie zu entlasten, dachte sie angenehm überrascht. Hatten ihre Versuche, das Mädchen mehr in die Pflicht zu nehmen, so schnell gefruchtet?

Der Blick in die Küche trübte ihren Optimismus. Der Topf mit angebranntem Reis stand auf dem Herd. Reste des Gemüsecurrys waren in der Pfanne. Der benutzte Teller lag auf dem Küchentisch, ein Löffel auf dem Boden.

Leonie wollte gerade anfangen aufzuräumen, als sie die offene Terrassentür bemerkte. Sie ging hinaus. »Melly? Racka?«

Weder Nichte noch Hund waren zu sehen. Sie lief um das Haus herum und rief erneut. Keine Reaktion. Amelies Fahrrad lehnte nicht in dem Unterstand neben dem Haus. Dann war sie wohl mit Racka unterwegs und hatte vergessen, die Terrassentür zu schließen. Leonie schluckte ihren Ärger hinunter und kehrte in die Küche zurück, um das Schlachtfeld zu beseitigen. Während sie Wasser in den Topf mit dem angebrannten Reis laufen ließ, entschied sie sich um.

Dieser Saustall war eine Frechheit. Sie war doch nicht Amelies Dienstmädchen. Das Kind war alt genug, sein Geschirr selbst in die Spülmaschine zu räumen. Leonie ging in den Flur und schleppte ihren Koffer die Treppe hinauf ins Gästezimmer. Sie wechselte Stiftrock und Businessbluse gegen Schlupfhose und T-Shirt. Sie ließ sich Zeit beim Auspacken, um nicht in Versuchung zu kommen, doch noch die Küche aufzuräumen, bevor Amelie von der abendlichen Gassirunde zurückkam.

Sie hatte ihre Kleidung verstaut, als sie Rackas Pfoten auf den Fliesen im Erdgeschoss hörte. Mit gestrafften Schultern stieg sie die Treppe hinunter. Der Anblick des Hundes milderte ihre Stimmung nicht.

»Wie siehst du denn aus?«

Rackas Fell war mit Schlamm besudelt, kleine, dornige Zweige und Kletten hingen darin. Er wartete hechelnd vor seinem leeren Fressnapf. Auf den Terrakotta-Fliesen hatte er eine Spur schmutziger Pfotenabdrücke hinterlassen.

»Melly?«, rief Leonie in den leeren Raum.

Wo steckte das Mädchen nur? Hatte Amelie sich heimlich in ihr Zimmer geschlichen? Warum hätte sie das tun sollen? Außerdem hätte sie das gehört. Leonie ging dennoch hinauf, aber das Zimmer war leer. Sie eilte in den Garten. Racka folgte ihr.

»Melly?«

Das Fahrrad war noch nicht wieder zurück an seinem Platz. Leonies Herzschlag beschleunigte sich ein wenig. Warum war der Hund da, aber Amelie nicht? Und warum war Racka so verdreckt?

Sie ging erneut um das Haus herum und über den Hof zum Café, schaute in die alte Scheune, die danebenstand. Sie rief immer wieder nach Amelie, erhielt aber keine Antwort. Ihr Puls befand sich längst in einer ungesunden Höhe.

»Racka, wo ist Melly?«

Der Hund sah nur hechelnd zu ihr auf. Leonie lief zurück ins Haus, nahm ihr Smartphone und wählte Amelies Nummer. Nach kurzem Klingeln schaltete sich die Mailbox ein. Sie probierte es ein zweites Mal. Wieder kam sie nicht durch. Sie schickte eine Nachricht: »Wo bist du?«

Erneut fiel ihr Blick auf den verdreckten Hund. Ihr wurde heiß. War Amelie mit dem Rad gestürzt und lag irgendwo verletzt in einem Straßengraben? Die Angst fuhr ihr so heftig in die Glieder, dass sie kurz erstarrte. Die Dämmerung war bereits fortgeschritten. Sie musste Amelie so schnell wie möglich finden! Aber wo sollte sie anfangen zu suchen?

»Bleib ruhig«, mahnte sie sich. Sie brauchte einen klaren Kopf. Würde Racka sie zu Amelie führen? Was, wenn sie an der falschen Stelle suchte? So gut kannte sie sich in der Umgebung nicht aus. Sie brauchte Unterstützung.

Wer konnte ihr helfen? Wer kannte die Gegend? Max. Mit zitternden Fingern wählte sie seine Nummer. Er nahm nach dem ersten Klingeln ab. Sie atmete erleichtert auf.

»Max? Ich brauche deine Hilfe.«

Die Angst in Leonies Stimme war nicht zu überhören gewesen. Max war sofort ins Auto gesprungen, um zu ihr zu fahren. Über die Freisprechanlage rief er John an und bat ihn, zu Sabines Hof zu kommen.

Leonie öffnete die Haustür, als er aus dem Wagen stieg. Sie hielt Racka am Halsband fest, damit er ihm nicht entgegenstürmte. Der Hund war ziemlich dreckig.

»Racka kam allein nach Hause. Du siehst ja, wie er aussieht. Melly ist vermutlich mit dem Fahrrad unterwegs. Es steht nicht im Schuppen. Ich erreiche sie nicht auf dem Handy«, berichtete sie im Stakkato.

Er sah in ihr angespanntes Gesicht, las die Sorge in ihren Augen. »Wie lang ist sie schon fort?«

»Das weiß ich nicht. Ich war heute Nachmittag in Ulm und bin erst vor gut einer Dreiviertelstunde zurückgekommen.«

Sie bemühte sich, ruhig und sachlich zu sprechen, aber ihre flache Atmung verriet ihre Nervosität. Instinktiv ergriff er ihre Hand, drückte sie sanft, um ihr Zuversicht zu vermitteln. »Vermutlich ist alles ganz harmlos. Hat sie ihr Handy dabei?«

»Im Haus ist es nicht. Aber wie ich schon sagte: Sie reagiert nicht auf meine Anrufe.«

»Wir können versuchen, sie zu orten.«

»Und wie?«

»Bine hat eine App auf ihrem Handy.«

Leonie riss entsetzt die Augen auf. »Bine darf nichts davon erfahren, solange wir nicht wissen, was los ist. Sie bringt es fertig und entlässt sich selbst aus der Klinik, um Melly zu suchen.«

»Bine kann nicht mal allein aufstehen«, erinnerte er sie an den Zustand ihrer Schwester. Aber wahrscheinlich hatte sie recht, Sabine würde durchdrehen vor Sorge. »Melly ist nicht dafür bekannt, dass sie riesige Runden mit Racka dreht. Das schränkt den Radius ein, in dem wir suchen müssen.«

»In einer halben Stunde ist es stockfinster.«

Er kniete sich vor Racka. »Sein Fell ist nass, das heißt, er war irgendwo, wo Wasser ist. Er könnte an der Ammer oder am Käsbach gewesen sein.« Aber zur Ammer hätte er die Bundesstraße überqueren müssen, überlegte Max. Also eher der schmalere Käsbach, der war nicht allzu weit entfernt. Er richtete sich wieder auf. »Da haben wir doch schon eine Richtung, in der wir starten können.«

Hinter ihm quietschten die Bremsen von Johns E-Bike. Max setzte ihn ins Bild.

»Ich gehe mit Racka über die Feldwege, du fährst mit dem Rad die Landwirtschaftswege ab«, koordinierte Max.

»Ich komme mit«, erklärte Leonie energisch.

»Nein, du bleibst hier. Falls Melly auftaucht, sollte jemand da sein und uns informieren. Ich brauche Rackas Leine.«

Sie verschwand im Haus und kehrte kurz darauf mit der Hundeleine zurück. Er nahm sie entgegen, drückte noch einmal ihre Hand und lächelte sie zuversichtlich an. »Wir finden sie.«

Leonie tigerte unruhig durchs Haus. Immer wieder ging sie nach draußen und hielt Ausschau nach Amelie. Aber weit und breit war nichts von ihrer Nichte zu sehen. War Amelie mit dem Fahrrad gestürzt und hatte sich so schwer verletzt, dass sie nicht einmal einen Notruf absetzen konnte?

Oder war sie womöglich überfallen worden? Aber dann hätte Racka sie doch verteidigt, oder? Und wenn es mehrere Täter gewesen waren?

Bei den Bildern, die sich vor Leonies innerem Auge abspielten, wurde ihr schlecht vor Sorge. Was sollte sie nur tun? Die Polizei informieren? Der Polizeiposten im Nachbarort war nur tagsüber besetzt. Rottenburg? Tübingen? Welche Dienststelle war zuständig? Sie setzte sich an den Küchentisch und versuchte, gleichmäßig zu atmen. Sie durfte nicht in Panik verfallen. Aber wenn Amelie etwas zugestoßen war, würde sie sich das nie verzeihen.

Ihr Blick glitt unruhig durch den Raum, in der Hoffnung, einen Hinweis zu entdecken, wo Amelie sein könnte. Sie stand auf, trat in den Flur und sah zur Garderobe. Ein Gedanke oder eher ein Gefühl durchzuckte sie. Irgendetwas stimmte nicht. Eine Ungereimtheit, die sie zuvor nicht bemerkt hatte.

Sie ging zurück in die Küche, von dort erneut in den Flur. Sie schaute wieder zur Garderobe. Die Leine. Sie hatte die Leine vom Haken genommen und Max gegeben. Warum hatte Amelie die Leine nicht mitgenommen? War sie überhaupt mit dem Hund unterwegs gewesen?

Was, wenn sie gar nicht mit Racka Gassi gegangen war? Konnte es sein, dass sie mit dem Fahrrad zu einer Freundin gefahren war und vergessen hatte, die Terrassentür zu schließen? Aber warum ging sie dann nicht ans Telefon?

Wie hießen Amelies Freundinnen? Ihr fiel nur Nele ein. Die Nummer von Neles Eltern hatte Leonie am vergangenen Freitag von Pfarrer John bekommen, als sie wegen Bines Unfall mit ihm telefoniert hatte. Sie scrollte durch ihre Anrufliste und hatte wenig später Neles Mutter am Apparat.

»Bitte entschuldigen Sie die späte Störung.« Leonie versuchte, nicht allzu besorgt zu klingen. Sie wollte Neles Eltern nicht auch noch in Angst und Schrecken versetzen. »Ich versuche, Amelie zu erreichen. Ist sie zufällig mit Nele unterwegs?«

»Nein, wir haben Melly heute gar nicht gesehen. Nele ist schon im Bett, aber ich kann sie fragen, ob sie weiß, wo Melly ist. Warten Sie einen Moment.«

Leonie hörte, wie Neles Mutter an eine Tür klopfte und ihre Tochter fragte.

»Melly hat gesagt, sie müsse nach der Schule direkt nach Hause«, erfuhr Leonie kurz darauf.

»Sie war auch hier, aber jetzt …« Leonie wusste nicht weiter.

»Vielleicht ist sie bei Jenny. Haben Sie die Nummer?«

»Nein.«

»Einen Moment, ich suche sie Ihnen raus.«

Während Neles Mutter ihr die Handynummer von Jenny diktierte, sah Leonie einen Lichtkegel auf den Hof zukommen. Kam der Pfarrer zurück? Hatte er Amelie gefunden? Kurz darauf schaltete sich der Bewegungsmelder ein. Es war nicht

Pfarrer John. Amelie fuhr mit dem Rad am Haus vorbei zum Fahrradschuppen.

»Entschuldigen Sie«, unterbrach Leonie Neles Mutter. »Amelie kommt gerade nach Hause.«

»Ach, da bin ich froh«, erklang es erleichtert vom anderen Ende der Leitung.

»Es tut mir leid, ich wollte Sie nicht beunruhigen. Vielen Dank für Ihre Hilfe.« Leonie beendete das Gespräch eilig und öffnete die Tür.

Amelie hatte ihr Fahrrad in den Unterstand gestellt und schlenderte entspannt zum Hauseingang.

»Wo warst du?«, rief Leonie ihr entgegen.

Amelie sah überrascht auf. »Bei Nele.«

Leonies Körper versteifte sich. Sie hatte sich solche Sorgen gemacht, die schlimmsten Szenarien waren in ihrem Kopf herumgespukt, und das Mädchen spazierte herein, als wäre nichts gewesen, und log ihr frech ins Gesicht.

»Du warst nicht bei Nele. Da habe ich gerade angerufen.«

Amelies Miene verfinsterte sich. »Spionierst du mir nach?«

»Wo warst du?«

Das Mädchen hob trotzig die Schultern. »Unterwegs.«

»Und warum bist du nicht ans Telefon gegangen, als ich angerufen habe?«

»Hab's nicht mitgekriegt.«

Den ganzen Tag hing Amelie an diesem verfluchten Apparat, und dann, wenn es einmal darauf ankam, wollte sie den Anruf nicht bemerkt haben? In Leonie brodelte es. Sie biss die Zähne zusammen. Sie musste Max und Pfarrer John informieren, damit die beiden ihre Suche in der Dunkelheit nicht sinnlos fortsetzten.

»Du gehst bitte in die Küche und räumst das Chaos auf, das du hinterlassen hast«, presste sie mühsam beherrscht hervor.

Amelie stöhnte genervt auf.

»Sofort.« Ihr Ton duldete keinen Widerspruch.

Während Amelie unter Protestschnaufen in die Küche schlurfte, rief Leonie Pfarrer John und Max an.

»Kann ich dich irgendwo abholen?«, bot sie Max an. Der Pfarrer hatte sich mit seinem Fahrrad direkt auf den Heimweg gemacht.

»Nicht nötig. Kümmere du dich um Melly. In einer halben Stunde sind Racka und ich bei euch.«

Leonie ging in die Küche. Amelie hatte das Geschirr in die Spülmaschine geräumt und sah ratlos auf den Topf, in dem Leonie das angebrannte Essen eingeweicht hatte.

»Du hast vergessen, die Terrassentür zu schließen.«

»Sorry.«

»Ist das alles?« Leonie stieß verärgert die Luft aus. »Hier hätte jeder rein- und rausspazieren können, wie er lustig ist.«

»Ja und? Hier gibt's doch eh nix zu klauen.«

»Racka ist abgehauen.«

Amelies Kopf schnellte von der Spüle zum Hundekorb.

»Fuck!« Sie wollte aus dem Zimmer stürmen.

»Hiergeblieben!«, entfuhr es Leonie mit einer Schärfe, die sie selbst erschreckte.

»Wir müssen Racka suchen!«

»Racka ist mit Max unterwegs. Die beiden suchen dich.«

»Wieso das denn?«

»Herrgott, du kapierst es nicht, oder?«, schrie Leonie das Mädchen an. Die Wut musste raus. »Ich komme nach Hause, finde dieses Schlachtfeld vor, die Tür steht sperrangelweit offen, irgendwann taucht Racka völlig verdreckt auf – ohne dich. Ich erreiche dich nicht am Telefon. Weißt du eigentlich, was ich mir für Sorgen gemacht habe? Ich dachte, du liegst irgendwo schwer verletzt in einem Straßengraben.«

»Ey, ist ja gut«, schnaubte Amelie genervt. »Ist doch nix passiert.«

Leonie spürte den Drang in sich, dieses Kind zu schütteln, bis es zu Verstand kam. Sie wandte den Blick ab und atmete tief durch, um sich wieder zu beruhigen. »Wo ist dein Handy?«

»Hier.« Amelie holte es aus der Hosentasche.

»Leg es bitte auf den Tisch.«

»Hä?« Sie zog verständnislos die Nase kraus, tat aber, was Leonie verlangt hatte.

Leonie nahm den Apparat an sich. »Und jetzt gehst du bitte nach oben und machst dich bettfertig.«

»Ey, und mein Handy?«

»Das behalte ich.«

»Das ist mein Handy!«, schrie Amelie empört.

»Das ist konfisziert.«

»Ey, Mann, ich brauch das!«

»Du kriegst es morgen zurück.«

»Nee, ich will es jetzt!«

»Wozu?«

»Ich will Mama schreiben.«

Dass deine Tante doof ist, lag Leonie auf der Zunge. »Ich gebe Bine Bescheid, dass ich dein Handy habe. Du kannst ihr morgen wieder schreiben.«

Amelie traten vor Zorn Tränen in die Augen. »Du bist so scheiße!«

»Sag mal, geht's noch? Wie sprichst du denn mit mir?«

Amelie schaute trotzig zu Boden. »'tschuldige.« Es klang nicht so, als ob sie ihre Entgleisung tatsächlich bedauerte. Sie sah wieder zu ihr. »Krieg ich jetzt mein Handy wieder?«

»Nein.« Leonie deutete ausladend zur Tür. »Gute Nacht.«

Das Mädchen stampfte wütend die Treppe hinauf.

Leonie sank zermürbt in sich zusammen. Sie hatte das Gefühl, auf ganzer Linie versagt zu haben. Und es war ihr unendlich peinlich, dass sie auch noch Max und den Pfarrer in diese Situation hineingezogen hatte. Wie schaffte Sabine das nur?

Der Fußmarsch war weiter gewesen, als Max geschätzt hatte. Es war fast zehn, als er an Sabines Hof ankam. Leonie öffnete, bevor er geklingelt hatte.

»Ich hätte euch doch irgendwo einsammeln sollen«, begrüßte sie ihn zerknirscht. Ihr Gesicht war noch immer gezeichnet von den Sorgen, die sie sich gemacht hatte. Die letzten Stunden mussten sie einige Nerven gekostet haben.

»Alles gut. Ich glaube, Racka hat Hunger.« Er reichte ihr die Hundeleine.

Sie blickte mit skeptischer Miene auf das immer noch völlig verdreckte Tier, das ihr zufrieden über die abendliche Abwechslung entgegenhechelte. »Ich weiß gar nicht, wie ich den Hund je wieder sauber kriege.«

»Erst bürsten, dann Gartenschlauch.«

Sie riss die Augen auf. »Gartenschlauch? Das ist doch viel zu kalt.«

»Ach was, das kann der Kerl ab.« Er musterte sie abwägend. Wie oft hatte sie schon einen ausgewachsenen Labrador abgeduscht? »Ich glaube, wir machen das lieber zusammen, sonst bist du nachher nasser als der Hund.«

Damit lockte er endlich den Ansatz eines Lächelns auf ihre Lippen.

»Ich gehe mit ihm außen herum. Wir treffen uns auf der Terrasse.«

Sie erwartete ihn auf der Rückseite des Hauses, ausgestattet mit Bürste, Hundeshampoo und zwei alten Handtüchern.

»Soll ich nicht lieber einen Eimer warmes Wasser holen?«

»Maximal lauwarm. Er ist ein Labrador, er liebt kaltes Wasser.«

Während sie sich um das Wasser kümmerte, begann er, mit kräftigen Strichen Rackas Fell zu bürsten. Der Hund legte sich sogleich vor ihn auf den Rücken und streckte genießerisch alle viere von sich. »Das gefällt dir, was?«

Mit der Bürste entfernte er Zweige, Kletten und den gröbsten Dreck, dann bat er Leonie, Racka am Halsband zu halten, während er mit einem Schwamm die Feinwäsche durchführte. Max hatte den Hund eingeschäumt, als der sich unwillig schüttelte. Wasser war okay, aber Shampoo gefiel ihm nicht. Die Schaumflocken flogen durch die Luft, landeten auf seiner Kleidung und in seinen Haaren.

Leonie kicherte. »Wie war das? ›Sonst bist du nachher nasser als der Hund‹?«

»Vorsicht!« Er hob spielerisch drohend den Zeigefinger.

»Oder ich hol doch noch den Gartenschlauch. Aber nicht für den Hund.«

»Wage es nicht.«

Sie grinsten sich an. Es tat so gut, zu sehen, dass sie sich endlich etwas entspannte. Ein paar Schaumflocken waren auf ihren Haaren gelandet. Er strich sie mit dem Finger weg. »Hast du ein Glück, dass ich so ein gutherziger Mann bin.«

»Das ist wohl war.« Ihre Antwort klang schon wieder viel zu ernst, das Lächeln war verschwunden. »Es tut mir leid, dass ich dir den Abend versaut habe.«

»Das hast du nicht. Ich bin froh, dass du dich gemeldet hast.«

»Vielleicht habe ich etwas überreagiert. Ich wusste einfach nicht …« Sie verstummte ratlos.

»Es ist okay. Und mir ist es lieber, dass sich das Ganze so geklärt hat, als wenn Melly tatsächlich etwas passiert wäre.«

»Daran darf ich gar nicht denken«, stöhnte sie auf. »Ich verstehe nicht, wie sie so gedankenlos sein konnte.«

»Sie ist ein Teenager. Ihr Hirn wird gerade neu verdrahtet, da funktioniert das Denken nicht.«

Leonie gab ein missgestimmtes »Hm« von sich.

»Das geht vorüber. Ich weiß noch, als Tim so alt war wie Amelie, haben wir uns ständig gestritten. Aber irgendwann ist das vorüber, und dann kann man wieder normal mit ihnen reden.«

»Mir wäre es ganz recht, wenn dieses Irgendwann jetzt wäre.«

Er lachte anteilnehmend auf. Was hatte sein Sohn ihm nicht alles an den Kopf geworfen. Der schlimmste Moment war gewesen, als ein »Ich hasse dich!« über seine Lippen gekommen war. Und kaum sieben Jahre später war der Junge mehr oder weniger erwachsen, tingelte allein durch Kanada und lud ihn ein, ihn dort zu besuchen.

Allein der Gedanke an Tims Angebot setzte eine Menge Endorphine in ihm frei. Obwohl Tim zu Max' Bedauern unter dem jahrelangen Rosenkrieg seiner Eltern gelitten hatte, war es ihm anscheinend gelungen, das Vertrauen seines Sohnes nicht zu verspielen.

Er beobachtete, wie Leonie Racka gedankenverloren hinter den Ohren kraulte. Es tat ihm leid, sie so ratlos zu sehen. Weil seine Hände nass waren, stupste er sie aufmunternd mit dem Ellenbogen an. »Erinnere dich an deine Jugend. Du hast doch bestimmt auch einiges verbockt, was deine Eltern nicht verstanden haben.«

Sie zog grübelnd die Stirn in Falten.

»Nein, so war ich nicht«, erklärte sie schließlich und fügte mit einem schwachen Grinsen an. »Das war eher Bines Part.«

Die brave Leonie. Er musterte sie aus den Augenwinkeln. Sie wirkte auf ihn immer sehr beherrscht, aber er war sich sicher, dass hinter ihrer strengen Fassade jemand steckte, mit dem man viel Spaß haben konnte. Und sie war fürsorglich und verlässlich, das gefiel ihm. Ohne zu zögern, hatte sie ihre Fortbildung in Helsinki abgesagt, um für ihre Schwester und deren Tochter da zu sein.

»Wie geht es jetzt eigentlich weiter?«, fragte er. »Du musst doch sicher bald wieder arbeiten, und Bine …«

»Das ist eine gute Frage.« Sie seufzte unschlüssig. »Ich denke darüber nach, mich für eine Weile beurlauben zu lassen.«

»Im Ernst?« Er hatte Mühe, die in ihm aufkeimende Freude in seiner Stimme zu unterdrücken. Wenn sie sich beurlauben ließe, konnte das nur bedeuten, dass sie länger in Gütlingen bleiben würde. Dann könnte er sie weiterhin sehen.

»Der Vorfall heute hat mir deutlich gezeigt, dass Melly weit davon entfernt ist, dass man sie sich selbst überlassen kann.«

»Das finde ich großartig«, erklärte er. »Also, ich meine, es ist sehr großherzig von dir, Bine so zu unterstützen.« Großherzig? Im Ernst? Was redete er da schon wieder? Er griff nach dem Handtuch und begann, den Hund trocken zu rubbeln. »Diesen frechen Zottel sollte man auch lieber nicht allein lassen.«

»Muss ich ihn noch föhnen?«

»Nein. Der Rest trocknet von allein.«

Sie lotste den Hund ins Haus auf seine Decke. Nachdem sie ihm ein paar Leckerlis gegeben hatte, rollte Racka sich zufrieden schnaufend zusammen. Für ihn war es vermutlich ein wunderbarer Tag gewesen.

Leonie begleitete Max zur Tür.

»Wie kann ich das alles wiedergutmachen?«

Im matten Schein der Außenbeleuchtung sah er ihre zerknirschte Miene, die müden Augen und ihren verführerischen Mund. Ein Kuss wäre schön, dachte er. Wie es sich wohl anfühlte, sie in die Arme zu schließen? Ihren Körper ganz nah an seinem zu spüren? Ihre Haut zu riechen, sie zu berühren …?

Er räusperte sich eilig und hoffte, dass sein Begehren nicht zu deutlich in seinen Augen zu lesen war. »Ich könnte Hilfe bei der Apfelernte und beim Saftmachen gebrauchen. Bine fällt ja leider aus.«

»Ist das kompliziert?«

»Einen Apfel aufzuheben und in einen Sack zu stecken?« Er musterte sie abschätzend. »Ich denke, das kriegst du hin.«

Ihr Schmunzeln erzeugte in ihm sogleich wieder ein wunderbar nervöses Kribbeln. Zu seinem Bedauern verschwand das Lächeln ebenso schnell wieder.

»Okay. Wann?«

»Am ersten Oktoberwochenende. Am Freitag sammeln wir Äpfel, am Samstag machen wir Saft.«

»Und wo muss ich hinkommen?«

»Ich hol dich ab. Mach für den Freitag nicht zu viele andere Pläne. Wir werden einige Stunden brauchen. Um zehn Uhr geht's los.«

Sie hob überrascht die Augenbrauen. »So viele Äpfel?«

»Ein paar Säcke werden es schon werden.«

»Okay.« Sie sah ihn unsicher an. »Ich wäre froh, wenn Bine nichts von diesem Vorfall erfahren würde. Denkst du, das könnte unter uns bleiben?«

Er nickte verstehend. »Ich geb's an John weiter.«

»Danke.« Sie lächelte matt. »Danke für alles.«

»Gern.« Durfte er sie zum Abschied in den Arm nehmen?

Nur kurz? So wie er sich normalerweise von Sabine verabschiedete? Er wagte es nicht. »Gute Nacht.«

»Gute Nacht, Max.«

Er spürte ihren Blick in seinem Rücken, als er zu seinem Wagen ging, und wandte sich noch einmal um, bevor er einstieg. Er hob grüßend die Hand. Spätestens bei der Apfelernte würde er sie wiedersehen. Vielleicht, hoffentlich, nein, ganz bestimmt schon früher.

## 11

Leonie drückte die Aus-Taste ihres Weckers. Sie hatte nur wenige Stunden geschlafen. Die halbe Nacht hatte sie darüber gegrübelt, wie sie anders hätte reagieren können. Dass die Situation dermaßen eskaliert war und sie die Beherrschung gegenüber Amelie verloren hatte, nagte an ihr. So etwas durfte nicht noch einmal passieren.

Sie war unendlich dankbar gewesen, dass Max sofort zur Stelle gewesen war. Allein wäre sie vermutlich vor Sorge durchgedreht. Seine Worte und sein kurzer Händedruck hatten ihr Halt gegeben. Sie hätte ihn am liebsten nicht mehr losgelassen. Es hatte ihr geholfen, dass er nach der Suche noch eine Weile bei ihr geblieben war. Seine Anwesenheit hatte ihre strapazierten Nerven wieder beruhigt.

Das lockere Geplänkel, als sie Racka gewaschen hatten – nun, wenn sie ehrlich war, hatte sie den Hund lediglich festgehalten –, hatte ihr gutgetan, und es hatte ihr gefallen, wie routiniert Max mit Racka umgegangen war. Und wie er sie aufmunternd angelächelt hatte. Sie mochte ihn mehr, als gut für sie war. Sie musste auf ihr Herz aufpassen. Solche Komplikationen konnte sie nicht auch noch gebrauchen.

Sie schlüpfte in Jeans und Sweatshirt und drehte ihre Runde mit Racka. Die morgendlichen Spaziergänge waren ein idealer Einstieg in den Tag. Sie konnte ihre Gedanken sortieren und die vor ihr liegenden Stunden planen.

Durch das Chaos mit Amelie hatte sie nicht die Ruhe gehabt, ihre Entscheidung zu treffen. Aber sie musste Winfried Völkle heute mitteilen, ob und wie lange sie eine Auszeit nehmen wollte. Er hatte Verständnis für ihre Situation gezeigt, aber er musste wissen, ob er in den nächsten Monaten mit ihr rechnen konnte.

Zwei Monate Beurlaubung. Es war verlockend. Raus aus dem Trott und sich neu sortieren. Sofern Amelie ihr dazu Zeit lassen würde. Sie war in einer rebellischen Phase. Sie brauchte ein stabiles Zuhause und jemanden, der sich zuverlässig um sie kümmerte und dafür sorgte, dass sie nicht ganz außer Rand und Band geriet.

Wie hatte Sabine es in all den Jahren nur geschafft, diese Verantwortung ganz allein zu tragen? Das schlechte Gewissen nagte an Leonie. Sie hatte immer nur die schönen Stunden an den wenigen Wochenenden mitgenommen, allenfalls mitfühlend genickt, wenn Sabine von Amelies Eskapaden erzählt hatte, meistens hatten sie gemeinsam darüber gelacht.

War sie zu besorgt? So etwas wie eine Helikoptertante, die immer wissen musste, wo sich ihre Nichte herumtrieb? Sie hatte keine Erfahrung mit pubertierenden Teenagern. Aber ihre Berufserfahrung hatte sie gelehrt, wohin es führen konnte, wenn Kinder zu Hause nicht die nötige Fürsorge bekamen, aus welchem Grund auch immer.

Als sie Max gesagt hatte, dass ihr so ein Verhalten als Jugendliche nie in den Sinn gekommen wäre, hatte sie nicht gelogen. Sie war die zuverlässige Tochter gewesen. Immer darauf bedacht, auf Sabine aufzupassen und zwischen ihr und den Eltern zu vermitteln. Es war ihre unausgesprochene Aufgabe. Damals wie heute.

»Guten Morgen, Leonie.« Tilda stand mit Jack an der Wiese. »Sie sehen heute aber müde aus.«

»Guten Morgen, Tilda.« Leonie ließ Racka von der Leine, damit er mit Jack spielen konnte. »Ich hatte eine kurze Nacht.«

Tilda nickte verständnisvoll, fragte aber nicht weiter nach. Eine Weile beobachteten sie die tobenden Hunde.

»Haben Sie Kinder?«, fragte Leonie.

»Fünf. Drei Buben, zwei Mädchen. Und neun Enkel.«

»Da ist beim Familientreffen Leben in der Bude.«

»Ja, aber es kommt leider selten vor, dass alle zusammen da sind. Zwei Buben sind in der Nähe geblieben, die anderen drei hat es in die Ferne gezogen. Oslo, Singapur und Auckland.«

»Na, da kommen Sie aber gut in der Welt herum, wenn Sie

Ihre Kinder besuchen«, suchte Leonie einen positiven Aspekt in der weit verstreuten Familie.

»Das schon, aber ich bin eigentlich am liebsten hier im Ländle. Und ganz billig ist das Reisen auch nicht.«

Leonie nickte gedankenverloren. Wie selten hatte sie in den vergangenen Jahren Sabine besucht – und sie wohnten nur einhundertzwanzig Kilometer voneinander entfernt. An der Entfernung oder den Reisekosten hatte es sicher nicht gelegen. Es war ihrer eigenen Bequemlichkeit geschuldet gewesen, musste sie sich eingestehen. Und ihrer Arbeit.

Und schon war sie wieder bei ihrem Dilemma. Wie sollte sie sich entscheiden? Wenn sie für Amelie sorgen wollte, konnte sie nicht gleichzeitig in Ulm arbeiten. Oder war das Geschehen am Tag zuvor ein einmaliger Ausrutscher gewesen? Vielleicht musste sie dem Mädchen einfach mehr vertrauen. Andererseits: Wie die Küche ausgesehen hatte! Dazu die offen stehende Terrassentür und Amelies fehlendes Schuldbewusstsein. Sie seufzte schwer.

Tilda sah fragend zu ihr auf. »Ist alles in Ordnung?«

»Ja, es ist nur … es ist alles sehr ungewohnt.«

Die alte Frau lächelte wissend. »Meine Jüngste war in der Pubertät anstrengend. Die vier anderen sind problemlos durch die Zeit gekommen, aber mein Yvonnchen hat mich Nerven gekostet.«

Hatte sich die Suchaktion vom Vorabend im Dorf herumgesprochen? Oder fragten sich die Leute im Ort generell, ob sie mit Amelie klarkam – die zugereiste Single- und Karrierefrau? Na ja, mit der Karriere war es nicht so weit her.

»Behandeln Sie das Mädchen auf Augenhöhe, und üben Sie sich in Geduld. Auf Druck und Strenge reagieren die meisten Kinder in dieser Phase mit Rebellion«, riet Tilda. »Bleiben Sie gerecht. Aber das muss ich Ihnen als Richterin ja nicht sagen.«

Gerecht bleiben, dazu musste sie vor allem die Nerven behalten. Aber die Verantwortung erschien ihr seit gestern riesig.

»Sie kriegen das hin, da bin ich mir sicher«, fuhr Tilda fort. »Sie sind eine kluge Frau.«

Leonie hatte ihre Zweifel, ob Klugheit ausreichte, aber die Zuversicht, die in Tildas Worten mitschwang, gab ihr Mut. Sie war motivierend, ohne fordernd zu sein. Da war ihr Vater anders. Wenn er zu ihr sagte »Du schaffst das«, klang es weniger danach, dass er das Zutrauen zu ihr hatte, dass sie einer Aufgabe gewachsen war, sondern es schwang die Erwartung mit, dass sie ihn nicht enttäuschen sollte.

»Danke, Tilda.« Leonie seufzte aus tiefstem Herzen. »Unsere morgendlichen Gespräche tun mir gut.«

Die blassblauen Augen der Frau strahlten erfreut. »Mir auch.«

Leonie rief Racka zu sich. »Ich muss mein Pubertier jetzt aus den Federn schmeißen, damit es pünktlich in der Schule ist.«

Wenig später saß sie mit einer schlecht gelaunten Amelie am Frühstückstisch. »Krieg ich mein Handy wieder?«

Ein höfliches »Bitte« wäre angebracht gewesen, dachte Leonie bei sich. Sie goss sich Kaffee ein und nahm eine Scheibe Brot aus dem Korb. »Erst einmal sprechen wir über gestern Abend.«

Amelie blickte genervt zur Decke.

Leonie hatte auf dem Weg zum Hof überlegt, wie sie dieses Gespräch mit ihrer Nichte auf Augenhöhe führen konnte. Es schien ihr leichter, in einem Gerichtsverfahren ein Urteil zu fällen und zu verkünden, als Amelie zu erklären, was für Sorgen sie ihr am Tag zuvor mit ihrer kopflosen Aktion bereitet hatte. Allein der Gedanke daran zerrte schon wieder an ihren Nerven. Sie musste sachlich bleiben, so wie sie bei Gericht immer die Ruhe bewahrte, auch wenn sie mit einem uneinsichtigen Angeklagten oder Kläger sprach.

»Es gibt zwei Dinge, die ich nicht leiden kann«, fuhr Leonie fort. »Unzuverlässigkeit und wenn man mir dreist ins Gesicht lügt.«

»Sorry.« Amelies Miene verriet, dass sie sich nicht als Schuldige, sondern als Opfer fühlte.

»Dein ›Sorry‹ kannst du dir sparen, wenn du es nicht so meinst.«

Die Antwort war ein genervtes Murren.

»Wo warst du gestern Abend?«

»Unterwegs.«

»Wo und mit wem?«

»Wozu willst du das wissen? Du kennst die doch eh nicht.«

»Dann bring deine Freunde doch mal mit nach Hause.«

»Ganz sicher nicht.«

»Warum nicht?«

»Weil ich keinen Bock drauf hab, dass meine Richter-Tante die ins Kreuzverhör nimmt.«

Definitiv, sie hatte den Status »Nervtante« erreicht. »Sind das Klassenkameraden, mit denen du unterwegs bist?«

»Auch.«

»Und wer ist sonst noch dabei?«

»Leute halt«, erwiderte Amelie bockig.

»Und wo bist du mit deinen Freunden gewesen?«

»In Tübingen.«

»Wo genau?«

»Neckarinsel. Mann, ey, war's das jetzt? Du bist hier nicht in deinem Scheißgericht.«

Amelies Antworten gefielen Leonie ganz und gar nicht. Sie fragte sich, an welchem Punkt ihre Beziehung zu Amelie gekippt war. Wo hatte sie versagt, dass ihre Nichte sich so störrisch benahm?

»Du kommst heute nach der Schule bitte direkt nach Hause, wir essen zusammen, du gehst mit Racka Gassi, und danach fahren wir zu deiner Mutter.«

»Och nee. Es ist Freitag. Ich will mich mit den anderen treffen.«

»Meine Worte stehen nicht zur Diskussion. Wenn du möchtest, dass das hier mit uns in den nächsten Wochen funktioniert, dann hältst du dich besser daran.«

So viel zum Thema »auf Augenhöhe miteinander kommunizieren«. Das hatte sie ja prima gemeistert. Sobald Amelie auf dem Weg zur Schule wäre, würde sie nach einem Erziehungsratgeber googeln. Sie wollte das Mädchen nicht mit Hilfe von

Drohungen dazu bringen, zu tun, was ihrer Meinung nach richtig war. Diese Machtspiele waren nervenaufreibend und führten nicht zu einer vertrauensvollen Beziehung.

Vielleicht sollte sie Max anrufen und um ein paar Ratschläge bitten. Er hatte diese Phase mit seinem Sohn durchlebt, und diese Zeit war anscheinend auch schwierig gewesen. Bei dem Gedanken an Max stahl sich ein sehnsüchtiges Lächeln auf ihre Lippen, das sie schnell unterdrückte, damit Amelie es nicht falsch interpretierte.

Aber sie verwarf die Idee, ihn um Rat zu fragen, schnell wieder. Es wäre nur ein Vorwand, um seine Stimme zu hören. Es war vernünftiger, erst einmal auf Abstand zu ihm zu gehen. Dieses nervöse Kribbeln in ihrem Bauch sollte besser wieder verschwinden.

※※※

Vierzehn Tage lag der Unfall zurück. Die Fortschritte, die sie seither gemacht hatte, erschienen Sabine minimal. Noch immer konnte sie nicht allein aufstehen. Für alles brauchte sie Hilfe. Sie konnte sich nicht einmal vorbeugen, um sich die Socken anzuziehen. Sabine war frustriert.

Dass sie Amelie seit zwei Tagen nicht gesehen hatte, trug nicht dazu bei, dass sie sich besser fühlte. Mittwochs ging ihre Tochter zum Hip-Hop, und am Donnerstag hatte sie auf Racka aufpassen müssen, weil Leonie einen Termin in Ulm gehabt hatte und der Hund sonst zu lange allein gewesen wäre. Am Abend hatte Amelie nicht mal mehr eine Gute-Nacht-Nachricht geschickt.

Die Erklärung war von Leonie gekommen. Sie hatte ihr geschrieben, dass sie Amelies Smartphone einkassiert hatte. Kleine Erziehungsmaßnahme – Zwinkersmiley. Das war typisch Leonie. Meinte sie, Amelie vor zu viel Smartphone-Konsum schützen zu müssen?

Sabine bekam wenig Besuch, was allerdings daran lag, dass sie die Anfragen von ihren Freundinnen und Freunden meistens ablehnte. Die Besuche strengten sie noch zu sehr an, zudem fühlte sie sich fürchterlich ungepflegt. Wie schön wäre es, sich einfach mal wieder unter eine Dusche stellen zu können, das Wasser über den Körper rieseln zu lassen und anschließend die Haut mit einer wohlriechenden Kräuterlotion zu verwöhnen.

Und wie gern würde sie sich die Haare waschen und sich ordentlich frisieren. Ihre Locken klebten vom vielen Liegen platt gedrückt an ihrem Kopf, da halfen weder Kamm und Bürste noch Haarspray oder Glätteisen. Kurzum, sie fühlte sich nicht nur schrecklich, sie sah auch so aus.

Sehnsüchtig blickte sie zum Fenster. Ein Vogel kreuzte den wolkenlosen türkisfarbenen Himmel. Er war zu weit weg, sodass sie nicht erkennen konnte, was für eine Art es war. Eine Krähe? Eine Dohle? Wann würde sie wieder in ihrem Garten sitzen können?

Ihre Nase kribbelte, als sie versuchte, die aufsteigenden Tränen zu unterdrücken. Sie musste ihre Gedanken ganz schnell in eine andere Richtung lenken, sich irgendetwas Schönes vorstellen. Sie mühte sich, die Schublade ihres Nachttisches zu öffnen, und nahm ein kleines Sprühfläschchen heraus. »Gute Laune«, verkündete das Label.

Sie gab einen Spritzer über ihre Bettdecke, sog das Duftpotpourri aus Orange und Bergamotte ein und sprach stumm ihr selbst erstelltes Mantra: »Ich bin stark und voller Zuversicht. Ich habe Geduld. Ich werde wieder gesund.«

Das stetige stumme Wiederholen dieser Sätze half ihr zumindest einzuschlafen. Sie erwachte, als die Tür geöffnet wurde und Leonie mit Amelie hereinkam.

Amelie stürmte auf sie zu und umarmte sie etwas zu heftig, sodass Sabine kurz schmerzhaft das Gesicht verzog. Aber das war egal. Ihre Melly war da.

»Ich vermisse dich so, Mamilein.«

»Ich dich auch, meine Kleine.« Sie gab Amelie einen Kuss. Schon wieder kündigten sich Tränen an. Sie blinzelte sie eilig mit einem aufgesetzten Lächeln weg. »Erzähl, was hast du in den letzten zwei Tagen alles erlebt?«

Amelie berichtete von der langweiligen Schule, davon, dass sie regelmäßig mit Racka Gassi ging – was für ein verantwortungsvolles Mädchen sie doch geworden war! – und dass ihre Tanzgruppe ein neues Stück einstudierte. Letzteres untermalte sie mit wilden Tanz-Moves.

Leonie hielt sich im Hintergrund. Sie hatte sich nach der Begrüßung auf den Stuhl gesetzt, der an der Wand am Fußende des Bettes stand.

»Wie lange musst du denn noch hierbleiben?«, wollte Amelie wissen.

Sabine lachte unfroh auf. »Noch ein Weilchen. Die haben gestern die Fäden gezogen. Nächste Woche beginnt die Frührehabilitation, und danach kommt noch die Reha.«

Amelie zog einen Flunsch. »Das dauert alles viel zu lang.«

Das fand Sabine auch, aber es war ein schönes Gefühl, zu wissen, dass sie vermisst wurde.

»Du kannst mich jederzeit besuchen, mein Schatz.«

»Das ist nicht das Gleiche.«

Sabine sah zu Leonie. »Wie geht es denn jetzt weiter? Du musst doch am Montag wieder arbeiten.«

»Nein, ich habe mich für die nächsten zwei Monate beurlauben lassen.«

»Du hast was?«, rief Sabine überrascht aus. »Aber das geht doch nicht!«

»Doch, das geht.«

»Aber –«

»Ähm … besprecht ihr beiden das mal in Ruhe unter euch«, bot Amelie gönnerhaft an. »Ich wollte eh noch in die Stadt, die Mädels treffen. Ich komme morgen wieder, ja?« Sie gab ihrer Mutter einen Kuss. »Hab dich lieb.«

»Ich dich auch. Hab viel Spaß.« Sabine lächelte tapfer, obwohl sie gern mehr Zeit mit Amelie verbracht hätte.

»Um zehn bist du zu Hause«, bestimmte Leonie.

»Jawohl.« Amelies lockerer Ton war verflogen, und auch der Blick, den sie ihrer Tante zuwarf, war nicht besonders freundlich.

Sabine beobachtete es stirnrunzelnd. »Alles in Ordnung bei euch?«, erkundigte sie sich, nachdem Amelie gegangen war.

»Sie ist noch sauer wegen des Handys«, winkte Leonie ab. Mit einem Schmunzeln fügte sie hinzu: »Aber die Smartphone-Auszeit war pädagogisch sehr wichtig.«

Sabine zog eine Grimasse. War der Handy-Entzug wirklich der einzige Grund für Amelies kühle Haltung Leonie gegenüber? Andererseits, sie wusste aus eigener Erfahrung, wie stur und nachtragend ihre Tochter sein konnte. »Du hast dich allen Ernstes zwei Monate beurlauben lassen? Geht das denn so einfach?«

»Ich musste einen Antrag stellen, aber arbeitsrechtlich ist das kein Problem.«

»Das ist unbezahlter Urlaub, oder?«

Leonie hob abwehrend die Hand. »Darüber mach dir bitte keine Gedanken. Das kann ich mir leisten. Außerdem ist deine Gefriertruhe voll. Wir werden nicht verhungern.«

»Ach, Leni, ich weiß nicht, wie ich das alles je wiedergutmachen kann.« Erst löste ihre Schwester ihren Dispokredit ab, nun nahm sie auch noch unbezahlten Urlaub. Es war beschämend.

»Indem du dir alle Mühe gibst, wieder gesund zu werden, immer brav deine Übungen machst und mir versprichst, nie wieder auf einen Birnbaum zu klettern.«

»Ich bin schon froh, wenn ich es irgendwann mal wieder ohne Hilfe vom Bett ins Bad schaffe.«

»Das wird. Hab Geduld, meine Süße. Du bist hier in sehr guten Händen. Und wenn irgendetwas nicht läuft, sag Bescheid. Dann lass ich mal die böse große Schwester raushängen.« Leonie mimte einen finsteren Blick.

»Bloß nicht! Ich brauche Harmonie.«

»Okay, dann versuche ich es mit Bestechung.«

»Ausgerechnet du«, lachte Sabine auf.

»Unterschätz mich nicht.« Leonie deutete auf den frischen Blumenstrauß auf ihrem Nachttisch. »War dein Rosenkavalier wieder zu Besuch?«

»Max? Ja, gestern kurz nach der Arbeit.«

»Ich sollte dir auch mal Blumen mitbringen.«

»Nein, lieber Schokolade. Oder, noch besser, deine leckeren Flachswickel.« Allein bei dem Gedanken an das Gebäck lief Sabine das Wasser im Mund zusammen.

»Okay, morgen backe ich welche, dann bekommst du sie frisch aus dem Ofen.«

»Oh ja.« Voller Vorfreude klatschte sie in die Hände, was sie daran erinnerte, dass ihr linkes Handgelenk noch leicht gestaucht war. »Bring ein paar für meine Zimmergenossin mit. Der Kuchen, den sie nachmittags servieren, ist nicht wirklich eine Offenbarung.«

»Das ist hier ja auch kein Sterne-Hotel.«

Sabines Lächeln verschwand. »Papa hat gestern angerufen. Er hat sich im Internet schlaugemacht und nach Spezialkliniken für mich gesucht. Ich habe ihm gesagt, dass ich hierbleiben will, damit Melly mich jederzeit besuchen kann.«

»Und? Bist du auf Verständnis gestoßen?«

»Kennst ihn ja.«

Sie sahen sich wissend in die Augen.

»Es ist seine Art, dir zu zeigen, dass er sich um dich sorgt«, ergriff Leonie Partei für ihn.

»Weiß er schon, dass du dich beurlauben lässt?«

»Ich rufe die Eltern am Wochenende an.«

»Papa wird das nicht gefallen.«

»Das ist mir egal«, erwiderte Leonie ungewohnt grimmig. »Sie hätten herkommen und uns helfen können. Na ja, wir wissen ja, wie voll ihr Terminkalender ist.«

»Du verteidigst die beiden immer.«

»Sie sind nun mal, wie sie sind. Aber wir zwei«, sie nahm Sabines Hand zwischen ihre Hände, »wir halten zusammen.«

Sabine blickte dankbar in die Augen ihrer Schwester. Auf Leonie war immer Verlass.

In Leonie brodelte es, als sie abends vom Krankenhaus zurück zu Sabines Aussiedlerhof fuhr. Amelie hatte die Situation im

Krankenhaus schamlos ausgenutzt. Leonie hatte ihr das Treffen mit ihren Freunden am Freitagabend verboten. Das Mädchen hätte nach dem Krankenbesuch mit ihr zurück nach Gütlingen fahren sollen. Doch als Amelie sich unerwartet früh von ihrer Mutter verabschiedet hatte, hatte sie nichts tun können. Sie wollte vor Sabine keinen Streit mit ihrer Nichte austragen.

Ihre Schwester hatte sie ohnehin schon misstrauisch genug angesehen. Ob Max oder der Pfarrer ihr doch etwas von dem Vorfall erzählt hatten? Zumindest hatte die Nachricht, dass Leonie die nächsten zwei Monate Kind, Hund und Hof versorgen würde, sie abgelenkt. Allerdings fragte Leonie sich, wie sie die Situation mit ihrer Nichte in den Griff bekommen sollte.

Sie entdeckte Max' Auto vor dem Haus, als sie über den Landwirtschaftsweg auf den Hof zufuhr. Ihr Herz machte einen kleinen Hüpfer, und sie verpasste ihm sogleich einen Dämpfer. Max war Sabines Freund. Und auch wenn die beiden noch kein Paar waren: Jemand, der ihr wöchentlich Blumen – Rosen! – ins Krankenhaus brachte, musste mehr für sie empfinden als reine Freundschaft.

Sie parkte den Wagen neben dem Fahrradschuppen und schaute sich suchend um. Von Max war nichts zu sehen. Sie ging ins Haus, wo Racka sie so stürmisch begrüßte, als hätte sie ihn tagelang allein gelassen.

»Wenigstens wir zwei verstehen uns.« Sie kraulte den Hund hinter den Ohren und öffnete die Terrassentür. Racka eilte ins Freie.

Am Birnbaum lehnte eine Alu-Leiter, Äste und Zweige lagen darunter um den Stamm verteilt. Max stand ein paar Schritte entfernt vor dem Baum und betrachtete sein Werk. Er trug Arbeitskleidung und hielt ein Gartengerät in der Hand, das Leonie nicht genau erkennen konnte. Eine Handsäge? Eine Astschere? Als Racka um seine Füße sprang, wandte er sich ihr zu und strahlte erfreut. »Hey!«

Sofort waren die Schmetterlinge in ihrem Bauch wieder im Einsatz. Verdammt, sie wollte diese Gefühle nicht.

»Hallo.« Sie ging über den Rasen zu ihm. »Was machst du hier?«

»Den Baum schneiden.«

»Das sehe ich, aber du kannst doch nicht einfach, wenn niemand zu Hause ist, in Sabines Garten gehen und den Baum schneiden.«

»Wir hatten doch besprochen, dass ich das mache.«

»Ja, aber nicht, wenn niemand da ist!«

Er sah sie prüfend an. »Warum bist du denn so verärgert?«

»Bin ich nicht.«

»Doch. Da sind kleine zornige Falten auf deiner Stirn.« Er deutete mit dem Finger auf ihr Gesicht.

Sie seufzte entnervt. Sie war wütend auf Amelie und auch auf ihre unerwünschten romantischen Gefühle, und jetzt bekam Max es ab, dabei hatte er es nur gut gemeint. »Wenn dir was passiert wäre, wäre niemand hier gewesen, um zu helfen. Und ich weiß gar nicht, wie das versicherungstechnisch ist. Du hast mir ja nicht einmal angekündigt, dass du heute vorbeikommen möchtest.«

»War ein spontaner Gedanke. Das Wetter ist gut, und ich hatte Zeit.«

»Du hättest anrufen können«, beharrte sie.

»Hey, es ist doch nichts passiert«, schlug er einen besänftigenden Ton an. »Oder bist du sauer, weil ich ihn nicht gefällt habe? Du hattest sein Todesurteil ja quasi schon gesprochen.«

»Er hatte Fürsprecher.«

Max grinste. »Weißt du, was du machen solltest? Du solltest den Baum umarmen.«

Was war denn das jetzt für ein Quatsch? Leonie zog lediglich die Augenbrauen hoch.

»Das meine ich ernst. Du musst Frieden schließen mit diesem Birnbaum.«

»Ja natürlich«, erwiderte sie sarkastisch.

»Täter-Opfer-Ausgleich, oder wie nennt man das in deiner Sprache?«

»Humbug.«

Er ließ sich nicht beirren. »Ist gar nicht schwer. Schau, ich mache es dir vor.«

Tatsächlich trat er an den Baumstamm und schlang die Arme um ihn. »Guter Baum.«

Sie beobachtete es innerlich kopfschüttelnd. Er löste sich wieder von dem Stamm. »Jetzt du.«

»Das mache ich nicht.«

»Los, spring über deinen Schatten. Der Birnbaum spürt diese schlechten Schwingungen.«

Das hätte von Sabine kommen können.

»Tu es für Bine«, schien er ihre Gedanken zu lesen. Er stellte sich neben sie, legte eine Hand an ihren Rücken und schob sie mit sanftem Druck Richtung Baumstamm.

»Das ist Unsinn«, wehrte sie sich.

»Hast du schon mal einen Baum umarmt?«

»Nein.« Diesem Hokuspokus konnte sie nichts abgewinnen. Wenn sie jemanden umarmen wollte, dann einen Menschen. Max. Sie erschrak bei dem Gedanken und hoffte, dass sie ihn tatsächlich nur gedacht und nicht ausgesprochen hatte. Seine sanfte und zugleich fordernde Berührung entfachte in ihr Gefühle, die nicht sein durften.

»Probier es mal.«

Mit einem resignierten Schnauben ging sie zu dem Baum und schlang die Arme um den dicken Stamm. Sie spürte die raue Rinde auf den Unterarmen und hoffte, dass ihr nicht eine Spinne oder Ameise über die Haut krabbelte oder sie sich einen Splitter einfing.

Was tat sie da eigentlich? Vermutlich erlaubte Max sich einen Spaß mit ihr. Wenn der Kerl gleich hinter ihrem Rücken anfangen würde zu lachen, würde sie ihn vom Hof jagen. Sie löste sich vom Stamm und wandte sich wieder ihm zu. »Zufrieden?«

In seinem Blick lag nicht der Hauch von Spott. »Es geht nicht um mich.«

Ihre Knie wurden weich, als sie in seine wunderschönen blauen Augen blickte. Ihr Herz schlug viel zu heftig in ihrer

Brust. Dieser Mann brachte sie völlig aus dem Gleichgewicht. Eilig senkte sie den Kopf und betrachtete die Zweige um sich herum.

»Kann man damit ein Lagerfeuer machen?«

»Dazu müsste das Holz erst einmal lagern, damit die Feuchtigkeit rausgeht, sonst hast du mehr Qualm als Feuer. Ich räume das alles zusammen und fahre es bei Gelegenheit zum Häckselplatz.«

»Danke.«

»Schon in Ordnung.«

Ihr Blick blieb an einem großen Weidenkorb hängen. »Was ist das?«

»Birnen.«

»Das sehe ich, aber ... so viele!«

»Ich hab sie gepflückt, bevor ich die Äste abgesägt habe. Wäre schade drum.«

»Was soll ich denn damit machen? Die kann man doch nicht lagern.«

»Vielleicht kann man Kompott daraus machen«, schlug Max vor.

Prima, kiloweise Birnenkompott. Da war das Wochenende gerettet.

»Du musst unbedingt den Rasen mähen«, erklärte Max. »Wenn er noch höher wird, kommst du mit dem normalen Mäher nicht mehr durch.«

Gartenarbeit fand anscheinend nie ein Ende. Wie überschaubar war ihre gemütliche Ulmer Wohnung! »Heute noch?«

»Spätestens morgen.«

Heute würde sie es nicht mehr schaffen. Sie fühlte sich zu erschöpft, die kurze Nacht forderte ihren Tribut. Aber am nächsten Tag würde sie sich den Birnen widmen müssen, und sie wollte Flachswickel für Sabine backen. Wie lange würde sie für die Rasenfläche benötigen? Vielleicht könnte sie Amelie damit beauftragen, überlegte sie.

»Vorschlag: Ich mähe noch eben den Rasen, und dafür bekomme ich ein Abendessen. Bines Truhe gibt doch bestimmt noch was her.«

Sie sah ihn stirnrunzelnd an. »Denkst du, ich kann nicht kochen?«

»Kannst du?«

Er grinste so frech, dass sie schmunzeln musste.

»Ich mach uns eine Kleinigkeit. Du musst jetzt aber nicht mehr den Rasen mähen«, wehrte sie ab. Sie stand schon viel zu sehr in seiner Schuld. »Verrate mir einfach, wo der Mäher steht, dann mache ich das morgen früh.«

Er schüttelte den Kopf. »Da ist das Gras feucht von der Nacht und verklebt dir das Messer. Ich mach das geschwind.«

»Aber –«

»Kein Aber. Ich helfe dir gern.«

Er tut es für Sabine, sagte sie sich, damit ihr Garten nicht verwahrlost, bis sie wieder zurück ist.

»Danke. Dann helfe ich zumindest noch, die Äste zusammenzuräumen.«

Sein Blick wanderte skeptisch über ihre Kleidung. Der spätsommerlichen Hitze geschuldet, trug sie ein leichtes Sommerkleid. »Du solltest dir aber vorher etwas anderes anziehen.«

»Da reichen doch eine Schürze und ein paar Handschuhe.«

Wieder glitten seine Augen über sie. Eine warme Welle breitete sich von ihrer Körpermitte aus. Sie meinte, seinen Blick auf ihrer Haut zu spüren. Wie es wohl war, von ihm berührt zu werden? Das Verlangen, das in ihr aufstieg, war wunderbar und völlig falsch. Ihre Wangen wurden heiß.

Er räusperte sich. »Wäre schade um das schöne Kleid.«

Sie nickte und wandte sich eilig ab.


Max schob mit kräftigen Schritten den Rasenmäher vor sich her. Er musste sich bewegen, abbauen, was sich gerade in ihm aufgebaut hatte. Sie hatte das Kleid gegen Jeans und T-Shirt getauscht und sah auch darin verdammt sexy aus. Gemeinsam hatten sie die Zweige und Äste am Rand des Rasens zu einem

Haufen aufgeschichtet. Jede zufällige Berührung hatte in ihm den Wunsch entfacht, mehr von ihr zu spüren.

Er hoffte, dass sie es nicht bemerkt hatte. Er wollte nicht, dass sie sich in seiner Nähe unwohl fühlte. Womöglich sogar bedrängt. Dieses überwältigende Begehren in ihm überraschte ihn selbst. Er mochte sie, das war ihm vorher schon klar gewesen, aber dieses Gefühl, das ihn überkommen hatte, als er sie so bewusst in ihrem Kleid wahrgenommen hatte – wow. Seine Gedanken waren alles andere als jugendfrei gewesen.

Aus den Augenwinkeln sah er, wie sie den Tisch auf der Terrasse deckte. Er hatte so energisch den Rasen gemäht, dass er mächtig ins Schwitzen gekommen war. Er hatte keine Kleidung zum Wechseln mit, fiel ihm ein. Toll. Da würde er gleich mit dieser schönen und so gut riechenden Frau am Tisch sitzen, in völlig verdreckter Arbeitskleidung, unrasiert und nach Schweiß stinkend.

Nachdem der Rasen getrimmt und der Mäher gereinigt war, versuchte er, sich in Sabines Bad wenigstens einigermaßen salonfähig zu machen. Eine Dusche hätte ihm gutgetan. Er war froh, dass es bereits dämmerte, da fielen die Schweißränder auf seinem Shirt vielleicht nicht so deutlich auf.

Sie saß auf der Terrasse, als er aus dem Haus kam. Sie hatte sich ein Glas Wein eingeschenkt und sah zu ihm auf. »Ich hoffe, es macht dir nichts aus, vegetarisch zu essen?«

»Alles bestens.« Er setzte sich.

Sie hatte das Essen in zwei Schüsseln vorbereitet – »Bowls«, wie man auf Neudeutsch sagte. Darin hatte sie auf einer Lage grünem Salat Tomaten mit Schafskäse, in Kräuterbutter ger.östete Brotwürfel, angebratene Champignons und Zucchinistreifen angerichtet.

»Das sieht lecker aus.« Er schnupperte genießerisch. Röstaromen gepaart mit dem Duft von Olivenöl und Balsamicoessig stiegen ihm in die Nase.

»Was möchtest du trinken?«

»Ein Glas Wein könnte dazu passen, oder?«

»Du musst noch fahren.«

»Ich sprach von einem Glas. Ich wollte nicht die ganze Flasche leeren.«

»Entweder Alkohol oder Auto fahren, beides gibt es bei mir nicht.«

Er hielt ihr grinsend sein leeres Glas entgegen. »Dann muss ich heute Nacht wohl hierbleiben.«

Sie stutzte kurz, dann fing sie sich wieder. »So weit ist es nicht ins Dorf. Das Stück kannst du nachher auch laufen«, erteilte sie ihm eine Abfuhr, erbarmte sich aber und füllte sein Weinglas.

Sie stießen an, tranken einen Schluck Weißwein und widmeten sich dem Essen.

»Das ist eine verdammt gute Kombination«, stellte er fest, während er den Salat hungrig verschlang. »Muss ich mir merken.«

»Ich hoffe, du wirst satt, sonst müssen wir den Pizzaservice anrufen.«

Sie hatten ihre Schalen fast geleert, als die Haustür aufging und kurz darauf Amelie auf der Terrasse erschien. Sie sah überrascht von Leonie zu ihm. »Bin wieder da.«

Das Mädchen klang nicht besonders fröhlich.

»Schön«, erwiderte Leonie. »Hast du schon gegessen?«

»Kein Hunger. Ich geh rauf. Tschüss, Max.« Sie verschwand wieder im Haus.

Auf Leonies Stirn hatten sich bereits wieder sorgenvolle Falten gebildet. »Entschuldige mich bitte. Ich schau kurz nach ihr.«

»Okay, ich pass so lange auf deinen Salat auf.« Er zog ihre Schüssel zu sich heran.

»Finger weg!« Sie hob spielerisch drohend den Zeigefinger.

Er sah ihr hinterher. Sie war immer so vernünftig, so korrekt und verantwortungsbewusst, aber wenn man ihr genau in die Augen schaute, entdeckte man den Schalk, der sich in ihr verbarg und hin und wieder kurz zum Vorschein kam. Flüchtige Momente, die seinen Herzschlag beschleunigten.

Er bemerkte, dass er lächelte wie ein Honigkuchenpferd.

Verdammt, Maximilian Häfner, dich hat's erwischt. Die Erkenntnis verunsicherte ihn, und gleichzeitig hätte er die Welt umarmen können.

Während er auf ihre Rückkehr wartete, nahm er sein Smartphone zur Hand. Zwei verpasste Anrufe. Nicole. Er überlegte, was sie wohl von ihm wollte, als es erneut klingelte.

»Hi, Nicole.«

»Ich habe schon den ganzen Abend versucht, dich zu erreichen«, säuselte sie ihm vorwurfsvoll ins Ohr, sodass er umgehend bereute, den Anruf angenommen zu haben.

»Was gibt's?«, fragte er unwirsch.

»Wo bist du gerade?«

»Unterwegs.«

»Wo denn?«

»Irgendwo.« Er war seiner Ex-Frau keine Rechenschaft schuldig.

»Bei dieser Leonie?«

Max zog verstört eine Grimasse. Hatte sie sein Handy geortet? Und wie kam sie darauf, dass er ausgerechnet bei Leonie war? Woher wusste sie überhaupt von ihr?

»Was willst du?«

»Ich habe heute mit Tim telefoniert. Er sagt, du willst ihn besuchen. Weißt du schon, wann du rüberfliegst?«

»Nein.«

»Ich habe mir überlegt, dass wir das doch zusammen machen könnten. Tim erzählt so begeistert. Ich würde das Land gern einmal mit eigenen Augen sehen.«

Eine Reise mit seiner Ex-Frau zu seinem Sohn wäre eine einzige Katastrophe. Max hatte nicht vergessen, wie sie den Jungen jahrelang gegen ihn aufgewiegelt hatte. Wie kam sie nur auf die Idee, dass er bereit wäre, mit ihr gemeinsam nach Kanada zu fliegen?

»Du sagst ja gar nichts«, beschwerte sie sich über sein Schweigen.

»Was soll ich dazu sagen?« Er konnte nicht verhindern, dass Groll in seiner Stimme mitschwang.

Leonie kehrte auf die Terrasse zurück. Sie sollte dieses Gespräch nicht mit anhören. Er stand mit einer entschuldigenden Geste auf und ging ein Stück in den Garten.

»Sag einfach: Ja, ich freue mich«, erwiderte Nicole, als wäre das tatsächlich eine Option. »Wann fliegst du? Ich mag allein nicht so weit reisen, und ich habe Tim schon gesagt, dass wir zusammen zu ihm kommen.«

»Du hast was?« Er war automatisch lauter geworden.

»Ach, Maxi, können wir unsere Vergangenheit nicht hinter uns lassen? Tim zuliebe?«

»Ich hab jetzt keine Zeit.« Er legte vor Wut bebend auf. Schon wieder manipulierte sie seinen Sohn. Jetzt wäre er der Buhmann, wenn er darauf bestünde, allein zu Tim zu fliegen. Er hatte sich so darüber gefreut, dass Tim ihm vorgeschlagen hatte, ihn in Whitehorse zu besuchen. Er hatte schon seinen Kalender nach einem möglichen Termin durchforstet.

Max marschierte zurück zur Terrasse. Vor dem Tisch blieb er stehen, nahm sein Weinglas und leerte es in einem Zug.

Leonie quittierte es mit einem Stirnrunzeln. »Schade um den guten Wein.«

Er nickte schuldbewusst. »Ich sollte nach Hause fahren.«

»Gehen.«

»Ich habe nur ein Glas Wein getrunken.« Zu Hause würde er sich etwas Stärkeres gönnen. Einen Scotch, einen kräftigen torfigen Islay Whisky.

»Du hast ein Glas Wein auf Ex getrunken, und du bist erregt … aufgebracht, meinte ich. So lasse ich dich nicht Auto fahren.«

»Sei nicht albern. Ich bin weit entfernt von der Promillegrenze.« Die Worte waren viel zu harsch über seine Lippen gekommen.

»Darum geht es mir nicht. Ich will nicht, dass du dich so hinters Steuer setzt.« Ihr Blick duldete keinen Widerspruch.

Er fragte sich, ob sie so die Angeklagten im Gerichtssaal ansah.

»Warum müsst ihr Frauen uns immer sagen, was wir zu

tun oder zu lassen haben?« Er hasste sich für diesen Satz, kaum dass er ihn ausgesprochen hatte. Er strich sich mit einem energischen Schnaufen durch die Haare. »Entschuldige. Das war nicht gegen dich.«

Sie nickte akzeptierend. »Ich möchte dir keine Vorschriften machen, ich möchte nur nicht, dass dir etwas passiert. Es reicht völlig aus, dass meine Schwester im Krankenhaus liegt.«

Zum zweiten Mal an diesem Abend sorgte sie sich um ihn. Sie hatte eine etwas bestimmende Art, es zu zeigen, aber der Gedanke ließ sein Herz wieder leichter schlagen.

»Du hast recht. Ich sollte jetzt nicht Auto fahren.«

»Du könntest einen Baum umarmen.«

Sie schlug ihn mit seinen eigenen Waffen. »Ich bin nicht wütend auf den Baum.«

»Worauf dann?«

Er schüttelte den Kopf und setzte sich zurück zu ihr an den Tisch. »Lass uns über was anderes reden.«

Er würde sich von seiner Ex-Frau diesen schönen Abend nicht verderben lassen. Tim war kein kleiner Junge mehr. Er würde es verstehen, wenn er ihm sagte, dass er nicht gemeinsam mit Nicole zu ihm kommen wollte. Mit einem versöhnlichen Lächeln hob er sein leeres Weinglas. »Wenn ich dir verspreche, nachher ganz vorsichtig zu Fuß nach Hause zu gehen, trinken wir dann noch ein Glas Wein zusammen?«

Sie überlegte einen Moment. »Nur, wenn du es nicht gleich wieder in einem Schluck in dich hineinkippst.«

Er fragte sich, ob sie sein Lächeln bemerkte oder ob sie ihn noch immer vor ihrem inneren Auge mit dem überschlagenen Wagen im Straßengraben liegen sah.

## 12

Leonie saß auf der Terrasse und genoss die wärmende Sonne. Sie hatte kurz überlegt, in den Gottesdienst zu gehen, sich dann aber für ein gemütliches Frühstück entschieden. Es war ungewiss, wie lange dieses spätsommerliche Wetter noch anhalten würde, und wenn sie schon mal nicht über ihren Akten sitzen musste, wollte sie es sich ein bisschen gut gehen lassen.

Sie fragte sich, ob Sabine regelmäßig in die Kirche ging. Wie wenig sie über das Leben ihrer Schwester wusste, stellte sie betrübt fest. Dabei war sie immer so sicher gewesen, dass sie sich nahestanden. Aber regelmäßige Telefongespräche ersetzten persönliche Treffen nicht.

Sie hatte noch keine Zeit gefunden, sich genauer mit Sabines Krediten auseinanderzusetzen. Die böse Mama und die coole Tante mit den teuren Geschenken, poppte die Erinnerung an die Worte ihrer Schwester in ihren Gedanken auf. Hatte Sabine tatsächlich diese Befürchtung? Zumindest im Moment war Leonie meilenweit davon entfernt, von ihrer Nichte als »coole Tante« bezeichnet zu werden.

Sie hatte Amelie nicht geweckt. Irgendwann, als Leonie längst gefrühstückt hatte, war sie kurz in die Küche gekommen, hatte sich einen Tee gekocht und sich wieder in ihr Zimmer verzogen. Sie hatte am Freitag ihre Regel bekommen und Unterleibsschmerzen. Leonie hatte ihr eine Wärmflasche gebracht. Es fühlte sich an wie eine Art Waffenstillstand.

Aus der Ferne schallte leise der Schlag der Kirchenglocken zu ihr herüber. Sie warf einen Blick auf ihr Smartphone. Elf Uhr. Anscheinend war der Gottesdienst zu Ende. Sie sollte die Zeit nicht so vertrödeln, tadelte sie sich. Aber es war zu verlockend, einfach mal faul dazusitzen und den Tag zu genießen. Alles schien so friedlich. Bienen summten, Vögel zwitscherten in den Sträuchern, und Racka schnarchte entspannt zu ihren Füßen.

Und währenddessen lag Sabine allein im Krankenhaus, meldete sich sogleich Leonies schlechtes Gewissen. Es war nicht richtig, dass sie es sich so gut gehen ließ, während ihre Schwester jeden Tag darum kämpfte, wieder laufen zu können.

Schluss mit Müßiggang. Sie räumte das Frühstücksgeschirr zusammen, trug alles ins Haus und kehrte mit ihrer To-do-Liste zurück auf die Terrasse. Als Erstes würde sie die Eltern anrufen, um sie über ihre Beurlaubung zu informieren. Es würde ihnen nicht gefallen, aber so mussten sie sich keine Gedanken um Sabine und Amelie machen, und ihre Mutter konnte sorglos ihre Vorträge in den Staaten halten.

Sie wählte die Nummer auf ihrem Smartphone.

»Hallo, Papa«, meldete sie sich, als ihr Vater das Gespräch entgegengenommen hatte. Im Hintergrund hörte sie Motorengeräusche. Anscheinend saß er im Auto. »Ist es gerade schlecht?«

»Nein, nein, Mama und ich sind auf dem Weg zu den Carters. Ein paar Minuten fahren wir noch.«

»Ich wollte euch nur informieren, dass ich hier alles geregelt habe.«

»Das ist gut. Was hat das Jugendamt gesagt? Kommt Amelie in eine Wohngruppe oder in eine Familie?«, fragte ihre Mutter, offensichtlich hatte der Vater die Freisprechanlage eingeschaltet.

»Weder noch. Ich kümmere mich um sie. Ich habe mich bis Ende November freistellen lassen.«

»Hermann!«, hörte sie ihre Mutter erschrocken ausrufen. »Pass doch auf!«

»Du hast dich beurlauben lassen?«, schnaubte dieser empört.

»Ja, du hast richtig gehört. Achte bitte auf den Verkehr oder fahr rechts ran«, erwiderte Leonie besorgt. Anscheinend hatte ihr Vater vor Schreck einen Schlenker gemacht.

»Was ist denn das für ein Unsinn! Wieso lässt du dich beurlauben?«, schimpfte ihr Vater weiter.

»Papa, wir müssen nicht darüber diskutieren. Ich habe mir alles gut überlegt und meine Entscheidung getroffen.«

»Du hättest mit uns darüber reden sollen!«

»Das habe ich versucht. Aber euer einziger Vorschlag war, Amelie über das Jugendamt betreuen zu lassen und den Hund in ein Tierheim zu stecken. Und beides ist weder für mich noch für Sabine eine Option.«

»Leonie, denk bitte an deine Karriere! Du willst ans Landgericht. So wird das nie was.«

»Ich nehme zwei Monate unbezahlten Urlaub, um in einer Notsituation einer familiären Verantwortung nachzukommen. Wenn das mein Karriereende bedeutet, dann ist es eben so.« Sie sprach die Worte mit mehr Überzeugung aus, als sie tatsächlich besaß.

»Du musst wissen, was du tust«, erwiderte ihr Vater verstimmt.

»Mach mir keine Vorwürfe!« Zur Enttäuschung über ihre Eltern fügte sich Bitterkeit. »Ihr seid beide in Pension. Ihr hättet eure Hilfe anbieten können. Amelie ist euer Enkelkind. Andere Großeltern hätten sofort den nächsten Flieger genommen. Aber für euch ist eben alles andere wichtiger als die Familie!«

»Leonie!«, fuhr ihre Mutter auf. »So kannst du nicht –«

»Ich wollte euch lediglich informieren«, unterbrach Leonie sie. »Ich muss mich jetzt fertig machen. Ich will zu Bine ins Krankenhaus.«

Leonie legte auf. Sie spürte ihren Herzschlag hart in ihrer Brust. Noch nie hatte sie ihren Eltern so deutlich die Meinung gesagt. Sie hatte sich beurlauben lassen, und das war die einzig richtige Entscheidung gewesen. Welche Wahl hatte sie denn überhaupt gehabt?

Ein Klingeln an der Haustür ließ Racka aufspringen. Leonie stand auf. Sie ertappte sich dabei, dass sie hoffte, Max stünde vor der Tür. Sein freundlicher Blick würde ihr jetzt guttun.

Als sie öffnete, sah sie sich zwei Frauen gegenüber: Gülay und Sarah. Sie schauten etwas verlegen drein.

»Hallo«, grüßte Leonie verwundert.

Gülay hielt eine Tupperdose in der Hand. »Ich habe gebacken. Vielleicht magst du einen Kaffee mit uns trinken?«

»Das Café!« Leonie sah die beiden schuldbewusst an. »Es tut mir so leid, ich bin noch nicht dazu gekommen –«

»Nein, nein«, winkte Sarah schnell ab. »Deswegen sind wir nicht hier.«

Der Blick, den Gülay Sarah zuwarf, sagte etwas anderes. »Doch, natürlich sind wir deswegen hier.« Ihre Lippen formten sich zu einem breiten Lächeln. Sie streckte Leonie die Tupperdose entgegen. »Aber auch, um mit dir Kaffee zu trinken, wenn es gerade passt?«

»Ja gern, kommt rein.« Leonie öffnete die Tür, um die Frauen ins Haus zu lassen. »Wir können uns auf die Terrasse setzen. Ich koche schnell Kaffee. Ihr könnt schon durchgehen.«

Während sie die Maschine befüllte, fiel ihr siedend heiß ein, dass ihre To-do-Liste auf dem Gartentisch lag. Sie eilte hinaus. Zu ihrer Erleichterung hatten die Frauen noch nicht Platz genommen, sondern standen vor dem Birnbaum. Leonie nahm hastig den Block vom Tisch, ihre Notizen gingen niemanden etwas an.

Gülay wandte sich zu ihr um. »Hast du den Baum geschnitten?«

»Nein, Max war am Freitag hier und hat die morschen Äste entfernt.«

»Das ist gut.«

»Ja.« Sie bemerkte, wie sie den Block wie ein Schutzschild an ihre Brust presste. »Nehmt ihr Milch oder Zucker?«

»Milch«, erwiderte Sarah. Gülay bat um Zucker.

Als Leonie in die Küche zurückkehrte, hörte sie Amelie im Flur.

»Hey, Melly, Gülay hat Kuchen vorbeigebracht. Möchtest du auch etwas davon?«

»Nö.« Das Mädchen schaute kurz herein. Sie hatte ihren Jogginganzug gegen Jeans und T-Shirt getauscht. »Ich, ähm … ich will ein bisschen raus.«

»Geht es dir besser?«

»Mhm.«

»Nimmst du Racka mit?«

»Ähm, nee, eigentlich nicht«, druckste Amelie herum. »Ich wollte ins Dorf ...«

»Okay, ich übernehme heute die Mittagsrunde mit ihm. Ich fahre nachher zu Bine. Soll ich dich irgendwo einsammeln und mitnehmen?«

»Könntest du Mama sagen, dass ich sie morgen wieder besuche?«

»Da wird sie traurig sein.«

»Ja, aber ...« Sie zog eine gequälte Grimasse. »Das ist so langweilig im Krankenhaus.«

»Aber morgen besuchst du sie wieder.«

Amelie nickte.

»Versprochen?«

»Ja.«

»Hast du deine Hausaufgaben für morgen fertig?«

»Ja.«

»Na, dann zisch ab. Sei bitte spätestens um acht wieder zu Hause.« Sie milderte die Aufforderung mit einem liebevollen Lächeln. Es war gut, dass es Amelie besser ging und sie ein bisschen an die frische Luft kam.

Während das Wasser durch den Kaffeefilter lief, brachte Leonie das Geschirr für ihre Gäste hinaus.

»Der Garten sieht gut aus«, lobte Gülay.

»Aber nur dank Max' Hilfe«, wehrte Leonie ab. »Ich kenne mich mit Gartenarbeit nicht so gut aus.«

»Der Max ist ein feiner Kerl.« Sarah setzte sich an den Tisch. »Ich kann dir aber auch gern mal helfen. Ich glaube, bei den Erdbeeren müssen die Ableger weggemacht werden.«

Wenn das das Einzige gewesen wäre. Das Unkraut spross. Die Salate schossen, und auch die Kräuter sollten vermutlich geerntet und getrocknet werden. Leonie verteilte Teller und Tassen. »Jetzt trinken wir erst einmal Kaffee.«

Leonie ging noch einmal ins Haus, um die Kanne zu holen.

Als sie mit dem Kaffee auf die Terrasse zurückkehrte, öffnete Gülay die Tupperdose und erklärte: »Das ist ein türkisches Gebäck. Baklava mit Walnüssen. Magst du Walnüsse?«

»Ja, sehr gern sogar.«

Gülay reichte ihr die Dose, und sie nahm sich ein Stück heraus.

»Wie lange bleibst du noch in Gütlingen?« Sarah legte gleich zwei Teilchen auf ihren Teller.

»Voraussichtlich bis Ende November.«

»Musst du nicht arbeiten?«, wunderte sich Gülay.

»Ich habe mich beurlauben lassen.«

»Wenn wir dir helfen können, dann musst du das sagen.«

»Danke.«

»Du musst meine Telefonnummer speichern, dann kannst du mich anrufen.« Gülay diktierte ihre Nummer, damit Leonie sie direkt in ihr Smartphone eingeben konnte.

»Ruf mich kurz an, dann habe ich auch deine Nummer. Wir haben vom Lesekreis eine WhatsApp-Gruppe, da nehme ich dich auf.«

»Dienstagabend machen wir übrigens Yoga im Gemeindehaus der Kirche«, erklärte Sarah. »Wenn du Lust hast, kannst du gern mitmachen.«

Yoga. Das täte ihrem verspannten Nacken sicherlich gut. »Um wie viel Uhr fängt der Kurs denn an?«

»Um zwanzig Uhr. Du musst eine Yogamatte mitbringen. Bine müsste eine haben.«

»Okay. Wenn ich es schaffe, komme ich gern. Wo muss ich mich anmelden?«

»Nirgends, ich bin die Kursleiterin«, grinste Sarah.

»Aber ich muss die Kursgebühr bezahlen, und für die Versicherung brauchst du meine Daten.«

»Ich weiß doch, wer du bist. Du kommst einfach ein paarmal zum Schnuppertraining, das ist gratis.«

»Danke.« Leonie fühlte sich überwältigt von den freundlichen Angeboten der beiden Frauen.

»Ich verspreche euch, ich schaue nachher sofort in Bines

Unterlagen, und heute Nachmittag rede ich mit ihr über das Café, und dann gebe ich euch Bescheid.«

»Wunderbar. Wir brauchen nur noch grünes Licht von dir«, freute sich Gülay. »Ruf mich einfach an. Der Schichtplan steht schon.«

∗∗∗

Max war verkatert. Freunde hatten ihn am Samstagabend zum Grillen eingeladen. Zu Steak, Roter Wurst und gebackenem Feta hatte es reichlich Bier gegeben, und zu fortgeschrittener Stunde hatte der Gastgeber ein paar Whiskys auf den Tisch gestellt. Es war spät geworden, und dummerweise war er heute bereits um sieben Uhr wieder aufgewacht.

Nach einem minimalistischen Frühstück – eigentlich war er noch satt vom Abend zuvor – hatte er sich auf sein Sofa gelegt und döste nun durch den Tag. Er schaltete den Fernseher ein, zappte lustlos hin und her und machte den Apparat wieder aus. Sein Blick wanderte durch sein Wohnzimmer.

Die gegenüberliegende Wand beherrschte eine Regalkonstruktion, die er selbst gezimmert hatte. Quadrate in verschiedenen Größen bildeten ein Ganzes. In jedem Quadrat stand ein Bilderrahmen mit einem Foto. Auf den meisten Fotos war Tim in allen Altersstufen abgebildet. Ein paar Aufnahmen zeigten ihn selbst – meistens am Rand – vor einer landschaftlichen Kulisse. Selfies von vergangenen Reisen.

Auf einem Bild war er in Arbeitskleidung auf seiner Streuobstwiese zu sehen. Er war gerade dabei, einen Jutesack zu verschließen, und lächelte entspannt in die Kamera. Sabine hatte ihn fotografiert. Die Obsternte mit ihr hatte Spaß gemacht. Immer wieder hatte sie einen besonders makellosen Apfel aussortiert, damit er nicht in die Säcke für die Saftpresse kam, bis er sie darauf hingewiesen hatte, dass seine Äpfel größtenteils Mostäpfel und keine Lageräpfel waren. Er bedauerte, dass sie dieses Jahr nicht dabei sein konnte.

Ob es eine Möglichkeit gab, sie für ein paar Stunden aus

dem Krankenhaus zu holen? Aber dafür war es vermutlich noch zu früh. Es würde Sabine überanstrengen, und zudem war eine holprige Streuobstwiese nicht das ideale Terrain, um sich dort mit Rollstuhl oder Krücken fortzubewegen.

Wieso hatte Sabine diesen fürchterlichen Unfall erleiden müssen? Bei seinen Besuchen im Krankenhaus hatte er gespürt, dass sich hinter ihrer aufgesetzten Fröhlichkeit Kummer und Angst verbargen. Er wünschte sich, er könnte ihr mehr helfen, als nur mit aufmunternden Worten Optimismus zu verbreiten.

Er ging in die Küche und füllte sich ein Glas, halb mit Apfelsaft, halb mit Leitungswasser. Er leerte es in einem Zug und sah aus dem Fenster. Wolkenloser blauer Himmel. Vielleicht waren das die letzten schönen Herbsttage. Er sollte raus an die frische Luft, irgendetwas unternehmen. Die digitale Anzeige an seinem Herd verriet ihm, dass es gerade mal zwölf Uhr war.

Er hatte sich vorgenommen, mit Tim zu telefonieren. Aber Kanada lag zeitlich sechs Stunden zurück, und wie er seinen Sohn kannte, war der am Samstagabend nicht früh zu Bett gegangen, da konnte er nicht vor dem späten Nachmittag anrufen. Tim war ein Morgenmuffel, und Max wollte nicht riskieren, einen schlecht gelaunten, unausgeschlafenen Sohn am Apparat zu haben. Das Gespräch würde kompliziert genug werden.

Sogleich stieg der Groll wieder in ihm auf. Warum hatte Nicole Tim gesagt, dass sie gemeinsam zu ihm fliegen würden? Sie trafen sich nicht einmal auf einen Kaffee in Tübingen. Wie kam sie da auf die Idee, dass er bereit wäre, seinen Urlaub mit ihr zu verbringen?

Er schnaufte frustriert. Vielleicht sollte er eine Runde joggen gehen. Das würde auch seinen Kater verscheuchen. Er ertappte sich, wie er gedanklich eine Strecke plante, die an Sabines Hof vorbeiführte.

Der Freitagabend mit Leonie war schön gewesen. Manchmal hatte sich etwas Unsicherheit in ihr Gespräch geschlichen, dennoch hatte er jede Minute mit ihr genossen. Er hatte es bedauert, dass sie am Samstagvormittag, als er seinen Wagen abgeholt hatte, nicht da gewesen war. Sie sei einkaufen, hatte Melly gesagt, die im Garten mit Racka gespielt hatte.

Leonie. Sie ging ihm nicht aus dem Kopf. Aber welche Zukunft hätte eine Beziehung mit ihr? Selbst wenn sie bis Ende November in Gütlingen blieb, wäre sie danach wieder in Ulm. Hundertzwanzig Kilometer entfernt. Sie hatte dort einen sicheren Job, und es war eine Arbeit, die sie zeitlich stark beanspruchte. Nur selten hatte sie Zeit gefunden, Sabine zu besuchen. Wie sollte da eine Beziehung eine Chance haben?

Was machte er sich bloß für Gedanken? Bisher hatte Leonie kein Interesse gezeigt, dass sie ihn näher kennenlernen wollte. Seine Hilfe im Garten hatte er ihr mehr oder weniger aufgezwungen. Sie verkehrte in anderen Kreisen, und außer der Sorge um Sabine hatten sie nichts gemeinsam.

Er könnte einen Golfkurs machen, überlegte er. Vielleicht war das ja gar nicht so langweilig, wie er es sich vorstellte. Immerhin galt es, einen kleinen Ball über eine relativ weite Distanz möglichst nah ans Ziel zu bringen – oder, besser, gleich einzulochen.

Golf. Im Ernst? Er runzelte die Stirn über sich selbst. Golf war für ihn elitärer Rentnersport. Aber vielleicht sollte er es erst einmal ausprobieren, bevor er sich ein Urteil erlaubte. Ja, warum eigentlich nicht?

Er nahm sein Handy und suchte nach Golfplätzen in der Region. Der nächste lag in der Nähe von Bondorf, über die Kreisstraße knapp fünfzehn Kilometer entfernt. An diesem Sonntagnachmittag fand der vorletzte Schnupperkurs des Jahres statt. Ob er so spontan noch teilnehmen könnte? Zwei Stunden an der frischen Luft und moderate Bewegung wären heute genau das Richtige. Kurz entschlossen rief er an.

Er hatte Glück.

Leonie war so lange bei Sabine im Krankenhaus geblieben, wie es die Besuchszeit erlaubt hatte. Sie hatten sich mit einem Kartenspiel, das zu dritt spannender gewesen wäre, die Zeit vertrieben. Ihre Schwester war fürchterlich deprimiert. Sie hatte zwar täglich Physiotherapie, dazu Visite und Untersuchungen, aber den Rest der Zeit war sie sich selbst überlassen. Lesen, Sudokus oder Fernsehgucken lenkten sie nicht von ihren trüben Gedanken ab.

Es bereitete Leonie Sorge, ihre sonst immer so lebensfrohe Schwester so pessimistisch zu sehen. Wenn sie gekonnt hätte, hätte sie den Platz mit ihr getauscht. Aber so blieb ihr nur, Sabine Mut zuzusprechen und ihr alles andere abzunehmen, damit sie sich keine Gedanken um Amelie, Racka oder den Hof machen musste.

Racka begrüßte Leonie freudig, als sie das Haus betrat. Amelie war anscheinend noch unterwegs. Bis zur vereinbarten Uhrzeit hatte sie noch eine Stunde. Leonie beschloss, eine Runde mit dem Hund zu gehen. Vorher machte sie ein Foto von ihm und schickte es Sabine.

Sie begann mit ihrer gewohnten Strecke, vorbei an den Feldern. Der Mais war geerntet, auf den Blühstreifen ließen die Sonnenblumen ihre Köpfe hängen. Vögel pickten die Samen heraus. Auf anderen Äckern spross erstes zartes Grün, und Leonie fragte sich, was da wachsen würde. Etwas entfernt entdeckte sie einen Graureiher auf einer Wiese, der sich in die Luft schwang, als er sie bemerkte.

Die Hänge des Schönbuchs bildeten mit dem blauen Himmel eine spätsommerliche Kulisse. Ein paar weiße Schönwetter-Wolken waren dabei, sich langsam aufzulösen. Das Laub der Bäume war noch grün. In Kürze würde sich alles herbstlich bunt verfärben. Der Umbruch der Jahreszeiten.

Auch sie selbst fühlte sich, als wäre ihr Leben im Umbruch. Lag das an der ungewohnten Situation und der Sorge um Sabine? Oder kam sie mit zweiundvierzig in eine Midlife-Crisis?

Ihre Arbeit fehlte ihr. Das Aktenstudium, die Anrufe der Staatsanwaltschaft, die Verhandlungen. Der Austausch zwischen Tür und Angel mit Kolleginnen und Kollegen. Das befriedigende Gefühl, wenn eine Verhandlung einen guten Verlauf genommen hatte.

In den letzten Wochen hatte sie versucht, Ordnung in Sabines Leben zu bringen. Sie hatte das Haus geputzt, Amelie und Racka versorgt, sich um den Garten gekümmert. In den nächsten Tagen würde sie alles in die Wege leiten, damit Sabines Freundinnen das Café weiterführen konnten. Und dann würde sie die Schulden ihrer Schwester in Angriff nehmen.

Wo blieb sie selbst eigentlich bei alldem? Sie hatte ihren Platz noch nicht gefunden in diesem neuen Leben. Zwischenleben. Es war nur vorübergehend. Der Nachmittag im Weinberg mit Max kam ihr in den Sinn. Das war ihre Zeit gewesen, ganz gegenwärtig, ohne Verantwortung für irgendjemanden übernehmen zu müssen.

Ein Auto fuhr ihr auf dem Landwirtschaftsweg entgegen. Der Fahrer hob grüßend die Hand, und sie grüßte automatisch zurück, obwohl sie den Mann nicht kannte. So war das auf dem Land. Man war aufmerksam, grüßte sich, kümmerte sich.

Sie erreichte das nächste Dorf, streifte es nur am Rande. Ein paar Häuser, und schon war sie wieder draußen. Brennholz war entlang des Landwirtschaftsweges sauber aufgeschichtet. Der Winter konnte kommen. Der Weg führte nun an Streuobstwiesen vorbei. Die alten Bäume hingen voll mit Äpfeln und Birnen. Irgendwo krähte ein Hahn. Sie fragte sich, ob eine der Wiesen Max gehörte.

Wieso stahl sich der Mann schon wieder in ihre Gedanken? Ihr Herz schlug schneller, sobald sie an ihn dachte. Sie würde dieses Ein-kleines-bisschen-Verliebtsein gern genießen, aber sie durfte sich so eine Schwärmerei nicht erlauben. Sabine würde es früher oder später merken, und das wollte sie nicht riskieren.

Leonie verließ den Landwirtschaftsweg und lief quer über eine der Baumwiesen. Sie hoffte, dass der Besitzer nichts dagegen hatte, und ließ Racka von der Leine. Er rannte sogleich schnüffelnd zwischen den Bäumen umher. Leonie fotografierte einen besonders prächtigen alten Baum, dessen ausladende Äste sich unter der Last der Früchte bogen.

Über ihr ertönte der Ruf eines Milans. Sie hob den Blick, folgte dem Flug des Greifvogels, der mit majestätischer Ruhe seine Kreise zog. Das Quietschen von Bremsen ließ sie herumfahren. Mit Schrecken sah sie den Hund um einen Radfahrer herumspringen.

»Racka, Fuß!«, rief sie energisch. Sie rannte über die Wiese zurück zur Straße. »Entschuldigen Sie! Racka, komm her!«

Warum gehorchte das Tier denn nicht? Der Radfahrer war abgestiegen und strich ihm über den Kopf. »Ist ja gut, du Wildfang.«

Max richtete sich auf, als sie bei ihm war. Mit dem Helm hatte sie ihn auf die Entfernung nicht erkannt.

»Es tut mir leid, ich habe nicht aufgepasst.« Ihr Herz hämmerte wild in ihrer Brust. Sie war es ja auch nicht gewohnt, über eine Wiese zu sprinten, drängte sie jede andere Erklärung zurück.

»Kein Problem. Ich weiß ja, dass er nur spielen will.« Er zwinkerte ihr grinsend zu.

»So verrückt ist er nur bei dir. Normalerweise gehorcht er eigentlich ganz gut.«

»Ja, das macht er sonst nie.« Die Ironie in Max' Stimme war nicht zu überhören.

Sie war sich bewusst, dass ihre Sätze typisch für Hundebesitzer waren. Sein Spott – auch wenn er dabei entwaffnend lächelte – ärgerte sie dennoch.

»Hat er dich dreckig gemacht?«

»Nein, alles gut.« Er nahm den Helm ab. Etwas fiel aus seiner Jackentasche, als er den Arm hob.

Racka schnappte danach.

»Racka, aus!«, fuhr sie den Hund sofort an.

Folgsam ließ der Hund den Gegenstand fallen. Ein Ball kullerte über den Boden.

»Oh«, kam es von Max. Er stellte sein Rad ab, um den Ball aufzuheben, aber Leonie war schneller.

»Ein Golfball?«, fragte sie verwundert. Sie reichte ihm die kleine weiße Kugel. »Spielst du Golf?«

»Ja … ähm … also, nein … nur gelegentlich.«

Die Auskunft freute sie. »Wo ist denn hier ein Golfplatz?«

»Der nächste liegt bei Bondorf, rund fünfzehn Kilometer entfernt.«

»Kommst du gerade von dort?«

Er nickte.

»Nächstes Mal nimmst du mich mit!« Die Aufforderung war ihr spontan herausgerutscht. Sabine hatte nie erwähnt, dass Max Golf spielte, obwohl sie doch wusste, dass Leonie gern auf den Golfplatz ging.

»Ähm ... ja, sicher, gern ... Aber ich bin wirklich nicht gut.«

»Handicaps sind mir egal«, winkte sie ab. Sie würde gleich in der nächsten Woche ihr Schlägerset aus Ulm holen. »Es macht viel mehr Spaß, zu zweit über den Kurs zu gehen.«

»Ja ... genau.«

Seine Zustimmung klang zögerlich. Hatte Sabine ihm vielleicht ihr Handicap verraten, und schüchterte ihn das ein? Es war nicht so großartig, allerdings auch nicht mehr Anfängerniveau. Aber sie wollte ja kein Turnier mit ihm spielen.

»Ich ... ähm ... ich muss dann auch mal weiter.« Er steckte den Ball zurück in die Jackentasche und stieg aufs Rad.

»Ist eine davon deine?«, bremste Leonie ihn. Sie deutete auf die Wiesen um sie herum.

»Nein, meine Wiese ist auf der anderen Seite der Bundesstraße, hinterm Hartwald.«

»Hängen deine Bäume auch so voll?«

»Nicht alle. Also, bis dann.« Er grinste flüchtig. »Und pass auf den Hund auf.«

»Mach ich.« Sie legte Racka an die Leine und sah Max hinterher. Er trat kräftig in die Pedale, als hätte er es eilig – oder wäre auf der Flucht.

Bis dann. Meinte er damit, dass sie ihn vor der Ernte nicht wiedersehen würde? Das waren noch fast zwei Wochen. Die Euphorie über die Aussicht, mit ihm Golf spielen zu gehen, wich einer leisen Enttäuschung. Sie hatte ihn mit ihrem spontanen Vorschlag überrumpelt, und in ihr nagte das schlechte Gefühl, Sabine hintergangen zu haben.

Da hatte er sich ja großartig reingeritten! Max war in Rekordzeit nach Hause geradelt, obwohl ihm die vorangegangene kurze Nacht und die ungeplante Radtour zum Golfplatz in den Gliedern steckte. Die Begegnung mit Leonie war einfach nur peinlich gewesen. Er duschte, nahm sich ein alkoholfreies Weizenbier aus dem Kühlschrank und setzte sich an den Küchentisch. Eigentlich hatte er Hunger. Er sollte sich ein paar Spiegeleier in die Pfanne hauen.

Warum hatte er diesen blöden Golfball mitgenommen, den ihm die Trainerin geschenkt hatte? Ein Souvenir, eine Erinnerung – vielleicht auch ein »Trostball« – an einen denkwürdigen Nachmittag auf dem Golfplatz. Er war kein Naturtalent. Er hatte zwar jahrelang Handball gespielt, aber mit den Schlägern und den kleinen Bällen kam er nicht gut klar. Und nun wollte Leonie mit ihm Golf spielen gehen.

Zeit mit ihr zu verbringen war genau das, was er sich wünschte. Aber nicht auf einem Golfplatz. Er würde sich komplett blamieren. »Ich bin wirklich nicht gut.« Was hatte er sich nur dabei gedacht? Warum hatte er ihr nicht gesagt, dass er lediglich zu einem Schnuppertraining dort gewesen war? Dann hätte sie eins und eins zusammengezählt und begriffen, dass er nur ihretwillen Golfspielen lernen wollte. Wie verzweifelt hätte das ausgesehen?

Er hätte sagen können, dass er den Ball gefunden hatte. Alles Mögliche lag am Straßenrand. Aber auf den Gedanken war er überhaupt nicht gekommen. Er hatte sich einfach nur ertappt gefühlt, als hätte er hinter ihrem Rücken etwas Verbotenes getan.

Und dann noch sein Gestammel! Ähm … äh … ähm … Er stöhnte auf. Sie musste ihn für einen einfältigen, dummen Menschen halten.

Sein Smartphone vibrierte. Auf dem Display erschien Tims Foto. Kurz überlegte er, den Anruf zu ignorieren und ihn später zurückzurufen. Aber er hatte das Gespräch schon viel zu lange vor sich hergeschoben.

»Hi, Tim.«

»Warum hast du das gemacht?«, fuhr sein Sohn ihn ohne jegliche Begrüßung an.

»Hä? Was?«

»Du hättest vorher mal mit mir sprechen können, Mann!«

»Worüber?«, stellte er sich dumm, um Zeit zu gewinnen. Verflucht, er hätte Tim gleich am Samstag anrufen sollen. Nun war Nicole ihm schon wieder zuvorgekommen und hatte sich vermutlich bei ihm ausgeweint, weil der böse Papa nicht mit ihr gemeinsam nach Kanada fliegen wollte.

»Na, über die Reise. Über Mama!«, zischte Tim ihm entgegen.

»Ich wollte dich ja längst anrufen, aber ich hatte viel zu tun, du weißt ja … Bine ist noch im Krankenhaus, und ich helfe Leonie. Sie kennt sich mit der Gartenarbeit nicht so gut aus.« Aber sie kann Golf spielen, und ich war heute beim Schnuppergolfen, weil … Max schloss die Augen. Konzentrier dich auf das Gespräch mit deinem Sohn, verflucht!

»Echt jetzt?«, blaffte Tim.

»Was?«

»Ey, schon wieder Leonie. Beim letzten Gespräch hast du auch von ihr gesprochen.«

»Ja.« Was sollte er sagen? Sein Kopf war leer.

»Du magst sie, oder?«

Wow. Wie konnte sein Sohn ihn so schnell durchschauen, wo er sich selbst noch unsicher war?

»Sie ist okay.«

»Kapier ich nicht.«

»Was?«

»Warum willst du dann zusammen mit Mama zu mir kommen?«, raunzte Tim ihn an.

»Hä?«

»Mama hat mich am Freitag angerufen und mir gesagt, dass du sie gefragt hast, ob ihr nicht zusammen nach Kanada fliegen wollt.«

Max legte den Kopf in den Nacken. »Jetzt mal ganz langsam, Tim. Wir sind, glaube ich, gerade nicht auf demselben Stand.«

»Auf welchem Stand bist du denn?«

Der Zeitpunkt war gekommen, mal wieder zum Buhmann zu werden. Er versuchte, seine Worte zu sortieren, damit es keine weiteren Missverständnisse zwischen ihnen gab. »Ich habe deine Mutter nicht gefragt, ob sie gemeinsam mit mir zu dir nach Kanada fliegen will. Es war ihre Idee. Und sie hat es dir gesagt, bevor sie mit mir darüber gesprochen hat. Sie hat mich am Freitagabend angerufen, und ich habe ihr gesagt, dass ich nicht gemeinsam mit ihr reisen werde.«

Jetzt war es raus. Es blieb einen Moment still in der Leitung. Dann die enttäuschte Stimme seines Sohnes. »War das also wieder so ein Mama-Ding?«

»Scheint so. Sie meint es nicht böse«, ergriff Max Partei für seine Ex-Frau. Er wollte nicht, dass Tim unter ihrem schwierigen Verhältnis litt. Was hatten sie dem Jungen in seiner Kindheit nicht alles zugemutet – nur aus ihren eigenen verletzten Gefühlen heraus. Und auch wenn Tim jetzt erwachsen war, wollte Max nicht, dass er erneut zum Spielball ihrer Streitereien wurde.

»Wie meint sie es denn?«, schnaufte Tim missmutig.

»Sie möchte dich eben gern besuchen, aber sie mag allein nicht so weit fliegen.«

»Ich will aber nicht, dass ihr zusammen zu mir kommt.« Max hörte seinen Sohn tief durchatmen, bevor er fortfuhr: »Sorry, Papa, ich hab euch beide lieb, aber ihr zwei zusammen – das ist für mich der Horror. Ihr giftet euch nur an. Das brauch ich echt nicht.«

»Es tut mir leid, Tim. Ich weiß nicht, wie sie auf den Gedanken gekommen ist.« Max' Blick glitt zu dem Regal mit den Fotos. Tim lächelte ihm entgegen. Diese Momente hatte es in seiner Jugend selten gegeben. Ihre Beziehung war vergiftet gewesen von Trennungsschmerz, Lügen und verletzten Gefühlen. Es hatte lange gedauert, bis er das Vertrauen seines Sohnes zurückgewonnen hatte. »Sie … sie hat dich lieb.«

»Nicht nur mich.«

Nicoles Gefühle für Max hatten nichts mit Liebe zu tun.

Sie waren geprägt von Eifersucht. Anscheinend ertrug sie den Gedanken nicht, dass Max allein ein paar Tage mit seinem Sohn in Kanada verbrachte. Aber wie sollte er das Tim erklären? Er wollte nicht, dass Tim schlecht von seiner Mutter dachte.

»Papa?«

»Ich bin noch in der Leitung.« Seine Nase kribbelte. Verdammt, das Thema Nicole war abgehakt. Keine Wut mehr. Keine Verbitterung. Aber auch kein Mitleid. Er räusperte sich.

»Du kommst also allein?«, fragte Tim.

»Wenn dir das recht ist?«

»Aber so was von. Wann?«

»Im Oktober bekomme ich leider keinen Urlaub, aber wie wäre es mit November oder Dezember?«

»November wäre cool. Da bin ich auf 'ner Husky-Farm. Du musst nach Whitehorse fliegen. Soll ich nach Flügen für dich schauen?«

Max spürte eine zärtliche Welle seinen Körper überschwemmen. Sein Sohn wollte nach Flügen für ihn schauen. Tim wollte, dass er ihn besuchen kam. Aber so was von. Da hatte er als Vater doch nicht vollständig versagt.

»Ich spreche gleich morgen mit meinem Chef und schicke dir meine Urlaubszeit.«

»Cool, ich freu mich. Du musst warme Klamotten einpacken.«

»Ja, mein Sohn«, erwiderte er in dem Ton, in dem Tim ihm früher immer mit »Ja, Papa« geantwortet hatte, wenn er ihn im Winter gefragt hatte, ob er warm genug angezogen sei.

»Und was machen wir mit deiner Mama?«

»Ich rede mit ihr«, bot Tim an. »Sie soll lieber im Frühjahr kommen, wenn es wieder wärmer wird.«

»Ach so, und dein alter Herr kann sich ruhig den Arsch abfrieren«, flachste Max.

»Huskys, Papa! Wir können Hundeschlitten fahren.«

»Klingt phantastisch.«

Max atmete erleichtert auf, nachdem das Gespräch beendet war. Er war nicht der böse Papa, der die Mama immer zum

Weinen brachte und nie Zeit für die Familie hatte. Gut gelaunt tanzte er durch die Küche zu einer Melodie, die nur in seinem Kopf zu hören war – ein simples »Yeah – Yeah – Yeah«. Er ging an den Kühlschrank, holte Eier und Butter heraus und briet sich ein paar Spiegeleier.

Er aß im Wohnzimmer und ließ sich nebenbei vom Sonntagabendkrimi berieseln. Der Täter war noch nicht gefasst, als sein Smartphone eine Nachricht verkündete.

Sabine: »Seit wann spielst du Golf?!«

Gefolgt von drei tränenlachenden Emojis.

# 13

Die Woche war verflogen. Leonie hatte die Zeit damit verbracht, mit dem Versicherungsmakler und dem Steuerberater die rechtliche Situation zu besprechen, wenn Sabines Freundinnen das Café ehrenamtlich weiterführten.

Dienstags war sie abends zum Yoga gegangen. Nach der Stunde unter Sarahs Anleitung fühlte sie sich wie neugeboren. Mittwochs war sie morgens nach Ulm gefahren, um ihre Post durchzusehen und die Golfausrüstung zu holen. Selbst wenn Max nicht mit ihr spielen wollte, könnte sie allein ein paar Bälle schlagen. Und ein unbekannter Golfplatz bot eine neue Herausforderung. Den Platz ihres Ulmer Golfclubs kannte sie mittlerweile in- und auswendig.

Nachdem sie Gülay grünes Licht für das Café gegeben hatte, hatte sie mit ihr und Tilda den Donnerstagnachmittag damit verbracht, Tische und Stühle abzustauben und den Kaffeeautomaten für den Freitag vorzubereiten. Gülay hängte einen Schichtplan in der Café-Küche auf und inspizierte die Vorräte, um eine Einkaufsliste zu erstellen. Ihr planvolles Vorgehen gefiel Leonie.

Nun war sie auf dem Weg nach Tübingen. Freitagvormittags war Markttag, und sie wollte ein bisschen Stadtluft schnuppern. Sie parkte das Auto im Metropol-Parkhaus und suchte sich über die Fußgängerbrücke, die über die Durchgangsstraße führte, ihren Weg in die Innenstadt. Sie schlenderte an den Auslagen der Geschäfte vorbei zum Marktplatz vor dem Rathaus. Den umbrisch-provenzalischen Markt zwei Wochen zuvor hatte sie verpasst. Für das erste Oktoberwochenende wurde ein Regionalmarkt angekündigt.

Da würde sie Max bei der Apfelernte helfen. Aber vielleicht könnten sie nach dem Saftmachen noch zusammen über den Markt gehen. Sie pfiff sich innerlich zurück, als sie sich schon händchenhaltend mit ihm an den Ständen vorbeiflanieren sah.

Verdammt, sie musste diese romantischen Gefühle für Max abstellen. Sie würde allein zum Golfen gehen und allein zum Regionalmarkt. Oder vielleicht hätte eine der Frauen aus dem Lesekreis Lust, sie zu begleiten. Amelie war vermutlich für so etwas nicht zu begeistern.

Sie sollte Max aus dem Weg gehen, um ihrer Phantasie nicht noch mehr Futter zu geben. Ihm lag doch ohnehin nichts an ihr. Er hatte sich die ganze Woche nicht auf dem Hof blicken lassen. Um sich selbst etwas Gutes zu tun, kaufte sie auf dem Markt verschiedene Käsesorten vom Bioland-Betrieb, Olivenöl, Himbeer-Balsamico und zwei geräucherte Saiblingsfilets. Erst danach fiel ihr ein, dass Amelie weder Fisch noch Käse aß.

Auf dem Platz vor dem imposanten Rathaus, dessen Front Sgraffito-Malerei in warmen Braun- und Grautönen mit Motiven von Persönlichkeiten vergangener Zeiten zierte, standen die Tische und Stühle eines Cafés. Da alle Tische besetzt waren, fragte sie ein Pärchen, das wenig älter als sie selbst zu sein schien und sympathisch aussah, ob sie sich dazusetzen dürfe. Der Mann mit gepflegtem Kurzhaarschnitt und im sommerlichen Anzug nickte.

Leonie bestellte einen Cappuccino. Sie genoss die Geschäftigkeit um sie herum, beobachtete die Marktbesucher und lauschte mit halbem Ohr den Gesprächen an den Tischen.

Ihre Tischgenossen unterhielten sich leise, dennoch nahm sie die Worte »Gericht« und »Vertagung« wahr. Sie wandte sich dem Pärchen zu. »Entschuldigen Sie, ich wollte nicht mithören, aber arbeiten Sie bei Gericht?«

Der Mann sah zu ihr. »Ich bin Staatsanwalt. Warum fragen Sie?«

»Neugierde«, gestand Leonie mit verlegenem Lächeln. »Ich bin Richterin.«

Ihr Gegenüber zog grübelnd die Stirn in Falten. »Wir sind uns aber noch nicht begegnet.«

»Ich bin am Ulmer Amtsgericht tätig.« Sie streckte ihm ihre Hand entgegen. »Leonie Reiter.«

»Marco Schmid.« Er schüttelte kurz ihre Hand, deutete dann auf seine Begleiterin und sagte: »Meine Frau, Persephone Pachatourides.«

Was für ein klangvoller Name. Leonie wiederholte ihn stumm für sich. »Darf ich fragen, wie es hier bei Gericht so läuft?«

Leichtes Misstrauen legte sich auf das Gesicht ihres Gegenübers. »Sind Sie wirklich Richterin oder von der Presse?«

Leonie öffnete ihre Handtasche und zog eine Visitenkarte heraus. »Sie dürfen gern unseren Direktor Winfried Völkle anrufen und ihn nach mir fragen.«

»Machen Sie Urlaub in Tübingen?«, erkundigte sich seine Begleiterin.

»Ich bin zurzeit bei meiner Schwester, sie wohnt in Gütlingen.«

»Gütlingen ...« Die Frau mit dem schönen Namen blies sich eine dunkle Locke aus der Stirn. »Da gibt es doch dieses nette kleine Café?«

Leonie nickte. »›Bines Kaffeestüble‹, das gehört meiner Schwester.«

Frau Pachatourides stupste ihren Mann an. »Da waren wir schon mal. Andi hatte es uns empfohlen. Wo es diese köstliche Himbeertorte gab.«

Marco Schmid entspannte sich. Sie erfuhr, dass das Amts- und Landgericht fußläufig von der Innenstadt zu erreichen war. Ein historisches Gebäude, das Anfang des 20. Jahrhunderts erbaut worden sei und das sie sich unbedingt einmal ansehen sollte. Es stellte sich heraus, dass Frau Pachatourides bei der Kriminalpolizei in Esslingen arbeitete, ebenso wie jener Andi, der im Nachbardorf von Gütlingen wohnte und den beiden Sabines Café empfohlen hatte.

Leonie genoss das Gespräch mit dem Pärchen. Was für eine glückliche Fügung, dass sie sich ausgerechnet an ihren Tisch gesetzt hatte.

Marco Schmid reichte ihr zum Abschied seine Visitenkarte. »Melden Sie sich bei mir, wenn Sie in der Gegend sind. Wenn ich es zeitlich einrichten kann, gebe ich Ihnen eine kleine Führung durch das Gerichtsgebäude.«

»Und grüßen Sie Ihre Schwester«, bat seine Frau. »Ihr Kuchen ist unvergessen. Ich hoffe, es geht ihr bald wieder besser.«

Leonie hatte Sabines Unfall kurz erwähnt. »Ich werde die Grüße ausrichten.«

Beschwingt machte sich Leonie auf den Rückweg nach Gütlingen. Das Gerichtsgebäude würde sie sich bei ihrem nächsten Besuch in Tübingen anschauen. Ob dort vielleicht eine Stelle für sie frei wäre? Dann wäre sie näher bei Sabine. Und ein kleiner Teufel wisperte ihr ins Ohr: und bei Max.

Die Physiotherapie war anstrengend. Noch vor wenigen Wochen hätte Sabine über die Bewegungen, die sie nun mühsam trainierte, müde gelächelt. Aufstehen und loslaufen zu können war so selbstverständlich gewesen. Nun kämpfte sie um jeden einzelnen Schritt. Ihr Körper war verkrampft, was sie zusätzlich ermüdete. Sie hatte Angst vor Schmerzen, obwohl sie diese wegen der Hammerdrogen kaum spürte, und davor, dass eine unbedachte Regung schlimme Folgen haben könnte.

Der Physiotherapeut, der sehr niedlich war, redete ihr Mut zu. Sie musste ihrem Körper vertrauen. Der Titankäfig, der die Wirbel umschloss, war viel stabiler als jeder Knochen in ihrem Körper. Und die anderen Verletzungen – die Bänderzerrung am Fuß und das verstauchte Handgelenk – waren einigermaßen verheilt. Dennoch schwoll ihr Handgelenk an, sobald sie sich eine Weile auf den Krücken aufgestützt hatte.

Sie war froh, als sie wieder in ihrem Bett lag und sich nicht mehr rühren musste. Sie starrte zum Himmel, der sich heute in einem trüben Blaugrau zeigte. Sie hatte eine neue Zimmergenossin bekommen. Petra, eine unerträgliche Frau, die den lieben langen Tag lautstark telefonierte. Abends kam ihr Mann, der fürchterlich nach Zigarettenqualm stank. Und dann beschwerte sich ihre Bettnachbarin, wenn Sabine mal ein bisschen Sommerduft im Raum versprühte.

Jetzt schlief Petra tief und fest und schnarchte wie zehn

Bauarbeiter. Sabine hatte sich Ohrstöpsel geben lassen, da sie sonst nachts kein Auge zubekam. Wie sehr sehnte sie sich nach ihrem Zuhause. In ihr kleines, gemütliches Schlafzimmer unterm Dach mit Blümchenbettwäsche und Vogelgezwitscher vor ihrem Fenster.

Ihr Handy klingelte. Sie brauchte einen Moment, bis sie den Apparat vom Nachttisch gefischt hatte. Papa.

»Wie geht es dir, Sabine?«, fragte er betont fröhlich.

»Ich hatte schon bessere Tage.«

»Hast du Schmerzen?«

»Das weiß ich nicht, ich steh unter Drogen.«

Sie hörte, wie ihr Vater die Luft einsog. »Sabine, bitte. Meine Frage war ernst gemeint.«

»Meine Antwort auch.« Sie merkte selbst, wie trotzig sie klang, und mühte sich um einen freundlicheren Ton. »Ich denke, den Umständen entsprechend geht es mir gut. Es dauert halt alles fürchterlich lang.«

»Mit deiner Verletzung ist nicht zu spaßen, Sabine. Aber ich habe eine gute Nachricht für dich. Mama und ich sind doch vorgestern in die Staaten geflogen, und gestern Abend haben wir einen ehemaligen Kollegen zum Dinner getroffen. Er kennt einen Wirbelsäulen-Spezialisten in der Charité in Berlin. Wir könnten es einfädeln, dass man dich dorthin verlegt.«

»Nach Berlin?«, fragte Sabine entsetzt.

»Ja, in die Charité.«

»Was soll ich denn in Berlin?«

»Dort sind die besten Ärzte, Sabine. Es kann nicht schaden, wenn die sich deinen Fall anschauen.«

Das war viel zu weit weg! Wie sollte Amelie sie da besuchen kommen? Oder Leonie? Oder Max? John? Irgendjemand? »Ich will nicht nach Berlin.«

»Jetzt sei nicht gleich so abwehrend.«

Die Tür ging auf. Leonie kam mit einem strahlenden Lächeln ins Krankenzimmer.

Sabine deutete auf das Smartphone, während ihr Vater weitersprach: »Wir wollen doch nur, dass du die bestmögliche Behandlung bekommst. Du willst doch auch, dass alles wieder richtig verheilt, oder?«

»Natürlich will ich das. Aber dazu muss ich nicht nach Berlin.«

Leonie war an ihrem Bett angekommen und runzelte fragend die Stirn.

»Papa«, formte Sabine tonlos die Silben.

»Es ist ein außerordentlich großzügiges Angebot, Sabine. Du solltest froh sein, dass wir diese Chance für dich auftun konnten. Mama und ich setzen wirklich alle Hebel in Bewegung, um dir zu helfen.«

»Ich will nicht nach Berlin, Papa.«

»Sag nicht gleich Nein. Überleg es dir, schlaf eine Nacht drüber, und wir telefonieren morgen noch einmal. Wir müssen jetzt los. Denk drüber nach, ja?«

Sabine beendete mit finsterer Miene das Telefonat. »Der spinnt doch!«

»Was ist denn los?« Leonie zog sich einen Stuhl an Sabines Bett, und ihre Schwester berichtete von der Idee ihres Vaters.

Statt sofort lauthals zu protestieren, verfiel Leonie in grübelndes Schweigen.

»Da gibt es überhaupt nichts nachzudenken!«, schimpfte Sabine. »Ich bekomme hier eine ebenso gute Versorgung wie in irgendeiner anderen Klinik in einer fremden Stadt Hunderte Kilometer von zu Hause weg.«

»Na ja, die Charité ist eine der größten Unikliniken Europas. Sie hat internationales Renommee.«

»Jetzt fang du auch noch an. Berlin!« Sie schlug sich die Handfläche vor die Stirn. »Was soll ich denn in Berlin? Ich bin hier sehr gut aufgehoben. Ich habe volles Vertrauen in die Ärztinnen und Ärzte, die Schwestern, die Therapeuten und überhaupt!«

»Geht das auch leiser?«, knurrte ihre Zimmergenossin.

»Ich musste gegen Ihr Schnarchen anschreien!«, fuhr Sabine sie an.

»Bine«, zischte Leonie tadelnd und wandte sich mit bedauernder Miene an die Bettnachbarin. »Entschuldigen Sie bitte.«

»So eine Unverschämtheit«, erboste sich die Frau weiter. »Als ob ich schnarchen würde!«

»Ich kann es Ihnen gern einmal aufnehmen«, bot Sabine mit beißendem Sarkasmus an. Sie sah, wie Leonie sich auf die Lippen biss und eilig das Gesicht zum Fenster drehte.

»Das muss ich mir nicht bieten lassen. Ich rufe jetzt die Schwester.« Petra drückte den Knopf.

»Bine, du solltest dich entschuldigen«, wisperte Leonie ihr ins Ohr.

»Nur weil ich die Wahrheit gesagt habe? Ich habe die letzten Nächte kaum ein Auge zugemacht.«

Die Schwester kam herein und sah sich erstaunt in der Rolle der Schlichterin.

»Mit dieser Person möchte ich nicht länger in einem Zimmer liegen!«

»Das wäre mir sehr recht«, erwiderte Sabine grimmig.

»Meine Damen, wir sind kein Hotel. Ich kann keine von Ihnen mal eben in ein anderes Zimmer verlegen.«

»Vielleicht könnte man einen Bettentausch vornehmen?«, schlug Leonie vor.

»Ich schau, was ich machen kann«, seufzte die Schwester und ließ die Frauen wieder allein.

»Wenn die Schwester keine Lösung findet, wäre das ein Grund, Papas Angebot anzunehmen«, murrte Sabine frustriert. »Kannst du mir morgen Weißen Salbei mitbringen? Diese schlechte Aura, die sich in diesem Zimmer ausgebreitet hat, macht mich ganz krank.«

*\*\**

Pfarrer John saß mit Max vor »Bines Kaffeestüble« und genoss im späten Sonnenschein Kaffee und Stachelbeertorte. Er hatte Max überredet, ihn zu begleiten. »Wir müssen die Frauen und Bine unterstützen.« Das Argument hatte seinen Freund überzeugt.

Das Café war gut besucht. Die Frauen hatten in ihren Bekanntenkreisen die Information gestreut, dass sie bis zu Sabines Genesung das Café weiterführen würden. Das gute Wetter hatte zusätzlich zahlreiche Gäste nach draußen gelockt.

Racka lag entspannt zu Max' Füßen. Amelie hatte Max entdeckt, als sie von ihrer Gassirunde zurückgekommen war. Da der Hund im Haus keine Ruhe geben würde – er war es gewohnt, mit Sabine im Café zu sein –, hatte Max angeboten, auf ihn aufzupassen. Wenig später war das Mädchen mit dem Rad davongefahren.

»Na prima, alle Frauen aus dem Haus, und ich kann zusehen, was ich mit dir mache.« Max beugte sich zu Racka und strich ihm über den Kopf.

»Zur Not nimmst du ihn mit und bringst ihn Frau Reiter später vorbei«, schlug John vor.

»Darauf wird es wohl hinauslaufen.«

John lehnte sich zurück. Er hatte sein Stück Torte verspeist. Sie war köstlich gewesen, und dennoch fehlte etwas. Sabines quirliges Wesen, ihr herzliches Lachen, wenn sie von Tisch zu Tisch wirbelte und mit den Gästen scherzte.

Gülay trat zu ihnen, um die leeren Teller abzuräumen. Ihre Wangen schimmerten rosig, das Nasenpiercing blitzte im Sonnenlicht. »Wir haben alle Kuchen verkauft. Für morgen müssen wir neue backen«, berichtete sie begeistert.

»Macht ihr jetzt zu?« John sah auf seine Uhr. Es war halb fünf.

»Erst in einer halben Stunde. Möchtet ihr noch etwas trinken?«

»Nein danke.«

Gülay sah zum Himmel. »Wenn das Wetter morgen wieder so gut ist, kommen sicher noch mehr Leute. Da brauchen wir mehr Kuchen. Ist das nicht toll? Das wird Bine freuen!«

John nickte. Es würde Sabine vielleicht um eine Sorge erleichtern. Aber vielleicht war sie auch traurig, weil sie nicht mitarbeiten und all das nicht miterleben konnte. Noch immer hing ihm das Telefonat vor zehn Tagen nach, bei dem sie so deprimiert gewesen war. Einmal hatte er sie zwischendurch besucht, aber da hatte sie wieder ihre sonnige Seite gezeigt, sich fröhlich und optimistisch gegeben.

Gülay verschwand mit dem Geschirr im Gebäude.

»Es ist großartig, dass die Frauen Bine so unterstützen«, stellte John fest. »Obwohl ich zugeben muss, dass ohne Bine etwas fehlt.«

»Ja«, stimmte Max zu.

»Können wir Leonie noch irgendwie helfen?«

Max sah zum Garten. Der Rasen war schon wieder gewachsen. »Das eine oder andere gäbe es schon noch zu tun.«

Sie gingen zu ihren Fahrrädern.

»Ich laufe noch eine Runde mit Racka«, beschloss Max. »Vielleicht sind Leonie oder Melly wieder zu Hause, wenn ich zurückkomme.«

»Ich muss leider wieder ins Pfarrbüro. Ich habe heute Abend noch ein Taufgespräch.«

Max hatte eine ausgedehnte Runde mit Racka gedreht. Er zögerte den Moment hinaus, in dem er Leonie wiedersehen würde, obwohl es genau das war, was er wollte. Die ganze Woche war er ihr aus dem Weg gegangen.

Sie hatte letzten Sonntag nach ihrer Begegnung bei den Streuobstwiesen anscheinend abends mit ihrer Schwester telefoniert. Sabine war ziemlich verdutzt gewesen, als Leonie erwähnt hatte, dass er Golf spiele. Sie hatte ihn nicht auffliegen lassen, sondern sich unwissend gestellt.

»Leo mag es überhaupt nicht, wenn man lügt«, hatte Sabine ihm gesagt, als er sie auf ihre WhatsApp-Nachricht hin angerufen hatte.

»Es war ja nicht gelogen … nicht so richtig«, hatte er herumgedruckst.

»Wie kann man denn falsch lügen? Warum erzählst du ihr überhaupt, dass du Golf spielst?«

»Ich war ja Golf spielen. Also, es war so ein Schnupper-
golfkurs.«

»Nein!«

»Doch.«

»Max!« Sabine hatte gekichert. »Ich glaub's ja nicht.«

Bei der Erinnerung an das Telefonat spürte er, wie seine
Schläfen erneut rot wurden. Und noch immer ärgerte er sich,
dass er Leonie so eine Halbwahrheit aufgetischt hatte. Er hatte
ernsthaft darüber nachgedacht, nach Feierabend ein paar Trai-
nerstunden auf dem Golfplatz zu buchen, den Gedanken aber
schnell wieder verworfen. Er war für diesen Sport nicht gemacht.

Als er den Hof erreichte, stand Leonies Auto neben dem
Fahrradschuppen. Im Haus und im Café brannte Licht. Er
ging zur Haustür und klingelte.

»Hey, da seid ihr ja schon«, grüßte Leonie ihn etwas atem-
los. »Ich bin gerade erst nach Hause gekommen.«

Racka drängte ins Haus, und Max löste die Leine von seinem Halsband.

»Jetzt musst du zumindest nicht gleich mit Racka raus.«

Sie nickte. »Danke für die Nachricht.«

Bevor er zu dem Spaziergang aufgebrochen war, hatte er
sich im Café Zettel und Stift geliehen und Leonie darüber
informiert, dass Amelie unterwegs sei und er mit Racka Gassi
gehe.

»Ich wollte nicht, dass du dir Sorgen machst.«

Sie zog eine Grimasse. »So eine Suchaktion brauchen wir
nicht jede Woche.«

»Ja.«

Einen Moment lang standen sie sich unsicher gegenüber.

»Im Café brennt noch Licht.«

»Ja, ich habe Gülay gesagt, dass die Frauen gern dort backen
und Bines Lebensmittel verwenden können. Ich möchte nicht,
dass ihnen zu viele Unkosten entstehen. Jetzt sind sie dort zu
viert und bereiten alles für morgen vor.«

»Es war mächtig viel los heute Nachmittag.«

»Das ist gut.«

Wieder verfielen sie in verlegenes Schweigen.

»Oh, ähm ... wo habe ich nur meine Manieren? Möchtest du reinkommen? Ich mache gerade Abendessen. Du kannst gern mitessen.«

»Mach dir keine Umstände.«

»Das sind keine Umstände. Los, komm rein.« Sie wich zur Seite und ließ ihn in den Flur.

Er wollte zur Küche durchgehen, als er den Köcher mit den Golfschlägern neben der Garderobe sah. Unwillkürlich blieb er stehen, sodass sie in ihn hineinstolperte, als sie ihm folgte.

»Entschuldige.«

»Entschuldige.«

Er wandte sich zu ihr um. Sie trat einen Schritt zurück. Sie war zum Greifen nah. Dieser kleine Rempler hatte ihn wie ein leichter Stromschlag elektrisiert. Er spürte, wie er sie anstarrte, meinte, dasselbe Begehren in ihren Augen zu lesen, das er empfand. Sollte er sie einfach küssen? Ganz sanft ihre Lippen berühren?

Und wenn er sich irrte? Er stieß die Luft aus, die er angehalten hatte, und deutete auf die Golfschläger. »Deine?«

»Ja.« Ihre Stimme klang rau. Sie räusperte sich.

Als er sich wieder ihr zuwandte, lächelte sie. »Ich wollte mir den Golfplatz mal anschauen, von dem du erzählt hast. Hast du am Wochenende Zeit? Vielleicht haben die noch einen Zweierflight für uns frei.«

»Einen ... was?«

»Eine freie Startzeit für zwei«, erklärte sie leicht verwundert.

»Ah, ja ... Ähm ...« Er kratzte sich am Hinterkopf. Jetzt wäre genau der richtige Zeitpunkt, um ihr zu sagen, dass er keine Ahnung vom Golfspielen hatte. Aber dieses Lächeln. Er wollte sie nicht enttäuschen. »Ich hab meinen Kalender nicht dabei. Wenn ich zu Hause bin, schau ich gleich nach.«

»Okay.«

»Ich sollte dann mal so langsam ...«

»Ich dachte, wir essen zusammen?«, fragte sie verdutzt.

»Ach ja.« Er grinste dümmlich. »Zu viel Torte … Zu viel Zucker.«

»Das heißt, du hast gar keinen Hunger?«

»Nein, zu viel Zucker im Hirn. Ich kann gerade nicht denken.« Max stöhnte innerlich auf. Konnte er noch mehr Unsinn reden?

Zu seiner Überraschung reagierte sie mit einem verständnisvollen Schmunzeln. »Wie wäre es mit einem kühlen Bier auf der Terrasse?«

»Das könnte helfen.«

»Geh schon mal vor. Ich hole die Getränke.«

Was war nur in sie gefahren? Leonie verzog das Gesicht, sobald Max ihr den Rücken zugekehrt hatte und zur Terrassentür gegangen war. Sie rettete sich in die Küche und öffnete den Kühlschrank. Die kalte Luft, die ihr entgegenströmte, kühlte ihre erhitzten Wangen.

Hatte Max das Begehren in ihren Augen gesehen? Verflucht, der Kerl weckte in ihr Sehnsüchte, gegen die sie einfach nicht ankam und die doch nicht sein durften. Nicht zum ersten Mal hatte sie das Gefühl, ihre Schwester zu hintergehen.

Er brachte Sabine Rosen ins Krankenhaus. Er half ohne Wenn und Aber, Sabines Gemüsegarten in Schuss zu halten, kümmerte sich um Racka. Tat alles, um Sabine in dieser Situation irgendwie zu unterstützen. Das hatte nichts mit ihr zu tun. Es war doch deutlich, wie sehr er ihre Schwester mochte.

Und was tat sie? Bekam Herzklopfen und weiche Knie, sobald sie ihn nur sah oder seine Stimme hörte. Die kurze Berührung, als er unerwartet im Flur stehen geblieben und sie gegen ihn gestoßen war, hatte einen sehnsüchtigen Schauer durch ihren Körper gejagt. Sie hatte den Duft seines Körpers eingeatmet, was ein heftiges Verlangen in ihr entfacht hatte. Am liebsten hätte sie ihn an sich gezogen und leidenschaftlich geküsst.

Diese Gefühle durften nicht sein! Wie sollte sie damit

klarkommen, wenn aus Sabine und Max ein Paar würde? Vor wenigen Stunden hatte sie noch mit dem Gedanken gespielt, sich beim Tübinger Landgericht zu erkundigen, ob gerade ein Richterposten vakant sei. Um Sabine und Amelie näher zu sein und sie öfter zu sehen? Oder hatte sie dabei nur an Max gedacht? Sie verstand sich selbst nicht mehr.

Wo war Amelie überhaupt schon wieder, lenkte sie ihre Gedanken in eine andere Richtung. Ihre Nichte drückte Max den Hund auf und verschwand ohne eine Nachricht. So konnte es nicht weitergehen. Der Ärger half Leonie für einen Moment, ihre Schwärmerei abzuschütteln.

Der Kühlschrank begann zu piepen. Sie fand kein Bier darin. Wie auch? Weder Sabine noch sie selbst tranken Bier. Aber ein paar Flaschen Radler waren in einem Fach. Die taten es vielleicht auch. Hauptsache, etwas Kühles. Sie hielt sich eine Flasche an die Schläfe. Das tat gut. Ihre Kehle war so trocken. Sie überlegte, eine Flasche gleich hier und jetzt zu leeren. Was sie natürlich nicht tat.

Stattdessen nahm sie ein großes Holzbrett aus dem Schrank und legte den Käse darauf, den sie am Vormittag auf dem Tübinger Wochenmarkt gekauft hatte. Dazu ein Käsemesser, ein paar Weintrauben und Tomaten. Sie holte das Baguette aus der Brottüte, schnitt einige Scheiben ab und gab sie in einen Korb. Auf einem Tablett balancierte sie das Essen und die Getränke ins Freie.

Max saß am Gartentisch. Er schob die Duftkerze an den Rand, damit sie das Tablett abstellen konnte.

»Wow, das sieht gut aus.«

»Ich bin die Königin der schnellen Küche«, wehrte sie sein Lob ab. Die Freude über sein Kompliment ließ ihr Herz schon wieder schneller schlagen. Sie reichte ihm ein Radler. »Bier ist leider gerade aus.«

»Radler ist okay.«

Sie setzte sich, prostete ihm zu und nahm einen gierigen Schluck.

»Du hast einen guten Zug drauf«, stellte er schmunzelnd fest.

»Ich hatte Durst.« Ihre Flasche war halb leer.

»Da ist ein Radler genau das Richtige.« Er sah auf die Käseplatte. »Obwohl dazu eigentlich ein Wein besser passen würde, oder?«

»Möchtest du ein Glas?«

»Das kommt darauf an. Ich bin mit dem Fahrrad hier. Ist das erlaubt?«

Der schelmische Lausbubenblick, der seine Frage begleitete, versetzte ein Regiment Schmetterlinge in ihrem Unterleib in Schwingungen.

Sie richtete ihren Blick auf den Tisch und musterte abschätzend die Bierflasche. »Ich denke, ein Glas Wein geht in Ordnung.«

Sie wollte aufstehen, als er bremsend eine Hand auf ihren Unterarm legte. »Jetzt trink erst einmal in Ruhe dein Radler.«

Ein Schnaps wäre hilfreicher, dachte sie. Bemerkte er ihre Erregung? Er zog seine Hand zurück, die Berührung hinterließ ein warmes Prickeln.

»Ich war heute Nachmittag bei Bine«, plapperte sie drauflos. Sie musste von Sabine erzählen. Sabine war ihr verbindender Punkt. Sonst nichts. »Sie hat sich mit ihrer Zimmergenossin gezofft.«

Er hob überrascht die Augenbrauen. »Bine?«

»Ja, ich habe auch gestaunt.« Sie berichtete ihm von dem Disput.

Max lachte schallend auf. Herr im Himmel, stöhnte sie innerlich, während sie verkrampft grinste. Konnte er nicht etwas weniger sexy lachen?

»Ich kann es Ihnen gern einmal aufnehmen«, wiederholte er glucksend. Er wischte sich über die Augenwinkel, noch immer lag ein breites Grinsen auf seinen Lippen. »Bine ist echt eine Klasse für sich.«

Leonie nickte wie ein Wackeldackel. »Bine ist großartig.«

»Ja, das ist sie.«

Seine Worte trafen Leonie unangenehm in die Magengrube. Sie gönnte es ihrer Schwester von Herzen, dass ein Mann wie

Max sich für sie interessierte, und gleichzeitig war da ein Anflug von Eifersucht. Sie wedelte weiträumig mit dem Arm. »Ich frag mich, wie sie das alles schafft. Der Hof und der Gemüsegarten machen so viel Arbeit. Dazu noch die Schule, Melly, der Hund.«

»Sie wirbelt ja auch ständig überall herum.« Max deutete mit dem Kopf Richtung Haus. »So aufgeräumt war es sonst allerdings nie.«

»Solange ich nicht arbeite, habe ich ja Zeit«, lenkte Leonie schnell ein. Sie wollte auf keinen Fall ihre Schwester in einem schlechten Licht dastehen lassen. »Und ich bekomme Unterstützung. Die Lesekreisfrauen haben das Café übernommen, du hilfst mir im Garten …«

»Das bisschen Blumengießen.«

»Du hast den Baum geschnitten, den Rasen gemäht, bei der Ernte geholfen.«

»Jemand muss dich ja anlernen.«

Wieder dieses verschmitzte Lächeln. Ihre Blicke trafen sich. Sie beugte sich zur Käseplatte und schnitt sich eine Ecke von dem Bergkäse ab.

Er trank einen Schluck und stellte die leere Flasche zurück auf den Tisch. »Gilt das Weinangebot noch?«

»Ja natürlich.« Als sie dieses Mal aufstand, bremste er sie nicht. Sie ging in den Keller, studierte die Etiketten der Weinflaschen und entschied sich für einen Württemberger Cuvée. Der regionale Rotwein würde gut zum Käse passen. Sie kehrte auf die Terrasse zurück und füllte die Gläser.

»Was trinken wir denn?«

Sie reichte ihm die Flasche.

»Ah, der ist ja von unserem Wengerter.«

»Welcher Wengerter?«

Max deutete auf das Etikett. »Pfaffenberg. Unser Ausflug zum Weinbesen.«

»Oh.« Sie nickte erkennend. Da hatte sie ja einen Treffer gelandet. »Ich habe einfach ins Regal gegriffen.« Er sollte nicht denken, dass sie sich absichtlich für diesen Wein entschieden hatte.

Er hob sein Glas und hielt es ihr entgegen. »Auf unseren Ausflug und unseren Wengerter.«

Er sah ihr in die Augen. Viel zu intensiv. Versuchte er zu flirten? Was sollte das denn jetzt? Er schenkte ihrer Schwester Rosen. Er sollte sie nicht so anschauen. Schon wieder hatte sie einen Frosch im Hals und musste sich räuspern. »Und auf Bine, dass sie schnell wieder gesund wird.«

»Und auf Bine.«

Sie stießen an. Leonie nippte an ihrem Glas, obwohl sie den Wein am liebsten auf Ex in sich hineingekippt hätte. Sie musste einen klaren Kopf behalten, sie interpretierte Wunschdenken in seine Blicke hinein.

»Ich habe heute eine nette Bekanntschaft in Tübingen gemacht.«

Während sie Käse und Baguette verspeisten, erzählte sie von ihrer Begegnung mit dem Staatsanwalt. Dass Herr Schmid in Begleitung seiner Frau gewesen war, verschwieg sie.

»Wäre eine Versetzung nach Tübingen denn eine Option für dich?«, fragte Max.

Sie hob die Schultern. »Dazu müsste erst einmal eine Stelle frei sein. Aber es wäre natürlich schön, etwas näher bei Bine und Melly zu sein.«

Er nickte, wobei er sie unverwandt ansah.

»Bine würde sich sicherlich freuen«, sagte er schließlich.

»Ja.« Und du? Sie biss sich auf die Unterlippe, damit die Frage ihr nicht versehentlich herausrutschte.

Die Gläser waren leer, Käseplatte und Brotkorb geplündert. Vor lauter Unsicherheit hatte sie viel zu viel gegessen. Jeden stillen Moment hatte sie mit einem Käsewürfel oder Wein gefüllt. Vom Café her drangen fröhliche Stimmen zu ihnen herüber. Kurz darauf erschienen vier der Lesekreisfrauen im Garten.

»Wir machen Schluss für heute.« Gülay hielt den Schlüssel zum Café hoch.

»Behalte den Schlüssel, dann kannst du jederzeit rein«, bot Leonie an. Es war ihr unangenehm, von den Frauen zusammen mit Max beim gemütlichen Weintrinken gesehen zu werden. Würde eine von ihnen gleich Sabine anrufen und es ihr erzählen? Würde es Sabine etwas ausmachen? Sie wollte nicht, dass ihre Schwester dachte, sie würde sich an Max ranmachen, während sie im Krankenhaus ans Bett gefesselt war.

»Danke.« Gülay verstaute den Schlüssel in ihrer Umhängetasche. »Ich komme morgen etwas früher. Ich habe einen Hefeteig angesetzt, den ich verbacken möchte, bevor wir öffnen.«

»In Ordnung. Möchtet ihr euch noch zu uns setzen?«

»Nein, nein.« Gülay grinste verschmitzt. »Wir müssen nach Hause. Bis morgen.«

Die Frauen winkten und spazierten im Pulk davon.

Max schob seinen Stuhl zurück. »Ich sollte mich auch auf den Heimweg machen.«

Ob ihm die Situation genauso unangenehm gewesen war? Und warum hatte Gülay so gegrinst? Sie durchschaute dieses dörfliche Geflecht nicht.

Er stand auf, griff nach der Käseplatte und dem Brotkorb.

»Lass stehen, ich räume das gleich weg.«

»Das können wir geschwind zusammen machen.« Er trug die Sachen ins Haus. Sie folgte mit den Gläsern. Racka tapste hinter ihnen her und kringelte sich auf seiner Decke zusammen. Sie stellte die Gläser in die Spüle. Er wandte sich zu ihr um, stand dicht vor ihr. War die Küche schon immer so klein gewesen?

»Danke für den schönen Abend.« Er neigte sich zu ihr, küsste sie sanft auf die Wange.

Sie hielt den Atem an, spürte ihren Pulsschlag bis zum Hals hinauf.

»Ja, es war nett.« Ihre Stimme war nur ein Hauch. Stopp! Das durfte jetzt nicht weitergehen. Sie zwang sich ein unverfängliches Lächeln auf die Lippen. »Ich werde Melly ins Gebet nehmen, dass sie dir nicht einfach so den Hund aufhalsen kann.«

»Mach ich doch gern, wenn ich dann immer in so angenehmer Gesellschaft essen darf.«

Sie gab ein »Hm« von sich, das sich irgendwie jämmerlich anhörte.

Er trat einen Schritt zurück, und sie atmete auf. Distanz war gut. Sie brauchte ganz viel Distanz zu diesem Mann.

Er ging zur Haustür, drehte sich noch einmal zu ihr um. »Bleibt es dabei, dass du am Freitag bei der Apfelernte hilfst?«

»Natürlich. Das habe ich dir doch zugesagt. Freitag Apfelernte, Samstag Saftmachen.«

»Fein. Ich freu mich.« Er zögerte einen Moment.

Nicht noch eine Berührung, flehte sie innerlich und hoffte gleichzeitig auf das Gegenteil. Wenn er sie noch einmal küssen würde, würde sie all ihre Prinzipien über Bord werfen. Diese körperliche Anziehungskraft war aufreibend. Bine, verzeih mir, aber ich werde ganz weit fortziehen, ging es ihr durch den Kopf.

Er hob die Hand zum Gruß, lächelte schüchtern. »Gute Nacht, Leonie.«

»Gute Nacht.«


Leonie lag auf dem Sofa. Eine Freitagabend-Talkshow lief im Fernsehen, die sie nur mit halbem Ohr verfolgte. Immer wieder dachte sie an Max' Abschiedskuss. Eine freundschaftliche Geste, mehr nicht, erklärte sie sich. Da war keine Leidenschaft im Spiel gewesen. Aber sein Blick? War das tatsächlich nur Freundschaft gewesen?

Je weiter die Zeit voranschritt, desto mehr verdrängte die Sorge um Amelie ihre romantischen Gefühle. Es war kurz vor Mitternacht, als die Haustür geöffnet wurde und ihre Nichte hereinschlich. Leonie sprang auf, noch bevor Racka sich regte, und eilte in den Flur.

»Hattest du einen schönen Abend?« Ihre Frage klang alles andere als freundlich.

»Mhm.«

Leonie schnupperte. »Hast du geraucht?«

Amelie zog die Nase kraus. »Nee.«

»Du stinkst nach Rauch.«

»Wenn ich rauche, dann höchstens Shisha.«

Das meinte das Kind doch hoffentlich nicht ernst!

»Das gleich mal gar nicht!«, erwiderte Leonie streng.

»Ey, ich hab doch gar nicht geraucht! Wir haben Lagerfeuer gemacht.«

»Wo?«

»Am Föhrberg.«

Leonie kannte die große Lichtung am Rande des Schönbuchs. Dort gab es tatsächlich eine Feuerstelle. Dazu ein paar Holzbänke und Tische.

»Punkt eins, Fräulein, du hättest mir zumindest eine Notiz hinterlassen oder eine WhatsApp schicken können, damit ich weiß, wo du bist.«

»Hab doch gesagt, dass ich mich mit den anderen treffe.«

»Aber nicht bis Mitternacht. Du bist vierzehn!«

»Waren auch Achtzehnjährige dabei.«

Sehr beruhigend. Vermutlich hatten die Bier und Schnaps mitgebracht.

»Hauch mich mal an.«

»Ist jetzt nicht dein Ernst?« Amelie tippte sich an die Stirn.

»Hast du was getrunken?«

»Radler.«

»Melly! Du bist vierzehn, verdammt!«

»Ja und? Wie oft willst du mir das noch sagen? Früher hat man den Babys Bier zum Einschlafen gegeben.«

»Wir leben aber nicht mehr in der Steinzeit. Und mal abgesehen davon, dass Alkohol nicht gut für dich ist, ist es dir gesetzlich verboten, Alkohol zu trinken.«

»Stimmt ja gar nicht! Ich darf Bier trinken, wenn Erwachsene dabei sind.«

»Da lies mal lieber im Jugendschutzgesetz noch einmal nach«, erwiderte Leonie sarkastisch. Wenn die Göre ihr die deutschen Gesetze erklären wollte, musste sie früher aufstehen. »Das gilt nur in Begleitung einer personensorgeberechtigten Person, also in Begleitung deiner Mutter, und die war ganz sicher nicht auf dem Föhrberg. Und sie hätte dir auch nicht erlaubt, Alkohol zu trinken!«

Das Mädchen verdrehte genervt die Augen. »War's das?«
»Nein. Nach Punkt eins kommt nämlich noch Punkt zwei:
Du kannst Max nicht einfach den Hund in die Hand drücken
und dann ohne ein Wort abhauen. Das Café schließt um fünf.
Ich war noch bei Bine im Krankenhaus, und Max stand mit
Racka vor der verschlossenen Tür.«

»Er kann Racka doch mitnehmen.«

»Weil wir Erwachsenen ja nie etwas anderes zu tun haben,
als uns um deine Angelegenheiten zu kümmern. Dein Verhalten war rücksichtslos und egoistisch. Du wirst dich bei Max
entschuldigen.«

Amelie blies die Backen auf. »Boah, ey, das ist so ungerecht!
Du behandelst mich wie ein Kind. Ich darf abends nicht weg,
aber ich soll mich hier um alles kümmern.«

»Um alles!« Leonie verzog zynisch die Mundwinkel. »Das
ist jetzt ein bisschen übertrieben, findest du nicht?«

»Weißt du, was übertrieben ist? Dein ›Ich spiel jetzt mal
die Mama‹. Du bist nicht Mama. Du bist völlig verkrampft
und spießig und überhaupt – ich will, dass Mama wieder nach
Hause kommt!« Sie trat sich wütend die Schuhe von den Füßen
und stampfte die Treppe hinauf in ihr Zimmer.

»Ich habe eine Verantwortung, verdammt noch mal!«, rief
Leonie dem Mädchen hinterher. Und ich habe keine Ahnung,
wie man einen Teenager erzieht, dachte sie frustriert. Doch
wen sollte sie um Rat fragen? Sie wollte auf keinen Fall, dass
Sabine etwas von ihren Diskrepanzen mit Amelie erfuhr.

Sie ging zurück ins Wohnzimmer. Spießig. Verkrampft. Auf
ihren Gefühlen konnte man ja herumtrampeln.

## 14

Obwohl der 3. Oktober ein Feiertag war, war Leonie früh aufgestanden, um mit Racka die Morgenrunde zu drehen. Allerdings war sie später dran als an den Werktagen, daher traf sie Tilda mit Jack nicht an der Wiese.

Sie ließ Racka von der Leine, damit er herumspringen und die neuesten Botschaften seiner Artgenossen erschnüffeln konnte. Leichter Nebel lag über den Feldern, verhüllte die Hänge des Schönbuchs und verschluckte die Geräusche. Kein Vogelgezwitscher, kein Verkehrslärm von der Bundesstraße, friedliche Stille.

Am Wochenende hatte Leonie Kontakt zu ihrer ehemaligen Kommilitonin Tanja aufgenommen, die sich nach dem Jurastudium auf Wirtschaftsrecht spezialisiert hatte und inzwischen für ein Frankfurter Finanzunternehmen arbeitete. Sie hatte Tanja um Rat gefragt, weil sie auf der Suche nach einer Möglichkeit war, wie Sabine kostengünstig und schnell aus dem Kreditvertrag herauskam, für den sie so hohe Zinsen zahlte.

Tanja hatte ihr erklärt, dass eine Kündigung vor der vertraglich vereinbarten Laufzeit eine Strafzahlung in Form einer Vorfälligkeitsentschädigung mit sich bringen würde, aber vermutlich trotzdem günstiger wäre, als den Kredit bis zum Ende zu bedienen.

»Da es sich um einen Kleinkredit handelt, sollten die Kosten überschaubar sein«, hatte ihre einstige Studienkollegin vermutet. »Du könntest natürlich prüfen, ob es Fehler im Vertrag gibt – etwa fehlende Pflichtangaben oder eine fehlerhafte Widerrufsbelehrung – und der Vertrag daher widerrufen werden kann. Aber wenn du Pech hast, führt das zu einem Rechtsstreit.«

Einen Rechtsstreit konnte Leonie nicht auch noch gebrauchen. Doch egal, für welchen Weg sie sich entschied, wenn sie den Kredit vorzeitig beenden wollte, benötigte sie Geld, um die Schuld zu tilgen. Würde Sabine einen weiteren Kredit bei ihrer Hausbank bekommen? In Anbetracht der angespannten finanziellen Lage ihrer Schwester hielt Leonie das für unwahrscheinlich.

Hatte Sabine sich mit Haus und Hof übernommen? Sie war so glücklich und optimistisch gewesen, als sie vor fünfzehn Jahren von dem Kauf erzählt hatte. Sie hatte Leonie durch das renovierungsbedürftige Gebäude geführt und in den schillerndsten Farben beschrieben, wie sie die Räume einrichten wollte.

»Kannst du dir das denn leisten?«, hatte Leonie überwältigt gefragt.

»Klar«, hatte Sabine unbeschwert erwidert. »Ich bin Lehrerin, ich habe einen krisensicheren Job. Ich bin kreditwürdig, und es reicht doch, wenn ich den Hof abbezahlt habe, wenn ich in Pension gehe.« Sie war damals vierundzwanzig gewesen, hatte gerade mal ein Jahr gearbeitet und war im fünften Monat schwanger. Letzteres hatte sie der Bank verschwiegen.

Irgendwie musste es Sabine gelungen sein, die Kredite sogar während ihrer Elternzeit zu bedienen. Vielleicht hatten die Eltern ausgeholfen und niemand hatte Leonie etwas gesagt, damit kein Neid zwischen den Schwestern aufkam.

Zurück von ihrer Runde kochte Leonie Kaffee und holte sich Sabines Bankenordner in die Küche. Während sie ihr Marmeladenbrötchen aß, blätterte sie noch einmal durch die Unterlagen. Es war so, wie Leonie es in Erinnerung hatte: Die monatlichen Ratenzahlungen ließen Sabine keinen finanziellen Spielraum.

Sie starrte grübelnd auf die Papiere. Wie hatte Sabine es überhaupt geschafft, sich all die Jahre über Wasser zu halten? Sie hatte auf vieles verzichtet, wurde Leonie bewusst. Sie konnte sich nicht erinnern, dass ihre Schwester je in den Urlaub gefahren wäre. Sie trug meistens Secondhand-Kleidung und baute Gemüse in ihrem Garten an. Sie hatte kein Auto, und sie hatte auch ewig nicht mehr von einem Kino- oder Theaterbesuch erzählt.

»Wie blind war ich eigentlich?«, wisperte Leonie fassungslos. Während sie Geld für ein Auto, Urlaub, schicke Kleidung und den Golfclub ausgab, hatte sie sich nie Gedanken gemacht, ob Sabine Unterstützung gebrauchen könnte. Wenigstens für Amelie. Sie hätte als Patentante zumindest die Kosten für Klassenausflüge und Schulsachen übernehmen können.

Leonie klappte den Ordner zu und brachte ihn zurück in Sabines Arbeitszimmer. Sie ließ den Blick durch den Raum schweifen. Schlichte IKEA-Regale, der alte Holzschreibtisch war vom Trödelmarkt. Sabine hatte ihn abgeschliffen und neu gestrichen. Als Leonie vor fast vier Wochen hergekommen war, hatte in diesem Zimmer ein heilloses Chaos geherrscht, das sie inzwischen beseitigt hatte.

»Was machst du hier?«, erklang Amelies Stimme hinter ihr.

Leonie wandte sich zur Tür. Ihre Nichte stand dort im zerknitterten Jogginganzug, die Haare vom Schlaf zerzaust.

»Den Jogginganzug trägst du jetzt auch schon vierzehn Tage, oder?«

Amelie hob desinteressiert die Schultern.

»Ausgeschlafen?«

»Geht so.«

»Komm, wir gehen rüber. Ich mach dir Frühstück.« Leonie marschierte Amelie voran in die Küche und setzte Teewasser auf. »Hast du schon Pläne für heute?«

»Nö.«

»Sollen wir zusammen was unternehmen?«

»Mama besuchen?« Es schwang wenig Begeisterung in der Stimme mit.

»Das auch, aber vielleicht gehen wir danach ins Kino, oder wir machen eine Wanderung und besuchen Bine etwas später?«

»Nö.«

Eine Runde Golf würde das Mädchen vermutlich auch nicht vom Hocker reißen. Was wusste sie eigentlich von ihrer Nichte? Sie hatte sich mit zehn einen Hund gewünscht, den sie gern knuddelte, darüber hinaus zeigte sie aber wenig Motivation, sich um das Tier zu kümmern. Sie tanzte seit vielen

Jahren. Und sonst? War Amelie deswegen so gegen Leonie eingestellt? Weil sie viel zu selten da gewesen war? Sich zu wenig um sie oder um Sabine gekümmert hatte?

»Kannst du Englisch?«, fragte das Mädchen in ihre Grübeleien.

»Ja, warum?«

»Ich muss ein Referat halten, aber ich kann das nicht.«

Es freute Leonie, dass Amelie sie um Hilfe bat. Sie versuchte dennoch, nicht zu euphorisch zu klingen. »Lass mich raten: Es muss bis morgen fertig sein?«

»Mhm.«

»Welches Thema?«

»Können wir uns aussuchen.«

»Und für welches Thema hast du dich entschieden?«

Amelie hob den Blick und zuckte die Achseln. »Keine Ahnung.«

Na, das würde ein Vergnügen werden.

***

Für Anfang Oktober war es noch immer viel zu warm. Max hatte sich mit John zu einer Radtour verabredet und kam dabei ordentlich ins Schwitzen, weil John mit seinem E-Bike unterwegs war, während Max' Tourenbike einzig durch Muskelkraft angetrieben wurde.

Sie fuhren zum Schönbuch hinauf und durchquerten den Naturpark auf breiten Schotterwegen in Richtung Waldenbuch. Sie waren nicht die Einzigen, die an diesem Tag Erholung in der Natur suchten. Immer wieder begegneten ihnen Mountainbiker oder Ausflügler, die in Gruppen den Feiertag genossen. Hinzu kamen Wandergruppen, und auch zwei Reiter kreuzten ihren Weg.

»Ist das herrlich. Ich könnte stundenlang durch diesen Wald fahren.« John strahlte über das ganze Gesicht. »Der Schönbuch ist eines der größten geschlossenen Waldgebiete Süddeutschlands. Wusstest du das?«

Max lächelte milde. »Ich bin in der Region aufgewachsen, John. Ich weiß sogar, dass es hier große, alte Mammutbäume gibt und dass der Sandstein für den Bau des Ulmer Münsters und des Kölner Doms verwendet wurde.«

»Ach was?« John war beeindruckt.

»Bis ins 15. Jahrhundert gab es hier noch Bären. Es wird vermutet, dass der Bezenberg daher seinen Namen hat.«

»Wo ist der Bezenberg?«

»Wir fahren gerade drüber«, lachte Max.

»Ach so.« John ließ den Blick umherschweifen. »Jetzt stell dir mal vor, da käme gleich ein Bär.«

»Das will ich mir lieber nicht vorstellen.«

Sie erreichten die Schokoladenstadt Waldenbuch, bogen aber am Rand ab und fuhren den Aichtalradweg weiter nach Schönaich. Der Weg war von Skulpturen gesäumt, die John erneut in Entzücken versetzten und die er fleißig fotografierte. Die »Schwimmerinnen«, die »Woodwatcher« und das »Frühstück im Freien« wurden auf seiner Chipkarte für die Ewigkeit gespeichert.

»Die sind großartig«, begeisterte sich John.

Max fand die Skulpturen ganz nett, konnte aber die Euphorie seines Freundes nicht teilen. Er hätte auf dem flachen Wegstück gern etwas Strecke gemacht. Er bekam langsam Hunger.

John hielt schon wieder an. »Ich wüsste zu gern, was das alles zu bedeuten hat. Was haben sich die Künstler dabei gedacht? Wie sind sie auf die Ideen gekommen?«

»Versuch's mal mit der Bildersuche. Bestimmt gibt es irgendwo eine Beschreibung der Kunstwerke«, schlug Max vor.

»Interessiert dich das denn gar nicht?« John sah verwundert zu ihm. »Du bist doch auch ein Künstler!«

Max zog die Stirn in Falten. »Als Künstler würde ich mich nicht bezeichnen. Ich bin Handwerker.«

»Aber du erschaffst etwas. Du bist kreativ, du entwirfst neue Häuser.«

»Ich baue sie, aber ich entwerfe sie nicht.« Obwohl auch beim Bau hin und wieder Kreativität erforderlich war, wenn die Realität sich nicht mit den angefertigten Plänen in Einklang bringen ließ.

»Stell dein Licht nicht unter den Scheffel. Du hast schon einiges gebaut! Ich war bei so vielen Familien im Flecken, und gefühlt hat jeder Zweite ein Regal, einen Tisch oder einen Schrank, den du angefertigt hast.«

In seiner Freizeit schreinerte Max gern in seiner Garage. Und wenn jemand ein spezielles Möbelstück benötigte, das nicht den Standardmaßen der Industrienorm entsprach, half er manches Mal mit einem eigenen Werk oder beim Umbau eines vorhandenen Stücks.

»Ich baue nützliche Sachen. Das hier«, Max deutete auf das Kunstwerk, vor dem sie gerade standen, eine Konstruktion aus Basalt und Marmor, »hat weniger einen Nutzen, sondern ist zum Anschauen da.«

»Ja sicher, aber es erfüllt auch einen Zweck: Es regt zum Nachdenken an, oder es setzt ein Zeichen.«

Max sah auf das Gebilde. »Hm.« Mehr fiel ihm nicht ein.

»Ich könnte mir vorstellen, dass dieser Pfad Bines Schwester gefallen würde.« John hatte sein Smartphone gezückt, um das Objekt zu fotografieren, und warf Max einen Blick über die Schulter zu.

»Wie kommst du jetzt auf Leonie?«

»Na ja, ich dachte, du würdest gern mal wieder etwas mit ihr unternehmen.«

»Dachtest du, ja?« Max mühte sich um einen emotionslosen Gesichtsausdruck.

Aber John verfügte über Menschenkenntnis. »Du magst sie, oder?«

»Und wenn …« Er machte eine wegwerfende Handbewegung.

»Was – und wenn?«

»Das hat keinen Wert.«

»Was soll das denn heißen?«

»Es … Keine Ahnung. Ist doch egal.«

»Wieso denkst du, es hat keinen Wert, dass du sie magst?«

Max stöhnte genervt auf. »Weil es ... es ist kompliziert.«

»Ich mag komplizierte Geschichten.«

Er wollte nicht über Leonie reden. Seit Freitagabend bemühte er sich, nicht an sie zu denken. Die Situation war verkrampft gewesen. Er hatte ein schlechtes Gewissen gehabt, weil er beim Thema Golfspielen nicht ganz aufrichtig gewesen war. Gleichzeitig hatte er sie immer wieder ansehen müssen und das Gefühl gehabt, in ihren Augen dasselbe Verlangen zu erkennen. Die Krönung des Abends war sein tollpatschiger Annäherungsversuch gewesen, als er sie zum Abschied hatte küssen wollen. Die Erinnerung daran ließ noch immer Scham in ihm aufsteigen.

In den Filmen legte der Mann sanft die Hand unter das Kinn der Frau, dazu ein tiefer Blick in die Augen. Er neigte sich zu ihr, küsste ihre Lippen. Ihre Lippen, nicht ihre Wange! Auf halbem Weg hatte er Muffensausen bekommen und ihr diesen verunglückten Kuss auf die Wange gehaucht. Dazu noch ihr erschrockener Blick. Das hatte ihm den Rest gegeben. Zumindest hatte sie nach dieser Nummer vermutlich keine Lust mehr, mit ihm Golf spielen zu gehen. Ein schwacher Trost.

»Ist es, weil sie eine intelligente, selbstbewusste Frau ist und du nur der einfache Zimmermann?«

»John!«

»Ich dachte, wir leben in modernen Zeiten.«

»Können wir bitte weiterfahren?«

Sein Freund schien kurz zu überlegen, ob er weiter nachhaken sollte, entschied sich aber zu Max' Erleichterung dagegen. Stattdessen hob er sein Smartphone. »Lass mich nur noch schnell ein Foto an Bine schicken, damit sie weiß, dass wir sie nicht vergessen haben. Ach, weißt du was? Wir machen ein Selfie mit Skulptur. Komm mal her.«

Da er kein Spielverderber sein wollte, stellte Max sein Fahrrad ab und gesellte sich neben John, den er um einen halben Kopf überragte.

»Versuch es mal mit einem Lächeln«, forderte John. »Wir möchten Bine eine Freude machen.«

Er hob die Mundwinkel zu einem Grinsen. John benötigte drei Versuche, bis er mit dem Resultat zufrieden war und das Bild an Bine schickte.

Endlich stieg er wieder auf sein Rad. »Was ist denn nun so kompliziert?«

\*\*\*

Leonie fuhr nachmittags allein nach Tübingen ins Krankenhaus, um Sabine zu besuchen. Amelie musste nach der harten Arbeit an ihrem Englisch-Referat unbedingt etwas »chillen« und wollte sich später noch mit Nele und Jenny treffen. Zumindest hatte sie versprochen, vorher mit Racka Gassi zu gehen. Leonie hoffte, dass sie dieses Versprechen hielt.

Sabine nutzte gerade den Selfie-Modus ihres Smartphones als Spiegel, als Leonie das Krankenzimmer betrat. »Ich sehe schon wieder aus wie ein alter Strohbesen.«

»Wenn das deine einzige Sorge ist.« Leonie grinste schief. Am Vortag hatte sie ihrer Schwester die Haare frisiert, aber die Nacht im Bett hatte die Frisur nicht überstanden. Sie nahm zwei Äpfel und eine Birne aus ihrem Beutel und legte sie auf Sabines Nachttisch.

»Es lenkt mich von allem anderen ab«, seufzte Sabine. »Kommt Melly nicht?«

»Sie lässt dich ganz lieb grüßen. Sie schaut morgen nach der Schule wieder vorbei.«

»Es ist ihr zu langweilig, ihre alte Mutter im Krankenhaus zu besuchen.«

»Du bist nicht alt, aber ja, es ist ihr wohl wirklich zu langweilig, jeden Tag herzukommen.«

»Sie muss ja gar nicht mit mir reden. Sie könnte ihre Hausaufgaben hier machen. Ich möchte sie doch einfach nur sehen.«

»Ach, Binchen.« Leonie strich ihr eine Strähne aus dem Gesicht und küsste ihre Stirn. »Sie ist in einem schwierigen Alter.«

»Kommt ihr klar?«

»Natürlich«, flunkerte Leonie. »Wir haben heute Vormittag zusammen ein Englisch-Referat erarbeitet.«

»Wir? Oder hast du es ihr diktiert?«

»So leicht habe ich es ihr nicht gemacht.« Leonie holte sich einen Stuhl ans Bett und beugte sich näher zu ihrer Schwester. Petra hatte zwar die Stöpsel ihres Smartphones in den Ohren und sah sich Videos an, dennoch senkte Leonie ihre Stimme, damit Sabines Zimmergenossin nicht mithören konnte. »Wir müssen mal über deine Finanzen reden.«

Sabine zog eine Grimasse. »Muss das sein?«

»Na ja, die Zeit drängt ein wenig.«

»Warum denn?«

»Weil wir deinen teuren Kredit ablösen müssen. Wo hast du denn die Unterlagen für dein Haus? Die brauchen wir, wenn wir mit der Bank über eine Umschuldung sprechen wollen.«

»Sind die nicht in meinem Arbeitszimmer?«

Die Art, wie Sabine fragte, ließ Leonie erkennen, dass sie genau wusste, dass die Unterlagen nicht dort waren.

»Bine, keine Spielchen«, wurde sie streng. »Ich möchte nicht noch mehr unangenehme Überraschungen erleben.«

»Hat das nicht alles Zeit, bis ich wieder zu Hause bin?«

»Nein, hat es nicht! Du bist bis über beide Ohren verschuldet, und die horrenden Zinsen, die du für den Kleinkredit zahlst, machen es nicht besser.« Ihr kam ein Gedanke. In Sabines Arbeitszimmer hatte sie zwar Bank- und Versicherungsunterlagen gefunden, aber keine Unterlagen zum Kauf des Hofes. »Der Hof gehört dir gar nicht, oder?«

»Natürlich gehört mir der Hof!«

»Was ist dann das Problem? Ich brauche den Grundbuchauszug und ein Wertgutachten, dann spreche ich mit deiner Bank. Wir schauen, ob wir einen Kredit bekommen, mit dem wir deinen Schuldenberg tilgen können, und dann hast du eine überschaubare monatliche Belastung. Die Zinsen sind gerade gar nicht so schlecht.« Eine Vollmacht für Sabines Konto hatte sie. Das hatten sie vor Jahren schon gegenseitig so eingerichtet, falls einer von beiden etwas zustoßen sollte.

»Aber ich … ich kann es dir nicht sagen.«

»Warum nicht?«

»Weil ich es versprochen habe.«

»Haben unsere Eltern für dich gebürgt? Bine, ich bin froh, wenn sie dich und Melly unterstützen, und es ist okay, wenn sie dir beim Kauf geholfen haben.« Nie würde sie zulassen, dass sich Streit ums Geld zwischen sie und ihre Schwester stellte.

Sabine schüttelte den Kopf. Sie wagte nicht, ihr in die Augen zu sehen. »Ich habe versprochen, dass ich mit niemandem darüber rede.«

Das wurde langsam etwas abstrus. Leonie zog die Augenbrauen zusammen. »Ich bin doch nicht niemand. Ich bin deine Schwester.«

Sabine knabberte an ihrer Unterlippe, sagte aber kein Wort.

»Okay, vergessen wir das Haus und den Hof als Sicherheit«, gab Leonie nach. »Dann müssen wir einen anderen Weg finden, Ordnung in deine Kleinkredite und Ratenzahlungen zu bringen.«

»Sei nicht böse, Leo. Ich werde es dir erklären, aber nicht hier und jetzt.«

Leonie strich sich grübelnd über das Kinn. »Du machst ja ein ganz schön großes Geheimnis um deinen Hof. Ich hoffe, du hast dich nicht mit einem Mafiaboss eingelassen und der Kauf des Hofes diente der Geldwäsche.«

Sabine lachte kurz auf. »Auf was für Ideen du kommst!«

»Berufskrankheit.«

»In ein paar Wochen bin ich wieder zu Hause, und dann können wir das mit dem Kredit angehen.«

Leonie nickte resigniert. Vielleicht fand sie noch eine andere Möglichkeit, um ihrer Schwester zu helfen.

»Schau mal, haben mir die Jungs geschickt. Sie machen eine Radtour.« Sabine hielt ihr das Display ihres Smartphones entgegen. Unversehens sah sie sich Max und John gegenüber, die vor einem nicht genau erkennbaren Gebilde in der Natur standen und in die Kamera grinsten.

»Wo ist das?«

»Keine Ahnung, aber ich kann die zwei mal fragen, wenn es dich interessiert.«

»Ich hab gar keine Zeit für eine Radtour.«

»Sag mal …« Sabines Stimme bekam einen vertraulichen Unterton. »Wie gefällt dir Max eigentlich?«

Die Frage hatte ja irgendwann kommen müssen. Leonie bemühte sich um einen gleichgültigen Gesichtsausdruck. »Er ist nett.«

»Und ziemlich süß, oder?« Sabine warf ihr einen lauernden Blick zu.

Süß? Er war heiß. Sexy. Weckte in ihr Sehnsüchte, die sie lange nicht gespürt hatte. Aber das konnte sie Sabine nicht sagen. Sie hob unbestimmt die Schultern.

Leonie war erleichtert, als die Tür aufging und unerwartet Sabines Kollegin Sarah mit einer weiteren Grundschullehrerin fröhlich lachend hereinstolperte und sie einer Antwort enthob.

\*\*\*

Im Nachhinein hatte John ein schlechtes Gewissen. War er zu neugierig gewesen? Hatte er Max mit seinen Fragen zu sehr bedrängt? Aber er hatte doch von Anfang an gespürt, schon als Max das erste Mal von Leonie erzählt hatte, dass sein Freund in diese Frau verliebt war.

Max hatte ihm – unter dem Siegel der Verschwiegenheit – schließlich von seinem Abend und dem missglückten Abschiedskuss berichtet. John fand die Situation weniger schlimm, als Max sie interpretierte. Vielleicht war Leonie selbst ein wenig unsicher, auch wenn sie immer so einen selbstbewussten Eindruck machte.

Dann hatte Max ihm von seinem Schnupper-Golfkurs erzählt – woraufhin John sich beschwert hatte, dass er ihn nicht mitgenommen hatte. Nicht dass er tatsächlich Interesse am Golfspielen gehabt hätte, aber er erweiterte sein Wissen gern in viele Richtungen. Das machte es leichter, mit den Menschen, denen er täglich begegnete, zu sprechen.

»Jetzt glaubt sie, ich kann Golf spielen.«

»Warum hast du das Missverständnis nicht gleich aufgeklärt?«, hatte John gefragt.

»Weil es mir peinlich war! Was soll sie denn von mir denken? Sie taucht auf, und ich buche einen Golfkurs. Das ist doch armselig.«

»Nein, es zeigt dein aufrichtiges Interesse an ihr. Wozu hat Gott uns die Gebote gegeben? Damit wir zwischenmenschlich besser miteinander klarkommen.«

»Na toll, jetzt komm ich wegen dieser blöden Flunkerei auch noch in die Hölle.«

»Deine Sünden sind dir vergeben, du scheinst ja aufrichtig zu bereuen.«

»John, können wir bitte ein bisschen irdischer bleiben?«

Für John waren die Gebote, Jesus' Leben und Gottes Liebe durchaus irdisch und ein lebendiger Bestandteil seines Lebens. Aber er hatte verstanden, was Max gemeint hatte.

»Wann warst du das letzte Mal verliebt?«

Sein Freund hatte eine Weile überlegt, bevor er geantwortet hatte: »Seit Nicole nicht wieder. Aber jetzt … Ich muss ständig an sie denken. Ich weiß nicht, wie ich dagegen ankommen soll.«

»Warum willst du dagegen ankommen?«

Max hatte nichts erwidert.

»Du hast Angst, enttäuscht zu werden«, hatte John sich selbst eine Antwort gegeben.

»So ein Fiasko wie damals will ich nicht noch einmal erleben. Es hat so viel in mir kaputtgemacht.«

»Und du denkst, Leonie ist wie Nicole?«

»Ich weiß es nicht. Fakt ist: Sie ist eine Karrierefrau. Außerdem habe ich sie angeflunkert, und jetzt will sie mit mir Golf spielen gehen, und ich weiß gerade mal, dass es einen Ball und zig verschiedene Schläger gibt. Was soll ich denn machen?«

»Wie wäre es, wenn du ihr die Wahrheit sagen würdest? Es war ein Missverständnis, das wird sie verstehen.«

»Wozu das Ganze?«, hatte Max resigniert geseufzt. »In ein

paar Wochen ist sie wieder in Ulm und widmet sich ihrem beruflichen Aufstieg. Aus den Augen, aus dem Sinn.«

Ganz so einfach war das mit der Liebe nicht, wusste Pfarrer John.

Racka sprang an ihr hoch, kaum dass Leonie den Flur betreten hatte. Sie drückte ihn sanft herunter und gab ihm ein paar Streicheleinheiten. »Wie lang bist du schon wieder allein, mein Freund?«

Racka schleckte ihr die Finger ab. Der Hund hasste es, allein zu sein. Sie warf einen prüfenden Blick in den Fressnapf. Racka hatte ihn blitzsauber ausgeschleckt. Oder hatte Amelie ihn gar nicht gefüttert? Leonie entdeckte eine leere Dose Hundefutter in der Spüle. Es war wohl zu viel verlangt, sie in den gelben Sack zu werfen, nachdem man schon die Mühe auf sich genommen hatte, den Inhalt in den Napf zu füllen, dachte Leonie sarkastisch und entsorgte den Müll.

»Möchtest du noch eine Runde an die frische Luft, bevor wir zwei uns einen gemütlichen Fernsehabend machen?«

Irritiert stellte sie fest, dass sie deprimiert war. Noch vor wenigen Wochen in Ulm hatte es ihr nichts ausgemacht, die Abende allein zu Hause zu verbringen. Sie hatte es genossen, in Ruhe Zeitung zu lesen, eine Dokumentation im Fernsehen anzuschauen oder sich in die Akten zu einem Fall zu vertiefen. Und jetzt? Wann hatte sie das letzte Mal einen Blick in die Süddeutsche geworfen?

Aufgrund des Feiertags fand an diesem Abend auch kein Yoga statt. Ihre Gedanken wanderten zu John und Max, die eine Radtour gemacht und Sabine ein fröhliches Foto geschickt hatten. Ihr hatte niemand eine Nachricht geschickt. Es interessierte niemanden, wie es ihr ging und wie sie die Zeit verbrachte. Für einen Augenblick fühlte sie sich unendlich einsam.

Sie schnaubte verstimmt. Es war nicht ihre Art, in Selbstmitleid zu verfallen. Racka war da, und der Hund brauchte sie. Sie wechselte die Ballerinas gegen Turnschuhe, schnappte sich die Leine und machte einen Abendspaziergang. Die Sonne verschwand am Horizont, tauchte den Himmel in malerische Orange- und Lilatöne. Als flanierte sie in einem Gemälde, ging es ihr durch den Kopf.

Nachdem sie zurückgekehrt war, schlüpfte Leonie in einen bequemen Hausanzug, bereitete sich einen Vesperteller und machte es sich auf dem Sofa gemütlich. Sie durchsuchte die Mediathek nach einem Film, der sie interessieren könnte. Etwas Leichtes und Fröhliches. Aber auf keinen Fall etwas mit Liebe.

Sabines Fragen nach Max schwirrten in ihrem Kopf. Sie hatte geahnt, dass die beiden etwas verband. Die Blumensträuße mit den Rosen, die er Sabine wöchentlich mitbrachte, bedurften keiner Erklärung. Er mochte Sabine, und Sabine mochte ihn. Und jetzt wollte Sabine von ihr wissen, was sie von Max hielt.

Schon in ihrer Jugend hatte Sabine ihr die Jungs vorgestellt, die ein Date mit ihr wollten. Sabine war beliebt. Es war ihr schon immer wichtig gewesen, dass Leonie eine positive Meinung von den Jungs und später von den Männern hatte, mit denen sie sich traf.

Nur bei Amelies Vater hatte sie es nicht getan. Wie auch, bei einem One-Night-Stand im Urlaub? Hatte Sabine gedacht, er sei die große Liebe, und war deswegen unachtsam gewesen? Oder war sie nur aufgrund ihrer Gedankenlosigkeit schwanger geworden, so wie ihr Vater es ihr immer vorgeworfen hatte?

Max jedenfalls war ein netter Kerl. Hilfsbereit, anpackend, aufrichtig. Leonie seufzte grübelnd. War er aufrichtig? Wenn er an Sabine interessiert war, warum hatte er dann am vergangenen Freitagabend versucht, mit ihr zu flirten? Hätte sie Sabine davon erzählen sollen?

Er hatte ihr sogar einen Kuss zum Abschied gegeben. Nur auf die Wange. Ein freundschaftlicher Kuss. Und doch … Hatte er sie tatsächlich nur auf die Wange küssen wollen? Da war doch mehr in seinem Blick gewesen.

Sie schüttelte ärgerlich den Kopf über sich selbst. Sie interpretierte Absichten in seine Gesten und Blicke hinein, rein aus ihrem persönlichen Wunschdenken heraus. Und sie sollte sich so etwas nicht wünschen. Auf der ganzen Welt gab es so viele Männer, warum also ausgerechnet Max? Herrje, sie war doch bisher wunderbar allein zurechtgekommen.

Das Klingeln ihres Smartphones erlöste sie von ihren Grübeleien. Es war Jochen.

»Hallo, meine liebste Amtsrichterin«, grüßte er in schmeichelndem Ton. »Wann kann ich denn mal wieder mit Ihrer Anwesenheit in Ulm rechnen?«

»Herr Gruber, wie nett, von Ihnen zu hören«, ging sie auf sein Geplänkel ein. »Ich befürchte, Sie müssen noch ein wenig auf meine Gesellschaft verzichten.«

»Dann werde ich Sie wohl vorladen müssen.«

Sie musste lachen. Es tat so gut, zu spüren, dass da jemand war, der sie vermisste. »Jochen, schön, dass du anrufst. Wie geht es dir?«

»Es gab schon bessere Tage. Ohne dich ist Ulm trist und farblos und das Gericht lediglich ein Arbeitsplatz.«

»Jetzt ist aber gut«, bremste sie ihn.

»Nächsten Samstag, zehn Uhr auf dem Golfplatz. Konspiratives Networking mit Meyerring. Na, wie hört sich das an?«

Verdammt. Das Lächeln gefror Leonie auf den Lippen. Nächsten Samstag hatte sie Max versprochen, beim Saftmachen zu helfen.

»Du bist sprachlos, weil du einfach überwältigt davon bist, was für ein toller Typ ich bin, oder?«

»Jochen ... du hast bei unserem letzten Treffen gesagt, in drei Wochen. Das wäre Mitte Oktober ...«

»Das ist jetzt nicht dein Ernst.« Seine Stimme verlor die Lockerheit.

»Ich kann nächsten Samstag nicht.« Wie viel Zeit brauchte man, um aus den geernteten Äpfeln Saft zu machen? Reichte der Vormittag? Vielleicht ließe sich der Termin mit Meyerring auf den Nachmittag verschieben.

»Leo, was kann denn wichtiger sein?«

»Ich habe schon einen anderen Termin zugesagt.« Apfelsaft pressen war für Jochen sicher kein akzeptabler Grund.

»Weißt du, wie viele schöne Tage wir im Herbst noch haben werden?«

Leonie verzog leidend das Gesicht.

»Und ich sag dir jetzt noch etwas unter uns: Hinter verschlossenen Türen wird gemunkelt, dass die auserwählte neue Richterin den Posten am Landgericht vermutlich aus gesundheitlichen Gründen nicht antreten wird. Das ist bedauerlich für sie, aber Leo, das ist deine Chance! Ich habe Meyerring schon viel von dir erzählt.«

Die Stelle würde kurzfristig nachbesetzt werden müssen, und wenn Meyerring sie mochte, würde er sich für sie einsetzen. Die Möglichkeit, doch noch den Posten der Beisitzerin beim Landgericht zu bekommen, rückte in greifbare Nähe. Aber sie konnte Max nicht hängen lassen. Er war immer zur Stelle, wenn sie Hilfe brauchte. Und nun wollte sie ihm einmal etwas zurückgeben und sollte kurz vorher absagen?

»Jochen, lass mich eine Nacht drüber schlafen. Ich muss klären, ob ich den anderen Termin verschieben kann.«

Leonie wusste, dass sie kein Auge zutun würde.

## 15

Leonie war in der Nacht zu keiner Lösung gekommen. Jedes Mal, wenn sie eine Entscheidung getroffen hatte, fiel ihr ein neuer Grund ein, der dagegensprach. Überlegte sie, Max abzusagen, stand ihr Pflichtgefühl ihr im Weg. Sie war zuverlässig, das war eine ihrer herausragenden Stärken. Wenn sie einmal etwas zugesagt hatte, hielt sie Wort.

Aber welche Verpflichtung hatte sie Max gegenüber? Er half ihr auf dem Hof doch nur ihrer Schwester zuliebe. Und es war nicht ihre Pflicht, Sabine bei der Apfelernte zu vertreten. Max kannte jede Menge Leute im Dorf. Irgendjemand würde einspringen.

Also absagen und mit Jochen und Meyerring Golf spielen gehen und damit ihrer Karriere den nötigen Kick geben, um endlich weiterzukommen? Aber passte so eine Klüngelei zu ihr? Außerdem hätte Jochen den Termin vorher mit ihr absprechen können. Er wusste doch, dass sie sich um die Tochter und den Hof ihrer Schwester kümmern musste.

Hatte sie nicht vor wenigen Tagen noch überlegt, sich beim Tübinger Landgericht nach einem Richterposten umzusehen, um endlich näher bei Sabine und Amelie zu leben? Sie war doch gerade dabei, eine Beziehung zu ihrer Nichte aufzubauen. War Familie nicht wichtiger als Karriere?

Sie beschloss, nach Tübingen zu fahren und sich das Gerichtsgebäude, von dem der Staatsanwalt so begeistert gesprochen hatte, einmal anzuschauen. Vielleicht hatte er übertrieben und es war ein alter, maroder Kasten, in dem es an allen Ecken und Kanten zog.

Sie räumte die Küche auf und machte sich anschließend auf den Weg. Amelie hätte sie dafür getadelt, dass sie nicht die Bahn nahm, aber mit dem Auto war sie flexibler und wäre auch schneller wieder zurück, sodass der Hund nicht so lange allein wäre, rechtfertigte sie ihr ökologisch unkorrektes Handeln.

Sie fand keinen Parkplatz in der Doblerstraße, in der das Gerichtsgebäude stand, drehte um und fuhr zum nächsten Parkhaus, das ihr Navigationsgerät ihr anzeigte. Obwohl ihr Auto nicht groß war, kamen ihr die Auffahrten des Altstadt-Parkhauses verflucht eng vor, und sie war froh, als sie nach einigem Suchen eine passende Lücke entdeckte. Sie lief die Straße entlang, warf einen Blick auf die Filmplakate des Kinos an der Kreuzung und ging die Steigung zum Gericht hinauf.

Es war tatsächlich ein schönes Gebäude aus hellem Sandstein im Stil der Neorenaissance, das jahrhundertealte Erhabenheit verströmte. Seit mehr als zweihundert Jahren wurde hier Recht gesprochen. Sie stieg die Stufen zur mächtigen Eingangstür aus dunklem Holz hinauf, deren Glas kunstvolle schmiedeeiserne Gitter zierten. Ins Holz war eine Frauenfigur geschnitzt, die Augen verbunden, ein Schwert in der rechten und eine Waage in der linken Hand. Justitia, die Göttin der Gerechtigkeit.

Hinter der Eingangstür empfing sie ein Vorraum mit einem breiten Treppenaufgang. Vom Laufen war Leonie warm geworden. Sie zog die Jacke aus und hängte sie über ihren Arm, während sie die Infotafel studierte, auf der die aktuellen Verhandlungen ausgeschrieben waren. Wie auch in Ulm spürte sie hier eine ruhige Geschäftigkeit. Es fühlte sich heimisch an. Sie vermisste ihre Arbeit bei Gericht.

»Frau Reiter?«

Die männliche Stimme ließ sie aufblicken. Staatsanwalt Marco Schmid kam die breite Treppe herunter.

»Oh, hallo.«

»Habe ich Sie neugierig gemacht?« Er reichte ihr mit festem Druck die Hand.

»Ja, ein bisschen.«

Sein Begrüßungslächeln wich einem bedauernden Blick. »Ich habe jetzt leider gleich schon den nächsten Termin. Aber wenn Sie noch länger in Tübingen sind ... Gegen Mittag hätte ich Zeit.«

Sie könnte Sabine in der Zwischenzeit besuchen, überlegte sie und nickte. »Gern.«

»Sagen wir um ein Uhr hier unten?«

»Okay.«

»Ach, Frau Reiter ...« Schmid trat einen Schritt näher an sie heran und senkte seine Stimme. »Sie haben Ihre Bluse schief geknöpft.«

»Was?« Entsetzt sah sie an sich herunter.

»Ist mir auch schon passiert«, erwiderte er grinsend. »Zum Glück tragen wir bei Gericht Roben.« Er hob die Hand zum Gruß. »Bis später. Ich freu mich.«

Leonie hielt sich den Arm mit ihrer Jacke vor den Oberkörper und suchte eilig die Toiletten auf. Schamesröte stieg ihr ins Gesicht, als sie in den Spiegel blickte. Wieso war ihr das nicht aufgefallen? Irgendwie war sie in letzter Zeit nicht sie selbst. Sie schloss sich in eine Kabine ein und knöpfte ihre Bluse ordentlich. Dann verließ sie das Gerichtsgebäude.

Auf dem Weg zurück zum Parkhaus rief sie Sabine an, aber ihre Schwester hatte am Vormittag Physiotherapie. Leonie schaute auf die Uhr. Halb elf. Sollte sie die Zeit in Tübingen totschlagen oder zurück nach Gütlingen fahren? Eigentlich war es ihr nicht recht, dass der Hund so lange allein war.

Das Treffen mit Marco Schmid würde nicht ewig dauern. Eine kurze Führung durchs Gebäude, vielleicht noch eine Tasse Kaffee, da wäre sie spätestens um halb drei wieder zurück. Aber sie wollte am Nachmittag noch Sabine besuchen. Also doch erst zum Hof?

Sie war so in Gedanken gewesen, dass sie am Ende der Doblerstraße falsch abgebogen war und sich auf der Mühlstraße wiederfand. Eine Gruppe Jugendlicher kam ihr entgegen. Hatten die keine Schule, ging es ihr durch den Kopf, als sie im nächsten Augenblick Amelie entdeckte, die fröhlich plaudernd neben einem Jungen herging, der einen Kopf größer und vermutlich drei oder vier Jahre älter war als sie.

»Melly?«, sprach sie ihre Nichte an, als sie auf gleicher Höhe waren.

Das Mädchen blieb erschrocken stehen und starrte sie an. Auch der Rest der Gruppe hatte angehalten.

»Warum bist du nicht in der Schule?«

Der Junge neben Amelie feixte. »Deine Alte?«

»Junger Mann, ich kann Sie hören«, knurrte Leonie ihn erbost an.

»Lass uns weitergehen.« Amelie wollte sich schon in Bewegung setzen, aber Leonie hielt sie fest.

»Warum bist du nicht in der Schule?«, wiederholte sie.

»Ich hab mir freigenommen.« Sie riss ihren Arm los.

Die Gruppe kicherte.

»Du kommst jetzt mit mir mit«, befahl Leonie mühsam beherrscht.

Amelie starrte sie finster an. »Ist ein freies Land. Ich darf tun, was ich will.«

»Nicht, solange du nicht volljährig bist.«

Der Kommentar wurde mit Gejohle der Meute kommentiert.

»Boah, ey, da hab ich jetzt echt keinen Bock drauf.« Sie wandte sich ab und zog den jungen Mann am Ärmel mit sich mit. »Komm.«

Sie stapfte davon.

»Amelie!«

Das Mädchen ignorierte sie. Dafür grinste ein anderes sie dümmlich an. »Amelie«, äffte sie Leonie nach. »Chill mal kurz, Alte.«

Fassungslos sah Leonie der Clique hinterher. Was war denn das für eine Gesellschaft, mit der sich ihre Nichte da herumtrieb? Waren ihre Freundinnen Nele und Jenny auch dabei? Aber die anderen beiden Mädchen hatten älter ausgesehen. Alle hatten älter ausgesehen als Amelie. Seit wann kannte sie diese Leute? Wusste Sabine davon?

Was sollte sie tun? Der Gruppe folgen und Amelie mit sich zerren? Wie weit würde die Situation eskalieren? Aber so leicht würde sie sich nicht von diesen Teenagern ins Bockshorn jagen lassen. Entschlossen eilte sie ihnen hinterher. An der Straßenkreuzung hatte sie die Gruppe eingeholt.

»Ihr hattet alle euren Spaß«, fuhr sie die Gruppe an und konzentrierte sich dann auf Amelie. »Für dich ist der Spaß jetzt vorbei.« Sie wedelte das Mädchen mit der Hand zu sich. »Du kommst mit mir mit.«

Einen winzigen Augenblick hatte sie das Überraschungsmoment für sich. Dann prustete erst der Junge an Amelies Seite, dann die ganze Gruppe lauthals lachend los. Alle außer Amelie. Die funkelte sie zornig an, wandte sich dann ab und rannte davon. Die Clique setzte lachend ihren Weg zum Alten Botanischen Garten fort.

Leonie blickte suchend die Straße entlang. Amelie war verschwunden. Es wäre sinnlos, ihr hinterherzurennen. Hilflose Wut wollte Leonie die Tränen in die Augen treiben. Dieses Kind brachte sie an ihre Grenzen.

Leonie sagte das Treffen mit Marco Schmid ab und fuhr zurück nach Gütlingen. Irgendwann würde Amelie nach Hause kommen, und dann würde es ein Donnerwetter geben. So viel stand fest. Was dachte sich dieses Mädchen eigentlich?

Am Tag zuvor hatte sie stundenlang mit ihr an dem Englisch-Referat gearbeitet, weil das unbedingt bis heute fertig sein musste, und dann kam dem Fräulein nichts Besseres in den Sinn, als die Schule zu schwänzen und mit irgendwelchen zwielichtigen Gestalten durch die Stadt zu ziehen.

Die Ankunft auf dem Hof hob Leonies Laune nicht. Racka hatte sich an ihrer Golftasche im Flur zu schaffen gemacht. Die Tasche war umgefallen, der Hund hatte sich einen Schläger herausgezogen und mit seinen scharfen Zähnen den Griff bearbeitet. Schuldbewusst lag er nun auf seiner Decke und rührte sich nicht.

Sie kochte Tee und setzte sich an den Küchentisch. Sie legte die Hände an die wärmende Tasse. Die Wut wollte nicht abebben, paarte sich mit dem Gefühl der Demütigung. Ihr war zum Heulen zumute. Was war nur mit Amelie los? Warum kam sie an das Mädchen nicht mehr ran? Warum schien alles, was sie machte, falsch?

In dieser Verfassung konnte sie auf keinen Fall am Nachmittag zu Sabine ins Krankenhaus fahren. Sie schickte ihr eine Nachricht und sagte ihren Besuch ab. Ohne einen Grund. Sie wollte nicht lügen. Aber die Wahrheit konnte sie Sabine auch nicht sagen.

Sie durfte sich nicht unterkriegen lassen. Irgendwie würde sie die Situation in den Griff kriegen. Sie musste mehr über diese Clique herausfinden, und sie musste mit Amelies Lehrern sprechen. Wie oft hatte sie den Unterricht geschwänzt? Leonie ging ins Arbeitszimmer und suchte nach der Liste mit den Kontaktdaten von Amelies Schule. Sie fand die Telefonnummer der Klassenlehrerin, erreichte aber nur den Anrufbeantworter. Die Lehrerin war im Unterricht. Leonie bat dringend um Rückruf.

Unruhig tigerte sie wieder zurück in die Küche. Wo war Amelie jetzt? Was machte sie? Rauchen? Trinken? Hatte sie etwas mit dem Jungen? Nahm sie die Pille? Leonie ging die Treppe hinauf, stöberte erfolglos auf dem Nachttisch und in den Schubladen nach einem Blister. Was wäre, wenn sie mit dem Jungen schliefe und schwanger würde? Erinnerungen tauchten auf, die sie rigoros verdrängte. Sie verließ das Zimmer und kehrte zurück in die Küche.

»Ich werde wahnsinnig«, erklärte sie dem Hund.

Racka klopfte zaghaft mit der Rute auf den Boden.

»Ich war nicht ein einziges Mal Golf spielen, seit ich hier bin. Warum nagst du meinen Schläger an?«

Der Hund hob den Kopf und neigte ihn leicht zur Seite, als versuchte er, sie zu verstehen.

»Weißt du was? Zur Strafe bleibst du morgen früh allein zu Hause, und ich gehe golfen.«

Entschlossen suchte sie auf ihrem Smartphone die Nummer des Golfclubs heraus, von dem Max erzählt hatte. Eine freundliche Frauenstimme meldete sich.

»Mein Name ist Leonie Reiter. Ich würde gern eine Startzeit für morgen Vormittag buchen.«

»Ich schau geschwind ins System. Reiter ...«

Leonie hörte die Frau tippen, dann wandte sich die Stimme wieder ihr zu: »Sind Sie Mitglied bei uns?«

»Nein.«

»Waren Sie schon einmal bei uns?«

»Nein, aber ich kenne Herrn Häfner. Ich weiß nicht, ob er Mitglied bei Ihnen ist, aber er spielt wohl hin und wieder bei Ihnen.« Leonie zog eine Grimasse. Warum erzählte sie das?

»Häfner?«

»Maximilian Häfner.«

»Ach, der Max.« Die Frau lachte auf. »Hin und wieder ist gut. Er war vor Kurzem zum Schnupperkurs bei uns. Schön, dass er uns weiterempfohlen hat. Sie sind aber keine Anfängerin, oder?«

»Nein.« Leonie hörte nur mit halbem Ohr zu. Zum Schnuppern? Was hatte Max gesagt? Er spiele gelegentlich, aber nicht besonders gut. Spielte er sonst auf anderen Plätzen? Spielte er überhaupt?

»Möchten Sie die Neun- oder die Achtzehn-Loch-Runde spielen?«

»Die Neun-Loch-Runde, bitte.«

»Da geht es leider erst um zwölf Uhr dreißig.«

»Das passt, danke.« Sollte Amelie sich ihr Mittagessen doch allein machen, wenn sie aus der Schule kam – oder woher auch immer, dachte Leonie schlecht gelaunt.


Sabine war verwirrt. Erst rief Leonie sie an, um zu fragen, ob sie schon am Vormittag zu Besuch kommen könne, und keine zwei Stunden später erhielt sie die Nachricht, dass sie an diesem Tag gar nicht kommen würde. Und jetzt dieser seltsame Anruf von Amelies Klassenlehrerin. Irgendetwas stimmte da nicht. Sie wählte Leonies Nummer.

»Hey, Bine.«

Die Stimme ihrer Schwester klang anders als sonst. Müde. Schwunglos.

»Was ist bei euch los?«, fragte Sabine geradeheraus.

»Was soll los sein?«

»Ich habe gerade einen Anruf von Mellys Klassenlehrerin bekommen. Ich hätte um Rückruf gebeten, und sie fragte, ob es Amelie besser gehe. Kannst du mir das mal erklären?«

Es blieb still in der Leitung.

»Hallo? Leo? Ich will wissen, was los ist!«

»Es ist alles in Ordnung. Ich habe die Klassenlehrerin angerufen, weil Melly heute die Schule geschwänzt hat.«

»Nicht schon wieder!«

»Was heißt das?« Leonies Stimme klang nun ebenso aufgebracht wie ihre eigene.

»Dass sie nicht zum ersten Mal die Schule schwänzt.«

»Und warum sagst du mir das nicht?«

»Sie schwänzt ja nicht ständig. Manchmal geht es ihr nicht gut.«

»Das hättest du mir sagen müssen!«

»Jetzt mach doch kein Drama daraus. Ich hab früher auch ab und zu die Schule geschwänzt.«

»Gibt es sonst noch irgendetwas, das ich über deine Tochter wissen sollte? Dass sie gern mal ein Bierchen trinkt oder dass sie kifft?«

Die Worte trieften vor Zynismus. Leonie war mächtig sauer.

»Nicht dass ich wüsste«, erwiderte Sabine schmollend.

»Nimmt sie die Pille?«

»Wieso das denn?«

»Weil sich die Kerle, mit denen sich deine Tochter herumtreibt, garantiert nicht nur mit Händchenhalten zufriedengeben.«

»So was macht Melly nicht!«

»Ach ja? Kennst du die Typen, mit denen sie sich trifft?«

Was denn für Typen? Da waren Nele und Jenny, die Hip-Hop-Gruppe. Die waren alle okay. Leonie gab ihr das Gefühl, eine Rabenmutter zu sein, die nichts über ihre Tochter wusste.

»Ich kann nichts dafür, wenn du das mit Melly nicht im Griff hast«, ging Sabine zum Gegenangriff über. »Ist halt was anderes, Verantwortung zu tragen, statt die coole Tante zu spielen, die immer nur gut gelaunt mit ihrer Gucci-Tasche zum Kaffee vorbeikommt und hinterher zum Golfspielen abschwirrt.«

Sie hatte den Satz kaum beendet, als Leonie das Gespräch wegdrückte. Sabine starrte auf das Display ihres Handys. Hatte sie das wirklich gerade gesagt? Tränen brannten in ihren Augen. Diese verfluchte Verletzung, dieses Nichts-tun-Können machte sie fertig. Und wütend. Und es offenbarte eine Seite in ihr, die ihr ganz und gar nicht gefiel.

Warum war Leonie so sauer gewesen? Was waren das für Typen, von denen sie gesprochen hatte? Und woher wusste sie davon? Hatte sie Amelie hinterherspioniert? Sabine musste raus aus diesem Krankenhaus. Wenn sie sich doch nur ein klein wenig besser ohne fremde Hilfe bewegen könnte.

Ein Hokkaido stand auf der Arbeitsplatte. Leonie hatte ihn im Garten geerntet. Sie musste sich ablenken, sonst würde sie vor Wut platzen. Sabines Anruf hatte ihr den Rest gegeben. So dachte ihre Schwester also über sie. Die feine Dame mit dem Gucci-Täschchen. Dabei besaß Leonie überhaupt keine Gucci-Tasche.

Seit Wochen versuchte sie, Sabine zu helfen, wo sie nur konnte. Kein Wort des Vorwurfs war ihr über die Lippen gekommen, als sie die desaströse Finanzlage ihrer Schwester bemerkt hatte. Stattdessen hatte sie nach Lösungen gesucht.

Sie hatte alles in die Wege geleitet, damit das Café von den Lesekreisfrauen weitergeführt werden konnte, ohne dass die Gefahr bestand, dass Sabine Ärger wegen Schwarzarbeit, Steuerhinterziehung oder mangelhafter Arbeitsbedingungen bekam.

Hatte sie irgendjemand dabei unterstützt? Nein! Sie stellte ihr eigenes Leben komplett hintenan, um Sabine zu helfen, und lief dabei Gefahr, ihre Karriere völlig zum Erliegen zu bringen. Aber fragte ihre Schwester sich auch nur ein einziges Mal, wie es ihr dabei ging?

Leonie hatte am Nachmittag nur einen kleinen Spaziergang mit Racka unternommen, war jedem Menschen, wenn irgendwie möglich, ausgewichen. Ihr Bedarf an zwischenmenschlichen Begegnungen war bis auf Weiteres gedeckt. Sie befürchtete, dass sie jeden, der sie ansprach, anschreien oder in Tränen ausbrechen würde. Beides war keine Option. Also Flucht nach innen.

Es war bereits nach sieben, aber Amelie war noch nicht nach Hause gekommen. Sie reagierte auch nicht auf ihre Anrufe. Um sich aus der Tatenlosigkeit zu erlösen, hatte Leonie in einem von Sabines zahlreichen Kochbüchern das Rezept für eine Kürbissuppe herausgesucht. Sie wusch den Kürbis und suchte ein großes Messer, um ihn zu zerkleinern. Sie bemühte sich, nicht zu wütend zu fuhrwerken. Das Letzte, was sie an diesem Tag gebrauchen konnte, war ein abgehackter Finger, weil ihr das Messer an der runden Frucht abgerutscht war.

Es klingelte an der Tür. Hatte das Fräulein ihren Hausschlüssel vergessen? Einen Moment lang spielte sie mit dem Gedanken, Amelie vor der verschlossenen Tür stehen zu lassen. Aber wer wusste, was dem Mädchen dann in den Sinn käme.

Leonie putzte sich die Hände an der Schürze ab und stampfte in den Flur. Als sie die Tür aufriss, sah sie sich allerdings nicht ihrer Nichte, sondern Max gegenüber.

»Hey.« Er wirkte etwas erschrocken, was daran liegen mochte, dass sie äußerst grimmig dreinschaute.

»Du?« Mehr brachte sie nicht hervor.

»Ja, ich.« Er lachte unsicher. »Ich war bei Bine und dachte … Komme ich ungelegen?«

Hatte Sabine ihn vorbeigeschickt, um die Lage zu checken? Sie schnaubte entnervt. »Erst zu Bine und dann zu ihrer Schwester. Das ist ja nett«, erwiderte sie beißend.

»Ähm …?«

»Spar dir deine Worte. Weißt du, was ich nicht leiden kann?« Der aufgestaute Zorn des Tages brach aus ihr heraus. »Wenn mir jemand Märchen auftischt. Das habe ich täglich bei Gericht, weil die Leute denken, sie können mir sonst was erzählen, weil ich ja blöd bin und das nicht raffe.«

»Was denn für Märchen?«

Ihre Stimme wurde klebrig süß. »Wie oft spielst du Golf?« Sie legte theatralisch den Finger ans Kinn und hob den Blick zum Himmel. »Gelegentlich?«

»Deswegen bin ich ja –«

»Einen Schnupperkurs nennst du ›gelegentlich‹?«, unterbrach sie ihn hitzig. »Weißt du was? Verarschen kann ich mich selbst. Werde glücklich mit Bine, aber lass mich in Ruhe!«

Sie schlug ihm mit Wucht die Tür vor der Nase zu. Ihr Körper zitterte vor Wut. Sie benötigte einige tiefe Atemzüge, bis sie es schaffte, in die Küche zurückzukehren. Ihr Smartphone lag neben dem Kochbuch auf dem Küchentisch. Sie nahm es und schrieb Jochen eine Nachricht. »Samstag geht klar.«

Dann hockte sie sich neben Racka auf den Boden und ließ den Tränen ihren Lauf.

***

Der Tee war kalt. Max trank ihn trotzdem. Er saß in Johns Wohnzimmer. Der Pfarrer fand es besser, Tee zu trinken, als seinen Kummer mit Alkohol zu betäuben. Hätte Max das geahnt, wäre er nach dem Besuch bei Leonie direkt nach Hause gegangen. Da hätte er sich einen doppelten Scotch genehmigt.

Sprachlos hatte er vor Leonie gestanden. Wie ein kleiner Schuljunge vor dem Direktor. Leonie war so wütend gewesen, wie er es nie für möglich gehalten hätte. War es denn so ein unglaubliches Vergehen gewesen, dass er nicht gleich damit rausgerückt war, dass er lediglich einen Schnupperkurs besucht hatte? Er hatte es doch für sie getan. Hätte sie sich nicht ein klein wenig über sein Interesse freuen können?

Und dann dieser Spruch: »Werde glücklich mit Bine.« Was sollte das denn bedeuten? Als ob er etwas mit ihrer Schwester hätte. Sabine war ein Kumpel. Jemand, den er schätzte und gernhatte. Aber er hegte doch keine romantischen Gefühle für sie. Dachte Leonie das? Dachte Sabine das? Er war völlig verwirrt.

Er nippte an der Tasse und verzog das Gesicht. Der Tee war nicht nur kalt, sondern auch bitter.

»Ein Whisky wäre jetzt hilfreicher.« Max schielte fragend zu John.

»Es ist zehn Uhr abends, und du musst morgen früh wieder auf der Baustelle stehen. Du kriegst keinen Alkohol von mir.«

Mit dem Pfarrer war nicht zu verhandeln. Max lehnte sich seufzend zurück. »Ich verstehe die Frauen nicht. Aber ich kann gut mit Hunden. Ich glaube, ich kaufe mir einen Hund.«

»Der wäre viel zu viel allein.«

»An den Tagen, an denen ich auf der Baustelle bin, könnte ich einen Dogsitter engagieren, und an den anderen Tagen wäre ich ja da. Ich könnte ihn mit auf die Obstwiese nehmen. Vielleicht hole ich mir einen Husky, den könnte ich gut auf meinen ausgedehnten Radtouren gebrauchen. Bergauf könnte er mich ziehen. Das ist viel ökologischer als dein E-Bike.« Max grinste zufrieden.

»Apropos Husky – wann fliegst du zu deinem Sohn?«

»Ende Oktober. Für zwei Wochen.«

»Und Nicole?« John wusste von dem Vorstoß seiner Ex, mit Max gemeinsam verreisen zu wollen.

»Sie fliegt irgendwann im Frühjahr.«

»Hast du noch mal mit ihr gesprochen?«

»Kann man so nicht sagen.« Max presste kurz die Lippen zusammen. »Sie hat mich angerufen, mich beschimpft und gesagt, dass ich sie hintergehen und Tim gegen sie aufhetzen würde. Und dass sie gehofft habe, die Reise würde helfen, dass wir endlich lernen, normal miteinander umzugehen.« Er zog die Nase kraus. »Muss wohl an mir liegen, dass die Frauen immer in Wut geraten.«

»Wenn Gefühle im Spiel sind, fällt es nicht leicht, vernünftig zu handeln.«

»Nicole gönnt mir nicht, dass ich mit Tim ein paar schöne Tage verbringe.« So war es schon immer gewesen, und es würde sich anscheinend auch nicht ändern. »Ich frage mich, woher sie Leonie kennt.«

»Nicole kennt die Leute im Dorf, und die Leute reden …«

»Worüber denn?«, fragte Max verständnislos.

»Na ja … du bist relativ häufig auf dem Hof anzutreffen.«

»Weil Leonie sich mit Gartenarbeit nicht auskennt. Ich habe den Baum in Bines Garten geschnitten und letzte Woche mal den Rasen gemäht. Was gibt es denn da zu reden?«

»Du warst mit Leonie zum Weintrinken auf dem Pfaffenberg«, erinnerte John ihn an seinen Ausflug vor wenigen Wochen. »Für manch einen sah es so aus, als hättet ihr zwei ein Date gehabt und euch sehr gut verstanden.«

»Das war doch kein Date!«

»War es das nicht?« John grinste wissend.

Ein Date! Es war ein spontaner Ausflug gewesen. Das Wetter hatte gepasst. Sie hatte Zeit gehabt, er hatte Zeit gehabt. Er hatte den Nachmittag genossen, und dass sie nun so wütend auf ihn war, tat verdammt weh.

Das Klingeln an der Haustür unterbrach ihr Gespräch. John sah stirnrunzelnd auf seine Uhr und erhob sich. »Na, hoffentlich kein Notfall.«

Er ging in den Flur.

»Melly?«, drang kurz darauf seine verwunderte Stimme zu ihm. »Ist etwas passiert?«

»Kann ich heute Nacht hierbleiben?«

»Was? Wieso? Aber …«

»Bitte.«

»Jetzt komm erst einmal rein.«

Max hörte Schritte, die Haustür wurde geschlossen.

»Was ist denn los, Melly?«

»Ich kann nicht nach Hause.«

»Warum nicht?«

»Weil … Tante Leo ist so doof!«

Das war ein klasse Argument, dachte Max still bei sich.

»Warum ist Tante Leo denn doof?«

Es kam keine Antwort.

»Ich koche uns erst einmal einen Tee.«

»Ich will nichts trinken. Ich will einfach nur pennen.«

»Aber du kannst nicht hier bei mir bleiben.«

John hatte kein Gästezimmer, und sicher fürchtete er auch Gerede in der Gemeinde, wenn herauskam, dass Sabines vierzehnjährige Tochter bei ihm übernachtete, vermutete Max.

»Ich kann aber nirgends sonst hin!«

»Wie wäre es, wenn ich Neles Eltern frage?«

»Nein!«, protestierte Amelie rigoros.

»Warum nicht?«

»Weil Nele und ich Zoff haben.«

»Und wo warst du bis gerade?«

»Bei Elias.«

»Wer ist Elias?«

»Ist doch egal, Mann! Warum müsst ihr Erwachsenen immer so viel fragen? Dann penn ich eben am Bahnhof.«

»Melly, jetzt lass uns erst mal in Ruhe reden.«

Max sprang alarmiert auf und eilte in den Flur. »Hallo, Melly.«

Das Mädchen sah ihn überrascht an.

»Weiß Leonie, wo du bist?«

»Das geht die gar nichts an!« Wut und Verzweiflung spiegelten sich in Amelies Miene wider. Großes Teenager-Drama, ging es Max durch den Kopf. Wenn irgendetwas nicht so lief, wie sie es sich vorstellten, brach gleich die ganze Welt zusammen.

»Was hat sie denn so Schlimmes verbrochen?«

Amelie presste trotzig die Lippen zusammen.

»Ich bringe dich nach Hause.«

»Nein!«

»Dann sag uns, was passiert ist. Ansonsten gehörst du in die Obhut deiner Tante.«

»Sie ist so spießig und einfach voll peinlich.«

»Das trifft grob geschätzt auf fünfundneunzig Prozent aller Erwachsenen zu, die dir ein Dach über dem Kopf geben könnten«, stellte Max fest. »Da wird es nicht so leicht werden, einen Platz für dich zu finden. Allerdings frage ich mich, wer sich dann um Racka kümmert.«

»Wieso das denn?«

»Na, wenn du nicht mehr auf dem Hof wohnen willst, warum sollte Leonie dann noch bleiben? Sie arbeitet in Ulm und ist nur in Gütlingen, damit du weiter hier wohnen und zur Schule gehen kannst.«

»Das stimmt doch gar nicht.«

»Und wie das stimmt.« Max blickte ihr fest in die Augen. »Mit Weglaufen löst du keine Probleme. Damit schaffst du höchstens neue. Und vielleicht denkst du auch mal an deine Mutter. Was meinst du, was die sich für Sorgen macht, wenn du einfach abhaust.«

Amelies Schultern sackten herab. »Ich will, dass Mama wieder nach Hause kommt.«

»Das wird sie. Aber es dauert noch ein bisschen, bis sie wieder so weit ist, dass sie für dich sorgen kann. Und bis dahin trägt Leonie die Verantwortung für dich.«

»Aber sie ist so scheißstreng!«

»Ich finde sie okay, und ich kann mich erinnern, dass du sie bis vor ein paar Wochen auch ganz okay fandest.«

Amelie senkte schmollend den Blick.

»Ich bringe dich jetzt nach Hause. Ich muss morgen nämlich früh raus.«

»Soll ich mitkommen?«, bot John an.

»Danke, aber ich denke, Melly kriegt das allein hin.« Er sah auf das Mädchen. »Oder, Melly?«

Amelie nickte, ohne den Kopf zu heben.

»Was für einen Bockmist hast du denn gebaut?«, fragte Max, als sie über die nächtlichen Straßen zum Aussiedlerhof fuhren.

»Gar keinen.«

»Wurdest du nicht erst vor ein paar Monaten konfirmiert? Wie war noch das achte Gebot?«

Amelie stöhnte auf.

»Raus mit der Sprache. Was hast du angestellt?«

»Schule geschwänzt«, murmelte das Mädchen kaum hörbar.

»Und Leonie hat dich erwischt?«

»Mhm.«

»Sie wird dir nicht den Kopf abreißen.«

»Die war voll peinlich vor den anderen.«

Daher wehte also der Wind. Amelie fühlte sich von Leonie vor ihren Freunden blamiert. Sie erreichten den Hof. Licht schimmerte durch das Küchenfenster. Max vermutete, dass Leonie umkam vor Sorge. Er erinnerte sich, wie beunruhigt und hilflos er sie beim letzten Mal erlebt hatte, als sie nicht gewusst hatte, wo Amelie steckte. Und weil sie ihn vorhin so angeblafft hatte, hatte sie es dieses Mal nicht gewagt, ihn um Hilfe zu bitten.

»Leonie ist nicht peinlich«, wandte er sich an Amelie. »Sie sorgt sich um dich. Sie will, dass es dir gut geht. Und Schule schwänzen geht einfach nicht.«

Das Mädchen sah mit Unbehagen zum Haus. »Kommst du mit rein?«

»Ich glaube nicht, dass das hilfreich wäre. Aber ich kann einen Moment warten. Falls sie dich vor die Tür setzt, nehme ich dich wieder mit.«

Amelie sah ihn so erschrocken an, dass er lachen musste. »Das war ein Scherz. Geh rein, entschuldige dich, und dann wird sich schon wieder alles einrenken.«

Er sah ihr nach, wie sie mit gesenktem Kopf zur Haustür schlich. Spießig und streng. Leonie war korrekt. Und sie wollte, dass man ehrlich zu ihr war. Wie konnte er seine Flunkerei nur wieder geradebiegen?

Leonie saß noch immer in der Küche auf dem Fußboden neben dem Hundekorb. Sie hatte eine Hand in Rackas Nacken gelegt und kraulte ihn sanft, während sie in der anderen ihr Smartphone hielt und überlegte, wen sie noch anrufen könnte. Neles Mutter hatte ihr die Telefonnummern von ein paar Schulkameradinnen gegeben, aber keine von ihnen hatte Amelie gesehen.

Mit Nele war Amelie seit ein paar Tagen zerstritten, hatte Leonie erfahren. Und der junge Mann, mit dem sie ihre Nichte am Vormittag in Tübingen gesehen hatte, hieß vermutlich Elias und tauchte hin und wieder an der Schule auf. Einen Nachnamen oder eine Telefonnummer wusste niemand.

Von der Straße hörte sie ein Auto herannahen. Der Motor verstummte. Racka hob den Kopf und spitzte die Ohren. Leonie hatte nicht die Kraft, aufzustehen und zum Fenster oder zur Tür zu gehen, um zu schauen, wer da kam. Die Polizei? Hatten sie Amelie irgendwo aufgegriffen? Betrunken? Unter Drogen gesetzt? Was war dieser Elias für ein Typ? Leonie presste die Augen zusammen und betete, dass es ihrer Nichte gut ging.

Amelie hatte nicht zum ersten Mal die Schule geschwänzt, hatte die Klassenlehrerin, die sie am Abend endlich erreicht hatte, Sabines Worte bestätigt. Für den kommenden Dienstagmittag hatte Leonie einen Termin mit ihr vereinbart.

Als ein Schlüssel ins Schloss gesteckt wurde, sprang Racka auf und eilte schwanzwedelnd in den Flur. Kurz darauf erklang Amelies gedämpfte Stimme. Sie begrüßte den Hund und kam in die Küche. Im Türrahmen blieb sie verdutzt stehen.

»Warum sitzt du denn da auf dem Boden?«

Was sollte sie sagen? Weil ich krank bin vor Sorge. Weil ich verzweifelt bin und nicht mehr weiß, was ich mit dir machen soll. Weil mich das hier alles fürchterlich überfordert. Weil mein ganzes Leben gerade im Chaos versinkt, all meine Routinen nicht mehr funktionieren und meine Karriere den Bach runtergeht.

»Rebellion«, erwiderte sie kraftlos.

Amelie blieb ratlos stehen, wo sie war. Ihr Blick schweifte durch die Küche. Auf der Arbeitsplatte lag noch der halb zerlegte Kürbis. Leonie hatte nach dem Zusammenprall mit Max nicht mehr die Energie gehabt zu kochen. Sie hatte zu nichts mehr Kraft gehabt.

Leonie klopfte mit der flachen Hand auf den Boden neben sich. »Hier ist noch Platz auf der Rebellionsbank.«

Zögernd kam Amelie näher. Racka eilte – froh, einen Teil seines Rudels wieder beisammenzuhaben – zu Leonie und legte sich mit den Vorderpfoten auf ihren Schoß. Er schien zu spüren, dass sie Trost brauchte.

Amelie setzte sich mit etwas Abstand dazu.

»Wer hat dich gerade abgesetzt? Dieser Elias?«

»Nee, Max.«

Max? War sie bei ihm gewesen? War er deswegen am Abend zu ihr gekommen? Um ihr zu sagen, dass sie sich keine Sorgen machen musste? Unsinn. Da hätte er sie anrufen oder ihr eine Nachricht schicken können.

»Warst du bei ihm heute Abend?«

»Nee, bei Elias, aber da konnte ich nicht bleiben. Darum bin ich zu John.«

Das Mädchen ging lieber zum Dorfpfarrer als nach Hause. Was hatte sie nur falsch gemacht? War sie denn wirklich so eine fürchterliche Tante?

»Max war bei John und meinte, ich muss nach Hause.« Sie senkte den Kopf und zupfte unsichtbare Fussel von ihrer Hose.

»Und das wolltest du nicht?«

»Nein ... doch ... weiß nicht ... Du bist stinksauer, oder?«

»Lustig fand ich deine Aktion heute nicht.«

Amelie starrte weiter vor sich auf den Boden. Benutzte Taschentücher lagen herum. »Hast du geweint?«

»Ein bisschen.« Geheult wie ein Schlosshund hatte sie.

»Tut mir leid.«

Leonie nickte akzeptierend.

»Max hat gesagt, du bist nur wegen mir hier.«

»Nicht nur, aber auch.« Sie sah zu ihrer Nichte. »Ich mache das aber nicht aus Pflichtgefühl, sondern weil ich dich lieb habe.«

»Echt?«

»Ja, echt.« Sie zog das Mädchen in ihre Arme und küsste es auf den Scheitel. Sie war so froh, dass Amelie wohlbehalten wieder bei ihr war. Im Stillen schickte sie einen Dank an Max. Der Mann half ihr, wo er konnte, und sie blaffte ihn an. Sie hielt ihre Nichte im Arm. Allmählich ließ die Anspannung der letzten Stunden nach.

Schließlich löste Amelie sich von ihr. »Bist du noch sehr böse?«

Leonie seufzte. »Eher ratlos.«

»Du?«, fragte Amelie verdutzt.

»Ja.«

»Du wirkst immer so, als ob du alles im Griff hättest und immer wüsstest, wo's langgeht.«

»Meistens ist das ja auch so.« Leonie grinste schwach. »Warum schwänzt du die Schule?«

Amelie zog die Knie zur Brust und umschlang ihre Beine mit den Armen. »Der Elias kam heute in der großen Pause an die Schule und fragte, ob ich Lust hätte, 'n bisschen mit ihm zu chillen ... Mann, der ist total angesagt, und der ist so cool.«

»Ich finde es nicht cool, wenn er dich zum Schuleschwänzen animiert.«

»War doch nur dieses eine Mal.«

»Soweit ich gehört habe, hast du heute nicht zum ersten Mal die Schule geschwänzt.«

»Die paar Mal wegen Fridays for Future, die zählen doch nicht.«

»Es waren nicht nur Freitage, Melly. Und ich möchte nicht, dass du mich anlügst.«

Amelie nagte an ihrer Unterlippe.

»Was ist, wenn der Elias morgen wieder am Schulhof auf dich wartet? Und was kommt als Nächstes? Lass uns was trinken? Lass uns einen Joint rauchen?«

»Der Elias ist nicht so.«

»Sie sind nie so«, seufzte Leonie. Sie dachte an all die Angeklagten in ihrem Gerichtssaal, die alle nie so waren und immer behaupteten, das sei einmalig gewesen, ein Ausrutscher, alles ein Missverständnis. Es komme nie wieder vor. Zumindest so lange nicht, bis sie den Gerichtssaal mit einer Verwarnung oder, noch besser, mit einem Freispruch verließen, um dann wenig später erneut wegen eines ähnlichen Delikts vorstellig zu werden.

»Hast du mit Elias geschlafen?«

»Was? Nee ...«

»Was dann? Habt ihr rumgemacht? Petting?«

»Tante Leo!«, empörte sich Amelie.

»Nimmst du die Pille?«

»Wozu?«

»Damit du nicht ungewollt schwanger wirst.«

»Werde ich nicht.«

Die Arglosigkeit der Jugend. »Ich möchte nur, dass du auf dich aufpasst. Du bist noch so jung, und im Rausch der Gefühle, da kann man gar nicht immer so achtgeben …«

Amelie sah zu ihr. »Ist dir das mal passiert?«

»Nein.«

Aber Sabine war es passiert. Mit siebzehn. Nachdem sie vier Wochen über der Zeit gewesen war, hatte sie einen Schwangerschaftstest gemacht. Leonie war gerade im ersten Semester gewesen, als ihre Schwester heulend vor ihrer Studentenbude gestanden hatte. Noch bevor sie den Mut gefunden hatte, es den Eltern zu beichten, hatte sie eine Fehlgeburt erlitten. Trotz der Angst, die sie ausgestanden hatte, war sie danach lange Zeit fürchterlich traurig gewesen. Vielleicht war diese Erfahrung ein Grund gewesen, warum sie sich für das Kind entschieden hatte, als sie nach ihrem One-Night-Stand mit Amelie schwanger geworden war.

Sie saßen still beieinander, jede in ihre Gedanken versunken. Racka schnarchte leise.

»Ich pass ja gut auf«, meinte Amelie schließlich.

»Wenn du die Pille haben möchtest, können wir einen Termin beim Frauenarzt machen.«

»Weiß nicht.«

»Ist es denn was Ernstes zwischen dir und diesem Elias?«

Amelie zuckte die Achseln und knabberte unsicher an ihrer Unterlippe. Eine Strähne ihrer grau gefärbten Haare hing ihr in die Stirn. »War mein Vater so ein Elias-Typ?«

»Das kann ich dir leider nicht sagen. Ich kenne weder deinen Elias noch deinen Vater.«

»Das kotzt mich echt an, dass Mama da so ein Geheimnis draus macht. Wie soll ich denn wissen, wer ich bin, wenn ich nur eine Hälfte meiner Gene kenne?«

Leonie lächelte ihre Nichte liebevoll an. »Du hast die besten Gene aus unserer Familie bekommen. Bine hat nämlich ganz viel Kreativität, ganz viel Lebensfreude und ganz, ganz viel Herz.«

Schmerzlich erinnerte sie sich an das fürchterliche Telefonat mit ihrer Schwester. Keine halbe Stunde später hatte Sabine eine Nachricht geschickt. »Ich hab es nicht so gemeint. Bitte verzeih mir.« Gefolgt von unendlich vielen Herzchen und weinenden und küssenden Emojis. Leonie hatte noch nicht geantwortet.

# 16

Leonie holte aus, um den Ball möglichst weit über die Strecke von rund zweihundert Metern zu bringen. Die Bahn war mit »Par 5« gekennzeichnet, und sie hatte den Ehrgeiz, den Ball mit diesen fünf Schlägen einzulochen. Allerdings spürte sie, dass sie seit Wochen nicht mehr auf dem Golfplatz gestanden hatte. Obwohl sie bereits drei Bahnen gespielt hatte, fühlte sie sich ungelenk und eingerostet.

Ein Teil war sicher dem Schlafmangel geschuldet. Am Morgen, nachdem Amelie zur Schule gegangen war – Leonie hoffte zumindest, dass sie dort war –, hatte sie überlegt, die gebuchte Zeit auf dem Golfplatz wieder abzusagen. Aber dann war sie doch nach Bondorf gefahren. Zuvor hatte sie die Kürbissuppe gekocht, mit der sie am Abend begonnen hatte, damit Amelie etwas zu essen vorfand, wenn sie aus der Schule kam.

Der Platz war ihr fremd, aber das Spiel war etwas Gewohntes, etwas aus ihrem »alten Leben«. Ein Stück Normalität. Und die brauchte sie jetzt unbedingt. Sie konnte sich nicht erinnern, dass sie sich jemals so verwirrt gefühlt hatte. Sie war es gewohnt, dass ihr Leben ihrem Plan folgte. Aber das schien in Gütlingen einfach nicht möglich zu sein. Und zu allem Übel war da ständig dieses verfluchte Herzklopfen, sobald sie an Max dachte. Gefühle, die nicht sein durften und die sie innerlich zerrissen. Sie wollte zurück in ihr eigenes Leben, in ihren vertrauten Kokon. Ihre tägliche Routine, ihre Arbeit, das gab ihr Sicherheit und die Kraft, sich um die Probleme anderer zu kümmern.

Der Schwung war gut. Der Ball flog in hohem Bogen über das Grün und landete linksseitig. Von dort musste sie einen Graben überspielen, der das Fairway teilte.

Leonie folgte dem Ball mit flotten Schritten. Der Himmel war bewölkt, für den Nachmittag war Regen angesagt. Sie überlegte, welcher Schläger der richtige für den nächsten

Schlag war, entschied sich bei der mittleren Distanz für ein Achter-Eisen. Leichter Wind kam auf, aber der Platz war an dieser Stelle von Büschen und Sträuchern geschützt. Dennoch musste sie die Böen einkalkulieren, damit der Ball nicht in einen der Sandbunker flog.

Nach dem Spiel wollte Leonie nach Tübingen ins Krankenhaus fahren, um sich mit Sabine auszusprechen. Sabines Worte hatten wehgetan. Auch wenn sie den Stachel mit ihrer Entschuldigung wieder gezogen hatte, die Wunde war geblieben. Was ging im Kopf ihrer Schwester vor? Hielt sie Leonie insgeheim tatsächlich für eine oberflächliche Schickimicki-Tante?

Sie schlug den Ball. Er landete im Sandbunker. Leonie fluchte. Sie sollte sich auf ihr Spiel konzentrieren. Sie zog den Trolley übers Grün und nahm den Wedge aus dem Köcher, um den Ball aus der Kuhle herauszubefördern.

Sie musste Max noch absagen. Aber vermutlich legte er ohnehin keinen Wert mehr auf ihre Hilfe, nachdem sie ihn so angemotzt hatte. Einen Schnupperkurs nannte er »gelegentlich«. Warum hatte sie diese kleine Ungenauigkeit so verletzt? Warum hatte er überhaupt einen Schnupperkurs gebucht? Warum hatte er es ihr nicht gesagt? Sie verstand das nicht. Hatte sie überreagiert? Sie war in diesem Moment so wütend auf alles und jeden gewesen.

Das Smartphone in ihrer Jackentasche vibrierte. Sie zog es hervor. Es war Jochen.

»Hallo, Jochen.«

»Hallo, Leo, ich habe gerade mit Meyerring gesprochen. Er muss den Termin am Samstag verschieben. Hast du Sonntagmittag Zeit?«

»Oh … jetzt habe ich gerade alles … Lass mich kurz in meinen Kalender schauen.« Statt die Daten in ihrem digitalen Kalender zu prüfen, schweifte ihr Blick über den Rasen. Sie wusste auch so, dass außer der Versorgung von Amelie und Racka und ihrem Besuch im Krankenhaus keine weiteren Termine anstanden. Aber er sollte nicht denken, sie habe sonst nichts zu tun. Die Verschiebung auf Sonntag nahm ihr allerdings den Schwarzen Peter, Max absagen zu müssen.

»Um wie viel Uhr?«

»Halb zwei? Vielleicht können wir hinterher mit Meyerring noch was trinken.«

»Halb zwei ist prima.«

»Gut. Was machst du gerade? Stehst du am Herd und kochst für die Familie?«

»Nein, ich trainiere fürs Wochenende.«

»Du bist auf dem Golfplatz? Warum hast du mir nichts gesagt, ich hätte –«

»In Bondorf, das ist hier in der Nähe. Ich stehe gerade im Bunker.«

Jochen lachte. »Na, dann sieh mal zu, dass du da wieder rauskommst. Kleiner Tipp: Spiel am Sonntag nicht zu gut. Wir sollten Meyerring gewinnen lassen, damit er in guter Stimmung ist und den Nachmittag mit dir in positiver Erinnerung behält.«

Leonie zog eine Grimasse. Derartige Anbiederung konnte sie nicht leiden. »Er spielt vermutlich ohnehin besser als ich. Ich bin etwas aus der Übung.«

Sabine kam von der Physiotherapie ins Krankenzimmer zurück. Sie fühlte sich wie gerädert. Täglich kämpfte sie darum, sich endlich wieder selbstständig bewegen zu können. Die Übungen, die die Therapeuten mit ihr machten, waren anstrengend, die Fortschritte hingegen schienen ihr minimal. Immer wieder hatte sie Taubheitsgefühle oder ein Kribbeln in den Beinen, was sie befürchten ließ, nie wieder richtig laufen zu können. Die Ärztin hatte ihr erklärt, dass sei ein ganz normaler Verlauf und sie solle Geduld mit sich haben.

Da sie in der Nacht kaum ein Auge zugetan hatte, war sie nicht nur körperlich, sondern auch geistig erschöpft, was ihren deprimierenden Gedanken Tür und Tor öffnete. Sie wollte nur noch in ihr Bett und sich die Decke über den Kopf ziehen.

»Hey, Binchen.«

Sie erwachte aus ihrer Lethargie. Beim Eintreten ins Zimmer hatte sie gar nicht bemerkt, dass Leonie dort saß und besorgt zu ihr sah. Sabine kämpfte mit den Tränen. Die Krankenschwester begleitete sie zu ihrem Bett und half ihr, sich auf die Bettkante zu setzen.

»Danke, ich möchte noch sitzen«, bat sie, obwohl ihr Rücken das ganz anders empfand. Sie wartete, bis die Krankenschwester gegangen war, erst dann wagte sie, zu Leonie aufzuschauen, die ans Fußende des Bettes getreten war. »Hey.«

»Woher hast du denn den blauen Fleck?«

»Bin gestürzt.« Sie hatte am Abend zuvor aufstehen und nach Hause gehen wollen. Auf halbem Weg zur Tür hatten ihre Beine den Dienst verweigert. Sie war mit dem Oberarm gegen die Tischkante gestoßen. Das hatte ihren Sturz etwas abgefedert, aber einen Bluterguss hinterlassen.

»Passen die hier denn nicht auf?«

»War keiner da.« Wäre Petra von dem Gerumpel nicht aufgewacht und hätte die Schwester gerufen, hätte sie vermutlich eine Weile auf dem Boden gelegen. Ihre Nase kribbelte fürchterlich, sie rieb sie energisch. »Ich will nach Hause.«

»Das geht noch nicht.« Leonie setzte sich zu ihr und legte den Arm um ihre Schultern. Sabine hätte sich so gern an ihre Schwester gekuschelt. Aber das war mit diesem verfluchten Rücken nicht möglich. Die Tränen begannen zu fließen. Sie konnte gar nicht mehr aufhören zu weinen. Sie war froh, dass Leonie allein gekommen war.

»Es tut mir so leid. Ich erkenn mich gerade selbst nicht wieder«, schniefte sie. »Ich benehme mich unausstehlich.«

»Sei nicht so streng mit dir.«

»Was ich gestern gesagt habe … ich wollte das nicht. Ich weiß gar nicht, warum ich so gemein war.«

»Eifersüchtig ist sie«, erklang es vom anderen Bett.

Sabine erstarrte. Was mischte die sich denn ein?

Leonie wandte sich überrascht Sabines Bettnachbarin zu, dann sah sie wieder zu ihr. »Wegen Max? Mach dir da keine Gedanken. Er interessiert mich nicht.«

Wieso sollte sie denn eifersüchtig auf Max sein, fragte sich Sabine verwundert. Im Gegenteil. Sie hatte gehofft, dass die beiden sich anfreunden würden. Vielleicht sogar mehr. Sie war sich sicher, dass zumindest Max in Leonie verliebt war.

»Wegen der Melly«, mischte sich Petra erneut ein.

»Wegen Melly?«

»Petra, kannst du dich da bitte raushalten?«, stöhnte Sabine auf. Die Krankenschwestern hatten leider kein anderes Zimmer für die Frau gefunden, und so versuchte Sabine, irgendwie mit ihr, ihrem Schnarchen und ihrer lauten Familie klarzukommen. Und jetzt hatte Petra dummerweise auch noch recht.

»Melly kommt immer seltener zu Besuch, und dann bleibt sie nur kurz. Und jetzt weißt du Dinge über sie, die ich nicht weiß.«

»Glaub mir, du weißt garantiert mehr über deine Tochter als ich. Es war Zufall, dass ich sie gestern mit diesem Typen beim Schuleschwänzen erwischt habe.«

Sabine zog ein Papiertuch aus der Box auf ihrem Nachttisch und putzte sich die Nase. Das Weinen war befreiend gewesen, hatte wie ein kräftiger Regenschauer die trüben Gedanken aus ihrem Kopf geschwemmt. Und sie war froh, dass Leonie neben ihr saß und sie im Arm hielt.

»Melly hat dich lieb. Aber ich glaube, die Situation überfordert sie im Moment ein wenig. Sie macht sich Sorgen um dich, und ich bin ihr viel zu streng. Von der coolen Tante bin ich mittlerweile so weit entfernt wie die Erde von der Sonne.«

Die vernünftige Leonie und ihre rebellische Tochter, da trafen Welten aufeinander. Sabine blickte zu ihrer Schwester.

»Warum hast du mir heute Nacht nicht geantwortet?«

»Weil ich einen richtigen Scheißtag hatte und deine Worte mich sehr verletzt haben.«

»Das wollte ich nicht. Und es stimmt auch gar nicht. Du hast gar keine Gucci-Tasche.«

»Nee, die ist von Versace.«

»Im Ernst?«

Leonie tippte sich an die Stirn. »Was denkst du denn, wie viel ich verdiene? Außerdem würde ich mir für das Geld eher neue Golfschläger kaufen. Meine hat Racka nämlich angeknabbert.«

»Oh nein!«

»Nur einen am Griff. Ich habe es deiner Versicherung gemeldet.«

Sie sah das liebevolle Lächeln in Leonies Augen. Sie hatte ihr verziehen. »Ich hab dich so lieb.«

»Ich dich auch.« Leonie küsste sie auf die Wange. »Lass den Kopf nicht so hängen. In ein paar Wochen bist du wieder zu Hause, und dann ist Schluss mit Frühstück im Bett.«

Sabine lehnte sich vorsichtig an Leonies Schulter. »Weißt du, was schön wäre? Wenn wir näher beieinander wohnen würden.«

»Ja, das wäre schön.«

Sabine schielte zu ihrer Schwester. »Interessiert Max dich wirklich nicht?«

»Warum fragst du?«

»Weil ich glaube, dass er dich verdammt gut leiden kann.«

\*\*\*

Max kam spät von der Arbeit. Noch in Arbeitskleidung ging er direkt in die Garage, die er in der Nähe seiner Wohnung gemietet hatte, um den Anhänger für den nächsten Tag zu beladen. Jutesäcke, Sammelkörbe, Rüttelstange. Nicht zum ersten Mal an diesem Tag fragte er sich, ob er am nächsten Morgen zu Sabines Hof fahren sollte, um Leonie wie verabredet abzuholen.

Vermutlich würde er sich lediglich den nächsten Anraunzer abholen, wenn sie überhaupt da wäre. Er war hin- und hergerissen zwischen dem Gedanken, sie zur Rede zu stellen, was ihr einfiel, ihn so anzublaffen, und dem schlechten Gewissen, weil er nicht ganz aufrichtig gewesen war.

Verflucht noch mal, sie war aber auch empfindlich! Seine

kleine Übertreibung war nicht böse gemeint gewesen. Sie hatte keinen Schaden aus seinen Worten genommen. Aber vielleicht war die Wut gar nicht gegen ihn gerichtet gewesen, sondern ihren Sorgen geschuldet, verteidigte er sie sogleich wieder vor sich selbst. Sie war keine Mutter, hatte keine Erfahrung mit pubertierenden Teenagern, und Amelie schien gerade in einer sehr schwierigen Phase zu sein. Er sollte Leonie zur Seite stehen, ihr helfen. Sie sollte wissen, dass sie diese Herausforderung nicht allein bewältigen musste.

Er schloss das Garagentor und ging zu dem Mehrfamilienhaus, in dem er eine Dachgeschosswohnung sein Eigen nannte. Er stieg die zwei Stufen zur Haustür hinauf, als jemand seinen Namen rief.

»Max?«

Er wandte sich um. Leonie stand am Straßenrand und schloss die Wagentür. Sie kam um das Auto herum auf ihn zu. Sie trug eine roséfarbene Stoffhose, dazu weiße Sneaker und ein langärmliges weißes Polo-Shirt, die Ärmel hatte sie bis zu den Ellenbogen hochgeschoben. Trotz des sportlicheleganten Outfits wirkte sie unerträglich sexy – und so sauber. Verschwitzt, wie er war, dazu in Arbeitshose und schmutzigem Shirt, fühlte er sich nicht besonders vorzeigbar. Er suchte die Zornesfalte zwischen ihren Augenbrauen. Sie war verschwunden.

»Kommst du gerade von der Baustelle?« Sie blieb vor ihm stehen, musste zu ihm aufsehen, weil er auf der oberen Treppenstufe vor dem Eingang stand.

»Ja.«

»Ich …« Sie räusperte sich und strich sich unsicher mit den Fingern durch die braunen Haare. »Ich möchte dich um Verzeihung bitten, weil ich dich gestern so angeschnauzt habe. Ich hatte einfach einen verdammt schlechten Tag.«

Er nickte wissend.

»Danke, dass du Amelie nach Hause gebracht hast.«

Er nickte wieder. Er war auf einiges gefasst gewesen, aber nicht auf eine Entschuldigung. Ihm fiel nichts ein, was er hätte erwidern können. Sein Hirn verweigerte ihm den Dienst. Er sollte etwas Nettes sagen. Ein paar freundliche Worte, um diesen ernsten Blick zu verscheuchen und ein Lächeln auf ihre Lippen zu zaubern. Er wollte die Hand ausstrecken, sie in seine Arme ziehen, ihren Duft riechen, ihren Körper spüren.

Sein Schweigen musste ihr ablehnend erscheinen. Er kratzte sich verlegen im Nacken. »Willst du reinkommen?«

»Nein, ich war den ganzen Tag unterwegs. Ich muss nach Amelie und Racka schauen. Es war mir einfach wichtig … Das gestern … das ist nicht meine Art. Es tut mir wirklich leid.«

»Ist okay.«

»Ich wollte noch sagen … Ich stehe zu meinem Wort. Ich helfe dir morgen auf der Obstwiese.«

»Okay.«

»Okay«, echote sie unbeholfen. »Dann sehen wir uns wie verabredet morgen Vormittag?«

»Ja, zehn Uhr. Ich hol dich ab.«

»Gut.«

Wieder nickte er wie ein dumpfer Wackeldackel.

»Dann bis morgen.« Sie drehte sich um und ging den Weg zurück zu ihrem Wagen.

Er wollte nicht, dass sie ging. Er wollte mit ihr lachen und ihr sagen, wie sehr er sie mochte. »Leonie.«

Sie blieb stehen und wandte sich zu ihm um.

»Tut mir leid, dass ich so übertrieben habe. Es war nur ein Schnupperkurs. Und ich bin ziemlich talentfrei.«

Ihre Mundwinkel hoben sich. »Vielleicht hast du trotzdem mal Lust auf ein gemeinsames Spiel? Ich bin gut genug, um einem Anfänger ein bisschen was beizubringen.«

Er liebte dieses Lächeln. »Ich könnte deine Golftasche tragen. Ich bin ziemlich stark.«

Ihr Blick wanderte abschätzend über seinen Körper. »Ich habe einen Trolley, aber den darfst du gern schieben.« Sie hob die Hand zum Gruß und stieg in den Wagen.

Er sah ihr grinsend hinterher. Sie hatte ihm verziehen, und – mehr noch – sie wollte Zeit mit ihm verbringen. Dass das ausgerechnet auf dem Golfplatz sein sollte, na gut, es war ein Anfang. Fröhlich vor sich hin summend öffnete er die Tür und sprang die Stufen zu seiner Wohnung hinauf.

Leonie kam beschwingt zum Hof zurück. Sie hatte sich mit Sabine ausgesprochen, und sie hatte sich bei Max entschuldigt. Er schien nicht nachtragend zu sein. Hatte Sabine recht? War seine Hilfsbereitschaft nicht seinem Interesse an Sabine geschuldet, sondern galt seine Aufmerksamkeit tatsächlich ihr? Wie sollte sie damit umgehen? Es war das, was sie sich wünschte. Aber in ein paar Wochen wäre sie wieder in Ulm. Weit weg.

Amelie verzog sich nach dem Abendessen in ihr Zimmer. Leonie räumte die Küche auf. Vor dem Küchenbüfett blieb sie stehen. Sie öffnete die Schublade mit Sabines Räucherutensilien. Weißer Salbei vertrieb Streit und Ärger. Sie holte die Gegenstände heraus. Sabine hatte ihr das Ritual oft genug erklärt, sodass sie wusste, was zu tun war.

Sie füllte Feuersand in die Schale, legte kleine Kohlestücke darauf und entzündete sie. Die Kohle musste einen weißen Flaum bekommen. Dann gab sie etwas von dem Weißen Salbei darauf. Sofort wurde der Geruch intensiver. Hatte sie zu viel genommen? Egal, jetzt war das Zeug auf der glühenden Kohle. Sie wedelte mit der Feder, um den Rauch zu verteilen. Verstohlen sah sie sich im Haus um. Sabine ging immer durch sämtliche Räume und murmelte dabei irgendwas von Geistern, die verschwinden oder kommen sollten oder was auch immer.

Sie nahm die Schale und wanderte damit vorsichtig durch die Räume. »Frieden, Frieden, Frieden«, wisperte sie und kam sich unheimlich blöd dabei vor, aber sie würde das jetzt durchziehen. In dieses Haus würde wieder Ruhe, Frieden und Harmonie einkehren. Sie stieg die Treppe hinauf, ging durch jedes Zimmer.

Amelie schrie auf, als sie die Tür öffnete. »Nicht hier!«

»Frieden, Frieden, Frieden«, wiederholte Leonie ihr Mantra. Ihre Nichte verdrehte die Augen.

Leonie schloss die Tür und stieg die Treppe wieder hinunter. »Und jetzt ums Haus«, spornte sie sich selbst an. Sie machte die Tür auf. Racka folgte ihr freudig. Wenigstens bei dem Hund schien ihre Beschwörung zu gelingen.

»Frieden, Frieden, Frieden.« Sie marschierte um das Haus herum.

In der Küche des Cafés brannte Licht. Als sie das Haus ein zweites Mal umrundete, war das Licht aus. Gülay stand bei ihrem Fahrrad und sah zu ihr herüber.

»Was machst du da?«

»Ich beschwöre die guten Geister.«

Gülay schob lachend ihr Fahrrad zu ihr. »Ich dachte, nur Bine ist so verrückt.«

Verrückt. Genau das war es. Sie machte sich zum Narren. Wahrscheinlich würde Gülay es am nächsten Tag den Frauen im Café brühwarm erzählen.

»Es muss dir nicht peinlich sein. Manchmal muss man solche Dinge tun, um wieder ins Gleichgewicht zu finden.«

»Ja«, erwiderte Leonie schwach.

Gülay legte ihr freundschaftlich eine Hand auf die Schulter. »Es ist sehr gut, dass du deiner Schwester so hilfst, und es ist keine leichte Aufgabe. Ich wünsche dir Kraft. Und wenn ich dich unterstützen kann, dann sag es mir. Ich helfe dir gern.«

Die herzlichen Worte der Frau bescherten ihr einen Kloß im Hals. »Danke.«

»Gern.«

Gülay schwang sich auf ihr Fahrrad und fuhr zurück ins Dorf. Leonie wedelte mit der Feder über das nur noch schwach glimmende Räucherwerk. »Frieden, Frieden, Frieden.«

Racka nieste.

## 17

Der Nebel, der am frühen Morgen auf den Feldern gelegen hatte, hatte sich verflüchtigt, als Leonie zu Max ins Auto stieg. Pünktlich um zehn hatte sein Wagen samt Anhänger vor der Tür gestanden. Sie trug Jeans und ein T-Shirt, über das sie ein altes kariertes Holzfällerhemd von Sabine gezogen hatte. Es war noch kühl, aber im Laufe des Tages sollten die Temperaturen wieder bis an die Zwanzig-Grad-Marke steigen.

»Wo ist Racka?«, fragte Max verwundert.

»Im Haus.«

»Du kannst ihn nicht den ganzen Tag allein lassen.«

»Melly kommt mittags aus der Schule.«

Max schüttelte den Kopf. »Wir nehmen ihn mit.«

»Okay.« Sie ließ ihren Rucksack im Fußraum vor dem Beifahrersitz und marschierte zurück zum Haus. Wenn sie den ganzen Tag auf der Obstwiese waren, sollte sie auch etwas Wasser für den Hund dabeihaben. Sie ging in die Küche, füllte eine Flasche ab, hinterließ Amelie eine Notiz, dass sie Racka mitgenommen hatte, und leinte den Hund an.

Max stand am Heck seines Kombis und hatte die Kofferraumklappe geöffnet. »Lass ihn laufen.«

Sie löste die Leine vom Halsband, und Racka raste freudig auf Max zu, um dann mit einem Satz in den Kofferraum zu springen. »Na, du verrückter Hund.« Er kraulte den Kopf des Tieres und schloss die Klappe.

Sie fuhren über die Landwirtschaftswege, vorbei an umgepflügten Äckern, auf denen zartes Grün spross, und Streuobstwiesen, deren Bäume schwer mit Äpfeln und Birnen beladen waren. Dahinter erhoben sich die Hänge des Schönbuchs. Leonie bemerkte zum ersten Mal, dass sich das Laub in den Weinbergen und auch in den Wäldern zu verfärben begann. Goldener Oktober.

»Was riecht hier eigentlich so gut?«, durchbrach Max ihre Betrachtungen.

»Ich habe Flachswickel gebacken.«

»Ah. Krieg ich einen?«

»Jetzt schon?«

»Ich bekomm Hunger bei dem Duft.«

Leonie öffnete den Rucksack und holte die Dose heraus, in der sie die Gebäckstücke transportierte. Sie waren handwarm. Sie reichte ihm einen Flachswickel. Flüchtig berührten sich ihre Fingerspitzen, als er ihn entgegennahm. Ein sanfter Schauer glitt von ihrer Hand in ihren Körper.

»Die sind lecker!« Er hielt ihr die leere Hand hin, um ein zweites Gebäckstück zu erhaschen. »Hast du die heute Morgen gebacken?«

»Ich war um sechs mit Racka draußen. Danach hatte ich Zeit.« Sie gab ihm einen zweiten Flachswickel, genehmigte sich selbst auch einen und verstaute die Dose wieder in ihrem Rucksack. Sie hatte gehofft, dass das Backen ihr die Nervosität nehmen würde. Es war so unsinnig. Sie war eine erwachsene, erfahrene Frau und kein kleines, verliebtes Mädchen!

»Pack die nicht so weit weg.«

»Jetzt wird erst einmal gearbeitet«, bestimmte sie.

»Du bist immer so streng.«

Sie sah erschrocken zu ihm. »Bin ich das?«

Er wandte kurz den Blick zu ihr. »Das ist gut so. Sonst würde ich die Dose leer futtern und mich dann nur noch faul auf die Wiese legen.«

Er bog von der Landwirtschaftsstraße auf einen holprigen Feldweg ein. Der Anhänger rumpelte hinter ihnen her. Wenig später hatten sie ihr Ziel erreicht. Max entließ Racka aus dem Kofferraum.

»Wow. Das sind alles deine Bäume?«

»Nur diese drei Reihen.« Er deutete die Baumreihen entlang. »Der Großteil sind Apfelbäume, ein paar Birn-, Zwetschgen- und Kirschbäume sind auch dabei, und dahinten, der große, das ist ein Walnussbaum.«

»Das macht sicher verdammt viel Arbeit«, überlegte Leonie. Er zuckte unbekümmert die Achseln. »Zwei-, dreimal im Jahr mähen, ein bisschen schneiden und die Ernte. Aber das ist keine Arbeit für mich, sondern Hobby.« Er lud die Sammelkörbe aus dem Hänger, hob eine Stange mit einem Haken heraus und zog sie auseinander.

»Was ist das?«

»Eine Rüttelstange. Meine Wiese hat einen alten Baumbestand, hauptsächlich Hochstamm. Mit der Stange rüttle ich an den Ästen, damit die Äpfel herunterfallen.«

»Aber dann kriegen die doch Dellen?«

Er grinste. »Die kommen morgen in die Presse, da ist das egal.«

Es gefiel ihr, ihn so in seinem Element zu erleben. Seine Bewegungen waren routiniert. Er wusste genau, was zu tun war, während sie unnütz danebenstand und zusah. Er ging zu seinem Wagen, öffnete die Tür zur Rückbank und nahm Helm und Handschuhe heraus. Ein Paar Handschuhe warf er ihr zu.

»Brauche ich auch einen Helm?«, fragte sie verwundert.

»Nur wenn du nicht aufpasst. Wenn ich die Äpfel runterrüttle, solltest du etwas Abstand zum Baum halten, damit dir keiner auf den Kopf fällt. Das kann wehtun.« Er zog die Handschuhe an. »Du schnappst dir einen Sammelkorb, und wenn der voll ist, füllen wir die Äpfel in die Jutesäcke.« Er deutete auf die Säcke, die fein säuberlich gestapelt im Anhänger lagen.

»Okay. Muss ich auf irgendwas achten?«

»Nicht die angefressenen oder faulen Äpfel einsammeln. Und ein bisschen aufpassen, falls gerade eine Wespe oder Biene in der Nähe ist.« Er deutete auf drei Bienenstöcke in der Mitte einer Baumreihe. »John hat seine Beuten hier stehen.«

»Der Pfarrer ist Imker?« Sie nahm einen Korb.

»Ja. Warte einen Moment, bis ich den ersten Baum abgeschüttelt habe. Wir fangen mit dem Boskop an.«

»Sind das alles unterschiedliche Sorten?«

»Ja, die meisten sind Mostäpfel. Der hier vorn ist ein Boskop, dann habe ich noch Topaz, Rebella, Rewena, Hauxapfel. Dahinten, das ist ein Goldparmäne, den kann man gut lagern.«

Er setzte den Helm auf und ging mit der Rüttelstange zum ersten Baum. Kurz darauf prasselten die Äpfel wie Hagelkörner auf den Boden. Racka sprang herbei. Leonie pfiff ihn eilig zu sich. Als Max sich dem nächsten Baum zuwandte, begann sie, die Äpfel vom Boden aufzulesen.

Max rüttelte zwei weitere Bäume, dann gesellte er sich mit einem Korb zu ihr.

»Ist das schlimm, wenn ich versehentlich einen Apfel vom zweiten Baum mit zu denen vom ersten Baum lege?«

»Nein, die kommen alle zusammen in die Presse. Ich packe auch immer zwei, drei Säcke Birnen dazu.«

»Also kein sortenreiner Apfelsaft, sondern eher ein Cuvée.«

»Der beste, den es gibt.«

»Nur keine falsche Bescheidenheit«, lachte sie.

Obwohl es ihr nach einer Weile etwas im Rücken zwickte, machte es ihr Spaß, mit Max Baum für Baum das Obst einzusammeln und zu sehen, wie sich die Säcke füllten. Die Konzentration auf die Arbeit ließ die Befangenheit von ihr abfallen.

»Kaffeepause?«, schlug er nach zwei Stunden vor.

»Du willst nur Flachswickel naschen.«

»Die sind aber auch lecker.«

Sein Lausbuben-Grinsen entfachte ein freudiges Kribbeln in ihrer Brust.

Sie kippten die Äpfel aus ihren Sammelkörben in die Jutesäcke. Max öffnete die Tür zum Fond seines Wagens und nahm eine Thermoskanne und zwei Blechtassen aus einer Box. Er stellte alles auf das Autodach.

»Brauchst du Milch oder Zucker?«

»Hast du Milch?«

Er zauberte zwei kleine Portionspackungen Kaffeesahne hervor. »Heute Morgen beim Bäcker geklaut.«

»Das solltest du einer Richterin gegenüber aber nicht so freimütig gestehen.«

»Oh, verdammt.«

»Soweit ich weiß, hast du keine Vorstrafen. Ich denke, da kann ich ein Auge zudrücken.«

Er stieß die Luft aus und wischte sich mit gespielter Erleichterung mit dem Handrücken über die Stirn.

»Brezel?« Ohne ihre Antwort abzuwarten, beugte er sich wieder ins Wageninnere und streckte ihr kurz darauf eine geöffnete Tüte entgegen.

»Danke.« Sie nahm ein Laugengebäck heraus.

Schulter an Schulter lehnten sie sich mit dem Rücken gegen den Wagen und genossen ihre Pause. Obwohl sie sich nicht berührten, spürte sie seine körperliche Nähe. Es war angenehm und aufregend zugleich. Eine Amsel hüpfte pickend über die Wiese. In der Ferne zog ein Milan seine Kreise. Kondensstreifen von zwei Flugzeugen, die nicht mehr zu sehen waren, hatten ein weißes Kreuz am Himmel hinterlassen, das sich langsam auflöste. In diesem Augenblick fühlte sie sich so entspannt und zufrieden wie schon lange nicht mehr.

Ihr Blick glitt die Baumreihen entlang. »Warum machst du das?«

»Was?«

»Dieses Obstbauer-Ding.«

»Ich trinke gern Apfelsaft.«

»Den kann man auch kaufen.«

»Das ist nicht dasselbe. Hier weiß ich, was drin ist.« Er füllte sich Kaffee nach. »Du auch noch?«

»Nein, danke.« Sie befürchtete, von zu viel Kaffee zur Toilette zu müssen, und die war weit und breit nicht in Sicht. Die Stämme der Obstbäume boten nicht viel Privatsphäre.

»Ich bin gern in der Natur, und mit der Pflege der Streuobstwiese helfe ich mit, die Kulturlandschaft und die Artenvielfalt zu erhalten.«

»Die verschiedenen Apfelsorten?«

»Ja, und die Bäume und Wiesen bieten vielen Insekten und Vögeln einen Lebensraum.«

»Also ist das Landschaftspflege und Naturschutz?«

Er nickte.

»Ich habe noch nie Äpfel von einem Baum gerüttelt«, stellte sie fest. »Darf ich das gleich mal probieren?«

»Klar.«

»Kann ich dabei was kaputtmachen?«

Er sah sie schräg von der Seite an, umfasste mit Daumen und Zeigefinger ihren Oberarm und drückte sanft einmal zu. »Ich glaub, da besteht keine Gefahr.«

Seine Berührung ließ die Hitze in ihrem Körper aufsteigen und entfachte ein verlangendes Pulsieren in ihrem Unterleib. Sie beugte sich eilig vor, damit er die Röte ihrer Wangen nicht sah. Um die Bewegung zu kaschieren, tat sie so, als wollte sie einen Salzkrümel von ihrem Hosenbein schnipsen.

»Hast du dich wirklich informiert, ob ich vorbestraft bin?«

Verdutzt wandte sie sich wieder ihm zu. »Nein, natürlich nicht. Das darf ich gar nicht ohne einen triftigen Grund.«

»Woher weißt du dann, dass ich keine Vorstrafen habe?«

»Davon bin ich jetzt einfach mal ausgegangen.« Sie musterte ihn aufmerksam. »Hast du Vorstrafen?«

»Nö.«

»Nicht lügen«, ermahnte sie ihn.

»Einen Punkt in Flensburg. War mal nachts zu schnell unterwegs.« Er schüttelte die letzten Tropfen aus seiner Tasse. »Machen wir weiter?«

»Ja.«

Er holte seinen Helm und setzte ihn ihr auf den Kopf. Er rutschte ihr in die Stirn.

»Ich seh nix mehr«, beschwerte sie sich lachend.

Er nahm den Helm wieder ab und stellte ihn etwas enger ein. »Wir machen mit dem Topaz weiter.« Er griff nach der Rüttelstange und ging mit ihr zu dem Baum.

»Du hängst den Haken in den Ast, möglichst nicht an einen kleinen Zweig, der könnte abbrechen. Und dann rüttelst du von der Seite.«

Sie fasste die Stange, und er trat ein paar Schritte zurück. Bei ihm hatte es so leicht ausgesehen, als er den Haken zwischen den Ästen platziert hatte. Sie hatte Mühe, den meterlangen Stab im Dickicht aus Zweigen und Blättern einzufädeln. Endlich gelang es ihr. Sie zog an der Stange. Es bewegte sich nicht viel. Sie zog fester. Ein paar Äpfel kullerten herunter.

»Geh mal zwei Schritte näher zum Stamm.«

Seine Stimme war unerwartet nah. Sie machte einen Schritt zur Seite. Er stellte sich hinter sie und griff links und rechts um sie herum die Stange. Die unmittelbare Nähe ließ ihr Herz nervös flattern.

»Nicht nach vorn wegziehen, sondern seitlich.«

Sie spürte seinen Atem auf ihrer Haut. Seine Wärme drang durch ihre Kleidung. Die Berührung ihrer Körper schickte wohlige Wellen durch sie hindurch. Sie wollte sich zurücklehnen, die Augen schließen und die Welt um sich herum vergessen.

Er deutete die Bewegung an. Sie fühlte die Kontraktion seiner Muskeln, was ihr Begehren dermaßen verstärkte, dass sie bebend die Luft einsog.

Er machte keine Anstalten, sie aus seinen Armen zu erlösen. Sie wollte es auch nicht. Sie wollte ihn küssen, ihn berühren …

Das Knirschen von Fahrradreifen auf Schotter durchbrach den Augenblick. Max ließ die Rüttelstange los, legte kurz die Hände auf ihre Schultern, bevor er ein paar Schritte zur Seite trat. Sie vermisste seine Nähe schon jetzt und verfluchte den Eindringling.

»Hallo, ihr zwei.« Pfarrer John stellte sein Fahrrad ab. »Ich wollte geschwind nach den Bienen schauen.«

Das Café war noch geöffnet, als Max Leonie am späten Nachmittag vor dem Haus absetzte. Ein paar Gäste genossen an den Außentischen die letzten wärmenden Sonnenstrahlen. Gülay, die gerade dabei war, Geschirr abzuräumen, winkte ihnen fröhlich zu.

»Morgen um acht?«, fragte Max.

»Ja, ich bin schon sehr gespannt.« Ihre Wangen waren rosig von der frischen Luft, sie strahlte. »Es war ein wunderschöner Tag.«

»Wir sprechen uns morgen wieder, wenn du dich vor lauter Muskelkater nicht mehr bewegen kannst.«

Sie lachte. »So schlimm wird's nicht werden.«

Er grinste wissend und überlegte, sie zu fragen, ob sie sich am Abend noch auf ein Glas Wein zusammensetzen sollten. Aber er befürchtete eine Absage, und damit wollte er sich diesen wunderbaren Tag nicht verderben. Lieber freute er sich darauf, sie schon am nächsten Morgen wiederzusehen und sie aufziehen zu können, wenn sie über die schmerzenden Muskeln jammerte.

Sie öffnete die Tür und stieg aus, lehnte sich dann jedoch noch einmal zu ihm herein. »Noch nicht losfahren, ich muss erst Racka aus dem Kofferraum holen.«

»Die Flachswickel kannst du im Auto lassen.«

»Ich glaube, die Dose ist leer.«

»Du hättest mir ruhig ein paar abgeben können.«

Wieder lachte sie.

Er wollte nicht allein nach Hause fahren. Er wollte den Abend mit ihr verbringen. Die Nacht. Sein Leben. Sei vernünftig, mahnte er sich. Vor zwei Tagen hatte er noch beschlossen, sich einen Hund zuzulegen und die Sache mit den Frauen zu vergessen.

»Ciao, bis morgen.« Sie schlug die Tür zu.

Er wartete, bis sie Racka rausgelassen hatte, und sah ihr nach, wie sie mit dem Hund zum Haus ging. Sie drehte sich noch einmal zu ihm um und winkte. Er hob die Hand, schaltete den Motor ein und machte sich auf den Heimweg.

In seinem Kopf lief der Tag noch einmal wie ein Film ab. Er fragte sich, was geschehen wäre, wenn John nicht ausgerechnet in dem Augenblick aufgetaucht wäre, als er ihr so nah gewesen war. Er war kurz davor gewesen, ihren Nacken zu küssen, sie zu sich zu drehen, sie … Er stöhnte auf. Eine kalte Dusche, das war es, was er jetzt brauchte.

Mit gekonntem Schwung manövrierte er den Anhänger in die Garage. Er war mit den vielen prall gefüllten Säcken vermutlich etwas überladen. Das hatte er Leonie wohlweislich verschwiegen. Als er kurz darauf in die Straße zu seiner Wohnung einbog, entdeckte er am Straßenrand einen MINI Cooper, den er leider zu gut kannte. Einfach weiterzufahren war keine Option. Nicole hatte ihn bereits gesehen und öffnete die Wagentür. Er parkte auf seinem Stellplatz und stieg aus.

»Hallo, Max.« Sie lächelte zuckersüß und kam auf ihn zu. Sie trug ein weich fließendes Kleid, das ihre schlanke Figur und den wohlgeformten Busen betonte. Die Männer mussten ihr zu Füßen liegen. Warum ließ sie ihn nicht in Ruhe?

»Was willst du?«

»Ich war in der Gegend und dachte, ich schau mal vorbei.«

»Den Umweg hättest du dir sparen können.«

»Maxilein, bist du immer noch sauer wegen Tim? Es ist doch alles geregelt. Du fliegst allein zu ihm, und ihr macht euer Männerding.« Sie sah lauernd zu ihm auf. »Oder fliegst du gar nicht allein?«

Er verdrehte die Augen. »Was soll das jetzt?«

»Hast du was mit dieser Richterin?«

»Das geht dich zwar nichts an, aber damit du heute Nacht ruhig schlafen kannst: Nein, ich habe nichts mit *dieser Richterin*.«

Sie spitzte pikiert die Lippen. »Es geht mir nicht um mich.« Natürlich nicht.

»Ich möchte jetzt duschen und was essen. Also, mach's gut.« Er wollte an ihr vorbei, aber sie packte ihn bremsend am Arm.

»Du machst dir was vor, Max. Was denkst du denn, was eine Frau wie die von dir will? Sie wird ein-, zweimal mit dir in die Kiste hüpfen, weil es ihr verrucht und wild vorkommt, mit einem Zimmermann zu schlafen. Dann wird sie dich fallen lassen und sich mit ihren Akademikerfreundinnen über dich amüsieren. Und du sitzt da mit deinem weichen, gebrochenen Herzen und weinst bittere Tränen.«

»Hau – einfach – ab, okay?«, presste Max mühsam beherrscht hervor. Er schüttelte ihre Hand ab und stampfte wütend zur Haustür.

Leonie hatte geduscht und sich ihren romantischen Gedanken hingegeben. Sie hatte Max zum Abendessen einladen wollen, aber dann hatte ihr doch der Mut gefehlt. Sie fühlte sich so sehr zu ihm hingezogen, dass sie befürchtete, völlig die Beherrschung zu verlieren, sollte er ihr noch einmal so nah kommen wie am Mittag auf der Obstwiese. Sie konnte sich nicht erinnern, schon jemals so intensiv für einen Mann empfunden zu haben. Es war aufregend und verunsichernd zugleich.

Um sich auf andere Gedanken zu bringen, klopfte sie an Amelies Zimmertür. Ihre Nichte lag auf dem Bett, Racka hatte sich neben ihr ausgestreckt. Leonie verkniff sich den Kommentar, dass Hunde nicht ins Bett gehörten.

»Ich wollte eine Kleinigkeit kochen. Möchtest du mitessen?«

»Was gibt's denn?«

»Worauf hast du Lust?«

»Pizza.«

»Okay, ich schau mal, was der Kühlschrank hergibt.«

Eine Stunde später war das Blech im Ofen. Leonie hoffte, dass der vegane Käseersatz auf dem Teig schmecken würde. Amelie kam zu ihr in die Küche. Sie trug noch immer einen Jogginganzug und war ausnahmsweise mal nicht geschminkt.

»Willst du heute nicht weg?«

»Nö.«

Freitagabend und das Mädchen wollte nicht mit ihren Freundinnen um die Häuser ziehen? Leonie fiel ein, dass Amelie mit Nele zerstritten war. Was war mit Elias? Hatte der andere Pläne? Sie beschloss, lieber nicht nachzuhaken.

»Was hältst du von einem Fernsehabend mit Apfelsaft, Kartoffelchips und deiner spießigen Tante?«

Amelie zuckte die Achseln. »Kommt denn was?«

»Wir schauen mal in die Mediathek.« Leonie begann, den Tisch zu decken. »Ich helfe Max morgen beim Saftmachen. Hast du Lust, mitzukommen?«

»Wann?«

»Um acht.«

Ihre Nichte zog eine Grimasse, doch ihre Antwort überraschte Leonie. »Okay.«

Nach dem Essen machten sie es sich auf dem Sofa gemütlich. Leonie fand in der Mediathek eine französische Komödie.

»Warum hast du dich eigentlich mit Nele verkracht?«, wagte sie zu fragen, bevor sie den Film startete.

»Sie findet, Elias ist ein Asi.«

Nele war Leonie sofort sehr sympathisch. »Warum denkt sie das?«

Amelie hob die Schultern. »Wegen dem Schuleschwänzen und so.«

Leonie hoffte, die beiden Mädchen würden sich bald wieder vertragen.

»War er heute wieder an der Schule?« Leonie versuchte, die Frage beiläufig klingen zu lassen, damit Amelie nicht dachte, sie wolle sie verhören.

»Mhm ...« Sie zupfte an ihrem Jogginganzug herum. »Aber ich hab gesagt, ich kann nicht. Dann ist er mit der blöden Zoe aus der Neunten abgezogen.«

Das hatte sicherlich wehgetan. »Ich bin stolz auf dich, Melly. Und ich finde es richtig gut, dass du nicht noch mal die Schule geschwänzt hast. Du solltest nie etwas tun, nur um jemand anderem zu gefallen. Was du tust, musst du selbst wollen.«

Leonie dachte an ihre Golfverabredung am Sonntag zum »Netzwerken«. Es entsprach nicht ihrem Naturell, und dennoch hatte sie sich von Jochen überreden lassen. Vielleicht sollte sie ihre Ratschläge selbst mal beherzigen.

## 18

Ihr Körper war Max' Prophezeiung gefolgt. Leonie spürte jeden Muskel, als sie am Morgen aus dem Bett stieg. Besonders Gesäß und Oberschenkel schmerzten. Sie mochte gar nicht daran denken, wie sie sich am Sonntag fühlen würde. Am zweiten Tag war ein Muskelkater meistens am schlimmsten. Hoffentlich würde sie einigermaßen normal über den Golfplatz laufen können. Sie war sich nicht sicher, was Meyerring vom Landleben hielt und ob eine Anekdote über die Folgen des Äpfelauflesens ihn amüsieren würde.

Max hob überrascht die Augenbrauen, als Amelie mit ihr aus dem Haus kam.

»Hast du 'ne Wette verloren?«, grüßte er das Mädchen.

»Ich hab letztes Jahr auch mitgemacht«, murrte Amelie. Ihre gute Laune schlief noch.

»Da müssen wir erst ein bisschen Platz schaffen.«

Auf dem Rücksitz stapelten sich leere Apfelsaftkartons. Max öffnete die Tür, um sie umzuräumen.

»Ich kann mit meinem Wagen hinterherfahren«, bot Leonie an. Sie hätte Max informieren sollen, dass Amelie sie begleiten wollte, dachte sie mit schlechtem Gewissen.

»Wenn, dann mit dem Fahrrad«, protestierte Amelie.

»Wo müssen wir denn hin?«

»Nach Entringen«, antwortete Max.

Das war der Nachbarort. Die paar Kilometer waren zu schaffen. Vielleicht tat die Bewegung ihrem Muskelkater sogar gut. »Okay, dann fahren wir mit dem Rad. Ich kann Bines nehmen. Melly, du weißt, wo wir hinmüssen?«

Amelie nickte.

Leonie schenkte Max ein bedauerndes Lächeln. »Tut mir leid, dass du jetzt umsonst hergekommen bist.«

»Kein großer Umweg.«

Eine halbe Stunde später stand sie neben Max in einer großen Halle, deren Tore weit geöffnet waren und in der schon fleißig Saft gepresst wurde.

»Als Erstes werden die Säcke gewogen, dann fülle ich die Äpfel dort hinein.« Max deutete auf eine Art Miniwanne. »Die Äpfel werden gewaschen und kommen dann da oben geschreddert heraus. Das ist dein Arbeitsplatz. Du musst die Holzgitter übereinanderstapeln, über jedes Gitter wird ein Presstuch gelegt, darauf wird die Apfelmaische gefüllt. Du verstreichst sie über die Fläche. Dann folgt die nächste Lage.«

Leonie sah skeptisch zu der Presse, an der ein anderer Kunde stand und Apfelkompott glatt strich.

Max nahm eine Schürze vom Haken und reichte sie ihr. »Keine Sorge, der Chef hilft mit.« Er zeigte auf einen Mann, der auf der anderen Seite der Presse gerade einen Hebel bediente, sodass die Apfelmasse aus dem Trichter herunterprasselte. »Nach dem Pressen geht das Spiel rückwärts. Gitterpaletten zurück rechts auf den Stapel, die Tücher mit den ausgepressten Apfelresten bringt ihr mir zu dem Hänger rüber.« Er deutete auf einen Traktoranhänger, der vor der geöffneten Halle stand. »Da schüttle ich die Dinger aus.«

Leonie nickte, während sie versuchte, sich die Arbeitsaufträge zu merken.

»Melly, du kennst es ja vom letzten Jahr: Kartons zur Abfüllstation und Schläuche in die Kartons packen.«

Amelie salutierte. »Darf ich mit dem Hänger reinfahren?«

»Ganz sicher nicht.«

Leonie entging nicht, wie Max flüchtig erschrocken zu ihr sah. Er hatte Amelie im vergangenen Jahr doch wohl nicht allein mit dem Auto in die Halle fahren lassen? Doch bevor sie sich darüber Gedanken machen konnte, ging es los.

In den nächsten anderthalb Stunden vergaß sie ihre schmerzenden Glieder. Konzentriert übernahm sie die Aufgaben, die Max ihr zugeteilt hatte. Ihr fehlte die Routine und ein wenig die Kraft, aber am Ende hatten sie einen Anhänger und eine Wagenladung voll mit Fünf-Liter-Apfelsaftkartons. Ihre Finger klebten trotz der Handschuhe, die sie sich übergestreift hatte, und die Schürze hatte nicht verhindern können, dass das eine oder andere Apfelstückchen den Weg auf ihre Kleidung gefunden hatte.

Max hatte Becher mitgebracht. Zufrieden standen sie an seinem Wagen vor der Halle und genossen den ersten frisch gepressten Saft und dazu Laugenbrezeln. Der Saft war süß und fruchtig und nach der Arbeit einfach köstlich.

Max wuselte Amelie durch die Haare. »Da kann ich deiner Mama ja sagen, dass du sie gut vertreten hast.«

»Nee, ich hatte den gleichen Job wie letztes Jahr. Tante Leo hat Mamas Job gemacht.«

»Und? Was meinste? Hat sie sich gut geschlagen?«

Die beiden musterten sie prüfend.

»Ja, war schon okay«, fällte Amelie ihr Urteil.

Das Lob ihrer Nichte freute Leonie. Max zwinkerte ihr zu, dann wanderte sein Blick an ihr vorbei. »Klaus, Achtung!«

Hinter ihnen rumpelte es. Max rannte zur Halle. Leonie bemerkte, wie Amelie zusammenzuckte und versuchte, sich hinter ihr unsichtbar zu machen. Sie wandte sich um und sah neben einem Mann ein Mädchen stehen, das in Amelies Alter zu sein schien. Wie hießen Neles Eltern noch gleich? Christina und Klaus? Sie wandte sich Amelie wieder zu. »Ist das Nele?«

Amelie nickte.

»Wenn ich dir einen Tipp geben darf: Wegen eines Typen wie Elias setzt man eine richtig gute Freundschaft nicht aufs Spiel.«

Das Mädchen zog skeptisch die Nase kraus.

»Wir brauchen hier ein paar helfende Hände!«, rief Max ihnen zu.

Als Leonie mit Amelie die Halle betrat, sah sie das Malheur: Ein vermutlich zuvor prall gefüllter Container mit Äpfeln war von der Ladefläche gekippt, und Hunderte Äpfel verteilten sich über den Boden.

Mit vereinten Kräften sammelten sie das Obst wieder ein. Aus den Augenwinkeln beobachtete Leonie, wie Amelie und Nele, zunächst auf Abstand bedacht, sich langsam annäherten.

Schließlich standen sie irgendwann abseits und schlossen sich in die Arme. Frieden. Frieden. Frieden, ging es Leonie durch den Kopf, und sie lächelte vor sich hin.

»Was grinst du so zufrieden?« Max war neben sie getreten.

»Ich *bin* zufrieden.«

»Das ist gut. Was macht der Muskelkater?« Er beugte sich zackig vor und zwickte sie in den Oberschenkel.

»Aua! Ich hatte ihn fast vergessen. Mach das nicht noch mal!«

Er lachte amüsiert, und sie wünschte sich, er würde sie noch einmal berühren. Vielleicht nicht unbedingt zwicken. Eine Massage wäre schön.

»Tante Leo?«, riss Amelie sie aus ihren Träumen.

»Ja, mein Schatz?«

Amelie sah sie befremdet an. »Kann ich heute Abend zu Nele? Wir wollen Mädelsabend machen.«

»Ja natürlich.«

»Prima. Ich helf hier noch ein bisschen mit. Du findest allein nach Hause, oder?«

Leonie nickte und schaute Amelie nach, die wieder zu ihrer alten neuen besten Freundin lief.

»Wenn du heute Abend allein bist …«, brachte Max sich in Erinnerung. »Ich bin mit ein paar Leuten im Ägäis zum Essen verabredet. Magst du mitkommen?«

»Gibt es in Gütlingen ein griechisches Restaurant?«, fragte Leonie verwundert.

»Nein, aber hier in Entringen.« Max sah sie abwartend an. »Wir könnten zu Fuß hingehen. Bewegung ist gut gegen Muskelkater, und du kannst ohne schlechtes Gewissen ein Bierchen trinken.«

»Ich mag kein Bier.«

»Wein?«

»Gegen ein gutes Glas Wein habe ich nichts einzuwenden.«

\*\*\*

Max mochte das griechische Restaurant im Stil einer kleinen Taverne. Keine kitschigen Büsten von Figuren der griechischen Mythologie, stattdessen einfache Holztische und Stühle, ein paar Bilder an den Wänden, eine Deko-Reuse. Statt überbordendem Gyros-Teller standen frisch zubereitete Fisch- und Lammgerichte und auch leckere vegetarische Spezialitäten auf der Karte.

Max hatte Leonie abgeholt, und sie waren zu Fuß von Gütlingen nach Entringen gelaufen. Sie hatte Racka mitgenommen, der nun unterm Tisch zu ihren Füßen lag. Er wäre sonst an diesem Tag zu viel allein gewesen, hatte sie befunden. Ihre selbstlose Art, dafür zu sorgen, dass es allen gut ging, die in ihrer Obhut waren, gefiel ihm. Sie war ein sehr rationaler Mensch, aber mit einem unheimlich großen Herzen.

Leonie kannte John und Sabines Lehrerkollegin Sarah, die ihren Mann Florian, einen alten Schulfreund von Max, mitgebracht hatte, und sie schien sich in ihrer Gesellschaft wohlzufühlen. Sie aßen, erzählten und gönnten sich gemeinsam eine Flasche Nemea.

John war mit seinem E-Bike gekommen und verabschiedete sich direkt nach dem Essen, da er am nächsten Morgen den Gottesdienst halten musste. Sie tranken mit Sarah und Florian noch ein Glas Wein und machten sich dann gemeinsam auf den Heimweg.

Während Sarah und Florian am Ortseingang zu ihrem Haus abbogen, begleitete Max Leonie über den Landwirtschaftsweg zurück zum Hof.

Die Luft war klar und kühl, am wolkenlosen Himmel funkelten die Sterne um die Wette. Ohne die Straßenlaternen war der Anblick phantastisch und überwältigte ihn immer wieder aufs Neue. Er suchte den Großen Wagen und das Himmels-W. Mehr Sternbilder kannte er nicht. Auch Leonie hatte den Blick zum Firmament gehoben.

»Eigentlich müsste der Große Wagen Großer Anhänger heißen, oder?«, flachste er.

»Oder Großer Karren.« Sie sah zu ihm. »Was machst du

eigentlich mit dem ganzen Apfelsaft? Den kannst du doch nicht allein trinken.«

Er blinzelte, verdutzt über den Themenwechsel. »Einen Teil verschenke ich, Bine kriegt zum Beispiel ein paar Kartons. Wie kommst du jetzt darauf?«

»Wegen dem Anhänger.« Sie deutete zum Himmel.

»Ach so.«

»Wie viel darf man eigentlich auf so einen Anhänger laden?«

»Kommt drauf an. Meiner ist für sechshundertfünfzig Kilogramm zugelassen. Willst du was transportieren?« Ein Umzug von Ulm nach Gütlingen, ging seine Phantasie sogleich mit ihm durch.

»Nein, ich ... sechshundertfünfzig?«

»Ja.«

»Hm.«

»Was stört dich?«

»Die Waage hat heute Morgen gut siebenhundert Kilogramm angezeigt, oder?«

»Die Waage?«

»Beim Saftmachen.«

»Ach so, ähm ... ja.«

»Dann war dein Anhänger überladen.«

»Wenn man das ganz genau nachrechnet, könnte das tatsächlich so gewesen sein«, gab er zu.

»Das ist nicht gut.«

Oh, verdammt! Wollte sie diesen herrlichen Abend mit einer Diskussion über ein kleines Verkehrsvergehen ruinieren?

»Ich hatte mich verschätzt.« Er schlug einen neckenden Ton an. »Du hast zu viele Äpfel gesammelt.«

»Schieb es ruhig auf mich.« Sie sagte es mit einem Lächeln.

Er grinste kopfschüttelnd. »Auf was für Gedanken du kommst.«

»Woran hast du denn gerade gedacht?«, fragte sie.

Er zögerte einen Moment. »Dass es ein sehr schöner Abend war und ich hier unter einem grandiosen Sternenhimmel mit einer wunderschönen Frau spazieren gehe.« Und wie wunderbar es wäre, sie zu küssen. Den Gedanken behielt er für sich. »Jetzt fehlt nur noch eine Sternschnuppe.«

»Du findest den Anblick eines verglühenden Meteors schön?«, fragte sie, statt auf sein Kompliment einzugehen.

»Ich vergaß, du hast es nicht so mit Romantik.«

»Ich habe zumindest Meteor gesagt, nicht Gesteinsbrösel.«

»Das ist natürlich schon fast poetisch.«

Sie grinste. »Würdest du dir etwas wünschen, wenn jetzt eine Sternschnuppe vom Himmel fiele?«

»Ja.«

»Und was?«

»Verrate ich nicht.« Er war froh, dass sie nicht weiter über den überladenen Anhänger reden wollte. »Und du?«

Sie hob den Blick erneut zum Himmel. »Dass alles gut wird und Bine bald wieder nach Hause kann.«

Er wusste, dass es ihr um das Wohl ihrer Schwester ging, aber Sabines Genesung bedeutete auch, dass sie wieder nach Ulm zurückkehren würde. Dann könnte er nicht mehr kurz auf dem Hof vorbeischauen, um sie zu sehen.

»Ich verrate dir ein Geheimnis«, sagte sie unerwartet. Er meinte, ein Lächeln aus ihrer Stimme zu hören. »Obwohl, eigentlich ist es kein Geheimnis, Gülay hat mich erwischt.«

»Wobei?«

»Beim Geisterbeschwören.«

»Beim was?«

Sie erzählte ihm in schillernden Farben und Tränen lachend, wie sie zwei Abende zuvor mit Räucherschale und Mantra durch die Zimmer und um Sabines Haus gelaufen war. Sie nahm kein Blatt vor den Mund, wie lächerlich sie sich dabei gefühlt hatte. Glucksend und kichernd erreichten sie den Hof.

»Das hätte ich dir nicht zugetraut.« Er schmunzelte.

Sie wischte sich die Tränen aus den Augenwinkeln und schloss die Tür auf. Racka tapste hinein.

»Das Dorfleben bekommt mir nicht. Ich werde seltsam.«

Er schüttelte den Kopf und senkte zärtlich die Stimme. »Ich finde, das Dorfleben bekommt dir außerordentlich gut.«

Er stand ganz nah vor ihr, blickte im matten Licht der Türbeleuchtung in ihre braunen Augen. Sein Herz schlug viel zu schnell. Jetzt war der Moment. Er sollte sie küssen.

Er traute sich nicht.

Sie war noch immer leicht beschwipst, vom Wein, von der frischen Luft, von seiner Nähe. Er stand so dicht vor ihr, dass sie sein Aftershave roch.

Sie räusperte sich. »Möchtest du noch mit reinkommen?«

»Stören wir Melly nicht?«

»Sie ist doch bei Nele, und wenn die Mädels sich nicht gleich wieder verkracht haben, übernachtet sie dort.«

Was deutete sie denn da an, bemerkte sie erschrocken. Aber die Worte waren raus. Und sie wollte, dass er blieb. Dieser Blick, der tief in sie einzudringen schien – es sollte nicht bei dem Blick bleiben. Sie wollte, dass er sie küsste, sie berührte.

Aber warum sollte er den ersten Schritt machen? Sie war eine moderne, emanzipierte Frau.

»Ich will dich«, hauchte sie nervös. Ihr Puls schlug ihr bis zum Hals. Sie schlang die Arme um seinen Nacken und küsste ihn sanft.

Im ersten Moment schien er überrumpelt, dann legte er seine Hände um ihre Taille. Er zog sie an sich, hielt sie fest, erwiderte den Kuss. Nicht sanft. Leidenschaftlich. Sie spürte, wie er Besitz von ihr ergriff, drängte sich ihm entgegen. Ja, sie wollte ihn. Sie begehrte ihn mehr, als sie je einen Mann begehrt hatte.

Es war nach drei Uhr morgens. Sie hatten sich geliebt, beim ersten Mal ausgehungert und begierig, beim zweiten Mal sanfter, den Körper des anderen erkundend. Leonie lag auf dem Rücken, entspannt, überwältigt und glücklich. Der Mond schien durch die Vorhänge, tauchte das Zimmer in mattes Licht, sodass sie Umrisse und Schatten sehen konnte.

Max hatte sich auf die Seite gedreht, stützte den Kopf auf den Arm, mit der anderen Hand glitt er die Konturen ihres Körpers entlang. Sie schloss genießerisch die Augen.

»Müde?«, fragte er.

»Ein bisschen.« Sie war völlig erschöpft, aber sie wollte nicht, dass er aufhörte, sie zu streicheln.

»Dann sollten wir schlafen.«

Sie seufzte schwer. »Eigentlich will ich nicht, dass du schon gehst.«

»Ich habe keine Termine. Ich kann bleiben.«

Schweren Herzens öffnete sie die Augen und wandte sich ihm zu. »Nein, das geht nicht. Ich will nicht, dass Amelie …« Sie geriet ins Stocken.

»Dass Amelie was?«

Leonie meinte, eine steile Falte zwischen seinen Augenbrauen zu erkennen.

»Ich möchte einfach nicht, dass sie das hier mitkriegt.«

»Okay.« Enttäuschung schwang in Max' Stimme mit.

Sie strich über seine Wange. »Versteh das bitte nicht falsch.«

»Ich hätte es schön gefunden, neben dir aufzuwachen.«

Das hätte sie auch. Aber sie sagte es nicht, um die Situation nicht noch schwieriger zu machen.

Er richtete sich auf, suchte im Dämmerlicht nach seiner Kleidung, die sie achtlos auf dem Fußboden verteilt hatten, und zog sich an. Sie konnte den Blick nicht von ihm abwenden. Diese wunderbaren Hände, die sie so zärtlich berührt hatten, sein Körper, den sie so intensiv gespürt hatte.

»Sehen wir uns morgen?«

Sie sog die Luft ein. »Ich glaube nicht. Ich habe einen Termin in Ulm.«

»Sonntags?«

»Golf spielen. Wichtige Leute vom Landgericht … Es geht um meinen beruflichen Aufstieg.« Sie hörte selbst, wie ätzend das klang.

»Ah.« Die Sanftheit in seiner Stimme war verflogen. Er setzte sich zu ihr auf die Bettkante. »Bleib liegen. Ich kenne den Weg.« Er küsste sie zum Abschied. Ein flüchtiger Kuss. Distanziert. Nur die Lippen. Dann ging er.

Sie lauschte, wie er eilig die Treppe hinunterlief und die

Tür hinter sich zuzog. Es fühlte sich an, als wäre er vor ihr geflohen. Bereute er, dass er mit ihr geschlafen hatte?

Sie starrte ratlos an die Decke. Sie hätte nicht mit ihm schlafen sollen. Was hatte sie sich nur dabei gedacht? Welche Zukunft gab es für sie denn überhaupt? Er hier in Gütlingen und sie, wenn Jochens Plan aufging – demnächst vermutlich noch mehr beschäftigt als zuvor –, in Ulm. Das war alles viel zu kompliziert. Und sie musste jetzt dringend schlafen, wenn sie am nächsten Tag nicht völlig übermüdet auf dem Golfplatz stehen wollte.

# 19

Leonie hatte Arnold Meyerring bisher nur flüchtig bei offiziellen Anlässen und Veranstaltungen erlebt, bei denen er meist mit Kollegen zusammengestanden und nicht den Eindruck erweckt hatte, neue Kontakte knüpfen zu wollen – zumindest nicht mit Menschen, die sich auf der Karriereleiter eine Stufe unter ihm befanden. Sie ärgerte sich über sich selbst, dass sie die Begegnung nervös machte. Er war auch nur ein Mensch, sagte sie sich. Allerdings ein Mensch, der über ihre berufliche Zukunft mitentscheiden konnte.

Er war etwas kleiner als sie, hatte einen deutlichen Bauchansatz und trug einen gepflegten Schnäuzer. Sein Händedruck war fest, der Blick forsch, seine Worte trieften vor Selbstbewusstsein und Standesdünkel. Als er ihr das »Tages-Du« für das Spiel auf dem Golfplatz anbot, wusste Leonie, dass sie ihn nicht leiden konnte.

Sein Handicap verriet ihr, dass er ein guter Golfspieler war. Entgegen Jochens Rat, ihn gewinnen zu lassen, packte sie der Ehrgeiz. Sie spielte mehrere Bahnen mit weniger Schlägen als er, sodass ihr Resultat am Ende des Kurses besser war als das des Vizepräsidenten der Zivilkammer. Jochen hatte ihr immer wieder mahnende Blicke zugeworfen, die sie geflissentlich ignoriert hatte.

Während Meyerring nach dem Spiel in den Toilettenräumen verschwand, ging Leonie mit Jochen ins Restaurant.

»Was sollte das denn?«, zischte Jochen ihr wütend zu. »Was hatte ich dir gesagt? Spiel gut, aber nicht zu gut!«

»Viel schlechter konnte ich nicht spielen«, erwiderte Leonie grimmig. Das war gelogen. Sie hatte ihr Bestes gegeben – soweit es ihre Müdigkeit und ihr Ärger zugelassen hatten. Nachdem Max gegangen war, hatte sie lange nicht einschlafen können.

Sein plötzlicher Stimmungsumschwung und der distanzierte Abschied, nachdem sie sich kurz zuvor noch leidenschaftlich geliebt hatten, hatten ihr zu schaffen gemacht. Erst hatte sie den Fehler bei sich gesucht, dann hatte sie Max' Abgang wütend gemacht. Was war so schwer daran, zu verstehen, dass sie nicht wollte, dass Amelie ihre Tante mit einem Mann aus dem Schlafzimmer kommen sah? Sie hatte schließlich eine Vorbildfunktion.

»Es ist doch kein Problem, mal versehentlich einen Ball zu verschlagen«, wetterte Jochen weiter.

»Um Herrn Meyerring eine Steilvorlage für einen seiner flachen Machosprüche zu liefern?« Sie schüttelte den Kopf. »Diese Art von Anbiederung ist nun mal nicht mein Ding.«

»Das ist keine Anbiederung. So sorgt man lediglich für eine gute Atmosphäre.«

»Wie mit seinem Tages-Du? Was soll der Schwachsinn? Auf dem Platz duzen wir uns vertraulich, und im Gericht tun wir so, als sähen wir uns zum ersten Mal?«

»Sei froh, dass er dir überhaupt das Du angeboten hat.«

Diese Bemerkung regte Leonie noch mehr auf. »Warum? Bin ich ein Mensch zweiter Klasse?«

»Leo, ich habe das hier arrangiert, damit er deinen Namen in guter Erinnerung hat, wenn es um die Nachbesetzung der Stelle in seinem Bereich geht. Da kannst du doch mal etwas diplomatischer sein.«

»Das ist keine Diplomatie, das ist Arschkriecherei!«

Jochen sog empört die Luft ein, setzte aber sofort wieder eine gut gelaunte Miene auf.

Meyerring erschien hinter ihrem Rücken und setzte sich an den Tisch. »Na, Leonie, das gute Resultat sollte doch eine Flasche Schampus wert sein.«

Es folgte ein künstliches Lachen. Er hatte seine Niederlage – wenn man es denn so betrachten wollte – noch nicht verdaut.

»Wir müssen alle noch Auto fahren«, erinnerte sie ihn. Jochen verdrehte die Augen, woraufhin Leonie sich ein freundliches Grinsen abrang. »Aber wenn du gern ein Glas möchtest, lade ich dich natürlich ein.«

Sie signalisierte der Bedienung, dass sie bestellen wollte.

»Nimmst du auch ein Glas, Jochen?«

Er nickte.

»Zwei Gläser Champagner, bitte«, gab sie ihre Bestellung auf. »Und einen Espresso mit einem stillen Wasser für mich, bitte.«

»Stille Wasser sind tief.« Meyerring lachte anzüglich.

Leonie biss die Zähne zusammen und verzog den Mund zu einem schmallippigen Lächeln.

»Jochen erzählte mir, dass du einen Auslandsaufenthalt planst?«

»Ja.«

Jochen stieß ihr unterm Tisch gegen das Schienbein und gab ihr mit seinem Blick zu verstehen, dass sie nicht so einsilbig sein sollte.

»Helsinki«, ergänzte sie. »Eine Hospitation, vermutlich im Dezember.«

»Helsinki? Willst du den Weihnachtsmann verurteilen?«

Wieder folgte der Bemerkung ein Lachen, als hätte er einen grandiosen Witz gemacht.

Mit Befremden sah Leonie Jochen mitlachen.

»Mir ist bekannt, dass Finnland eine sehr niedrige Kriminalitätsrate hat«, erwiderte sie bemüht freundlich. »Allerdings ist die Mord- und Selbstmordrate im Verhältnis dazu relativ hoch. Auch Gewalt gegen Frauen ist ein Thema. Aber das ist ja bedauerlicherweise nicht nur in Finnland so.«

»Aber in dem Bereich bist du hier doch gar nicht tätig?«

Meyerring hatte sich entweder tatsächlich über sie informiert, oder Jochen hatte ihm ihre Vita diktiert.

»Ich habe nicht gesagt, dass ich in Helsinki in dem Bereich hospitieren werde, ich habe dir lediglich ein paar Informationen über die dortige Kriminalitätsstatistik gegeben.«

Wieder ein mahnender Blick von Jochen. Sie konnte seine Gedanken lesen: Sei nicht so überheblich und humorlos.

Die Getränke wurden serviert. Meyerring nahm seinen Sektkelch, betrachtete einen Moment grübelnd die aufsteigenden Blasen. »Wisst ihr, was Donald Trump einmal über das Golfspielen gesagt hat?«

»Nein.« Ausgerechnet Trump. Das harmonierte ja wunderbar mit dem Eindruck, den sie bisher von Arnold Meyerring hatte.

»Ich kann sofort sagen, ob jemand ein Gewinner- oder Verlierertyp ist, allein aufgrund seines Verhaltens auf dem Golfplatz«, zitierte Meyerring. Er hob sein Glas. »Auf Leonies hervorragendes Spiel.«

Jochens Gesichtszüge entspannten sich, er hob ebenfalls sein Glas.

Leonie nahm die Worte als Kompliment und tat es ihm gleich. »Vielen Dank.«

»Du bist sehr konsequent«, stellte Meyerring mit Blick auf ihr Wasserglas fest. »Der Champagner ist gut. Dir entgeht etwas.«

»Ich trinke grundsätzlich nicht, wenn ich noch Auto fahren muss.«

»Wir könnten uns nachher alle ein Taxi teilen.«

»Ich muss heute noch nach Gütlingen.«

»Wo um Himmels willen ist das denn?«

»Das ist ein Dorf bei Tübingen.«

»Was musst du denn da heute noch so Dringendes erledigen?«

Jochen deutete verstohlen ein Kopfschütteln an.

»Ich kümmere mich zurzeit um meine Nichte. Ich habe mich für zwei Monate beurlauben lassen, weil meine Schwester einen schweren Unfall hatte. Hat Jochen das nicht erwähnt?«

Meyerrings Blick wanderte verwundert zu Jochen. »Nein, das hat er nicht.«

*\*\**

Max fühlte sich elend. Er wusste nichts mit sich anzufangen und tigerte durch seine kleine Wohnung wie ein Tier in Gefangenschaft. Was war in der vergangenen Nacht passiert? Sie hatte ihn geküsst, und sie waren übereinander hergefallen, anders war es kaum zu beschreiben. Leonie war so leidenschaftlich gewesen, wie er es niemals von ihr erwartet hätte.

»Ich will dich.« Die Worte hatten einen schalen Nachgeschmack bekommen. Sie war vom Wein beschwipst gewesen, hatte Lust auf Sex gehabt, und er war da und willig gewesen. Wie ein hormongesteuerter Zuchtbulle! Das Blut in seinen Adern geriet sogleich wieder in Wallung.

Sie hatte ihn benutzt, und nachdem er seinen Dienst getan hatte, hatte sie ihn fortgeschickt. Hatte Amelie vorgeschoben und »wichtige Leute vom Landgericht«. Sie hatte ihre Prioritäten deutlich gemacht. Sie wollte Karriere machen. Ihre Arbeit ging ihr über alles.

Das hatte er schon vorher gewusst. Wie selten hatte sie Sabine besucht, weil immer irgendein wichtiger beruflicher Termin anstand. Dass sie jetzt in Gütlingen war und für Amelie und den Hof sorgte, geschah vermutlich lediglich aus einem Pflichtgefühl heraus.

»Und du sitzt da mit deinem weichen, gebrochenen Herzen und weinst bittere Tränen«, hörte er Nicoles spöttische Worte. Sollte sie tatsächlich recht gehabt haben mit ihrer Behauptung, dass Leonie in ihm nur ein Abenteuer sah?

Nein, er würde ihr keine Träne nachweinen. Er hatte einen netten Abend gehabt, der Sex war gut gewesen, und für den Rest der Zeit, die sie in Gütlingen wäre, konnte er ihr aus dem Weg gehen. In knapp drei Wochen würde er ohnehin nach Whitehorse fliegen. Weit weg von ihr.

Er öffnete das Dachfenster, um frische Luft hereinzulassen, und hob den Blick zum blauen Himmel. Leonie sah in einer Sternschnuppe einen verglühenden Meteoriten. Bei Rot über eine Fußgängerampel zu gehen war für sie ein Vergehen. Bei einem romantischen Abendspaziergang dachte sie über überladene Anhänger nach. Und was hatte sie sich über seine kleine Ungenauigkeit wegen des Golfspielens aufgeregt! Diese Frau passte überhaupt nicht zu ihm. Sie war so vernünftig, dass man es gut und gern als engstirnig bezeichnen konnte. Viel zu pflichtbewusst und karriereversessen.

Sie war zuverlässig. Sie war fürsorglich. Sie war da, wenn sie gebraucht wurde. Und sie war so ungeheuer leidenschaftlich gewesen. Er sog angestrengt die Luft ein. Vielleicht hatte er ihre Worte missverstanden? Vielleicht verunsicherte sie die Situation genauso wie ihn? Vielleicht war alles gar nicht so, wie er es in seiner Unsicherheit interpretierte?

Er stöhnte genervt auf, raufte sich die Haare. Dieses Gedankenkarussell war zermürbend. Er würde sich jetzt auf sein Fahrrad schwingen und durch den Schönbuch radeln. Die Bewegung würde ihn auf andere Gedanken bringen. Außerdem musste er die Apfelsaftkartons, die er zum Auskühlen in die Garage gestellt hatte, noch in den Keller schaffen.

Und vielleicht würde er sie am Abend anrufen. Sie würde ja nicht ewig auf diesem verfluchten Golfplatz Bälle schlagen.

Leonie saß im Auto, als der Bordcomputer Jochens Nummer anzeigte. Sie ignorierte den Anruf. Jochen war ganz sicher in Rage. Es war vernünftiger zu warten, bis er eine Nacht geschlafen und sich wieder beruhigt hatte.

Als sie die Autobahnausfahrt erreichte, hatte er es bereits drei Mal versucht. Sie erbarmte sich und nahm den Anruf an.

»Wie bescheuert kann man eigentlich sein?«, wetterte er umgehend los.

Sie antwortete nicht. Sollte er sich seine Wut von der Seele reden. Er hatte es gut gemeint, und sie hatte es versemmelt. Da gab es nichts schönzureden. Sie hatte ihre Chance auf den Richterinnenposten am Landgericht verspielt. Meyerring war Vizepräsident, und wenn er sie für nicht geeignet hielt, war sie mit Sicherheit aus dem Rennen. Es gab genug andere Juristen, die sich auf den Posten bewarben. Mehr Geld, mehr Prestige, komplexere Fälle.

»Weißt du, was Meyerring gesagt hat, nachdem du weg warst?«

Sie wollte es nicht hören, aber Jochen sprach weiter: »Das

ist der Grund, warum Frauen keine Karriere machen: weil sie falsche Prioritäten setzen.«

»Ach, ist das so? Ich verrate dir mal, was das Problem ist: Für einen intakten Staat brauchen wir intakte Familien. Die kann man aber nicht kaufen, um die muss man sich kümmern! Und in Notlagen hilft man sich.«

»Jetzt werde nicht pathetisch.«

»Du hast doch selbst Kinder! Was würdest du machen, wenn Tatjana ausfallen würde?«

»Da würde ich eine Lösung finden.«

»Siehst du, und ich habe eine Lösung gefunden.«

»Aber –«

»Ich will nichts mehr hören. Wenn es einem negativ angerechnet wird, dass man sich um die eigene Familie kümmert, dann läuft hier im Lande etwas mächtig falsch.«

»Du wirst die Welt nicht ändern.«

»Nicht die ganze Welt. Aber meine.«

Jochen seufzte ratlos. »Leo, ich erkenne dich überhaupt nicht wieder. Seit du in Gütlingen bist, ist irgendetwas mit dir passiert.«

»Ich habe gelernt, dass es im Leben nicht nur darauf ankommt, einen guten Job zu machen.«

»Aber deswegen muss man sich doch nicht die Zukunft verbauen.«

»Meyerring hätte doch früher oder später ohnehin mitbekommen, dass ich diese Auszeit genommen habe.«

»Später – das ist der Punkt, Leo! Nachdem er sich ein positives Urteil über dich gebildet hat.«

Jochen mochte nicht unrecht haben, überlegte Leonie im Nachhinein. Vielleicht hätte sie Meyerring gegenüber diplomatischer sein, öfter über seine Witze lachen und nichts von ihrer Auszeit erzählen sollen. Aber es war müßig, darüber nachzudenken, denn jetzt konnte sie es nicht mehr ändern. Sie parkte den Wagen im Hof und ging ins Haus.

Amelie war mit Racka zur abendlichen Runde aufgebrochen. Seit sie abends zusammen in der Küche gehockt hatten, war das Mädchen wieder zugänglicher und zuverlässiger geworden. »Wenigstens das habe ich nicht vermasselt«, stellte sie fest. Es war ein kleiner Trost.

Leonie kochte sich eine Tasse Tee und setzte sich in die Küche. Ihr Smartphone verkündete erneut einen Anruf. Max. Sie starrte auf das Display. Ihr Herz schlug schneller. Sie wollte seine Stimme hören, sich an ihn kuscheln, sich seinen Zärtlichkeiten hingeben und all ihre Sorgen vergessen.

Dann poppte die Erinnerung an den unschönen Abschied auf. Nein, sie war noch nicht bereit. Sie konnte jetzt nicht mit ihm reden. Der Anruf landete auf ihrer Mailbox.

## 20

Das Gespräch mit Amelies Klassenlehrerin dienstagmittags war besser gelaufen, als Leonie erwartet hatte. Amelie war keine schlechte Schülerin, und sie hatte nicht so oft Schule geschwänzt, wie Leonie befürchtet hatte.

»In den letzten Wochen war sie allerdings häufig unaufmerksam und hat im Unterricht nicht so gut mitgemacht wie sonst«, hatte die Lehrerin festgestellt.

Leonie hatte ihr von Sabines Unfall berichtet, die Ängste und Sorgen erwähnt, die sich Amelie um ihre Mutter machte, und darauf verwiesen, dass das Mädchen durch diese Situation etwas aus dem Gleichgewicht geraten sei. Sie selbst habe in die ungewohnte Rolle, die sie als Ersatz-Mutter übernommen habe, auch erst einmal hineinfinden müssen.

Sie hatten vereinbart, dass die Lehrerin sie informieren würde, wenn Amelie erneut unentschuldigt dem Unterricht fernblieb oder sich ihre Leistungen verschlechterten, ansonsten sollte es aber vorerst keine weiteren Maßnahmen geben.

Erleichtert ging Leonie zu ihrem Wagen. Sie rief Sabine an, erreichte sie aber nicht. Leonie vermutete, dass ihre Schwester gerade bei einer physiotherapeutischen Anwendung war. Spontan beschloss sie, Staatsanwalt Marco Schmid anzurufen. Vielleicht konnten sie ihr geplatztes Treffen nachholen.

Er hatte Zeit, und sie verabredeten sich am Gerichtsgebäude in der Doblerstraße. Er führte sie durch die Räumlichkeiten und erzählte über die Historie des Gebäudes.

»Wie sieht's aus?«, fragte er anschließend. »Haben Sie noch Lust auf einen Kaffee?«

»Da lade ich Sie aber ein«, erklärte Leonie entschieden. »Es ist sehr nett, dass Sie sich so viel Zeit für mich nehmen.«

Sie landeten im Piccolo Sole d'Oro, einer kleinen, gemütlichen Cafébar in der Metzgergasse. Schmid war ihr sympathisch, und beim zweiten Cappuccino gingen sie zum Du über.

Sie tauschten sich über Fälle, die Zusammenarbeit mit der Polizei und die immer wieder neuen Gesetze und Vorschriften, die ihnen das Leben bisweilen schwer machten, aus.

Es war bereits halb fünf, als Leonie das Krankenhaus betrat.

»Du bist heute aber spät dran«, bemerkte Sabine.

»Ich hatte erst noch den Termin mit Mellys Lehrerin, und dann habe ich mich spontan mit Marco Schmid getroffen.«

»Marco Schmid?«

»Der Staatsanwalt, von dem ich dir erzählt habe. Er kennt dein Café.«

»Ach, der.« Sabine musterte sie prüfend. »Und?«

»Nichts ›und‹. Er ist nett, und er ist mit einer sehr sympathischen Frau verheiratet.«

»Was ja nichts heißen muss.«

»Bine, für mich schon. Es war rein beruflich. Ein bisschen netzwerken kann nicht schaden. Er hat mir verraten, dass demnächst eine Beisitzerstelle beim Landgericht frei wird.«

Schmid hatte ihr zudem erzählt, dass die Vorsitzende Richterin der Kammer voraussichtlich in anderthalb Jahren in den Ruhestand gehen würde. Wenn sie dann bereits als Beisitzerin tätig wäre, könnte ihr das den Weg zur ersehnten Beförderung bereiten.

Sabines Gesichtszüge hellten sich auf. »Das heißt, du spielst ernsthaft mit dem Gedanken, nach Tübingen zu wechseln?«

»Ich weiß es nicht«, dämpfte Leonie die aufkeimende Freude ihrer Schwester. »Im Moment ist alles etwas …« Sie seufzte ratlos. »Ich weiß gerade nicht so genau, wo ich stehe.«

»Wie war denn die Apfelernte mit Max?«

Daran wollte Leonie überhaupt nicht denken. »Es hat alles gut geklappt. Melly hat am Samstag mitgeholfen.«

»Und du und Max?«

»Nichts ich und Max.« Sie hatte Mühe, die aufsteigenden Gefühle zu unterdrücken, und wandte den Blick zum Fenster.

»Ist was passiert?« Sabine richtete sich im Bett auf und griff nach ihrer Hand.

Leonie biss die Zähne zusammen. So wie sie ihre Schwester kannte und durchschaute, sah auch Sabine in sie hinein.

»Ich glaube, es passt im Moment einfach nicht. Ich bin im Kopf nicht frei. Ich muss mich beruflich sortieren. Ich will für dich und Melly da sein. Es ist einfach nicht der richtige Zeitpunkt.«

»Als ob es für Liebe einen richtigen Zeitpunkt gäbe.«

»Rede nicht von Liebe. Es war ein harmloser Flirt. Mehr nicht. Ende der Geschichte.« Sie zwang sich zu einem Lächeln und drehte sich wieder Sabine zu. »Jetzt erzähl du mal. Was sagen die Ärzte? Wie geht es weiter?«

»Ich muss mir einen Badeanzug kaufen. Sobald ich Schwimmzeug habe, geht die Wassergymnastik los.«

»Hast du denn keine Badesachen?«, wunderte Leonie sich.

»Nur Bikinis. Und ganz ehrlich – ich sehe gerade nicht nach Bikini aus.«

»Du bist eine schöne Frau, Bine, die kleinen Narben, die sieht man doch gar nicht.«

»Mit diesem Metallding im Rücken komme ich mir vor wie ein Roboter. Und ich hab das Gefühl, jeder kann das sehen.«

»Also gut, dann suchen wir dir jetzt einen sexy Badeanzug aus.« Leonie nahm das Tablet vom Nachttisch und rutschte mit dem Stuhl näher an Sabines Bett heran. »Wo bestellen wir? Otto oder Victoria's Secret?«

Max verließ die Baustelle später als gewohnt. Sie hatten länger gearbeitet, um einen Dachstuhl fertigzustellen. Der Bau war zeitlich in Verzug. Der Bauträger war pleitegegangen, und Max' Chef hatte den Auftrag kurzfristig übernommen, obwohl er bereits mehr Aufträge hatte, als seine Leute bewältigen konnten. Aber die junge Familie erwartete in Kürze ihr drittes Kind, der Mietvertrag ihrer Wohnung war gekündigt. Wenn das Haus nicht bald bezugsfertig wäre, säßen sie auf der Straße. Max würde in den nächsten Wochen einige Überstunden machen. Das Geld konnte er gut für seine Reise nach Whitehorse gebrauchen.

Auf dem Heimweg machte er einen Stopp beim Supermarkt im Nachbarort. Sein Kühlschrank war leer. Er schnappte sich einen Einkaufswagen und eilte die Gänge entlang. Frisches Gemüse, tiefgekühlte Fischfilets. Er hatte die Packungen gerade in seinen Wagen gelegt, als ihn jemand von hinten ansprach.

»Hallo, Max.«

Er wandte sich um. »Oh, hey, Sarah.«

Sarah warf einen Blick in seinen Einkaufswagen. »Für wen kochst du denn heute Abend?«

»Für mich.«

»Aha.« Sie grinste hintergründig.

»Nix ›aha‹.« Er bemühte sich um einen lockeren Plauderton. »Kein Treffen mit Leonie?«

»Nein.«

»Ich dachte nur … am Samstagabend … Ich hatte das Gefühl, da läuft was zwischen euch.«

Er wollte nicht an Samstagabend und erst recht nicht an Leonie erinnert werden. »Was ihr euch immer alle so denkt.«

»Na ja, du warst aber in letzter Zeit schon relativ oft auf dem Hof.«

»Ich habe Leonie lediglich bei der Gartenarbeit geholfen. Davon hat sie nämlich leider überhaupt keine Ahnung«, erklärte er mit Bestimmtheit. »Und das habe ich einzig und allein für Bine gemacht, damit ihre Beete nicht völlig verwildern, bis sie wieder loslegen kann. Mehr ist da nicht.«

»Oh«, erwiderte Sarah betreten.

Sie schien noch etwas sagen zu wollen, entschied sich aber zu Max' Erleichterung dagegen. Er wollte zwischen den Supermarktregalen keine weiteren persönlichen Fragen zu seinem Liebesleben beantworten. Und überhaupt, sein Liebesleben – oder eher dessen Abwesenheit – ging niemanden etwas an.

»Grüß Flo von mir.« Er deutete auf den Fisch in seinem Einkaufswagen. »Ich muss weiter, sonst ist der wieder lebendig, bevor ich zu Hause bin.« Ihm gelang ein halbwegs lockeres Lächeln.

»Soll ich Leonie von dir grüßen, wenn sie heute Abend zum Yoga kommt?«, wagte Sarah einen letzten Vorstoß.

Warum ließ sie nicht locker? »Nein, sollst du nicht.« Es hatte härter geklungen, als er gewollt hatte.

\*\*\*

Im zweiten Programm lief eine Krimikomödie, aber Leonie konnte dem Film nicht folgen. Er diente lediglich als Hintergrundgemurmel, damit es nicht so still im Haus war. Amelie war in ihrem Zimmer. Racka schnarchte leise auf seiner Decke.

Sie hatte sich nicht dazu aufraffen können, zum Yoga zu gehen, dort Sarah und die anderen Frauen zu treffen, in mitleidige Gesichter zu schauen.

Auf dem Rückweg von Sabine hatte sie kurz beim Supermarkt gehalten, um noch schnell einzukaufen. Sie hatte seine Stimme sofort erkannt und war wie angewurzelt stehen geblieben.

Sie hatte nicht lauschen wollen, aber sie konnte nicht anders, als sie ihren Namen gehört hatte. Sie wünschte, sie wäre weitergegangen. Mit zwei Schritten wäre sie an dem Gang vorbei gewesen und hätte nichts gehört. Die Wahrheit tat mehr weh, als sie sich eingestehen wollte.

Ihr war danach, eine Flasche Wein zu leeren. Oder besser zwei. Oder ihre Sachen zu packen und nach Ulm zu fahren, damit sie nicht Gefahr lief, ihm noch einmal zu begegnen. Es war zu demütigend.

Sie wollte zurück in ihr altes Leben. Da war alles geordnet und berechenbar. Niemand, der ihr das Herz brach. Sie stöhnte entnervt. Das Herz brach. Das war völlig übertrieben! Max hatte ihr nicht das Herz gebrochen und würde es auch in Zukunft nicht tun. Das würde sie nicht zulassen.

Sie war überzeugter Single. Und daran würde eine Nacht mit Maximilian Häfner auch nichts ändern. Sie kam sehr gut allein klar. Sie liebte ihre Unabhängigkeit.

Die Melodie ihres Smartphones erklang. Ihre Mutter. Na toll, viel schlechter konnte dieser Abend nicht werden.

»Hallo, Mama.«

»Leonie?«, fragte ihre Mutter verwundert. »Was ist denn mit dir los?«

Dass ihre Mutter durchs Telefon heraushörte, dass es ihr nicht gut ging, wunderte sie. »Alles gut, nur müde. Warum rufst du an?«

»Wir haben eine gute Nachricht für dich. Papa und ich haben miteinander gesprochen. Wir können in vier Wochen nach Deutschland kommen und uns um Amelie und Sabine kümmern.«

Wo war der Haken? Leonie blieb stumm.

»Du hast natürlich recht, wir hätten euch gleich mehr unterstützen sollen. Aber ...« Ihre Mutter seufzte. »Diese Vorträge sind mir wirklich sehr wichtig, und wer weiß, wie oft ich so etwas noch machen kann. Papa und ich sind ja nicht mehr die Jüngsten.«

Ihre Eltern waren beide über siebzig, noch rüstig, aber das konnte sich in dem Alter schnell ändern, übte sich Leonie in Verständnis.

Vier Wochen – das war Mitte November. So lange musste sie also noch durchhalten. Durchhalten? War es so? Ihr Blick fiel auf Racka, der gerade im Schlaf auf der Pirsch zu sein schien, seine Pfoten zuckten, als würde er rennen. Sie hatte den Hund mit seinem sonnigen Gemüt ins Herz geschlossen. Und mit Amelie fing es gerade an, richtig gut zu laufen. Und Max? Wenn ein bisschen Zeit verging, würde die Wunde heilen.

»In vier Wochen ist gut. Ich freu mich.« Sie schaffte es nicht, ihren Worten einen fröhlichen Klang zu geben.

Ihre Mutter bezog ihre Zurückhaltung auf den Eklat vor wenigen Tagen und schlug einen noch versöhnlicheren Ton an. »Papa meint, du könntest versuchen, im November die Hospitation nachzuholen, und dann kannst du im Dezember wieder voll in dein Amt einsteigen. Da verlierst du nicht noch mehr Zeit.«

Der Vorschlag klang vernünftig. Helsinki im November. Vielleicht lag dann schon Schnee. »Ich muss erst klären, ob das so einfach möglich ist.«

»Wenn es Probleme gibt, sag uns Bescheid. Papa hat noch viele Kontakte zu seinen früheren Kollegen. Wir unterstützen dich, so gut wir können.«

»Danke, aber ich regle berufliche Dinge lieber selbst.«

»So kennen wir dich – kein Vitamin B, keine Vetternwirtschaft.«

»Als Richterin muss ich integer sein.«

»Ach, Leonie, du bist die aufrichtigste Person auf Gottes weiter Welt.«

»Jetzt übertreib mal nicht. Ich knüpfe gerade zarte Bande zum Landgericht Tübingen.«

»Persönlich oder beruflich?«

»Beruflich.«

»In Tübingen ... Da kennt Papa sicherlich einige einflussreiche Leute. Haben die nicht diesen streitbaren Bürgermeister? Wie heißt der noch gleich?«

»Mama, haltet euch da bitte raus. Ich will es allein schaffen und nicht weil irgendjemand meint, Papa einen Gefallen schuldig zu sein.«

Kurz herrschte Schweigen in der Leitung. »Okay, aber mit Helsinki, das machst du! Versprochen? Es ist so wichtig, mal rauszukommen und andere Rechtssysteme und Kulturen kennenzulernen.«

»Wir sprechen von Finnland und nicht von Südafrika oder Belarus.«

Racka stand auf und reckte sich. Er kam zu Leonie und legte seinen Kopf in ihren Schoß. »Habt ihr schon mit Bine gesprochen?«

»Ich rufe sie morgen früh an. Wir wollten erst mit dir reden und fragen, ob es dir überhaupt recht ist.«

»Natürlich ist mir das recht.« Sie hatte Racka gestreichelt und stutzte. »Aber, sag mal, was ist eigentlich mit Papas Tierhaarallergie?«

»Nun ja ... Also ...« Ihre Mutter druckste ungewohnt herum.

»Was?«

»Also ... Ich will nicht von einer Wunderheilung sprechen.« Sie lachte unsicher auf. »Wenn wir ehrlich sind ... Papa hat gar keine Allergie.«

Leonie formte ein tonloses »Was?«. Ihre ganze Kindheit über hatten die Eltern die Tierhaarallergie ihres Vaters vorgeschoben, wenn – vor allem von Sabine – der Wunsch nach einem vierbeinigen Haustier geäußert worden war. Was für Überraschungen hielt dieser Tag noch für sie bereit?

»Er mag Tiere einfach nicht. Sie machen so viel Dreck und ... Papa hat ein bisschen Angst vor Hunden«, fuhr ihre Mutter kleinlaut fort. »Aber Sabines Hund ist ja ganz lieb, oder?«

Angst vor Hunden? Ihr Vater, den sonst nichts und niemand einschüchtern konnte? Es stellte den Mann, den sie seit Kindertagen für seine Souveränität bewunderte, in ein anderes Licht, zeigte eine ungeahnte, sehr menschliche Seite.

»Racka ist superlieb. Ihr solltet ihm nur keinen Käse geben, davon kriegt er Blähungen.«

Leonie hatte den Rest der Woche damit verbracht, Sabines Gemüsebeete auf Vordermann zu bringen. Sie hatte sich Rat bei Tilda, Gülay und aus dem Internet geholt, um zu erfahren, was geerntet werden und welche Beete sie für den Winter vorbereiten musste. Von wegen keine Ahnung von Gartenarbeit! Sie war nicht auf das Wohlwollen eines Maximilian Häfner angewiesen, damit Sabines Garten nicht verwilderte.

In den letzten zwei Tagen hatte es viel geregnet, sodass die Erde nass und schwer war und der lehmige Boden an den Sohlen ihrer Gummistiefel klebte, während sie die Beet-Reihen entlang das immer wieder wachsende Begleitgrün herausharkte.

Sie hatte die Blattsalate abgeerntet. Einen Großteil davon hatte sie an die Lesekreis-Frauen verschenkt. Ein paar hatte sie in Zeitungspapier eingeschlagen und in einer Holzkiste im kühlen Keller gelagert. Den Tipp hatte Tilda ihr gegeben. Mit Gülays Hilfe hatte sie ein paar Kübelpflanzen, die nicht winterhart waren, in den Anbau hinter Bines Scheunen-Café zum Überwintern gebracht.

Nicht zum ersten Mal bewunderte sie ihre Schwester, die all diese Aufgaben seit Jahren bewältigte – neben allem, was sie sonst noch zu tun hatte. Sabine musste von morgens bis spät in den Abend herumwirbeln. Aber sie war schon immer ein Energiebündel gewesen, brauchte ständig etwas zu tun.

Nur wenn sie ein gutes Buch hatte, konnte es passieren, dass sie sich stundenlang von der Welt verabschiedete, um zu lesen. Nicht nur den Tag, sondern auch die halbe Nacht hindurch.

Mit Schrecken fiel Leonie ein, dass sie sich noch um Sabines Kredite kümmern wollte. Sie hatte beschlossen, selbst einen Kleinkredit aufzunehmen, um wenigstens den Kredit mit den Wucherzinsen so schnell wie möglich abzulösen. Alles andere würde sie regeln, sobald Sabine wieder zu Hause wäre. Dann könnten sie gemeinsam die Unterlagen durchgehen.

Leonie streckte den Rücken durch, nachdem sie das letzte Beet bearbeitet hatte. Ihr Körper hatte sich noch immer nicht an die Gartenarbeit gewöhnt. Aber sie half ihr, ihren Frust abzubauen.

Max war die ganze Woche nicht zum Hof gekommen. Es war ihr recht. Sie wollte ihn nicht mehr sehen. Sie wusste, dass er in zwei Wochen nach Whitehorse zu seinem Sohn fliegen würde. Wenn er zurückkäme, wäre sie auf dem Weg nach Helsinki. Die finnische Kollegin hatte sich über ihre Nachricht gefreut, und sie hatten sofort alles Notwendige in die Wege geleitet, um ihre Hospitationszeit zu planen.

Der Birnbaum verlor sein erstes Laub. Sie nahm den breiten Rechen, um den Rasen von den Blättern zu befreien. Später würde sie Fotos vom Garten machen, damit Sabine sah, wie gut sie ihn im Griff hatte.

Max parkte seinen Wagen vor Sabines Haus und klingelte. Eigentlich hatte er sich vorgenommen, sich von dem Hof und Leonie fernzuhalten, aber der Samstagabend ließ ihm keine Ruhe. Er wollte klare Verhältnisse. Außerdem hatte er Sabine versprochen, einige Kartons Apfelsaft vorbeizubringen. Die hatte er in den Kofferraum geladen und sich auf den Weg gemacht.

Amelie öffnete die Tür, und im nächsten Augenblick sprang Racka ihm fröhlich entgegen. Einerseits war er froh, dass er sich nicht sofort mit Leonie konfrontiert sah, andererseits brachte ihn Amelies Anwesenheit aus dem Konzept.

»Hi, Melly.«

»Hi. Tante Leo ist hinten.«

Als ob er nur wegen ihr käme. Natürlich war das der Grund, aber es störte ihn, dass selbst Sabines Nichte ihn zu durchschauen schien. »Ich habe Apfelsaft im Kofferraum. Hilfst du mir kurz beim Ausladen?«

Sie schlüpfte in ihre Turnschuhe und folgte ihm zum Auto. Gemeinsam trugen sie die Kartons in den Keller. Als sie zum zweiten Mal das Haus betraten, erschien Leonie im Flur. Sie trug Jeans und ein langärmliges Shirt. Über ihre verschwitzte Stirn zog sich ein dunkler Strich. Anscheinend hatte sie mit den schmutzigen Händen darübergewischt.

»Oh, hallo.«

Kein Lächeln.

»Ich bringe Apfelsaft. Habe ich Bine versprochen.«

»Kann ich beim Tragen helfen?«

»Nein, ist nicht mehr viel.«

»Okay.« Sie wollte sich schon abwenden, hielt jedoch noch einmal inne. »Was bekommst du für den Saft?«

»Nichts.«

»Aber –«

»Ihr habt bei der Ernte und beim Pressen mitgeholfen. Ich will kein Geld.« Seine Antwort kam schroffer, als er es beabsichtigt hatte.

Amelies Blick wanderte stirnrunzelnd von einem zum anderen. »Ich mach mal weiter.« Sie stieg mit zwei Kartons die Kellertreppe hinunter.

Da standen sie und sahen sich an wie zwei Boxer im Ring.

»Ich bin gerade bei der Gartenarbeit«, erklärte Leonie patzig.

»Lass dich nicht von mir aufhalten.«

Wieder ein langer Blick, dann wandte sie sich achselzuckend um und ging zurück in den Garten.

Wäre es nur der Blick gewesen, er wäre damit klargekommen, aber dieses Achselzucken störte ihn gewaltig. Er folgte ihr nach draußen.

»Was ist eigentlich los?«, fuhr er sie an.

Sie drehte sich zu ihm um. »Gar nichts.«

»Oh, bitte, nicht diese Nummer!« Dieses »nichts« kannte er zur Genüge von Nicole. Und es war nie »nichts«. »Ich habe dich Sonntagabend angerufen, du hättest ja mal zurückrufen können.«

»Wozu? Um mir ein paar Gartentipps zu holen?«

»Was?« Er verzog irritiert das Gesicht. »Es geht doch nicht um den Garten.«

»Ach nein?« Noch immer schwang Zynismus in ihrer

Stimme mit. »Okay, Max. Was passiert ist, ist passiert. Das lässt sich nun mal nicht ändern. Es war nicht der richtige Zeitpunkt. Es war überhaupt nicht richtig.«

Er hatte es geahnt, aber es aus ihrem Mund zu hören tat weh. Für ihn hatte es sich nicht falsch angefühlt, nicht bis zu dem Moment, an dem sie ihn an ihre beruflichen Ambitionen erinnert und fortgeschickt hatte. »Ich weiß, dass wir in verschiedenen Welten leben.«

»Jetzt komm mir nicht mit so einem Schwachsinn. Wir leben nicht mehr im 18. Jahrhundert!«

»Aber du lebst in Ulm, und ich lebe hier«, erwiderte er bebend. »Dass wir keine gemeinsame Zukunft haben, war uns doch beiden von Anfang an klar. Wir hatten guten Sex. Mehr nicht.«

»Schrei es doch bitte in die Welt hinaus!«

In seiner Unbeherrschtheit hatte er sie gekränkt, und das war das Letzte, was er wollte. Dieses Gespräch lief in eine grundfalsche Richtung.

»Was ich dir sagen will: Du hast deine beruflichen Ambitionen, denen stehe ich nicht im Weg. Du musst dich mir gegenüber nicht verpflichtet fühlen. Das habe ich nie erwartet.« Doch, das hatte er, fuhr er sich innerlich selbst an. »Aber können wir bitte trotzdem wie vernünftige Menschen weiterhin respektvoll miteinander umgehen?«

Sie biss die Zähne zusammen und schob den Unterkiefer vor. »Nichts anderes hatte ich vor.«

»Gut.«

»Gut.« Sein Herz schlug ihm bis zum Hals. Gar nichts war gut. Für ihn war es nicht nur bedeutungsloser Sex gewesen. Er ertrug ihren angespannten Anblick nicht länger, sah an ihr vorbei. »Bei den Erdbeeren muss das fleckige Laub weggeschnitten werden, und du solltest die Ableger entweder umpflanzen oder entsorgen.«

Sie warf einen Blick auf das Beet.

»Du musst aufpassen, wenn du das Laub wegschneidest, dass du das Herzblatt nicht verletzt.«

Als sie sich wieder ihm zuwandte, lag so viel Schmerz in ihrem Blick, dass er sie am liebsten in den Arm genommen, sie festgehalten und ihr gesagt hätte, dass alles gut war. Dass es nicht nur Sex gewesen war. Doch bevor er auch nur einen Schritt auf sie zugehen konnte, erklärte sie mit brüchiger Stimme: »Ich möchte, dass du jetzt gehst. Und ich möchte nicht, dass du vor deiner Abreise nach Whitehorse noch einmal hierherkommst. Wenn du zurückkommst, werde ich weg sein.«

»Aber –«

Sie schüttelte den Kopf. »Ich will dich nicht mehr sehen.«

Ihre Worte trafen ihn wie ein Schlag ins Gesicht. Er spürte einen Kloß im Hals, brachte keinen Ton heraus. Er nickte nur, wandte sich um und ging wie ein Roboter durchs Haus zurück nach vorn. Amelie saß mit Racka auf den Stufen zum Eingang. Sie hatte den Kofferraum leer geräumt.

»Ciao, Max.«

Amelies Stimme klang betrübt. Hatte sie den Streit mit angehört? Was musste sie von ihm denken? Er hatte nicht die Kraft, mit ihr zu reden.

»Ciao, Melly.« Er wuschelte kurz durch ihre Haare, ohne sie anzuschauen, und ging mit steifen Schritten zu seinem Wagen. Seine Augen brannten. Verflucht, keine Tränen. Die Genugtuung würde er Nicole nicht geben.

Leonies Herz raste. Sie war so unsäglich wütend. Überhaupt keine Ahnung von Gartenarbeit, erinnerte sie sich an sein Gespräch mit Sarah, das sie zufällig mitgehört hatte. Der Kerl fand immer irgendetwas, was sie nicht richtig machte.

»Wir hatten guten Sex. Mehr nicht.« So ein Arsch! Wie hatte sie sich nur so in ihm täuschen können? Verfluchte Hormone! Die hatten ihren Verstand komplett aussetzen lassen. Sie zog den Rechen energisch durch das Gras, um auch das letzte Blatt zu erwischen.

Freitag, der 13. Manchmal wurde er seinem Ruf gerecht.

# 22

Ihre Eltern hielten Wort und kamen am 9. November am Stuttgarter Flughafen an. Leonie stand wartend in der Halle und schloss die beiden in die Arme, als sie mit zwei großen Rollkoffern durch die Schleuse traten.

Sie hatte Amelie eindringlich gebeten, sich in den vierzehn Tagen, in denen sie in Helsinki wäre, ordentlich zu benehmen und den Großeltern keine Sorgen zu bereiten. Mit Racka hatte sie intensiv trainiert, damit er seine Zuneigung nicht immer so stürmisch kundtat.

Sie hatte ihn ein paarmal mit zur Klinik genommen und Sabine mit einem Rollstuhl nach draußen geschoben, sodass sie ihren Hund endlich wieder herzen konnte. Ihre Schwester hatte in den letzten Wochen gute Fortschritte gemacht. Sie hätte auch mit Krücken laufen können, aber Leonie hatte Sorge, dass Racka sie anspringen und umwerfen würde.

Am vergangenen Wochenende hatte sie sich mit Staatsanwalt Marco Schmid und seiner Frau zum Abendessen in Tübingen getroffen. Sie mochte die beiden, und sie hatten beschlossen, Kontakt zu halten. Marco hatte ihr erzählt, dass am Freitagabend vor dem dritten Adventswochenende auf dem Tübinger Weihnachtsmarkt ein traditioneller Glühwein-Umtrunk mit einigen Kollegen und Kolleginnen stattfinden würde, bei dem auch ein paar Richterinnen und Richter mit von der Partie wären. »Wenn du es einrichten kannst, stell ich dich gern ein paar Leuten vor. Dann bist du schon nicht mehr nur ein Name auf dem Papier.«

Sie hatte sich den Termin in ihren Kalender eingetragen. Sabine würde sich freuen, wenn sie zu Besuch käme. Und auch Amelie. Und Racka sowieso. Ihr Leben war gut, so wie es war. Sie hatte wieder alles im Griff.

Und irgendwann würde sie aufhören, täglich an Max zu denken, zu hinterfragen, ob sie sich richtig verhalten oder etwas falsch verstanden hatte. Diese Suche nach Entschuldigungen für Fehlverhalten bei Personen, die man mochte, kannte sie aus ihren Gerichtsverhandlungen, wenn sich Angehörige eines Angeklagten bemühten, eine Erklärung für das Geschehene zu finden.

Max hatte sich an ihre Forderung gehalten. Er war nicht mehr zum Hof gekommen und hatte auch nicht angerufen. Sie fragte sich, ob er eine gute Zeit mit seinem Sohn verbrachte. Trotz allem wünschte sie es ihm.

»Wo ist denn die Bestie?« Ihr Vater sah sich suchend um.

»Zu Hause. Keine Sorge, ich habe Racka gut gefüttert. Fürs Erste ist er satt.« Sie zwinkerte ihrem Vater lächelnd zu. Wieso war ihr in all den Jahren nie aufgefallen, dass ihr Vater einen Bogen um jeden Hund machte?

Sie verließen den Flughafen und gingen zu den Kurzzeit-Parkplätzen. »Für morgen Abend haben uns Bines Lesekreis-Frauen im Café zu einem gemütlichen Essen eingeladen, um mich zu verabschieden und euch kennenzulernen. Die Frauen sind wunderbar. Sie helfen euch gern, wenn ihr Unterstützung auf dem Hof braucht.«

Auf der Fahrt vom Flughafen nach Gütlingen berichtete Leonie vom Montagstreff der Lesekreis-Frauen, vom Yoga, von der Gartenarbeit, von ihren morgendlichen Runden mit Racka und den Treffen mit Tilda an der Hunde-Spielwiese.

»Du bist ja richtig in Sabines Landleben angekommen«, stellte ihre Mutter verwundert fest.

»Es war eine nette Abwechslung.«

Leonie fuhr auf den Landwirtschaftsweg, der zu Sabines Hof führte. Auf einem Feld drehte ein Traktor seine Runden. Vor ihr tauchte das mittlerweile so vertraute kleine Haus mit dem umgebauten Scheunen-Café auf. Die letzten zwei Monate waren turbulent gewesen, aber nun wurde ihr mit einem Mal bewusst, dass sie das alles vermissen würde. Sabines Hof war ein Stück Heimat geworden.

Sie wollte nicht, dass das vorbei war. Sie wollte sich mit Amelie fetzen und ihr bei den Hausaufgaben helfen. Sie wollte mit Sabine herumalbern – und ihre Finanzen in Ordnung bringen –, sich von Racka die Kleidung vollsabbern lassen, Flachswickel für die Lesekreis-Frauen backen und sich in Sarahs Yoga-Stunde verbiegen.

Sie fasste einen Entschluss: Sie würde sich beim Tübinger Landgericht um die Stelle als Beisitzerin bewerben. Sie wollte ein Teil dieses chaotischen Lebens in Gütlingen bleiben.

Und vielleicht wäre es ihr irgendwann möglich, unbefangen mit Max umzugehen.

## 23

Die Zugfahrt von München nach Ulm war eine Odyssee gewesen. Statt gemütlich mit dem ICE in einem Rutsch durchzufahren, hatte sie von einem Bummelzug zum nächsten wechseln müssen. Schneeregen hatte eingesetzt, als Leonie aus dem Taxi stieg und ihren Koffer zum Hauseingang schleppte.

Die Hospitation in Helsinki war großartig gewesen. Sie hatte sich mit der Kollegin hervorragend verstanden, sodass ihre Treffen weit über das Berufliche hinausgegangen waren und sie die Stadt mit all ihren Facetten kennengelernt hatte. Ihre Tage und Abende waren so ausgefüllt gewesen, dass sie keine Zeit zum Grübeln gefunden hatte. Nun war sie voller Tatendrang und freute sich auf die Rückkehr in ihr Amt.

Die Wohnung war ausgekühlt. Leonie stellte die Heizung höher. Ihre wenigen Blumen hatten ihre Abwesenheit gut überlebt. Das war vermutlich dem grünen Daumen ihrer Nachbarin zu verdanken. Auf dem Küchentisch stapelte sich die Post. Sie blätterte kurz durch. Das meiste davon war Werbung, ein paar Rechnungen, eine Einladung zur Jahresabschlussfeier ihres Golfclubs.

Ein Umschlag war handschriftlich an sie adressiert, die Buchstaben etwas krakelig. Sie suchte einen Absender, fand aber keinen. Der Poststempel verriet, wo der Brief aufgegeben worden war. Als sie ihn öffnete, lag darin nur eine ausgedruckte Eintrittskarte. Keine einzige Zeile dazu, keine Anrede, kein Gruß.

Samstagnachmittag, siebzehn Uhr, »Winterzauber«, Burg Hohenzollern. Es gab nur eine Person, die ihr diese Eintrittskarte geschickt haben konnte.

Max.

*\*\*\**

Sabine war einen Tag nach Leonies Rückkehr aus Helsinki aus der stationären Reha entlassen worden und endlich wieder zu Hause. Sie war überglücklich. Die eigenen vier Wände, das eigene Bett, köstlicher, frisch gebrühter Kaffee aus der eigenen Maschine. Was für ein Genuss! Dazu Melly, Racka und ihre Eltern.

Die Reha war gut verlaufen, und sie hatte fleißig trainiert. Obwohl ihr langes Sitzen oder Stehen noch immer Schmerzen bereitete, konnte sie sich zumindest wieder frei bewegen. Relativ frei – die Krücken würden sie noch eine Weile begleiten. Und statt in die Schule zu gehen und zu unterrichten, standen vorerst regelmäßige Physiotherapie und tägliches Muskelaufbautraining auf dem Programm.

Es war das erste Dezemberwochenende. Leonie war nach Gütlingen gekommen, und Sabine freute sich, dass sie alle beisammen waren.

Ihr Vater hatte ihr verziehen, dass sie sich nicht in die Charité hatte verlegen lassen und dass sie auch sein Angebot, den Aufenthalt in einer privaten Reha-Klinik zu finanzieren, ausgeschlagen hatte. Sabines Fortschritte zeigten ihm, dass die Tübinger Mediziner ihr Handwerk verstanden.

Beim gemeinsamen Abendessen hatten sie Leonies euphorischen Erzählungen von ihrem Aufenthalt in Helsinki gelauscht. Kurz hatte ein Anflug von Neid Sabine ergriffen. Wie gern würde sie auch einmal eine Auslandsreise machen. Aber sie gönnte es ihrer Schwester von Herzen und war froh, sie wieder fröhlicher zu sehen. Die letzten Wochen bevor sie nach Helsinki geflogen war, hatte sie sehr bedrückt gewirkt. Von Amelie wusste Sabine, warum.

Die Eltern hatten beschlossen, bis zum Jahreswechsel in Gütlingen zu bleiben, um Sabine weiter zur Hand zu gehen. Dadurch war das Gästezimmer belegt, und Sabine teilte sich das Schlafzimmer mit Leonie. Sie lagen gemeinsam in ihrem großen Bett, und es fühlte sich fast an wie zu Teenagerzeiten. In der vertrauten Atmosphäre hatte Leonie ihr von Max' anonymem Brief erzählt.

»Nur eine Eintrittskarte? Kein einziges Wort?«

»Kein einziges.«

»Und du bist sicher, dass der Brief von Max ist?«

»Er kam aus Tübingen, und niemand sonst hat mir was vom ›Winterzauber‹ und der Burg Hohenzollern erzählt.«

»Da musst du hingehen. Ich wünschte, ich wäre schon fitter, dann würde ich dir hinterherschleichen und Mäuschen spielen. Das ist so romantisch.« Vor Sabines innerem Auge spielten sich Szenen ab, die hervorragend in einen »Sissi«-Film gepasst hätten.

»Das ist überhaupt nicht romantisch. Es ist feige. Ich meine: nicht ein einziges Wort. Was soll das?«

»Ich finde das romantisch!«

»Eigentlich hatte ich vor, die Eintrittskarte in deinen Schredder zu werfen. Wir verbrennen die Schnipsel, und du sagst ein paar Zaubersprüche auf.«

»Ich bin keine Hexe.«

»Doch, eine Kräuter- und Räucherhexe«, stichelte Leonie.

»Jetzt lenk nicht ab. Warum willst du die Einladung nicht annehmen?«

»Was soll ich da? Wenn er mit mir reden will, kann er mich anrufen.«

»Das ist doch nicht dasselbe«, insistierte Sabine.

»Ich geh da nicht hin.«

Eine Weile lagen sie still nebeneinander. Sabine fragte sich, was Max verbrochen hatte, dass er dermaßen bei Leonie in Ungnade gefallen war. Sie kannte ihn als hilfsbereiten, zuverlässigen, lustigen und unkomplizierten Mann. Leonie hatte ihre Treffen mit ihm als unbedeutende Flirts abgetan. Aber so egal war er ihr nicht, das spürte Sabine.

»Melly hat gesagt, du hättest mit ihm geschlafen und –«

»Was?«, fuhr Leonie erschrocken auf.

»… dann hättet ihr euch fürchterlich gestritten.«

»Dieser Idiot«, zischte Leonie.

»Was hat er denn angestellt?« Sabine verstand es nicht.

Leonie schwieg.

»Ist er bei Rot über die Ampel gegangen? Hat er beim Abbiegen vergessen zu blinken?«

»So kleinlich bin ich ja nun wirklich nicht.«

Sabine warf ihr einen skeptischen Blick zu. Es gab Zeiten, da hatte Leonie von derartigen Kleinigkeiten Rückschlüsse auf die politische Weltsituation gezogen.

»Was ist passiert?«

»Lass gut sein, Bine.«

»Nein, es lässt mir keine Ruhe. Erst ist alles gut, und dann sagst du ihm, dass er sich nicht mehr bei dir blicken lassen soll.«

»Oh Gott! Das hat Melly alles mitbekommen?«

»Ja. Sie hat es mir aber erst vor ein paar Tagen erzählt.«

»Das tut mir so leid.«

»Ihr habt mein Kind verstört mit eurem Streit. Also schuldest du mir eine Erklärung.«

»Na gut«, gab Leonie sich geschlagen. »Ja, ich habe mit Max geschlafen. Aber er war auf einen One-Night-Stand aus, und ich habe gedacht … Ich weiß auch nicht, was ich gedacht habe.«

»Du bist in ihn verliebt.«

Leonie zuckte hilflos die Schultern. Ihre Augen bekamen im matten Licht der Nachttischlampe einen verdächtigen Glanz.

»So ist Max nicht. Er würde dir nie wehtun.«

»Ach, Bine, nimm ihn nicht in Schutz. Er hat mir wehgetan.« Eine Träne fand den Weg ins Freie. Leonie wischte sie energisch weg.

Die paar Male, die Sabine ihre Schwester hatte weinen sehen, konnte sie an zwei Händen abzählen. Es tat ihr im Herzen weh. »Vielleicht war das alles ein großes Missverständnis.«

»›Wir hatten guten Sex. Mehr nicht.‹ Seine Worte«, erwiderte Leonie bitter.

Sabine versuchte ein optimistisches Lächeln. »Immerhin ›guten‹.«

»Och, Bine!«

»Weißt du, wann ich das letzte Mal guten Sex hatte?«

Leonie schniefte. »Neun Monate vor Mellys Geburt?«

»So ungefähr.«

»Ernsthaft?«

Sabine nickte seufzend. Die Nacht war ihr unvergesslich geblieben. Und sie liebte Amelie abgöttisch. Aber Max war kein Typ, der nur auf Sex aus war, schon gar nicht mit ihrer Schwester. Da hätte er sich jemand anderen gesucht, war sie sich sicher. Außerdem hatte sie gesehen, wie schlecht es Max ging.

Sie musste Leonie überzeugen, ihm eine Chance zu geben. Sie hatte noch einen Trumpf in der Hand, von dem sie wusste, dass Leonie der Verlockung nicht widerstehen könnte. Sie musste es tun. Es ging um das Glück ihrer Schwester.

»Deal: Du gehst morgen Abend zu dem Treffen und sprichst dich mit Max aus, und danach verrate ich dir, wer Mellys Vater ist.«

Leonie richtete sich abrupt auf und starrte sie entgeistert an. »Du weißt, wer es ist?«

Natürlich wusste sie es. Eigentlich war es traurig, dass ihre eigene Familie ihr die Geschichte mit dem unbekannten One-Night-Stand fraglos abgenommen hatte. »Du musst mir aber bei Gott und allem, was dir heilig ist, schwören, dass du es nie, nie, nie, nie, nie jemandem weitersagst. Nicht Mama, nicht Papa, nicht Melly, niemandem!«

»Du machst es ja spannend. Ich schwöre.« Sie hob die Finger zum Schwur. »Jetzt sag: Wer ist es? Kenne ich ihn?«

Sabine schüttelte den Kopf. »Erst sprichst du dich mit Max aus.«


»Du kannst sie da nicht allein stehen lassen.« John reichte ihm ein Glas. Sie waren gemeinsam auf dem Esslinger Weihnachtsmarkt gewesen, hatten sich durch die Buden gefuttert und Glühwein getrunken. Zurück in Gütlingen, war Max noch auf einen Absacker mit zu ihm nach Hause gekommen. John stellte seine zwei Whiskys, die er zur Auswahl hatte, auf den Tisch.

»Warum nicht?«

»Max!«

»Sie hat gesagt, sie will mich nicht mehr sehen.«

»Das hatten wir doch schon«, erwiderte John geduldig. Er, der sein Leben lang immer nur unglücklich verliebt gewesen war, musste einem lebenserfahrenen Mann Ratschläge in Liebesangelegenheiten geben. »Manchmal sagt man etwas aus einer heftigen Emotion heraus, das vielleicht in dem Augenblick wahr erscheint – aber mit etwas Abstand stellt man fest, dass man es gar nicht so gemeint hat.«

»Sie hätte mich anrufen können. Sie hat meine Telefonnummer.«

»Vielleicht fehlt ihr dazu der Mut.«

»Vielleicht fehlt ihr auch der Mut, morgen aufzutauchen. Und ich steh dann da wie der Depp vom Dienst.«

»Das ist eine völlig falsche Einstellung, mit der du an dieses Wiedersehen herangehst. Du solltest dich darauf freuen.«

Die Antwort war ein zweifelndes Stirnrunzeln und der Griff nach dem Bowmore-Whisky.

»Wenn du Bines Schwester dort morgen stehen und warten lässt, dann …« John wusste nicht weiter.

Max öffnete die Flasche und genehmigte sich einen doppelten Scotch. Er sah grimmig zu ihm. »Was dann?«

»Dann bin ich mächtig enttäuscht von dir.« Was hätte er sonst sagen sollen? Dann prügle ich dich zur Burg hinauf? Dann sind wir keine Freunde mehr? Max und Leonie waren erwachsen, sie mussten ihre Probleme selbst miteinander klären. Aber das würde ihnen nicht gelingen, wenn sie sich weiter aus dem Weg gingen.

Er würde für die beiden beten, dass sie die richtigen Worte zur Versöhnung fanden. Und vielleicht sollte er Sabine anrufen, um sicherzugehen, dass auch Leonie zu diesem Treffen kam und Max am Ende nicht tatsächlich einsam und verlassen im Burghof stand.

»Damit du heute Nacht ruhig schlafen kannst: Natürlich fahre ich hin. Du kennst mich doch. Ich bin kein Arsch«, schlug Max einen milderen Ton an. »Und jetzt lass uns bitte das Thema wechseln.«

# 24

In der Nacht hatte es geschneit, sodass die Welt am Morgen in freundlichem Weiß erstrahlte. Der ideale Tag für eine Winterwanderung. Aber Amelie war das zu langweilig und Sabine mit den Krücken zu rutschig, und die Eltern hatten keine Lust. So blieb nur Racka übrig, mit dem Leonie am Vormittag eine Runde drehte.

Die ganze Zeit überlegte sie, ob sie zu dem Treffen mit Max fahren sollte. Die Burg Hohenzollern lag auf der Schwäbischen Alb zwischen Bisingen und Hechingen, dort war sicherlich noch mehr Schnee gefallen. Ein Unfall auf vereister Fahrbahn war das Letzte, was sie gebrauchen konnte.

»Die haben ganz bestimmt die Straßen geräumt. Die wollen doch, dass die Gäste kommen. Und Winterzauber mit Schnee!« Sabines Augen leuchteten. »Das ist wunderschön. Ich wünschte, ich könnte selbst hinfahren. Du musst ganz viele Fotos machen.«

Als wäre es ein fröhlicher Ausflug, den sie geplant hätte. Mit gemischten Gefühlen setzte sich Leonie nachmittags ins Auto. Wenn sie schon zu diesem blöden Treffen fuhr, dann wollte sie wenigstens pünktlich sein. Sie hatte Winterstiefel mit einem guten Profil angezogen. Von Sabine wusste sie, dass sie das letzte Stück bergauf laufen musste, und sie wollte auf dem vermutlich inzwischen festgetretenen Schnee nicht ausrutschen.

Ihre Winterjacke lag auf dem Beifahrersitz. Ein Souvenir aus Helsinki, dunkelgrün und kuschelig warm. Die Jacke reichte ihr bis zu den Knien und hatte breite bunte Strickbündchen an den Ärmeln, die sie über die Hände ziehen konnte.

Da kein neuer Schnee gefallen war, waren die Straßen geräumt, und sie kam über die Bundesstraße schnell voran. Von der Ferne sah sie in der Winterdämmerung die beleuchtete Burg erhaben auf dem Bergkegel des Hohenzollern thronen.

Drohend oder einladend? Sie war sich nicht sicher. Sie verließ die Bundesstraße. Das letzte Stück führte über eine schmale Straße bergauf.

Ein Schild wies einen Parkplatz aus. Sie stellte fest, dass es einen Shuttleservice zur Burg gab. Da sie aber noch reichlich Zeit hatte, beschloss sie, den Fußweg zu nehmen. Der Aufstieg würde ihr hoffentlich helfen, ihre innere Anspannung abzubauen.

Sie stapfte, den Blick konzentriert auf den Weg gesenkt, durch den Schnee. Normalerweise ging sie nie unvorbereitet in eine Verhandlung. Aber dieses Treffen war nicht dienstlich, und Gefühle waren nicht verhandelbar. Sie ertappte sich dabei, dass in ihr ein Funken Hoffnung keimte, ihr Herz ein wenig aufgeregter schlug.

Aber sie wollte sich nicht auf das Wiedersehen freuen. Sie würde sich anhören, was Max zu sagen hatte, und hoffen, dass sie danach zumindest wieder freundschaftlich miteinander umgehen konnten.

Der Aufstieg war länger, als sie gedacht hatte. Das letzte steile Stück Fußweg war wegen der Schneeglätte gesperrt, sodass sie an der Straße entlanggehen musste. Zum Glück fuhren hier nur die Shuttlebusse. Schnaufend erreichte sie das Adlertor. Sie zeigte dem jungen Mann an der Einlasskontrolle ihr Ticket.

Durch einen Bogengang, von dessen Gewölbe Lichterketten und Herrnhuter Sterne strahlten, gelangte sie ins Innere der Burg. Überall glitzerte und leuchtete es. Sabine hätte begeisterte Entzückensschreie von sich gegeben. Leonie nahm ihr Handy aus der Handtasche, um ein paar Fotos zu machen.

Drei verpasste Anrufe von Sabine. Leonie hatte ihr Smartphone unterwegs auf stumm gestellt, um beim Autofahren nicht abgelenkt zu werden. Eilig drückte sie die Rückruftaste. »Bine? Ist was passiert?«

»Wo bist du?«

»Bin gerade angekommen und stehe am Eingang. Es würde dir gefallen.«

»Leni, bitte hör mir zu und werde nicht böse.«

»O-kay«, erwiderte sie zögernd. Allein diese Ansage reichte, um ein unheilahnendes Grimmen in ihr auszulösen.

»Dieses Treffen ... Melly hat die Tickets an euch verschickt. Sie hat es mir gerade erst gebeichtet.«

»Wie bitte?«

»Es tut mir so leid. Max denkt vermutlich, du warst es, und du –«

»Das ist nicht dein Ernst.« Entgegen ihrem Versprechen wurde sie wütend.

»Melly hat ein ganz schlechtes Gewissen.«

Das sollte das Mädchen auch haben!

»Wie kommt sie auf so eine bescheuerte Idee?«, zischte Leonie aufgebracht. Sie hatte sich vom Weg zur Mauer gewandt, damit die anderen Besucher nicht mithörten. Die Jacke war mit einem Mal viel zu warm. Das Blut in ihren Adern kochte.

»Sie hat ihr ganzes gespartes Taschengeld für die Tickets geopfert, und Nele hat ihr was geliehen.«

Das wurde ja immer besser. »Sie hat diesen Schwachsinn mit ihrer Freundin ausgekaspert?«

»Sie hat es doch nur gut gemeint. Wir waren mit Max letztes Jahr auf der Burg, und sie hat sich erinnert, wie begeistert er war, und in den Filmen –«

»Verdammt, Bine! Kündige ihren Netflix-Account. Ich bin doch keine Schauspielerin in irgendeiner beschissenen Soap!«

»Leni, bitte, bitte, nicht aufregen. Und bitte lass Max jetzt nicht einfach so stehen und warten. Vielleicht kannst du es ihm erklären?«

»Vergiss es! Das kann deine Tochter mal schön selbst machen. Du hast Max' Nummer. Sie soll ihn anrufen. Sofort!«

»Leni, bitte ...«

»Das Mädel kann sich auf was gefasst machen, wenn ich zurück bin!« Leonie drückte das Gespräch weg. In was für eine unmögliche Lage hatte Amelie sie nur gebracht! Wie stand sie denn jetzt da? Sie würde nicht zu diesem Treffen gehen. Sie würde ganz schnell umkehren und wieder zurückfahren.

Und Amelie würde sich eine ordentliche Standpauke anhören dürfen.

»Leonie?«, erklang Max' Stimme hinter ihr.

Verflucht.

Max wäre beinahe an Leonie vorbeigelaufen, hätte er nicht ihre aufgebrachte Stimme gehört, als er durch den beleuchteten Gang dem gewundenen Pfad zum Innenhof der Burg gefolgt war. Er hatte nicht verstanden, was sie gesagt hatte, aber ihr Ton hatte verraten, dass sie mächtig wütend war. Kurz hatte er mit dem Gedanken gespielt, auf der Stelle umzudrehen und zu gehen. Aber er hatte John versprochen, sie nicht allein auf der Burg auf ihn warten zu lassen.

Vermutlich hatte sie mit einem ihrer wichtigen Richter-Kollegen gesprochen, war es ihm grimmig durch den Kopf gegangen. Er hatte abseits gewartet, bis sie das Telefonat beendet hatte, dann hatte er sie angesprochen.

Sie drehte sich zu ihm. Ihr Gesichtsausdruck war eine Mischung aus Zorn und Unsicherheit. »Hallo, Max.«

Auf ein erfreutes Lächeln wartete er vergebens. Sein Herz schlug ihr entgegen. Er wollte die kleinen Falten auf ihrer Stirn wegstreichen, sie in seine Arme nehmen. Ihr diese wunderschön beleuchtete Burg zeigen. Schon der Anblick beim Aufstieg hatte ihn optimistisch und hoffnungsvoll gestimmt.

»Ist etwas passiert?«, fragte er besorgt.

Leonie schnaufte ärgerlich. »Das hier ist ein riesengroßes Missverständnis.«

Er hob fragend die Augenbrauen.

»Melly hat uns die Tickets geschickt.«

»Oh.« Deswegen der Poststempel aus Tübingen. »Ich hab gedacht, es sei Bines Idee gewesen.«

Sie funkelte ihn wutbebend an. »Ach so. Und für Bine tust du ja alles.«

»Was soll das denn heißen?«

»Genau das, was ich gesagt habe.«

Er verstand es trotzdem nicht. Was für ein Problem hatte

sie damit, dass er mit ihrer Schwester befreundet war? Außerdem war er nicht wegen Sabine hier, sondern wegen ihr. Er wollte sie sehen, mit ihr reden. Missverständnisse aus der Welt räumen. Er wollte wieder zurück an den Punkt, an dem er sie in seinen Armen gehalten hatte. Aber davon schienen sie meilenweit entfernt.

»Nun ja … Wenn wir schon mal hier sind – ich lade dich auf einen Punsch ein. Also, Kinderpunsch …« Er zog innerlich eine Grimasse. »Du weißt schon, dieses heiße Früchtezeugs. Alkoholfrei.« Er nickte aufmunternd mit dem Kopf Richtung Innenhof. Die märchenhafte weihnachtliche Beleuchtung musste doch auch ihr Gemüt in eine versöhnliche Stimmung versetzen.

Widerwillig folgte sie ihm, die Hände tief in die Taschen ihrer Jacke vergraben. Auf dem Weg hinauf zur Burg war ihm warm geworden, und er hatte seine Strickmütze abgenommen. Doch jetzt fröstelte es ihn. Er zog sie wieder über.

Der Anblick des Innenhofs ließ ihn lächeln. Überall glitzerte es wunderbar. Vom Tannenbaum funkelten Tausende kleine Lichter. An den Fassaden ließen LED-Projektoren leuchtende Bilder von Rentieren mit Schlitten, Sternen und Engeln gleiten. Weihnachtsbuden verströmten den Duft von Glühwein und frisch gebackenen Waffeln. Kinder sprangen umher, bestaunten einen Künstler, der riesengroße Seifenblasen erzeugte.

Die Kulisse war Kitsch in Vollendung, und er liebte diesen Anblick. Genau so hatte er es sich damals vorgestellt, als er mit Leonie beim Weinbesen gewesen war. Er mit ihr inmitten dieser Bilderbuchidylle, ein Gläschen Glühwein, unendlich viel Geglitzer, ein Kuss …

Leonies angespannte Mimik brachte ihn zurück in die Realität. Er kaufte an einem Stand zwei Tassen Punsch, und sie stellten sich an einen der Stehtische.

»Wie war es in Helsinki?«

»Gut. Und Whitehorse?«

»Ein Traum. Ich bin Hundeschlitten gefahren und habe mindestens einhundert Huskys geknuddelt.«

Sie hob einen Mundwinkel zu einem minimalen Lächeln. Wenigstens das. Er hätte ihr gern mehr erzählt. Stattdessen blies er in seine Tasse und trank einen Schluck.

»Warum bist du so sauer auf mich?« Er musste endlich Klarheit schaffen.

»Willst du jetzt allen Ernstes hier darüber sprechen?«

»Wo sonst?« Sie hatte ihm keine andere Chance gegeben, also würde er diese jetzt nutzen.

»Weil du mich benutzt hast. Und ich lasse mich nicht benutzen.«

»Ich …?« Er schnaufte perplex. Was redete sie da für einen Unsinn? »Wenn, dann war das Ganze ja wohl umgekehrt.«

»Das ist so typisch!«

»Das ist überhaupt nicht typisch!«

»Der Herr hat seinen Spaß gehabt, und tschüss.«

»Darf ich dich daran erinnern, wer hier wen weggeschickt hat?« Jetzt wurde er doch ärgerlich. »Ich habe dich in der Nacht noch gefragt, ob wir uns wiedersehen. Aber du hattest ja dieses so wichtige Treffen mit diesen so wichtigen Leuten. Ich habe dich sonntagabends angerufen. Bist du rangegangen? Hast du zurückgerufen? Und als ich zum Hof kam, um mit dir zu reden, hast du mich weggeschickt!«

Sie verschanzte sich hinter einer abweisenden Miene. »Du hast doch selbst gesagt, dass es keinen Zweck hat mit uns.«

»Weil du mich verletzt hast.«

»Du hast mich verletzt! In einem Moment schläfst du mit mir, und im nächsten gehst du auf Distanz, als wäre ich eine …« Sie verstummte, als ihr Blick auf das junge Paar mit den zwei kleinen Kindern fiel, die sich an ihren Tisch gesellt hatten.

»Weil du mich weggeschickt hast wie einen Toyboy, der seine Dienste getan hat«, zischte er ihr zu. »Denkst du, ich habe keine Gefühle?«

»Hör doch auf mit dem Theater! Du hast das doch alles nur für Bine getan.«

»Ich hab das …? Ich hab … wie?« Er schüttelte fassungslos den Kopf. Das konnte sie nicht ernst meinen.

»Ich habe Leonie lediglich bei der Gartenarbeit geholfen. Davon hat sie nämlich leider überhaupt keine Ahnung«, imitierte sie mit ätzendem Unterton eine männliche Stimme. »Und das habe ich einzig und allein für Bine gemacht.« Sie schnaufte zornig. »Und dann hast du dir gedacht, du holst dir noch eine kleine Belohnung.«

Sein Verstand erfasste die Bedeutung ihrer Worte mit Verzögerung. Einen Moment starrte er sie ungläubig an. »Für was für einen Arsch hältst du mich eigentlich?«

Er war lauter geworden. Ihm entgingen die Blicke der Umstehenden nicht. Das Pärchen zog eilig die beiden Kinder fort, die ihren Streit höchst interessant fanden.

»Das waren deine Worte zu Sarah. Im Supermarkt, drei Tage später. Ich war zufällig da und habe es gehört.«

Was für ein Supermarkt? Er zermarterte sich das Hirn. Dann fiel ihm die Begegnung mit Sarah ein, wobei er sich an seine genauen Worte nicht mehr erinnern konnte. »Warum hätte ich Sarah von uns erzählen sollen? Ich wusste doch gar nicht, woran ich bei dir bin.«

»Das weiß ich bei dir auch nicht. Heute bist du doch auch nur wegen Bine hier. Du hast ja gedacht, sie hätte dir die Karte geschickt.«

Was war denn das für eine Logik? Werde glücklich mit Bine, erinnerte er sich an ihre Worte.

»Genau«, erwiderte er beißend. »Und weil ich in Bine verknallt bin, schlaf ich mit ihrer Schwester. Was geht eigentlich in deinem Kopf vor? Verflucht noch mal, Leonie! Ich habe gedacht, dass Bine uns die Tickets geschickt hat, damit wir miteinander red–«

»Entschuldigen Sie«, unterbrach eine autoritäre Stimme ihren Disput.

Sie wandten sich um und sahen sich zwei finster dreinschauenden Männern gegenüber. »Wir feiern auf der Burg Advent und die Vorweihnachtszeit. Hier sind Familien mit Kindern, die einen unbeschwerten, fröhlichen Nachmittag bei uns verbringen möchten. Ihr Gespräch ist absolut unpassend für diesen Ort und schon gar nicht für Kinder geeignet. Wir möchten Sie daher freundlich auffordern zu gehen. Das Eintrittsgeld wird Ihnen erstattet.«

Es war so eine Schmach! Leonie biss die Zähne zusammen, während sie mit Max von den beiden Männern unter den neugierigen Blicken der anderen Besucher zum Ausgang eskortiert wurde. Wie hatte sie nur derart ihre Beherrschung verlieren können? Dieser Mann weckte so starke Gefühle in ihr, dass ihr ganzes Handeln nur noch emotionsgesteuert war. Sie konnte in seiner Gegenwart einfach keinen klaren Gedanken fassen.

Max steuerte den Pfad zum Fußweg an.

»Der Fußweg ist gesperrt«, wies sie ihn auf ein Schild hin.

»Begehen auf eigene Gefahr«, las er das Kleingedruckte.

Sie ignorierte seinen Hinweis und setzte ihren Weg auf der Straße fort. Sie rechnete damit, dass er den Fußweg nehmen würde, schon allein aus Protest ihr gegenüber, aber er drehte ab und kam an ihre Seite.

Leonie hielt den Kopf gesenkt. Es war ein Fiasko. Nicht nur der Rauswurf, das ganze Treffen. Als er ausgesprochen hatte, was sie ihm indirekt unterstellt hatte, war ihr bewusst geworden, wie absurd ihre Gedanken gewesen waren.

Hatte ihre Arbeit bei Gericht sie so zynisch und misstrauisch werden lassen? Sie schämte sich vor sich selbst. Bis zum Auto musste sie durchhalten. Dort würde sie sich in aller Höflichkeit von ihm verabschieden, nach Hause fahren und dieses Kapitel ein für alle Mal schließen.

»So was ist mir jetzt auch noch nicht passiert«, hörte sie Max neben sich sagen. Er klang weder beschämt noch bedrückt, eher verwundert.

»Mir auch nicht«, murrte sie.

»Jetzt sind wir beim preußischen Königshaus in Ungnade gefallen.«

Sie hörte ein Glucksen und warf ihm einen irritierten Blick zu.

Er prustete lauthals los.

»Hör auf zu lachen!« Sie fand die Situation überhaupt nicht lustig, aber sein Lachen gefiel ihr viel zu gut. Sie biss sich von innen auf die Unterlippe, damit sich nicht versehentlich ein Schmunzeln auf ihr Gesicht verirrte.

»Ich kann nicht«, japste er. Er lachte, bis ihm die Tränen kamen. »Morgen steht es in der Zeitung. Eklat bei Hofe!« Er wischte sich über die Augenwinkel. »Wir sind nicht kindgerecht, Leonie.« Er versuchte, ernst zu bleiben, wurde im nächsten Augenblick aber wieder von einem Lachanfall geschüttelt.

Er sah so gut aus, wenn er lachte. Sie wollte mit ihm lachen, aber ihr war elend zumute.

»Ich bin froh, dass die uns nicht den Krokodilen im Burggraben zum Fraß vorgeworfen haben«, kicherte er, während sie ihren Weg fortsetzten.

Als ob sie hier je Krokodile gehabt hätten. Was für ein Quatsch. »Das wäre auch nicht besonders kindgerecht und weihnachtlich gewesen«, erwiderte sie spröde, um ihre Mauer aufrechtzuerhalten.

»Sicher nicht.« Noch immer entglitten seiner Kehle vergnügte Gluckser.

Er blieb stehen, reckte sich, um tief Luft zu holen, und wandte sich um. »Wow.«

Eigentlich wollte sie stur weitergehen, aber dann schaute sie sich ebenfalls neugierig um. Die Burganlage erhob sich rot beleuchtet gegen den bereits nächtlich dunklen Himmel.

Er drehte sich zu ihr. »Ich weiß ja, dass Romantik nicht dein Ding ist, aber ist das nicht einfach wunderschön?«

Seine Nase und seine Wangen waren von der Kälte gerötet, und seine Augen funkelten im Licht der Straßenlaterne. Sie liebte diese sanfte Seite an ihm. Sie liebte das versöhnliche Lächeln auf seinen Lippen. Sie wünschte sich, die Missverständnisse und Streitereien hätte es nie gegeben.

Aber sie wollte diese Gefühle nicht zulassen. Zu groß war ihre Scham.

»Disneyland ist ein Dreck dagegen«, knurrte sie.

»Immer so poetisch«, flachste er. Er schloss die wenigen Schritte zu ihr auf. Bevor sie reagieren konnte, hatte er ihre Hand genommen. Im Gegensatz zu ihren Fingern waren seine warm. Er sah ihr zärtlich in die Augen. »Lächle doch mal.« Sie konnte nicht. In ihr war alles fürchterlich durcheinander.

»Was ist schiefgelaufen zwischen uns?«, fragte er leise.

Sie brachte kein Wort hervor, hob hilflos die Schultern. Sie war zu aufgewühlt, und seine Nähe weckte eine Sehnsucht in ihr, die sie überhaupt nicht gebrauchen konnte.

Er trat einen Schritt näher, legte ihre Hand auf seine Brust. »Ich habe mich in dich verliebt, Leonie. Vom ersten Augenblick an. Ich habe dir nicht Sabine zuliebe im Garten geholfen. Ich wollte dich kennenlernen, Zeit mit dir verbringen. Und ich bin *nicht* in deine Schwester verliebt.« Er betonte das Wort »nicht« besonders deutlich.

»Das habe ich inzwischen auch kapiert«, erwiderte sie zerknirscht.

»Gut. Und ich glaube, du magst mich auch ein bisschen, oder?«

Nicht nur ein bisschen. Sie konnte nichts sagen. Ihre Knie wurden weich, ihr Puls war in immense Höhen geschossen. Sie deutete ein steifes Nicken an.

Er senkte seine Stimme zu einem liebevollen Flüstern. »Wo also liegt unser Problem?«

»Ich weiß es nicht.«

»Kann es sein, dass du kalte Füße kriegst?«

»Was?« Irritiert sah sie auf den Schnee unter ihren Schuhen, blickte dann wieder zu ihm. »Nein, meine Stiefel sind …« Sie stoppte, als sie bemerkte, wie sich auf seinem Gesicht schon wieder ein Grinsen breitmachte.

»Du bist so herrlich rational.«

»Mach dich nicht über mich lustig.« Kalte Füße. Hatte er recht damit? Waren ihre irrationalen Gedanken der Tatsache geschuldet, dass sie Angst davor hatte, sich ernsthaft zu verlieben? Vielleicht auch davor, enttäuscht zu werden?

»Ich mache mich nicht lustig.« Hinter seinem Grinsen kam eine andere Miene zum Vorschein. Schon einmal hatte er sie so angesehen.

Sie erwiderte seinen Blick. Jede Faser ihres Körpers drängte zu ihm. War das vernünftig? Das ging alles zu schnell. Sie hatte tausend Fragen. Und nur einen Wunsch.

Er räusperte sich. »Wie geht's jetzt weiter?«

»Nach Mellys Drehbuch würden wir uns jetzt vermutlich küssen.«

»Gutes Drehbuch.«

»Ich glaub, ich krieg doch kalte Füße«, stöhnte sie nervös.

»Ich auch.«

»Ich hab mich in Tübingen beworben«, plapperte sie, um die Spannung zwischen ihnen zu lösen.

Er zog eine Grimasse. »Willst du jetzt ernsthaft über die Arbeit …« Er unterbrach sich selbst. »Du hast dich in Tübingen beworben?«

Sie nickte.

»Das heißt, ich muss keine hundertzwanzig Kilometer fahren, um dich wiederzusehen?«

»Noch habe ich die Stelle nicht.«

»Die wirst du bekommen. Die wären ja blöd, wenn sie dich nicht nehmen würden.«

»Ich mache das, um näher bei Bine und Melly zu sein. Jemand muss ja –«

»Du musst nichts erklären.« Seine Stimme klang heiser. Er umfasste mit beiden Armen ihre Taille und zog sie an sich.

Ihr Herz schlug so heftig, dass es ihr den Atem nahm. Sie strich sanft über seine Wange und legte die Hand in seinen Nacken. Sie sah ihre eigene Unsicherheit in seinen Augen, neigte ihr Gesicht näher zu seinem. Ihre Lippen berührten sich sanft. Er schloss sie fester in seine Arme, erwiderte ihren Kuss zärtlich. Es fühlte sich richtig an. Es war das, was sie wollte. Sie schmiegte sich enger an ihn.

»Nehmt euch ein Zimmer, Leute«, grölte ein junger Mann, der mit seiner Freundin an ihnen vorbeiging.

Leonie wich ertappt zurück und presste verlegen die Lippen zusammen.

»Oh Gott, ich werde mich hier nie wieder blicken lassen können«, jammerte sie.

»Das wirst du müssen. Ab sofort wirst du jedes Jahr am ersten Samstag im Dezember mit mir hier einen Punsch trinken.« Er wedelte feixend mit dem Zeigefinger. »Und wehe, du benimmst dich nicht!«

»Mensch, Max! Das ist alles so peinlich.«

Er führte ihre Hand an seine Lippen und küsste ihre Fingerspitzen. »Ich finde es herrlich.«

Seine Zärtlichkeit ließ sie wohlig erschauern. Er zog sie zurück in seine Arme, wanderte mit seinen Küssen über ihre Wange hinunter zu ihrem Hals. Sie stöhnte leise auf.

»Schaffen wir es noch zu mir, oder suchen wir uns ein Hotel?«, fragte er neckisch, ohne von ihr abzulassen.

Sie hauchte ihm einen Kuss aufs Ohrläppchen. »Gibt es in der Nähe ein Hotel?«

»Das lässt sich rausfinden.« Er löste eine Hand und holte sein Smartphone aus der Tasche. Fragend sah er sie an. »Darf ich dieses Mal bleiben und morgens neben dir aufwachen?«

Sie lächelte. »Das wäre wunderbar.«

# 25

Anfang Januar herrschte reger Betrieb am Stuttgarter Flughafen. Leonies Eltern hatten den Check-in am Abend zuvor online erledigt und mussten nur noch ihr Gepäck aufgeben. Vor der Sicherheitskontrolle hatte sich eine lange Schlange gebildet.

»Wir stellen uns lieber schon mal an.« Hermann Reiter umarmte Leonie kurz. »Ruf mich an, sobald du Bescheid weißt, ob sie dich genommen haben.«

»Mach ich.«

Er wandte sich Sabine zu, die sich auf Krücken gestützt tapfer aufrecht hielt. »Und du hältst dich von den Bäumen fern.«

»Ja, Papa.«

»Gib gut auf Melly acht und verwöhne Racka nicht zu sehr.«

»Der wird jetzt erst mal auf Diät gesetzt«, erwiderte Sabine grinsend.

Leonie schmunzelte. In der Zeit, in der ihre Eltern bei Sabine gewesen waren, hatte ihr Vater die Angst vor Racka verloren und war seinem treuen Bettelgesicht beim Essen mehr als einmal erlegen.

Ihre Mutter herzte sie kurz und fest. Ihre Eltern waren keine Freunde langer Abschiede. Ein aufmunterndes Lächeln, dann reihten sie sich in die Schlange der Fluggäste ein.

»Willst du warten, bis sie abgeflogen sind, oder fahren wir zurück?«, wandte sich Leonie ihrer Schwester zu.

»Lass uns einen Kaffee trinken gehen. Ich komme so selten raus, da ist ein Trip zum Flughafen ein echtes Highlight.«

»Okay.«

Sie suchten sich einen freien Tisch in der Café-Bar des Abflugterminals. Leonie holte Cappuccino und Wasser für sie beide. Eine Weile sahen sie dem Hin und Her der Reisenden zu.

»Wenn du einen Wunsch frei hättest«, fragte Leonie, »wohin würdest du gern einmal reisen?«

Sabine verzog grübelnd das Gesicht. »Vielleicht nach Venedig. Oder nein: Paris. Oder lieber Rom? Oder …?«

»Eine einzige Reise, Bine. Ein Herzenswunsch.«

Ihre Schwester kratzte nachdenklich den Milchschaum aus ihrer Tasse. Dann hellte sich ihre Miene auf: »Wenn ich mich wieder richtig gut bewegen kann, dann würde ich gern nach Schottland reisen.«

»Schottland?«

Sabine nickte mit leuchtenden Augen. »Ich will Nessie sehen und echte Schotten bei den Highland Games und Balmoral Castle. In Dunrobin Castle möchte ich Tee trinken. Und ich möchte nach Stirling und dort in einem Pub Gedichte von Robert Burns rezitieren.«

Leonie lachte auf. »Ich sehe schon, du denkst nicht zum ersten Mal darüber nach.«

Das Strahlen auf dem Gesicht ihrer Schwester verschwand. »Man braucht ja Träume.«

Leonie legte ihre Hand auf Sabines. »Sobald du dich fit genug fühlst, machen wir das zusammen.«

»Ich kann mir das nicht leisten, Leo.«

»Und ich habe gesagt, du hast einen Wunsch frei.«

Sabine starrte sie ungläubig an. »Du bist ja bekloppt.«

»Ich möchte Zeit mit dir verbringen, und ich glaube, Schottland könnte mir gefallen. Da gibt es eine Menge Golfplätze.«

Sabine zog eine Grimasse. »Aber ich will Burgen und Schlösser angucken!«

»Apropos Burgen: Du schuldest mir noch eine Antwort.«

Im Rausch der Verliebtheit der letzten Wochen hätte sie fast das Versprechen vergessen, das ihre Schwester ihr gegeben hatte, um sie zu dem Treffen mit Max auf der Burg Hohenzollern zu überreden.

»Was denn für eine Antwort?«, stellte Sabine sich dumm.

»Wer ist Mellys Vater?«

»Das kann ich dir nicht –«

»Ich habe meinen Teil des Deals eingehalten«, stoppte Leonie Sabines Versuch, sich herauszureden.

Ihre Schwester seufzte kapitulierend. »Aber du darfst es wirklich niemandem erzählen.«

»Das habe ich dir doch schon damals hoch und heilig geschworen.«

Sabine knabberte nervös an ihrer Unterlippe, schließlich beugte sie sich zu ihr vor und flüsterte ihr den Namen ins Ohr.

»Christian Benke?«, wisperte Leonie ungläubig. »Du meinst aber nicht den Pharma-Benke?«

Sabines Blick sagte ihr, dass sie genau den Mann meinte – den Boss eines internationalen Pharmakonzerns.

»Und warum darf das niemand wissen?«

»Er war damals schon verheiratet.«

»Du hattest einen One-Night-Stand mit …?«

Sabine hob bremsend die Hand. »Es war mehr als das.«

»Wie – mehr?«

»Wir hatten eine Affäre. Und mehr sag ich jetzt nicht.«

»Aber …« Ratlos sah Leonie ihre Schwester an. Sie erinnerte sich an Amelies Frustration, weil sie ihren Vater nicht kannte. »Das kannst du Melly nicht vorenthalten.«

»Du behältst es für dich. Du hast es mir geschworen.«

»Ja, aber –«

»Kein Aber! Ich habe Christian versprochen, dass niemals jemand erfahren wird, dass Melly seine Tochter ist«, unterbrach Sabine sie rigoros. »Es würde eine Menge Dinge sehr komplizierter machen. Nicht nur für mich. Denk auch an Melly.«

»Schon gut, ich verrate es niemandem. Ich verstehe es nur nicht.« Leonie musterte ihre Schwester nachdenklich. Sie wusste, dass es keinen Sinn hatte, weiter nachzuhaken. Sabine würde ihr die ganze Geschichte erzählen. Ein anderes Mal, an einem anderen Ort.

# Danke

Als ich meinem Mann sagte, dass ich einen Liebesroman schreiben würde, hat er herzlich gelacht. Er kannte bis dahin nur meine »kriminelle« Seite, normalerweise schreibe ich über Mord und Totschlag. Um ihm zu beweisen, dass ich auch romantisch sein kann, habe ich ihn zum »Winterzauber« auf die Burg Hohenzollern eingeladen, mit Schnee und Punsch und ganz viel Glitzer. Und ich wusste: Dieser Ort muss ins Buch! Ich danke meinem Mann von ganzem Herzen, dass er seit Jahren an meiner Seite ist und es mit einem nachsichtigen Schmunzeln quittiert, wenn sich unsere Ausflüge als Recherchereisen enttarnen …

Bei meinen Recherchen zu Leonies Richteramt bekam ich wertvolle Unterstützung von Susanne Rüster, im medizinischen Bereich hat mich Judith Jeske beraten. Danke für eure Hilfe!

Inspirierend waren Ausflüge zum Weinberg auf dem Entringer Pfaffenberg, der von Christophe Lemeunier geführt wird. (Seinen Weinbesen musste ich im Roman zeitlich etwas vorverlegen.) Dort in der Abendsonne mit einem Glas Rosé und meinem Liebsten zwischen den Weinreben zu sitzen ist – na, was wohl? – total romantisch!

Ein herzlicher Dank geht an meine Freundin Ute, die nicht müde wird, mir immer wieder geduldig zu erklären, welches Gemüse in ihren Beeten wächst. Einen Kürbis kann ich mittlerweile gut erkennen. Ich kann Zucchini von Salatgurken unterscheiden und weiß inzwischen, wie man Erdbeerpflanzen pflegt. Bei vielen anderen Gemüsesorten scheitere ich leider noch.

Die Szenen zur Apfelernte – inklusive Muskelkater am Tag danach – und Saftpressen beruhen auf persönlicher Erfahrung. Mein Mann pflegt eine eigene Streuobstwiese. Es ist ein großes Vergnügen, jedes Jahr im Herbst zusammen mit Freunden

Äpfel und Birnen zu sammeln und daraus den eigenen Saft herzustellen.

Ich danke ganz herzlich meiner Freundin Sandra, die mir die ersten Begriffe des Golfspielens erklärte. Ein lieber Dank geht an das nette Team des Golfclubs Domäne Niederreutin, wo ich meine ersten Bälle schlagen durfte.

Zu guter Letzt ein besonderes Dankeschön an Frau Dr. Steinmetz für das Vertrauen in meine Arbeit und das Team des Emons Verlages, das bei der Namensfindung meines Pseudonyms Pate stand, sowie ein herzlicher Dank an meine Lektorin Julia Lorenzer für die tolle Zusammenarbeit.

# Alle Bücher von Sofia Mai unter ihrem Namen Sybille Baecker:

*Auch als eBook erhältlich*

## *Schwaben-Krimis*

**Irrwege**
ISBN 978-3-89705-610-7

**Eisblume**
ISBN 978-3-89705-782-1

**Neckartreiben**
ISBN 978-3-89705-947-4

**Siebenmühlental**
ISBN 978-3-7408-0498-5

**Schwabentod**
ISBN 978-3-7408-0927-0

**Kehrwoche**
ISBN 978-3-7408-1261-4

**Körschtalrache**
ISBN 978-3-7408-1660-5

## *Schottland-Krimi*

**Sturm über den Highlands**
ISBN 978-3-7408-1360-4

www.emons-verlag.de